喧嚣的墓地

李骏 著

作家出版社

目录

引 子

天门直指破军山，次第七星无杂班；

不出天门形不具，形无失具看周环。

望龙三吉中央去，何虑四凶不是关；

无水不荣无土贱，五行克化九星山。

山川将结龙雄列，北面重重尊帝颜；

无禄禄存休顾望，破军不破莫须参。

应星八九重围绕，百二山河在彼间；

明晓此诗精目力，君皇龙穴识无难。

人间有阴阳，天地有四季。

世上美好的事物多了去了，谁有什么喜好，谁存什么厌恶，皆出于心。你说风水顺，他道景色好。你说春天美，他称冬天佳。

水有源，树有根，人必有祖。

而我，只想说说墓地。

其实墓地有什么好说的呢？一个人死了埋在那里，提起来，亲人听见了会很伤心，旁人听见了会觉得晦气。再说一个人死了，连命都不在了，还有什么好说的呢？在这个时代，无限幸福的生活和无限美好的事物等待着人们享受，提起墓地的确不太明智。

但我去了一趟本吴镇回来，就非常想说说墓地。我不相信一个人死了便一了百了。就像我不相信曾经的本吴庄改为本吴镇后，本吴庄的人就变了一样。不然我们还从那么远的城市跑回去烧那么多纸钱去祭奠啥呢？不然为什么每年总还有那么多的人，在清明时节从大老远的地方转了那么多的弯倒了那么多的车回来一趟呢？

福人居福地，福地福人居。这是本吴庄老一辈人嘴里流传下来的话。但一个人无论走到哪里，走得多远，对于生长的故乡，总是记得格外亲切。

何为福地？简单来讲，它就是一个幸福的好地方。这样的好地方，不仅包括阳宅，同时也包括阴宅。

阳宅就是今天的本吴镇，那些遍地开发升温的商品房，而且价格越来越高。高过本吴庄背后的鹅公寨与对面的三角山了。

而阴宅，就是死人居住的地方。

按说，人之一死，一了百了。活着的人都忙不过来，谁又会关注另一个世界呢？

但每次我从本吴庄回来，便不这样想。

我相信墓地是另外一个世界。我相信墓地里的人还活着，活在另外一个我们不知道和不了解的世界。不然的话，为什么我们在多年后过上了幸福生活，还是忘不了他们，忘不了已经消失多年不在这个世界上的他们。

他们活得轰轰烈烈，如今却早已无声无息。

不知为什么，我小时候特别害怕去那些墓地。那时村庄的大人们都说，三岁以下的小伢，才能看到死去的他们。看到他们在这个世界是像我们一样自由自在地行走。

多数三岁以下的小孩，属于不知事的年纪，看到了什么也不会表达，因此也就谈不上害怕。

我相信我三岁以前，一定是没有见过鬼的，因此自然应该不怕。但稍大一点后，甚至现在我人到中年，却仍然不敢在黑夜甚至大白天里一个人去墓地。每当这个时候，我就会想起小时候大人们讲的那些关于鬼的故事，几乎全与墓地相关。我为此会变得害怕鬼。那在阳间行走的，却属于阴间的鬼们。

小时我们没有经历世事，没有社会经验，除了本吴庄那方圆几公里的地，我们也不认识任何外面的人，对外面的世界不存在惧怕。但我们从心底害怕鬼。害怕谁也没有见过的鬼。小时，大人们往往把鬼的故事讲得五迷三道，让我们既喜欢刺激地听，又哆哆嗦嗦害怕回去睡觉。哪怕听完后，回到屋子，听到一个陌生的咳嗽声，或者是老鼠爬过楼顶的拖动声，也会紧张得心惊肉跳。直到长大后，我费了九牛二虎之力来到城市，生活在一堆又一堆的人群中，才最终明白了两个与鬼有关的真理：一是人比鬼更可怕；二是即使没有做过亏心事的人，有时也会害怕鬼敲门啊。

从小到大，一直到离开故乡，我真的从来未曾见过鬼。真的。但是我仍然害怕去墓地。墓地总是与阴暗、忧伤、怀念甚至眼泪挂钩，这种心理也不知道是为了什么。我总觉得那些死了的人，还像活着的人一样，也会聚在那里喝茶、抽烟、打牌或者聊天骂娘，也有喜怒哀乐与悲伤苦痛。当然，他们也有可能还会像过去活着时那样，为一点鸡毛蒜皮的小事打架，发生争斗，甚至动刀动枪失去了"生命"。

以后，无论走到哪里，我见过各种各样的墓地。生活中与噩梦里。

我也无数次见过生活中各种各样的鬼：酒鬼、色鬼、恶鬼、疯鬼……而我见过长着人样的魔鬼，也多数出现在梦里。它追得我满地跑，最后惊叫着醒来。

醒来我便特别清醒。

原来，我与死去的人们，真的息息相关。阴间的他们，真的生活在阳间的我们世界里。

"龙虎伏降常不老，子孙拜扫永无疆。"

"水绕山环钟灵秀之气则千年不竭，龙盘虎踞澎湃腾之区而万载长安。"我无数次见过诸如此类的碑文。人们把它们刻在石头上，以求不朽。

我多次梦见过死去的他们，熟悉的与陌生的。在我们本吴庄，人们把正常死去人的影像叫魂魄，把非正常死亡的才叫鬼。

小时，大人们在讲鬼故事时说，墓地里的鬼一般是看不见的，因为他们怕见光，怕见人血。但有时大家在外乘凉，遇到一阵凉风吹过，大人说没准是阴兵从边上开过去了。

大人们这样一说，我便觉得即使是在闷热的夜里，心里也像掉进了冰窟，全身发凉畏冷。

大人们还说，鬼喜欢在半夜里说话，半夜里唱歌，半夜里结伴而行。总之鬼多数是出现在黑夜里、黑暗中。因为鬼是见不得光的。

大人们说时无心，却令有心去听的我们非常恐惧惊悚。特别是我，经常在半夜醒来时，总是害怕听到窗外的某种声音，即使是微风拂过，全身也会簌簌发抖。

我还害怕影子，如果晚上窗外有什么影子飘过，或者是屋子里有的东西挂在那里突然像个人形时，我觉得是那边世界的某一个人突然回来了。这时我便总是缩成一团，用被子把头紧紧蒙住。如今人到中年，我还胆小怕事，缩手缩脚，就是这个原因。

小时，我母亲说："伢啊，只你把蚊帐放下来，鬼就是来了，也进不去。"

我相信母亲的话，每次睡觉，都要把蚊帐放下来，罩得严严实实才能安然入睡。夏天，可以用来挡蚊子。而到冬天，每当我放下来的时候，我父亲总是以怀疑的眼光看着我，认为我很搞怪。我怕父亲瞧不起我，便说："这个挡风。"

父亲的眼光便变得像冬天一样冷漠。他才不在乎你怕不怕冷还是怕不怕鬼呢。

父亲像所有的本吴庄老人们一样，只希望你能下地多帮他干活。

记得小时上学，我们每次都要路过墓地。这是乡下孩子们没有办法的事。在我们本吴庄乃至整个黄安县，不少村庄的周围全是坟地。因为黄安历史上战争频繁，争斗不断，死的人太多了。进进出出的地方，都是死人的必经之路。因此太早或太晚经过墓地时，我总是要出一身冷汗，心里七上八下的。特别是下午放学晚了，我在教室里便开始担心走夜路。多少次放学后踩着月色归来，听到路边河中的水流声时，总是觉得是不是有鬼在洗衣服？偶尔墓地里的一声狗叫，就让我毛骨悚然。起初，我当班长，要收大家作业，遇到不好好学的，便要等到很晚才回家。看到太阳慢慢地落下山去，那条通往学校外的路慢慢变得漆黑时，我便有一种焦虑的情绪滋生。特别是冬天，天黑得快，我在路上更是跑得飞快，总想争取在穿过墓地时，还能看得见光线。因为大人们总是说，鬼是怕光的。再后来，稍晚一点，我一定要约上人相伴。那时候我们庄子里没有哪个小孩子不怕鬼的，所以两个人还能壮壮胆。

但多半我们还是被吓着了。

有一次，我与一位同学并肩快走时，我因为害怕，便有意无意把手放在了同伴的肩膀上。他也处于紧张之中，吓得大叫一声说："有鬼！"然后居然飞快地跑起来。

我突然被他的惊叫所吓，也以为他看到了鬼，连忙跟着他跑。后来他不小心摔倒了，还把我也绊倒了。我们在漆黑一团的夜里，竟然搂在一起大哭起来。我甚至想用牙齿把手指咬破。因为大人们说，鬼是怕人血的。有了人血便会把鬼吓跑了。但当我准备用嘴咬手指时，由于害怕至极，竟然昏了过去。后来还是大人们打着火把，一路找到我们。醒后，我在家躺了整整一个星期没有上学。父亲问我原因，我不敢说自己是遇到了鬼。因为与鬼相比，我更怕父亲的耳光。

再后来，我强烈要求住校。因为我实在是害怕一个人，哪怕是两个人在黑夜里一起行走。因为我一直觉得，在这个世界上，在行走的人们中间，并不只是活着的我们，还有另外的一些什么东西。他们一定生活在某个特定的空间里。

特别是墓地里。那些人也孤单，也寂寞，也有出来放风的时候，跳舞的时候，哭泣的时候，遇到不公平的时候……

而我们本吴庄的墓地是不太集中的。因为我们李姓的家族都是搬迁户，也就是外来户，外地人到新地方抢山头，先要保证活人能活下去，因此这就决定了我们李氏家族的墓地分布不均。李姓的人死后，有埋在路边的山头上的，也有葬在屋后不远的，甚至还有的就葬在屋门前的小土坡上。开门即见墓地，阳宅与阴宅相对，反正都是亲人，谁也不用怕谁。这样久而久之，随着我们李姓搬来的时间拉长，墓地便几乎包围了后人的生活用地。听本吴庄的老人们讲，后来有的风水先生说，这是本吴庄的祥地和福地。当然，也有云游的风水先生说这太不吉利，哪有阴阳两宅挨得这么近的！再后来有人还说，是原来的邻居吴姓的人们，在我们买下这块原本属于他们的土地后，怕我们这些后来的搬迁户太过发达，故意卖给了我们这样被坟墓包围的土地。等我们李姓的人们终于明白这个道理时，为时已晚。而且，我们还不得不在买来这块地后，仍然得把这个村庄叫作本吴庄——因为它起初是吴姓大族的地。

我不知道我们李氏为什么要搬到这里来。那可能是好几代前的事了，具体到哪一代，族谱中也没有表述得那么清楚。不过，从后来的坟墓之多，便可以看出来最少也有一个多世纪。本吴庄的人说，从唐朝李姓旺盛到现在，谁也说不上我们这个李，与李世民的李有什么关系，但同是一李，沾光是肯定的，必需的。虽然我们家族的族谱中流传下的谱系与李世民一致，但可以肯定的是，这一脉肯定没有赶上那个盛世。不然，哼，李姓的人谁敢欺侮啊，还用得着搬来搬去！

我之所以相信另外那个世界的人还活着，是因为我们从小便听到了许多与墓地相关的故事。那些故事的主人公，有许多就埋在我们李氏家族的墓地里，有的流落到了外地不知所往。无论他们的命运如何，我小时候有一个特别强烈的感觉：每当太阳晒得人晕晕乎乎的正午，或是朦胧月光下的黑夜，我似乎总是看到了那些人——那些先人，在本吴庄的周围跳舞、饮茶、做饭、喝酒、骂娘和聊天。再或，他们还像今天活着的人们一样，在另一个离我们特别近的世界里，春耕夏播，秋收冬藏，过着与我们一样世俗的生活。

第一章　置地

谁没有自己的故乡？

但说起来惭愧，我们李氏真不知道自己的故乡在哪里。通过族谱，我们只知道祖上三代的故乡所在。

特别是如今天下太平，繁荣昌盛，人们安居乐业，过上了历朝历代没有想到的生活，谁还会去关心过往呢？但掰开手指往上数，兵荒马乱的岁月，却始终横亘在祖先的记忆与文字中。历来改朝换代的历史，便是一部牺牲与血泪交织的历史。只不过小民百姓常常被忽略，皇帝皇族才经常进入镜头。我长大后听到与家族有关的第一个故事，就与一场械斗相关。

老人们常说，我们李姓从外地迁来时，花了那么多银子从吴氏手中买下现在这块地时，多么不容易啊。

我祖父曾说，谁也得体谅人们在失魂落魄时的难处——要知道那个时候，如果不到无立锥之地的程度，有谁还会背井离乡呢？这个问题，直到新中国成立后才解决掉。如今，你想让人守在家乡也是一件难事，多数人宁愿背井离乡跑到他乡的城市打工，也不愿待在自己的土地上受穷。至于宗族来自哪里，一般去考证的人，纯粹出于"经济搭台、文化唱戏"的需要。

李氏从哪里来的？为什么会离开原来的故土？前人不知道，后人有的说是为了逃避战乱。中国历史上的战乱太多了，你翻历史，全是一些人为了自己的利益，打着美好的旗号打来打去，杀来杀去，王朝也换来换去。小小的老百姓没法，为了活命，只有跑反。于是，我们李氏家族便从平原地带，不得已跑到了这个原本属于山区的丘陵之地。听说当年他们原本是要躲难而逃出来的，但是小小世界，哪里还有法外的清静之地？

普天之下，莫非王土。率土之滨，莫非王臣。

我们李氏家族当初逃难出来，到达本吴庄这个地方，买下这块土地时，原本并没有多大的把握。他们一路长途奔波跋涉，原本也没打算就在此处立足。老人们说，他们可能更愿意跑到深山老林中去，过着与世无争、快乐逍遥的桃花源式生活。但是当他们到达这里时，已经筋疲力尽。

李氏族谱便是从搬到本吴庄后的第一个族长李非凡开始的。

那时光绪在位，经过捻军与清军几次交战，数十万人的扫荡进驻，原来的大李氏家族被折腾得七零八落。捻军走后，为保存李氏的种子，大李氏召集幸存人员开会，决计分散家族力量，各自谋生，以求自保，避免全族生灵涂炭。

于是，大族分家，一场哭别。每个家族带着自己的嫡亲力量，各寻方向。

我们这一族，就这样从江西的梧桐巷出发，不敢走大路、水路，只沿着山高密林，一路向北。

经过多日的奔波、减员，当他们到达黄安县本吴庄这里时，时任的族长李非凡，看到大家身心疲惫，便轻轻地说："就在这里打个尖歇歇吧。"

他说的"打尖"，就是休息。于是，一路上大人们的劳累，女人们的埋怨，还有小孩子哭闹声停止了。走远路的人，谁都愿意多歇歇脚，但是一路如果没有族长的允许，谁又敢私自停下呢？

一直到解放前，我们李氏的日常生活，都是由历任族长来左右和定夺的。

当肩头的一切重物卸下时，族长还长长地叹了口气。

原来他也在心里嘀咕，到底到哪个地方，才能把这个宗族的生命延续下去；到底哪个地方，才是李氏宗族的生存与立足之地？

才坐下来，族长李非凡闷闷不乐地抽起了旱烟。他聪明的胡子，已染上了白色。这是权威的象征。他平时话少，但说出来很有威力，族里没人敢不执行。

大家停下来后，各自找地方坐下来。男人们开始吃干粮，女人们开始奶孩子。年轻的小伙子连忙检查各自的木轮车是否结实。不懂事的小孩子们，开始在山边打打闹闹地奔跑，不时还传来一阵阵的嬉笑。

就在族长正为不知向何处去而叹了声长气的时刻，他看到，一个叫花子哭哭啼啼地走来了。

这个叫花子，穿着破破烂烂的衣服，虽然面容憔悴，却双目有神。他背上的包裹鼓鼓囊囊，也不知装的是什么东西。看上去，他怎么也有五六十岁，但一个这么大岁数的男人还哭哭啼啼的，在李氏的人看来有些不屑。是啊，在李氏宗族里，一个男人如果哭哭啼啼的，还算是个什么男人？因而李氏的男人见了，面露鄙夷之色，倒是那些没有见过世面的女人，好奇地看着这个叫花子孤独地走来。

说来也怪，这个哭哭啼啼的叫花子，虽然嘴上在哭，但路过我们李氏家族的队伍时，却目不斜视。他的眼眸中，倒显得格外精神，似乎是非哭而哭。

我们族长李非凡的眼睛亮了一下。他挥挥手，站起来弯腰一躬说："这位老客，请留步。"

这个男人停下来了。

他看着族长。

族长说："一个男人，当顶天立地，哭哭啼啼的，成何体统。阁下有难就说，有事就讲。碰到不如遇到，遇到就是缘分。"

那个男人瞟了族长一眼，之后却如视而不见，哭得更厉害。

族长那饱经风霜的目光一扫，马上就看出来了，这个男人脸已饿成了菜色。他一挥手对一个族中的汉子说："把最好的食物，给这位老客端上来吧。出门在外，多不容易啊。"

那个叫花子听到这句话，顿了一下，人便不由自主地停下来了。

族长又挥了挥手，有人迅速搬来了凳子，有人还递过了水杯。族长很满意，毕竟李氏注重文明礼仪，虽然也是逃难路上，但不失礼数。

李非凡族长请老男人坐了下来。然后，他看了看天，并叹了口气说："唉，这兵荒马乱的年月，真是急死个人啊。"

那老男人并不说话，不客气地坐了下来，抓起食物就吃。大家听到他嘴里吧唧吧唧地吃，有点令人生厌，男人们露出了不满。估计他自己也看出来了——他所吃的，是我们李氏家族一路中最好的食物啊！他一边吃，一边有一大堆孩子舔着干裂的嘴唇，眼巴巴地看着他，个别小孩甚至流下了口水。要知道，一路上族长再三强调："把最好的食物，要留在最后！"所以，平常没有一个人敢轻易动它们。

老男人却狼吞虎咽，吃得满头大汗，也不说话。

族长一边摇头，一边拿自己的毛巾递过去，给他擦汗。他也不推辞，仿佛应该接受这样的礼遇。

我们族人中已有人露出了愤怒的神情，觉得这老男人太没礼貌了。但是大家尊敬族长李非凡。族长对一个外人那样好，他们也不敢造次。再说，李氏家族一路上，族长不知对多少路遇的乞丐予以救助，一边救助一边总是摇头。大家也见怪不怪了。

吃饱喝足，老男人迅速恢复了元气。他的眼睛里折射出一种非常可怕的光来，他扫视了一眼族人，然后盯着族长。族长李非凡一边微笑，一边颔首。

"你们这是到哪里去啊？"老男人吃饱喝足之后，用族长的毛巾擦了擦嘴，开始这样问我们族长。

族长叹了口气说："我们老族人多，屯居不下。兵荒马乱，唯有迁徙自保家门。可谁知道能到哪里去呢？走到哪里就算哪里吧。"

老男人低头喝了一口茶，并未作答。那茶是族中好茶，才一入嘴，便有一股清香从心头升起。老男人顿时明白，这种茶平时一般人也是喝不到的。他不禁咂了咂嘴，然后，才突然问我们族长："你，为什么要救我？"

族长淡淡一笑说："出门在外，谁没个难处，能帮人一把就帮人一把，也是我佛慈悲。"

老男人放下茶杯，这才站起来，冷不丁地一揖到地说："多谢您了。"

族长也站起身来，拱手还礼说："我们还要赶路，天不早，就不多说了。你如愿意和我们一起走也可以，不愿意走，我们尽己所能，给你一些食物吧。"

于是，族长令人把剩下的食物用一个非常干净的篮子装起来。族人虽然不知道他要干啥，但还是执行命令，很快就装好了。

族长说："我们的食物也不多，这个，就请你带上吧，一点心意。"

族长的眼里没有一点施舍的意思。

老男人怔了一下。他伸出手，接过了篮子就走。

我们的族人中有些年轻人眼中迅速流露出愤愤之色。不过囿于族长李非凡的威望，谁也不敢说个啥。

族长摇了摇头，对族人一挥手说："上路吧。"

于是我们李氏家族又紧急行进起来。由于长途跋涉，妇女们又开始叫脚痛，小孩子们又开始哭闹。

他们沿着倒水河边的小道，艰难地向前行进。庞大的队伍，蜿蜒缓慢而行。在快要翻过一个山头，即将从黄安边界进入麻城县境的时候，人们的疲累已快要到达极限。

这时，族长似乎听到后面有人喊叫。他一回头，发现是刚才那个老男人上来了。

"喂，你们……留步，留步啊！"老男人在喊族长。

族人还在行进，没有命令，是不能停下来的。他们决定翻过那座山头再歇脚。

但族长停住了。

族长问："你掉了什么东西吗？"

老男人答非所问，只是怪怪地对族长招招手说："你过来。"

族长过去了。

老男人拉过族长说："受人之恩，不报不是君子所为。你们今天也算是救了我一命，我不给你们指点一下迷津，对不住你们哪。"

族长不解地眯起眼睛。

老男人说："你和你的族人不要再漫无目的地往前走了。你要是信得过我，就顺着我指的方向，到了那座叫鹅公寨的山下，有一片三块大石头相靠的地，那原是当地吴氏三兄弟生活的地方。那三兄弟是三个光棍，你们可以把那块地买下来。记住了，无论花多少银子，也要买下来。那三个光棍好吃懒做，一定会卖给你们。记住，那可是难得一见的风水宝地啊。"

我们族长睁大了眼睛。

老男人继续说："不瞒你说，我是个风水先生，也有人叫我阴阳先生。走南闯北看了那么多地，我还没见过有这样风水好的，它的地形、地貌、水势、风向和走向，都是上流之地。只可惜吴族人欺人太甚，我上门讲时他们不但不相信，还把我暴打一顿，说我骗吃骗喝……老人家啊，你是个好人。我看出来了，你是好人，我得告诉你这个。不然对不起你啊。"

我们族长和族人听后，都怔在那里。

老男人又说："你们买下那块地后，要把那三块大石头想法搬掉，它压住了地气，才让吴姓的人旺不起来。"

我们族人都把目光投向族长。

族长二话不说，连忙叫人拿了些银两过来，对老男人深作一揖说："感谢先生指点迷津，这点意思，您收下吧。"

老男人也不客气，收下银两转身就走。

一边走，他还一边摇头说："天机不可泄露，我泄露了天机，会遭报应啊。"

族长怔住，旋即大喊："老哥，请问尊姓大名？日后也许会有重逢之日。"

老男人没有回头，只是答道："命中须有终须有，命中无有不回头。人生由命，山高水长，俺姓黄，名则何足道哉！"

说毕，便扬长而去。

族长听后，对着老男人的背影，深鞠了一躬。他闭上眼坐了一会，又突然睁开眼说："出发！"

队伍又往前开动了。一直走到今天我们这个叫作本吴庄的地方，说来也怪，只一瞬，原本晴朗的天空电闪雷鸣，乌云滚滚。天拉下脸来便变黑。

族长让人往前探路，族人回报说前面是座高山。族长便让大家停下来。这也就是当年，我们李氏家族为什么选择了在本吴庄这个地方安顿下来。

彼时，天已尽黑。族长让大家在此安营扎寨。

没想，这一夜大雨如注。人们在雨中屯住，苦不堪言，惶恐不安。

到了第二天早上，天空骤然放晴。族长爬上高处一看，见此地山色青翠，树木葱茏，雾中山峰耸立，远处气象万千，一条大河，环山而绕，奔向远方。

族长正在沉吟，族人李泽前来报告："族长，幸亏我们昨夜没走。你看，雨水积地，已成漩塘。"

族长长叹一口气："天意啊。"

一边说，一边忽然灵光突现，族长把手一挥，带人走向更高处一看，猛地抽了一口冷气：可不是，那个风水先生说的三块巨大的石头，互相依靠，就阻挡在不远处的山间路上！

族长心中暗暗称奇：这不正是风水先生讲的福地吗？

这时，阳光四起，族长放眼看去，只见三块巨石之后，还有几间破败的房屋。房屋后边，高山耸立，山后一山接着一山，树木遍地。而山与山脚连处，又有一条河流环绕，在阳光直射之下，远处波光粼粼，逶迤蜿蜒地通往大山之外……

族长蹲下身来，将手指插入脚下的土地。仅入两指，他便掏了出来，看着指尖上的泥土，他闻了闻，长长地叹了口气，然后露出了笑容。

族长手一挥："以后，我们李氏，就在此安家吧。"

大家正不想再往前走了，一听族长有吩咐，马上便欢呼一片。于是，由江西而入湖北的李氏家庭，就这样宿命般地停在了黄安县的东边，一个与麻城县交界的地方。

待雾全部散尽之后，族长再次爬到山梁上去看，只见一道山梁，隔出了两个世界。山梁的那边也有一片村庄，看上去面积不小，房屋连片。一打听才知道，那是吴姓人家的村庄，叫作吴家田。只见村庄屋连屋，地挨地，一片繁华景象；而山梁的这边，只有几间低矮的房子，却是杂草丛生，枯树交织，一片萧条之色。族长便令人前去探听，果然，此地叫作鹅公寨，俗称鹅公山。

族长心中有数，便令大家前来商议。

族长说："此地肥沃，又近水源。虽离城较远，但靠山很近，能生能藏，定是福地。"

大家迟疑。但族长扫视一周，又无人敢违抗。说是商议，其实都是族长说了算，因此各家各户，一旦定了事，也都不会再反对。再说，此时疲惫至极的人们，不想再奔波了。

定居的事，就这样敲定下来。

之后，族长又派人先是找到山梁这边居住的三兄弟。见了面后，果然那三兄弟都胡子拉碴，衣衫褴褛，面目无神。三人都是三十好几的人了，却没有一个讨上媳妇！

族长摇头叹息。他了解到，这三兄弟整天就是躺在屋里，不愿意干农活。族中人碰到一位路人，打听三兄弟情况。没想路人脸上满是不屑："春天不播种，夏天不锄草，秋天不收割，冬天睡懒觉。完全靠那边宗族村子里的人救济才活了下来。"

族长心中有数。他亲自来到那三兄弟的屋子，进去一看简直想吐：只见一间大屋子明三暗五，但屋子里堆的东西，全是垃圾，一进门一股臭味扑面而来。

族长开门见山，问："你们的房子，卖吗？"

三兄弟笑着围了上来，他们不说卖，也不说不卖。事实上，卖与不卖，他们根本做不了主。

我们族长李非凡是个明白人。他先让人给了三兄弟几袋粮食，并通过其中的老大，见到了吴姓的头人。吴老大带他去见吴姓头人时，好半天都不敢进门。

李非凡发现，吴姓的吴家田，十分富庶，一进村头，便可见到建筑上的斗阁檐头，以及四处布满的奇岩异石。

头人叫吴上人，一看脸就是个狠角色。族长李非凡做了一番工作，打探到这个吴上人好钱好色，因此心中有数。

各自施礼已毕，李非凡便说了买地的事。

吴上人心头一喜，早就想卖掉那块地了。可附近都说靠近河流，担心水患，所以无人问津。现在听说有人想买，一心想弄个好价钱，但嘴上还拿腔拿调："兄台为何要买此地？"

李非凡说："民生多艰，为了求生，自江西流落至此。如今族人俱疲，请卖此地于我等，也是恩德一件。"

吴上人喝茶，半天沉默不语。

李非凡使个眼色，族人李泽连忙献上一个包裹。包袱开处，俱是金光之色。

吴上人用余光一瞥，满脸的横肉像山河开冻，由冷变热，最后终于有了笑容。

吴上人一声"请茶"，让李非凡看到了曙光。

于是，经过一个上午的来回试探，吴氏同意将三兄弟那边的土地卖给李氏。

条件是二十根金条。

据说，这二十根金条，几乎倾尽了我们李氏家族的全部资产。没办法，舍不得孩子套不住狼。

我们李氏家族也算得上是非常大气，不仅答应给二十根金条置地，还主动答应给这落难的三兄弟，在他们吴姓山梁这边的空地上，再盖上三套住宅让他们住。

两族迅速找来中间人作保。很快，契约写好，白纸黑字，签字画押之后立即生效。吴上人看到李氏同意给三兄弟盖房，便在保人的建议下，将往东靠近本吴庄那边的一片山林，一并给了我们李氏。

契约是在喜气洋洋的气氛中进行的，双方皆大欢喜。

后来翻李氏的族谱，我们后代才知道，李氏为了买下这块土地，几乎把存储的金条和银子全都花光了。也就是说，李氏从买下这块地后，便成了穷光蛋。

有人质疑这是否值得，虽然不敢说出来。只有我们李氏的族长李非凡认为是值得的，因为他相信那块土地。好多次，在李氏宗族大会上，他都要指着那块土地对李氏宗族的人们讲："你们脚下的，将是我们李氏的生存之基。你们要相信它的肥沃，相信勤劳终会致富，相信我们要在此改变命运！"

族长的讲话向来具有权威。他很快说服了听话的李氏宗族的人们。

于是，我们李氏买下地后做的第一件事，就是想方设法，炸掉了三兄弟屋子前那三块大石头，拆除了三兄弟破烂的房屋，之后重新建造我们李氏的家园。

选定了炸石吉日那天，李非凡让人备了香案，摆上烟酒猪头，大家几番跪拜，三叩九礼之后，他才说："打钎！"

于是，几把钢钎，叮叮当当地响起来了。

石头很硬，是青岗石，一锤子下去，往往要冒火星。打了整整三天，才在每块石头里打出了条条细小幽长的洞穴。年轻的男人们在里面灌满炸药，点燃火索。随着一声巨响，碎石乱飞，硝烟散去，只见三块大石各自徐徐开裂，缓缓展开。

让李氏族人感到惊讶的是，中间的那块巨石在裂开之后，竟然还有一股青烟突然奔涌而出，缓缓不去。在烟尽石裂之处，有一条巨大的蟒蛇，突然从里面探出头来，淡定张望，这让围观的人们惊慌四散。

李非凡族长带领大家在远处连忙跪地，叩头如捣蒜。

只见那条布满各色花纹的蟒蛇，先是将头伸出，然后丈长的身子，竟然围石环绕一周，盘旋良久，才直往河边奔去。

李氏族人大骇。他们发现，蟒蛇所过之处，草皆尽伏，宛如新开一条大路，直通河边。其时，滔滔河水，竟然平息不语。后来，我们李氏才知道这条弯弯曲曲流过黄安的河流，人们称之为"倒水河"。

蟒蛇游走之后，人们才回过神来。跟着族长一起，对着河流那边祈祷不已。

族长心里忐忑，不明就里，不知祸福，亦是不知所措。

这时，一场暴雨及时而至。

这场大雨，竟然下了整整三天三夜。让倒水河河水猛涨，越过河道，四处漫溢。

族长连忙让族人尽数搬到高处。在简易的茅棚之中，他们接连焚香三日，祈祷上天赐福人间。

吴家田的人见了，心里暗笑。原来，他们早就见识过这种天气，认为此地不宜久居，才将这片土地卖给李氏，顺便还落个人情。

李非凡为大雨内心焦灼，没想三日之后，竟然雨过天晴，阳光从云层掠出，万物恣意生长，尽皆向阳。

族人这才发现，河流大水漫过之处，竟然将河底积蓄多年的肥土尽数搅出，又经河水冲刷，全部冲积到本吴庄这边的土地上，化作了上等的肥料！

本吴庄人对着河流，又是一番三跪九叩。他们开始相信，李氏选此，苍天不亏。

于是，在族长李非凡的带领下，李氏的人们开始上山砍树，大兴土木。同时，他们又开垦荒地，在肥沃的土地上撒下李氏从江西带来的种子。

经历了半年的风风雨雨，一片崭新的茅草房就这样诞生了。这一年风调雨顺，种子在肥沃的土地上疯狂成长，本吴庄的李氏族人第一年便有了收成。这让吴家田吴姓的人们，都暗暗称奇。他们没想到，这块过去经常闹水患的地方，竟然有如此造化！说来也怪，吴姓的三兄弟在山梁这边的土地上生活了许多年，除了杂草丛生，他们从未见过庄稼的兴旺，那是方圆几十里开外都知晓的事。但从李氏来的这一年开始，他们在吴姓这块荒芜的土地上种下的庄稼，当年便得到了丰收！

那年的秋天，我们李氏在一片欣欣向荣的景象中，收获了丰盈的瓜果和稻谷！这让逃难而来的外乡李氏族人，从此就在从吴姓手里买来的土地上扎下了根。

这让吴姓的人很惊奇。曾经，他们在这块土地上种什么死什么，是怎么回事呢？

让他们感到奇异的是，自我们李氏买了这块地后在这里安营扎寨后，李氏一脉，竟然很快就兴旺起来。度过了最初几年拮据的日子，李氏的生活迅速安定下来。此后一直延续十年之久，李氏都在这块土地上日耕夜息，看天吃饭，任由生老病死。

这时，让当地感到不可思议的一个现象出现了：同样的土地，吴姓的人在这里生活时，总是有不少残疾智障，所以他们才翻越山峦跑到另外一边去生活，只留下三兄弟守在此地，至此荒废；可我们李姓的人，自把那三块大石头想方设法炸开开始，本吴庄繁衍的好几代人中，除了个别像我这样长得稍对不起观者之眼外，整个本吴庄的李氏家族中，几乎所有的人都眉清目秀，至今没有出现一个残疾！

从置地至今，这个现象皆是如此。这令吴姓的人感到惊诧。

据族谱记载，李氏一脉，尚勤劳，崇俭朴，民习勤苦，以勤劳起家，风里雨里，拿着最原始的、简陋的工具，在此犁田耙地，种植五谷，收割庄稼。除了繁忙的农活之外，李氏一族还在此植树造林、养鸡鸭，喂猪牛，打草鞋，编竹箕，酿烧酒，烧木炭，做爆竹，当挑脚，卖苦力……而妇女们，则做鞋纳袄，纺线织布……大家一年到头，男耕女织，忙个不停。

正因如此，在我们李氏至今还流传着"地是刮金板，人勤地不懒""人误地一时，地误人一年""酣睡人穷，坐吃山空""庄稼一枝花，全靠肥当家""田不翻冬，来年草凶"等耕种谚语。

李非凡号召："苦干三五年，把苦变成甜。"

我们李氏为此甘愿面朝黄土背朝天，一日三餐粗茶淡饭；甘愿风里来雨里去，脚踏平底布鞋，身穿大布粗衣。老人教育小孩动辄说，"吃不穷，穿不穷，算计不到一世穷"；而劝人节俭，则称"新三年，旧三年，缝缝补补又三年"……

李氏还特别重礼节。这些礼节，流传至今。比如，凡属客人来了，主人要连忙起身相迎，让座，并说"请上坐"，以示尊重；然后要给客人倒茶、敬烟，或以土特产花生、瓜子、糖果之类招待。若逢叙谈，客人有问必答。族长李非凡非常重视礼义，要求本吴庄人，以礼为先，以礼为面。他还因此专门给李氏族人上课："客人在堂，不能随便离座；不允许赶鸡喝鸭，不训斥小孩；客人走时，必须送出家门，并道'请慢走，常来玩'。路遇亲友，必拱手问好；串门邻里，需客客气气。借了人家的用具，要按时归还。若逢邻家或村里有事，大家要上前帮衬……"

李非凡的话，在整个本吴庄就是族规，没有人不遵从。特别是选地至此，人们的生活比过去在江西时过得更加富足，故而人们更是感激。于是，李氏内修文礼，勤劳持家；外交朋友，广结良缘。不出几年，在黄安县便已声名在外。

一好百好，一顺百顺——命运就是这样一种奇怪的东西，说来让吴姓人也总是觉得奇怪——李姓的人从那么远的地方迁来，到了他们这块不要的土地上生活，不但生病的人很少，而且庄稼怎么种都旺盛，一年到头，粮食怎么吃也吃不完！特别是到了后来，不管外面的争斗、劫难多么厉害，整个李氏，却始终人丁兴旺发达！

李姓，这个本属外来的搬迁户，从此像本吴庄土地上的花草树木一样，疯狂生长、发展和壮大，慢慢地成为黄安县一个大姓大族，并在当地渐渐有了威望。

第二章　联姻

　　什么样的土地开什么样的花，什么样的种子结什么样的果。又是几年过去后，随着李氏家族越来越兴旺，与周围村庄的通婚便也越来越普遍。

　　通婚，原本是乡村一件很常见的事情。在黄安县和它治下的本吴庄，一个宗族里不出五服是不允许结婚的，但作为外来的搬迁户，我们李氏到这里生活的时间一长，自然要与周围相邻或相近村庄的其他宗族开始正常的婚姻交往。

　　这其中，就包括吴氏本地人。

　　起初，吴李两姓，也有过一段和平岁月。两族置地卖地，公平交易，都比较友好。两个村庄的通婚，在这个难得的友好阶段，也就顺理成章。据李氏族谱上有限的记载显示，两族之间，至少有七到八年的好光景，陆续有一些吴姓女子嫁给了李氏的男子。而随着李氏本族姑娘们逐渐长大，同样也有不少嫁给了吴姓的男儿。

　　族谱上还显示，当年由于战乱，各村各地都死了不少人。战乱，是我们李氏当年搬迁的原因之一。但最后落脚的黄安，也不是净地。特别是在本吴庄扎根后，由于这里靠近山区，人口基数太小。意外经常发生，主要是各个宗族势力之间容易起争斗，有时发生械斗，造成人员伤亡。争斗过后，有的宗族便永断关系；但时间一长，为了延续后代，又不得不联姻，毕竟远水救不了近火，远亲不如近邻。在我们黄安县周边，凡与麻城县及大悟、黄陂、新洲等周边交界的氏族，都有互通婚姻的习惯。即使是本地生长的吴姓，为保持家族的延续性，初期也不得不选择与我们李姓的人通婚。而我们李氏，为了确保发展，也娶吴姓的女性，来加深两族的关系与感情。

通婚，在本吴庄是一件大事，整个程序非常繁琐。为了体现各自的诚心诚意，每一步都必须走得踏实，都得遵循从江西带来的习惯和当地千百年来传下的风俗。

李吴两族的第一次通婚，是本吴庄的长者李天时的儿子李逢春，娶了吴氏宗族长老吴洪生的女儿吴鲜花。

从某种意义上看，这两家是门当户对。但往深里看，其实更像是一桩政治联姻。

早先，李非凡便与族中长老李天时商量："我们李氏刚在此立足，还得有吴氏支持，如果两族长者能够成为亲家，对李吴两家关系来说，必定是一件好事。"

李天时点头称是："善莫大焉！"

他们便商量如何启动此事。

为了显得重视，李非凡决定亲自去拜访吴上人。两个人客套完毕，当李族长说明来意，吴族长对他讲："现在世风日下，不可不慎重啊。你不知道，原来有个福建人叫李贽的，曾来黄麻两地公开办学讲学，使黄麻民风，较其他各地更为开放，常有伤风败俗之事啊。"

李非凡从外地来，见多识广，听后虽然心里不以为然，但也不表示反对。他说："世易时移，皆本然也。族长有识，大德化之，风气当正。"

两个人喝着茶，各怀心事。寒暄良久，各自归家。

几番沟通下来，他们达成了共识。

因此，本吴庄与吴家田两大家族的第一次联姻，便完完全全地按照黄安的当地习惯，系统性地走了一遍流程。

先是得到族里同意后，李天时便举办家宴，寻找媒人。他专门宴请李氏另一位名叫李贯通的长者，让他的夫人前去托媒。在本吴庄，媒婆的地位举重若轻，在村里受人尊敬。世道无非总是这样，无论多少人生活在同一个村庄，每个村庄总有个三六九等。那些稍好一些的家庭，孩子常常未成年就有人上门提亲，也就是定下娃娃亲；而穷人家的孩子即使年已弱冠甚至三十而立，也没有人上门提亲，这时父母只好哀求托人说媒。

李天时的夫人说："媒婆一张嘴，全看利不利。她可以把好的说坏，把坏的说好；既可以成事，也可以坏事。"

李天时生气道："别乱说话。"

等酒过三巡，李天时对李贯通讲了此事。

李贯通趁着酒劲，说："放心吧，我夫人能说会道，眼里有活，心中有数，嘴里有话。没问题。"

李天时笑而不语。

于是，李贯通的夫人翻山来到吴家田的长老吴洪生家，说了托媒的事。

吴洪生的夫人问："孩子身体是否健康？"

李贯通夫人说："那是非常健康，一顿饭能吃个三五碗。还在读私塾，很有文化。"

吴洪生的夫人又问："长相是否俊俏？"

李贯通夫人答："外相斯文，一表人才。"

"家里有多少田多少地？"

"他家里有多少地，我说不准，至少二十斗还不止。"

吴洪生夫人满意了。

李贯通夫人便将随身带去的礼物放下。吴洪生家安排她吃了个饭，这事就算定下来了。

回到本吴庄，李天时家又请李贯通两口子吃了个回信酒，感谢说媒成功。两个人来到族长李非凡家，作了通报。李非凡说："好事啊。好事要办好。"

到了正式定亲时，李天时便提醒李贯通说："请夫人再费心问问，什么时候定下喝准酌酒呢？"

李贯通说："大哥放心，回去讲一下就成，不必着急。夫人虽是媒婆，但还不是你的弟媳？你一句话，她自然会办好。"

李天时还是笑。

在本吴庄，媒婆的地位很高。无论说媒成不成，都有"酒三瓶"之说，一旦亲事成功，就得请喝媒酒。这时的酒席，除了一般的猪肉、羊肉、鸡肉等常见菜外，还要有山珍海味。此时，媒人除了主媒之外，为保险起见，女方还要安排自己家中舅公、叔公当媒，与主媒一起，称"三媒"。这时，男方得把自己的亲戚接来一起作陪，也就平素里说的三媒六证。

酒宴一般安排在中午进行。

随着双方客人的到来，大家喝点茶聊会天，就到了上席的时刻。

上席其实是个特别关键的时刻，因为坐席的座次非常重要。客人入座后，一般分为官席与普席。主客二席若是平辈人，就普席，大家相互对坐；主客是叔侄上下辈用官席，并排而坐；主客是爷孙辈时用普席。此时，官席上为首，放菜时呈丁字排放；而普席左为首，菜品齐头排放，主菜在半上方放。无论哪种席，每个桌上有一个陪客，坐在下席，他先把自己的餐具放在面前，主客说："不必太重礼。"

这实际上是口头上的说法，因为就席而坐的问题直到李氏后来的我们这一辈，也非常讲究。如果没有让重要的人坐在上席，有的一生气，就会当着全体客人的面，将一桌酒席推翻然后扬长而去。此后，要么双方再不往来，要么重新三接五请，才能获得原谅。因此，本吴庄的人对坐席非常注意。什么客坐什么席，李非凡也一再要求年轻人严格遵守。

而只有这两餐媒酒吃完后，男女双方才算正式结亲。

此时，李天时的儿子李逢春，尚在私塾读书。按他本意，并不想把婚订得这么早，但顶不住父亲的意见，最后还是默许了。

他一同意，他未来的夫人，吴家田的吴鲜花，就要出场专门来见她这个未来的男人。

两家约在边界上见面，这在本吴庄称为"小见面"。按照父亲大人的吩咐，青春正好的李逢春，提了一些点心，外加一匹好布料，早就在山头上等着。当媒人带着吴鲜花过来后，一见面，李逢春看到吴鲜花长得像她的名字一样，心里就乐开了花，暗自喜欢。而吴鲜花，看到李逢春虽然年纪不大，但长得人高马大，一表人才，心里也暗自欢喜。

两个人坐在一起，还未开口，媒人便借故走了。

按原来的计划，李贯通夫人本来想让两人在自己家里见面的，但怕来看热闹的多，若是双方有一方对不上眼，便会让人说闲话，所以改在边界见。

李逢春与吴鲜花两个人，开始有些拘谨，有一句没一句的说话。

李逢春第一次见到外族的女人，一喜欢便有些小紧张，吴鲜花也是一样，看上去扭扭捏捏。双方问了对方家里几口人，身体怎么样，好像就没话了。于是，两个人望着各自对面的本吴庄与吴家田，东拉西扯的说起双方的事。李逢春表扬吴氏人家大仁大义，吴鲜花说李氏家族勤勤恳恳。

临别时，李逢春把礼物交到吴鲜花手里，吴鲜花假装推辞了一下，半推半就地收下了。李逢春在递礼物时，碰到了吴鲜花的手，他感觉心里一热，便趁势握在手里。吴鲜花的脸却红了，她连忙把手抽回来，不敢回头，踩着惊慌与喜悦走了。

过了两个月，李贯通的夫人到李天时家里来正式通知，说对方见面后，非常满意。因此，对方便商议什么时候来李逢春家里看看了。这个步骤叫作"看家"，也是黄安县的必修课，就是女方到男方家里来看情况怎么样，到底是不是媒婆和对象本人说的那样。女方必须前来探探虚实。

李贯通夫人说："这是个现实问题，就是来看家里富不富，房子怎么样。女方还要向男方问其人品、年龄、兄弟几人、家产过活、父母为人等全部家庭状况；而男方呢，也要向女方问其容貌俊丑、黑白胖瘦、金莲大小、针线茶饭、品行优劣、父母家庭等状况。虽说，说媒时都已讲明，但还是要眼见为实。"

李天时说："那是自然，俗语说，择妻只看一人，择婿要看全家，我们都理解的。"

第二天一大早，吴鲜花便由媒人牵着来了。按过去习俗，女方来看家，一般要等到中午才到。但吴鲜花老是想着上次与李逢春见面时，他悄悄地拉了一下她的手，越想越幸福，便把时间提前了。她到李逢春家里一看：哟嗬，房子这么大，家里的杂七杂八这么多！又见了未来的公公和婆婆，两人看上去都慈眉善目，和蔼可亲。吴鲜花心里也就有十二分愿意了。

李天时老两口呢，看到吴鲜花长得俊，又知情达理，当然也很高兴。特别是李天时的老婆，心里一喜欢，便拉着吴鲜花的手不放，从里屋走到外屋，从厨房走到卧室，让女孩好好看看家里。吴鲜花心里老是想着与李逢春单独多待一会儿，但一直没机会。直到开席上桌，吴鲜花才偷偷看向李逢春。李逢春也偷看她，两人目光一对，都各自红了脸。

所有客人都饱餐一顿后，家里才派李逢春送吴鲜花回去。

属于两个人的世界到来了。李逢春和吴鲜花并肩走路，开头还紧张，但由于是走山路，难免高低不平，两个人的手便不自觉地拉到一起了。吴鲜花感到路越来越短，于是他们也就走得越来越慢，两个人似乎有说不完的话。从本吴庄到吴家田，翻山之后，只有不到三公里的路，他们却从下午走到天黑。李逢春将吴鲜花送到吴家田的村口，吴鲜花的手还不想从他的手里收回。分别时，看到周围没人，李逢春甚至还壮胆抱了吴鲜花一下，吴鲜花觉得像是一团火烧了过来，她很想融化在这团火里，但她还是忍住了，脸一红便推开李逢春跑了。

按说，从此以后，两家便可以自由来往了。但实际上，出于面子和风俗，大家往来的机会也不多。因为这段时间，吴鲜花要做的，就是所有女人在嫁人前都要做的事：誊鞋样，练手工，选家具，做被子……在这些任务项中，有一项特别重要，就是男女双方一旦确定关系，到了结婚当年，女方为了出嫁时风风光光，还须到男方家去把一家所有成员的鞋样子，全部誊回去，再按照鞋样子的大小，给全家每人做一双鞋，一是作为见面礼，二是显示其能干。等到结婚出房门那天，把做好的鞋赠送给全家人，以博得婆家人的信任和好感。

所有的仪式，都是为了结婚作准备。在一切准备工作都做好之后，吴鲜花的父亲吴洪生，又找来一个算卦的，看两个人的属相合不合。这是结婚前非常关键的一条，就是查年庚、合"八字"，按十二生肖看男女的属相是否相冲相克。

在本吴庄，至今还流传着几首《大相歌》：

鼠羊一旦休，白马犯青牛，
虎蛇如刀绞，龙兔泪长流，
金鸡怕玉犬，猴猪不到头。

青兔黄狗古来有，红马黄羊寿命长，
黑鼠黄牛两头旺，龙鸡相配更久长，
婚配难得蛇盘兔，家中必定年年富。

这些习俗，不仅在吴家田这样，在本吴庄也是这样。族长李非凡平时非常关心每家每户的婚姻情况。为了提高本吴庄的和谐度，遇有姻亲之事，他总是要派人请来先生，同样问问"生辰八字"是否相合。这请来的先生，往往也是在酒足饭饱之后，便伸出手，左拨右捏，根据双方报出的"生辰八字"，来断定属相合还是不合，从而决断婚姻的成与不成。

根据本吴庄的《大相歌》，两个属相相冲相克的男女是不能结婚的。故先生对李非凡说:"合婚要根据十二生肖推定'败月'的习俗。"

至今,在本吴庄还流传着当年的《败子歌》——

> 正蛇二鼠三牛头,四兔五猴六狗头,
>
> 七猪八马九羊头,十月鸡儿架上愁,
>
> 十一月虎儿满山游,十二月老龙不抬头……

黄安县这样的谚语很多,传到吴洪生耳朵里。他也不懂这个,便向请来的先生请教。

先生说:"凡动物者,在此月份都处于败势,因而称之'败月'。由此按属相推及人的出生及怀孕月份。如属蛇者生于正月,就是'明败子',怀于正月就是'血败子';属猪者生于七月就是'明败子',怀于上年七月就是'血败子'。血败子比明败子危害大。所以俗语云'男败丈人三十九,女败婆家无尽休'。趋吉避凶人之性也,合婚时若对方是败子,就婉言谢绝,避而不谈,遇上再好的女方,也只能忍痛割爱。"

吴洪生问:"可有破解之法?"

先生答:"人生而天定,天时不可更改。然有细心者,生于败月早改月份,不让人知,以避婚嫁时麻烦。"

吴洪生问:"八字合婚除属相外,还涉及五行,何者为重?"

先生答:"五行之间,相生相克。所谓木生火、火生土、土生金、金生水、水生木;而水克火、火克金、金克木、木克土、土克水。古人认为,每个人之命运,都与五行有关,或木命,或金命……皆可据生辰八字推算。凡合婚之男女命相,宜相生,忌相克。故男家择妇,八字贵看夫子二星;女家择夫,八字贵得中和之气。"

吴洪生说:"对方乃是异姓,既非同姓亦不同宗,故同意结亲相合也,就看命里是否相符?"

先生问了生辰八字,左算右测,思忖多时,才捋须而笑:"令女与贵婿'八字'相合，门第相当，才貌般配，年龄相仿，真乃天作之合也。"

这一说，让吴洪生一家大为高兴。当晚，他便摆酒请来吴上人，和先生一起开怀痛饮。

又过些时日，李贯通夫人前来打探："本家家兄，何时可以问礼？"

所谓问礼，在其他村庄也叫送日子。这是结婚前的一个程序。即在结婚前一个星期左右的时间内，男方当家主事的人，要么是新郎的父亲，要么是新郎的伯父或叔父，在媒人的陪同下，到女方家询问：结婚那天，男方要带多少礼到女方。除了大礼外，还有小礼及拜年礼。

黄安县当时的大礼一般只有一项，就是带给岳父岳母的礼物。为此，李天时准备了多日，让李逢春带给吴洪生。李逢春清点一看，主要礼物有：二十斤以上的猪膀，十斤以上的羊腿，一条五斤以上的对子鱼，加上其他糖果点心。

李逢春看了，眉开眼笑。接着又去看小礼。

与大礼不同，小礼是指要带给长期走动的亲戚的礼物，即新娘家亲房叔伯兄弟姊妹。

李逢春又清点了小礼数，主要是五斤以上的猪肉一块，另加糖果点心若干。他说："这得准备多少呢？是不是要依照人家亲戚数来定？"

李天时说："是的。必须先问清楚对方有多少本家，以便准备多少份。"

李逢春说："这么麻烦呀。"

李天时笑了："娶亲是大事，以后还有拜年礼呢。"

李逢春又问："什么是拜年礼？"

李天时解释道："这是过年上门拜年时要带的一份礼物。主要是二斤以上的猪肉一块，另加一斤红糖。"他又对儿子讲道，"不要小看了问礼。这问礼看似简单，其实不易，明白人一问就清楚，不明白的经常搞糊涂。"

李逢春心里记下了。完成了热热闹闹的问礼这道程序，接下来的，就是报日子了。

所谓报日子，就是男方把结婚的日子告诉女方家，让对方做好出嫁准备。这个程序，也不是随便说了就了事的。完成这个任务的，还得是大媒人。

李贯通的夫人就问李天时："报日子的礼物准备好了吗？"

李天时说："准备好了。也就是烟啊酒啊糖果之类的。"

于是，李天时又把先生请到家，请他把结婚的日子以公历和农历两种方式，写在红纸上，折叠好，放进依然用红纸做好的信封内。

这些东西准备好后，李贯通的夫人选定了一个吉利日，穿戴得干干净净、讲讲究究，让人把礼物挑上，前往吴洪生家。当然，礼物之中，总是少不了给族长吴上人单独备上一份。

一听说报日子的来了，吴洪生家立即非常热情，连忙安排酒席接待，还请来吴家田里德高望重的人陪同，显示出对方是贵客。饭后，李贯通夫人从贴身处掏出写有结婚日子的信封，亲手交给吴洪生。她还按照信中写的，当面重复一遍，一直到吴洪生点头应声为止。

这下，李贯通夫人才放心满意地回来，直接来到李天时家，把去报日子的情况进行反馈。

李天时说："劳你费心，总算完成了大事。"

但大事其实还没有完。接下来的，便是迎亲搬家具。在黄安的结婚喜事中，家具大都是女方准备，也是主要嫁妆。在新娘未启程之前，男方要先请人把家具和嫁妆先抬到男方家里去，一般在结婚正日子的头一天，也有在正日子的当天。我们本吴庄搬嫁妆就在正日子，也就是结婚的当天进行。

在头天晚上，李逢春在吃饭时，随口说了一句："也不知道她家的家具多不多？"

他一说，便被父亲李天时喝止住了："快结婚的人了，这么不懂事！这个能当众说吗？"

李逢春听后脸红了，再不说话。李天时扒拉了一口饭，又教育他说："家具的多少，是衡量女方家的穷富贵贱。你岳父是大户人家，他家的闺女出嫁，家具肯定一般在二十八抬以上，一抬二人，搬家具的人就得有五六十人之上。你按这个准备吧。"

李逢春听了，心里乐开了花。自古以来，本吴庄人都在乎面子。这也是黄安人的特点。面子有时比命还重要还金贵。在黄安，有钱的人，面子大于天；没有钱的人，穷硬穷硬，从不服软。

果然，第二天一早，本吴庄庞大的搬家迎亲队伍，先在李天时家里过了一个丰盛的早餐后，随着一阵鞭炮炸响，他们倾巢而出，沿着山路步行来到吴家田。到达时天还未亮，大家便又在吴洪生家里吃了碗冲肉。这碗冲肉，是实实在在的冲肉，全是上好的瘦肉，把本吴庄的男人们，吃得身上马上有了力气。

此时万事俱备，也正好是男人们力气最大的时刻。大家坐下又喝完一杯茶，只听又是鞭炮声响起，随着媒婆的一声"走起哟"，大家便站了起来，来到吴洪生家门口。只见吴家准备的家具，一溜儿排开：有六至八尺长的柜台、柜子，用于装载粮食；有四尺长三尺高的柜子，用于装载八铺八盖的被子；有用于放置衣服、布匹的箱子；有梳妆台、洗脸台、火盆架、桌子、椅子等等，小到鞋架，大到棺木……真是应有尽有。本吴庄的男人们，不禁发出"啧啧啧"的赞叹声。

家具一般是先抬走的。抬走的同时，迎亲的队伍便接着行动。

在本吴庄，迎亲有很多老规矩，去迎亲的人先得是"牵娘"——也就是牵新娘来的伴娘。这牵娘一般是两个，或四个，如果送亲的伴娘是两个，迎亲的牵娘就是两个；如果送亲的伴娘是四个，迎亲的牵娘也是四个。而且牵娘还有规定，既不能是单数，也不能是外房的人。到了这一天，只见四个牵娘，都穿戴得非常讲究，换上最好的衣服，看上去干干净净，利利落落。

一行人简简单单吃完早饭，就在约定处恭候送亲的到来。吴洪生家送亲的人，一般都与前来抬家具的人一起出发，都跟在家具后面，负责把新娘安全送到新郎家。

就在大家高兴地等待新娘到达的时候，前方突然传来消息：接亲的队伍不知为什么与人打起来了！

这是李天时最担心的事。

在黄安县，大家在婆亲这个喜庆的日子里，最担心的就是自家去迎亲的队伍遇到别的迎亲队伍，两支队伍如果狭路相逢，往往为了讨个彩头和吉利，会互不相让。而一旦不给对方让路，有的甚至容易发生冲突乃至械斗！

李天时赶紧派人前去察看。果然，是吴家田一个青年娶了另外一个村庄的姑娘，两支队伍恰好在山路上相遇，年轻的小伙子们都血气方刚，不肯让道。

新娘吴鲜花坐在轿里，听到外面的吵闹声，得知是自己村吴家田也有人迎亲，便让人上前去叫新郎过来问话。新郎原本牛烘烘的，不愿前来，但一听是本村吴洪生家的姑娘出嫁，便连忙吩咐让道，自己还恭恭敬敬地立在路旁，准备让本家姐姐通过。

没想，吴鲜花也挺有个性。她竟然让吴家田的新郎先走。

这新郎以为吴鲜花生气了，一直不敢走。

吴鲜花想给吴家田的人一个面子，便要本村人先走。这样僵持了一会儿，最终还是吴家田的新郎让了吴鲜花先走才罢。

一场危机也由此化解。

但是这个事，让本吴庄的人觉得，吴鲜花是个讲道理的女人，大家便开始羡慕起李天时娶了个好儿媳。

迎亲队伍进了村子之后，又是一通热闹的鞭炮。

一帮小孩在轿子后面跟着跑着跳着，一边还高唱着：

鸦鹊喳，喳过河，对子喇叭对子锣。

人家结个新大姐，我啦结个癞痢婆……

大人们听了哈哈笑。

在欢笑声中，人们把新娘抬进门拜堂。

在本吴庄，拜堂就像黄安县所有的拜堂那样，也都是三跪九叩，施行大礼。一拜天地，二拜高堂，夫妻对拜，便算完事。

两边的唢呐，吹得刺人耳朵；喧天的锣鼓，敲得惊天动地。

拜堂之后，新娘进入洞房。洞房铺陈一新，四处红色包围，显得特别喜庆。

这时，接亲的一个牵娘站了出来，对吴鲜花说："莫急莫急，还有一个程序，就是铺床！"

牵娘说完，便给新郎新娘铺床。这个安排一般是在新郎新娘洞房花烛夜头天的晚上，此举意在家族亲人为新婚夫妇创设一个美满、平安、幸福的环境。但是，为了增加效果，本吴庄人将这个动作，安排到新娘进了洞房之后进行。

吴鲜花透过红盖头看到，在铺床过程中，大家帮忙先铺上稻草，预示五谷丰登；再在床头稻草上面放些萝卜、南瓜类果蔬，预示多子多福；再在稻草上铺上一层层二棉被、被褥等床垫，预示殷实丰厚；然后是绫罗绸缎类的铺盖，预示荣华富贵。

每铺一层东西，就要说一些吉利话，用一些祝福词。此时，那个牵娘一边铺一边高唱：

　　喜气洋洋进洞房，

　　今日来铺象牙床，

　　一铺天长地久，

　　二铺金玉满堂，

　　三铺三圆结地早，

　　四铺龙凤配成双，

五铺五子登科题金榜，

六铺六合同君床，

七铺夫妻同到老，

八铺公婆大人福寿长

九铺荣华又富贵，

十铺尽是象牙床。

象牙床上铺棉被，

棉被里面卧鸳鸯，

两头摆下荷叶枕，

中间一对好凤凰，

凤凰口吐七个字，

状元榜眼探花郎，

今夜牙床铺得长，

五男二女在身旁……

吴鲜花听着贺词，偷偷地笑了。

铺完之后，还有撒帐。只见有人手里拿着谷麦，一边撒一边唱："撒帐撒帐哦，儿孙满堂啊！"

房子里其他人接着齐声道："是啊！"

"这头一按哟，生的儿女像金童玉女哦！"

洞房里的人们齐接声："是啊！"

"那头一按哟，夫妻恩恩爱爱共白头哦！"

"是啊！"

晚上，本吴庄整个村庄都热热闹闹，家家户户都要派一个人到李天时家吃饭。因为村庄里每个人结婚，大家不仅都要帮忙，而且还要出点礼金。

派饭吃完之后，随着老人们退场，年轻人便要开始闹洞房。这一闹，得弄到深更半夜才散。说起当年黄安县闹洞房，是新大姐最难熬的一件事，胆小的吓得哭，胆大的吓得男人害怕。因为是新娘的第一天，什么洋的荤的都敢讲，什么丑话浑话都敢说，什么动作都敢做。特别是一些没结婚的二杆子二流子二愣子，趁机动手动脚的，让新郎有意见也不好提。

吴鲜花在家当姑娘时，见过这阵势，当时觉得好玩，但现在到了自己身上，也是一直提心吊胆，生怕失了情分又丢了面子。好在她长在大户人家，学会了应对，为李逢春争得了面子。

但是就在这天夜里，本吴庄出了一件大事，吓得村里人好几天都早早关门。

这天深夜，热热闹闹的人们喝得醉醺醺的各自散去后，新郎新娘也累了几天，准备入睡。但谁也想不到，一个采花大盗却潜入了本吴庄。他以为新郎新娘会睡得很熟，便翻窗潜入房中，没想本吴庄闹洞房的年轻人会闹得那么晚。这个采花大盗看到洞房的灯熄了，便潜入新郎新娘的洞房门后。他却突然听到了有人在笑，吓了一跳，便悄悄地钻入床下躲藏。

本吴庄的床，都是那种实木的床，两边的架子很高，下面藏几个人都没有问题。这大盗刚一溜进去，没想到床底下早已藏有别的人。这是本吴庄的习俗，专门等新郎新娘睡觉时或睡着后再钻出来闹笑话，看热闹。因此，藏在里面的人，还以为又来了一个本村的人，便捂着嘴笑，也不说话，还把身子往里缩了缩，让他进来。

这大盗不知本吴庄的规矩，以为在床底下遇到了同行，因此也不敢吱声。两个人都不说话，一直在等新郎新娘说笑。新郎和新娘第一次睡到一起，李逢春害羞，不好意思去碰吴鲜花。吴鲜花也不好意思主动来碰李逢春。两个人挨着身子，都不言语，各自听到了对方的心跳。

这样到了半夜，由于接连几天都太累，新郎新娘竟然不知不觉地睡着了。里面等着闹洞房的，便推了推外面的采花大盗，让他出去。采花大盗也不知其意，不敢吭声，便往外挪了挪。里面的人又把他往外推了推，他又挪了挪，这样一直挪到了床外。采花大盗还没有明白过来，只见里面闹洞房的人，摸索着走到门口，先是开了门锁，接着突然点亮了油灯。这时，外面早就急不可待的一堆人，从堂屋突然挤了进来，有人点燃鞭炮便往新人的被子边扔，鞭炮噼里啪啦的一阵炸响，大家嘻嘻哈哈的，让一对新人突然从梦中惊醒。幸亏他们都穿着内衣，一边又找外面的衣服穿上，一边又散发糕点和瓜子，算是讨饶。

李逢春一边发糖还一边想："幸亏刚才睡着了，没有做出什么过分的事，否则便让大家看笑话了。"他看看吴鲜花，她的脸也是红扑扑的，低着头笑，不说话。

大家有些失望。因为与过去那些新婚火烧火燎的夫妇不同，这对夫妻好像很淡定，不急于发生点什么。有的人热闹没看上，正在叹息，没想本村一个年轻人突然发现，在热闹的人群中，竟然还有一个不认识的人！

他马上问："你是谁啊？"

采花大盗蒙圈了。他反应极快，说："亲戚啊！"

他这一说，大家把目光全部聚在他身上："亲戚？谁的亲戚？"

采花大盗还没有说话，另一个人说："亲戚也来闹洞房？不对呀。"

大家便把他按住了。因为在本吴庄，男方的亲戚是可以闹房的，但女方的绝对不允许。

采花大盗并不害怕，他说："我是那个谁家的亲戚，看到你们热闹，我也顺便来热闹一下啊。"

大家将信将疑，便把目光投到李逢春身上。

李逢春穿好衣服，也怀疑地看着。不过他想，既然是喜事，不管是谁，也没有发生什么，就轻描淡写地说："是自家亲戚。"

他这样一说，大家才又重新热闹起来。

李天时早在里屋听着年轻人闹喜，这下连忙喊人为年轻人下面条加餐过夜。这是本吴庄的固有习俗。

那个采花大盗见大家放松了警惕，便趁机逃走了。

第二天，李天时也听说了这件事，连忙让人一查，才大吃一惊：昨夜逃掉的，是全县通缉多时的采花大盗呀！

大家听后吓一身冷汗。因为在黄安县，这个采花大盗不知糟蹋了多少良家妇女，而且非常狠毒，一经发现，便杀人灭口。

于是，接下来几天，本吴庄便里里外外加强了戒备。结果，那个采花大盗再也没有出现。这事在本吴庄与吴家田，一下子传得沸沸扬扬的。有人甚至说，吴鲜花受到了采花大盗的欺侮，气得李天时和李逢春跳起脚骂娘。之后，李非凡严禁乱说乱讲，村庄里再也没有人敢说了，大家只是私下里窃笑。

第三章　嫌隙

直到今天，在本吴庄，一家人的红白喜事也是全村的红白喜事。有困难，大家帮；有需要，大家扶。

李逢春结婚，虽然新婚之夜闹了一曲意外，但人财都没有什么损失。按本吴庄的风俗，新婚第三天，则是新娘必须出房门的日子。而前三天，必须一直待在家里，才算是过门了。

按照习俗，出了三天，新娘吴鲜花要到村子里的家家户户去看看，上门见个面，问声好，借此认识一下乡亲，以后好融入村庄。此时的本吴庄，来后各立门户，已有一百多户人家。小的一家一人或者两口，多的一家甚至有十几口人，要想把他们全部认齐全，也是一件相当困难的事。

一大早，李天时就对吴鲜花讲："互相拜访拜访，相互走动走动，一来可以得到乡邻垸下人的认可，二是借此正式融入李氏大家族，成为大家心目中认可的一员。"

看到吴鲜花笑，李天时又讲："我们本吴庄拜客，也是极有讲究的。这一点你必须注意，要先拜本家，从长辈到平辈，再到晚辈。亲人家先拜访完了，再拜访别的人家。"

吴鲜花点头称是。

于是，由李逢春的叔伯妯娌在前面引路，吴鲜花跟着。他们到哪一家，吴鲜花也到哪一家。每到一家，都要先行跪拜。各家的主人，总是先把新娘拉起来，然后说一些客气话。比如说，"这个新大姐好疼人",就是好漂亮的意思;再比如说,"呀,看得人好俺前",就是好羡慕的意思。

在拜客过程中,村子里的年轻人还是纠前缠后,撵着给新娘脸上抹红。这个习俗很不好,但本吴庄人却固执地坚持到了二十一世纪。所谓抹红,也叫"打红",就是把颜料往新娘脸上抹,把她的脸抹得红红的。有恶作剧的,甚至渗一些酒水,加一些灶灰,整得人越是哭笑不得越是为乐。抹红的人越多,红抹得越多,就越说明新娘及其家庭成员在村子里的人缘好,越是能说明村里的人喜欢、欢迎新娘的到来。反之,如果新娘拜客那天,没有人抹红或抹红的人少,就说明新娘婆家人缘差,人情淡,不光家里人脸上无光,新娘也无颜,无意思。

吴鲜花是吴家田大户人家的女儿,为使拜客风光排场,一大早李逢春就告诉她遇到抹红时,心里要有准备,不许发火。因为他知道,在本吴庄,抹红的红也有讲究,上好的红是胭脂,差点的是染料,还有闹恶作剧的一种红,就是油漆的红。

李天时老伴一早也对吴鲜花讲过:"我们可别犯人家的错误。去年西头李红涛家儿子娶媳妇,到了拜客那天,有人便把胭脂换成了油漆。结果,新娘抹了油漆的脸,几天都洗不干净,最后,脸上死了几层皮。"

吴鲜花问:"为什么呢?"

婆婆说:"因为他们一家奸猾狡诈,乡亲们都不喜欢。"

吴鲜花听了心里一直悬着,好在她所到之处,给她脸上抹红的人特别多。红也是好红。让她不快的,是不少年轻人,趁着给她抹红时揩一把油,或是在她屁股上摸一下,或是冷不丁的在她脸上亲一下,因为他们说:"这个新大姐太好看了,皮肤吹一下就要破了似的。"

结果,吴鲜花被抹得油光花彩的回来,一进门就让李天时看了发笑。

李逢春却心疼说:"呀,你赶紧洗一下。"

吴鲜花便在自家的院子里洗。

在本吴庄，女人们的头发脏了，大都是取皂荚或稻草烧成的灰浸泡过滤后的水洗。洗涤过的头发干后，梳不顺，就用食用油抹在头发上，起滋润固定作用。因而，用于润滑固定头发的油就叫梳头油。这种油也就成了姑娘出嫁，作为嫁妆的必备之物。

所以，吴鲜花的弟弟来送梳头油时，李逢春还给妻弟做了一身新衣裳。

这一切弄完之后，又过了半个月。这天，李天时便对李逢春说："到了回门的日子了，准备一下儿媳妇回娘家的礼物吧。"

李天时的老伴说："要搞像样点，对方是大户人家，我们也是族中长老，别让人觉得我们小里小气。"

于是，李天时就叫儿子李逢春拿来纸笔，他说一样叫儿子记一笔，说完后就让李逢春去办。李逢春便按父亲的意思，上街割了肉，打了酒，买了点心，还买了糖果……

第二天，吴鲜花回到了娘家。一时间，吴家田全村的老老少少都来了，热情地迎接这位嫁出去的姑娘。穿得整整齐齐的吴鲜花，还有一脸喜气的吴洪生夫妇，包括看上去风流倜傥的新郎官李逢春，全部都是笑脸迎人，散烟的散烟，泡茶的泡茶，端点心的端点心，热热心心地侍候客人。

直到客人完全散去，吴鲜花的娘家人才带着新姑爷李逢春和她，提着礼物，先到吴上人家，再到亲房叔伯的家里走一走，坐一坐，问声好，聊聊天。这是黄安县作为回门姑娘的一种礼节。这一圈走下来，李逢春顿时感到腰酸背痛。好不容易到了中午，他才回到了吴鲜花家中，一大家人坐了两桌，高高兴兴地吃了一餐饭。

饭桌上，李逢春向岳父岳母敬酒，说些客气话，吴洪生很高兴。他觉得女婿要人才有人才，要文化有文化。

饭后，按照习俗新娘吴鲜花还要留在娘家。按照黄安县的风俗，新娘还要在娘家住上十天半月。李逢春决定一个人回家。

临别时李逢春恋恋不舍地说："早点回家呀。想你呢。"

吴鲜花脸一红："这中途不能回家啊，否则会让人笑话。"

李逢春才依依不舍地走了。

回到家里，李逢春把情况向父亲李天时说明了。李天时又备了礼，带着他来到族长李非凡家，向族长汇报了这些具体情况。

李非凡说："好啊。李吴两大家，能结成一家人。对两族来说都是好事。"

也的确，自从两大家族两位长者家族通婚后，吴氏和我们李氏之间看上去像本吴庄的田野，稻谷成长，瓜果飘香。

这是两族之间一个短暂的和平期，延续了近三年之久。在李非凡眼里，如果按照这个状况发展下去，两个大家族一定会亲上加亲，成为友好村庄。

没事时，李非凡喜欢来到当年扎根之夜停驻的那座山头上，一坐就是半天。看到本吴庄的兴旺发达，他总是想：这辈子自己能带着李氏一脉，把家安在此处，也是一件非常成功的事。

于是，每当春天的雨水打在树上屋上瓦上，每当夏天的阳光射在天井池塘和瓜苗间，每当秋天的风拂过山林庄稼与牛羊，每当冬天的雪覆盖在村庄原野与河流，李非凡的心里都奔涌着强烈的成就感。

而在此时，李非凡才流露出内心的忧伤。因为当年我们李氏从江西本土出走时，完全是因为村子里土地不够，许多人吃不上饭。父亲在死前对他讲："这一支你带走吧，到他乡能找到一条生路，也是件功德无量的事。"

父亲死时满腹悲伤。

如今，看到本吴庄欣欣向荣的一切，李非凡作为当仁不让的族长与说一不二的当家人，他感觉到体内涌动着强大的力量。就像脚下那条奔流不息的倒水河，在丰水期时，总有滔滔不绝的力量推动着一浪又一浪奔涌向前……

但是李非凡也清楚地认识到，世界上的任何事物都有着正反两极。随着李吴两族之间交往增多，时间的拉长，各种矛盾自然也随之而来：争吵、打架、小偷小摸、男女关系……所有今天乡间产生的事，在那时的乡间也产生过。

于是，吴李两姓像一条宽阔的河流，交汇后又慢慢被河中的小岛冲击，分成两个支流，慢慢开始产生了嫌隙。特别是两个家族的人，通婚以后，有时一家两口居家过日子，由纯粹的爱情走向平淡的婚姻，难免就会为生活中的小事发生争吵。这个现象，放之四海而皆准，居家生活，哪有完全没有矛盾的？

偏偏，问题就发生在我们李氏的一个叫李罕的男人身上，他娶了吴氏族长的侄女叫吴花的，惹出了两族之间一个大大的问题。

本来，这李罕与吴花两个人，像李逢春与吴鲜花一样，都走过了结婚的流程，从相识相亲到相爱，原来日子也过得好好的。吴花嫁到本吴庄后，在李罕家有吃有喝，衣食不愁。李罕这个人，也像多数李氏人一样，勤劳朴实，吃苦肯干。但自从有了两个儿女，两个人便常常因为带孩子的事渐渐发生争吵。

这事让李天时听说了，他也只是口头教育教育，不想管得太具体。他对李非凡说："结了婚的男人与女人吵架，千百年来都是千篇一律的：要么男的嫌女人啰嗦、烦人或黏人，而女的抱怨男的不做饭不洗碗，晚上又让自己一个人管孩子；要么男人抱怨女的对自己的父母不好，而女的整天想着娘家的弟弟没娶媳妇要去救济……家长里短的事，渐渐便由吵架到打架，由小吵小打到大吵大打，最后便闹得不可开交。你看我不顺眼，我看你不是个人……这乃世间常态，不足为患。有时越吵，感情却越铁。"

李非凡却不这样认为。他说："天时啊，一个家庭常常是这样，好的时候什么话都可以说，什么玩笑都可以开；但生气吵架时，一切便顾不上了，针尖麦芒大的小事也会演变成大事。千百年来，多少夫妻都是这样的——好时可以好到连命都给对方，恨时可以恨到要对方的命。要小心啊，多劝他们，和为贵。"

李天时只能劝李罕，吴花是别人家嫁过来的，他不便说得太多。李罕答应得好，可在有一晚，两个人又为孩子的事吵起来。

这天，李罕在田间劳动了一整天，累得要命。到了晚上，吴花让他为孩子换个尿布，说了半天李罕也懒得动。吴花一生气一激动，顺手给了李罕一个耳光。一个耳巴子甩过去，李罕脸上便红了一片。

这一下不得了了。

在本吴庄里，向来只有男人动手打女人，女人动手打男人是个新鲜事。这一耳光，把李罕惹恼了。他一气一急，一脚便把吴花从床上踹了下来。

吴花掉在地上，先是一惊，接着感到屁股火辣辣地痛。从小在家吃香喝辣的她，哪里见过这种阵势？加之仗着自己是吴家田吴上人族长的侄女，吴花便生气地一甩手，自己哭着连夜跑回了娘家。

这事发生在半夜，吴花也真是胆够大，黑夜中翻山越岭的，边哭边回了娘家，幸亏在山头上没有遇到狼。

她这赌气一回，对李罕不打紧，但对吴氏来说，却吃惊不已！

看到吴花哭哭啼啼的，她的老父亲吴非好非常不满："这个李罕，真是混账，怎么能动手打老婆？而且是打我的女儿？"

吴非好问明了事情原委，不外乎是李罕觉得吴花白天对自己父母的态度总是不太好，吃个饭没让老人先动筷；到了晚上又不肯起床给孩子换尿布。这区区小事，本来不是多大个事，但在吴家田却掀起了风暴！

吴非好想，你不看僧面也要看佛面呀。这口气不能忍！

于是，事情常常便会这样：两个人的事变成了两个家庭的事。而两个家庭的事，迅速又上升为两个家族的事。

吴花是吴上人的侄女，他连忙派人过来问情况。吴花要说两口子打架也就罢了，她还说了李氏好多不好。特别是看到李罕既不来道歉，也不来接她回家，便在娘家一哭二闹三上吊。平时也就罢了，但经她这一表演一闹腾，谁也没想到，最后竟然会把李氏与吴氏大好的关系，弄得几十年水火不容！

　　吴花为了证明自己得理，便一个劲地在家唠唠叨叨倒豆子般地把本吴庄大小事都吐出来，无非是一些不好的事，上不了台面的事。特别是她讲到当初我们李氏家族买这块地的秘密时，触怒了他父亲吴非好。

　　吴非好大吃一惊："原来我们吴家田最好的风水，竟然让李氏占去了，难怪他们发展得这么好！"

　　本来，世上本无事，庸人自扰之。要说，这种事要说有就有，说没有就没有，就看你信不信。但吴花添油加醋地一渲染，加之吴非好一琢磨，这事便由无变成有了。

　　怎么会有这样的事呢？本来，我们李氏买下这块地后，族长李非凡订下的第一条规矩，便是不准说出当初风水先生告诉我们买地的秘密。但随着两族之间的交好，各自的家庭生活又都走上正轨，谁家两口子在亲热一番之后，自家人之间还不说些实话趣话闲话笑话？

　　这事说来话长。我们本吴庄有个叫李实的后生，为人就像他的名字一样，是个老实巴交的庄稼汉。他也娶了一个吴氏的女人，叫吴欢。这吴欢是个大嘴巴，能把一根稻草说成金条。虽然李实在村庄里老实巴交，但本吴庄的男人们，多数在喝酒后便有吹牛和说大话的毛病。李实在一次吃了喜酒后归来，与吴欢度过床上之欢后，一时兴起，得意洋洋地把本吴庄买地的这个秘密告诉了妻子吴欢。

　　吴欢当时也没太当一回事。不就是块地吗？过去李氏没搬来时，她也到这块土地上来过，并没见到什么神奇呀，他们吴氏也不太在乎这块地啊。再说，那块地上的三兄弟，一个个打了一辈子光棍，也没有在这块地上发什么财啊？

　　吴欢当时也没有当回事，只当李实说了个神话笑话。

　　问题是，有次吴欢去菜园浇水时，突然碰到了同村嫁过来的姑娘吴花。

　　两个人从小就认识，又嫁到同一个村，过去就经常坐在一块闲聊。这次也是一样，聊着聊着，吴欢无话可说，就话外找话，无意中把李实讲的买地这件事，对吴花讲了。

　　两个女人聊天那天，天气很好，本吴庄四野的油菜花开得很艳。两个人站在田埂上，阳光洒在她们身上，两个女人从东家讲到西家，从南方讲到北方，从老公讲到孩子，原本只是随便聊聊天，却没想到这随便说的话，后来会引发轩然大波！

　　吴花被打，回到娘家想起这件事时，便觉得这是发动吴氏家族打击李罕的好办法。她对父亲吴非好讲这个事时，也并没有想到会有什么严重的后果，只是一时觉得李罕不好，便感觉到整个李氏家族的人都不好。多数都这样，只要觉得丈夫不好，就觉得整个夫家的人甚至整个夫家家族的人都不是好东西。

　　吴花这一说不打紧，父亲吴非好却上心了。

　　吴非好想，李罕既然这么硬，连上门来求媳妇都做不到，自己上门也讨不到什么好处。不如利用这个买地的秘密，让吴氏家族来教训一下李氏，同时也借李氏之力，再来教训一下自己的女婿。

　　这便是李氏与吴氏结怨的第一条导火索。亲人亲人，好时是亲上加亲，不好时有时不如仇人。

　　于是，吴非好把这个秘密告诉了族长、他的哥哥吴上人。

　　吴上人一听火冒三丈。

　　许多年后，轮到我们这一代时，我也拐弯抹角地通过各种关系，曾去翻过吴氏的族谱，觉得吴姓人的名字都起得怪怪的。比如吴花，明明是有花更好，为什么非要无花才美呢？再如吴非好，从字面上看，非好就是不好，但加一个吴字的谐音，就是没有一点不好；还有吴上人，你即使真的是个上人，还非得说出来吗？就是后来众人称颂的李逢春的媳妇吴鲜花，人是长得很美，非要说自己是鲜花，也太不自谦了吧？

　　但这就是吴氏的性格。吴氏的名字反映出了他们的性格。我们李氏与吴氏后来打了几十年的嘴仗，原因都是出自各自的性格。吴字口要吞天，李字要拿根木棍来压住孩子，都是比较强悍的家族性格吧。

吴上人一听吴非好添油加醋的报告，顿时倒吸一口冷气："是啊，难怪李氏来了之后，他们能够迅速发达兴旺呢，原因竟然在这里！而我们吴氏呢，却一直在走下坡路！"

于是，吴上人迅速回顾了一下李氏在这里的发展过程：

吴氏荒年，李氏搬迁来此，置地，垒房，安家；

接着，李氏开荒，挖塘，引渠，筑岸；

李氏对外通婚，买山，种稻，设集市；

李氏再置地，种树，圈荒地，建坟山；

李氏结亲，生子，子又生子，子子孙孙……

吴上人这样一想，心里焦急起来："没想到一个外来户，居然在短短几年里，风头盖过了我们本地人，原因居然是因为风水……"

这样一想，吴上人便召集族中头面人物商议。

大家听说了我们李氏买地的缘由，不由得跺足后悔，叫苦不迭。

一个年长的族中人说："我辈当悔啊，那个叫花子，也曾来过我庄，也曾说过同样的话，只是当时没人信呀。"

他这一说，吴上人不觉脸上微红。因为风水先生也曾这样对他们讲过。但他们不仅不相信，而且在他的命令之下，几个年轻人还把风水先生打了一顿，并曾放狗咬他。

这真是造孽的事啊。

现在，吴氏后悔了。但后悔也没有用，他们与我们李氏土地买卖的契约上写得清清楚楚，明明白白。我们李氏是在付了足够的真金白银之后，这块地才姓李而非姓吴的。

无论哪个时代，不管风吹雨打，规矩是不能变的。

吴洪生作为长老，也参加了会议。他提出："不可全信此话呀。人家的今天，是劳动所得。"

吴非好讽刺吴洪生说："是啊，你家女儿在本吴庄过得挺好，你当然不这样想。"

吴洪生说："两族交好，有利发展。两族交恶，互相倒霉。"

吴上人冷冷地看了吴洪生一眼，阻止他说："李氏若买地，当堂堂正正。而今骗我等把地买去，还暗中笑话我们，焉能吃个哑巴亏？"

吴非好说："是要报复他们一下，或者让他们再给吴氏出点血，加点钱。"

于是，经商议，吴上人派专人来与李氏进行沟通。其大意不外乎："李氏欺骗了吴氏，购得良地，还得再加十根金条！"

此时的李氏，别说十根金条，就是百根金条，也拿得出。但吴氏搞这么一出，李氏当然不干。

李非凡说："这是欲加之罪，何患无辞？"

吴氏的人灰头土脸而回，报告给了吴上人。

吴上人用拐杖在地面上猛敲："是可忍，孰不可忍？这件事也不能就此算了，等待时机，我们要好好教训一下李氏。"

族长放出狠话，像是给两族之间注入火药，使两族中出现裂痕与火花。几乎所有吴姓的人，都认为我们李姓人是把这块土地骗到手的。激进的年轻人，甚至要动刀动枪来抢回去，但买卖契约上的白纸黑字，加之李氏也已不是当初落难时的李氏，谁又敢轻举妄动？因此，吴氏的人除了在心里暗暗骂我们李氏，也没有别的办法。

吴洪生说："国有国法，家有家规。再说，我们也是当地大族，不能言而无信。"

但从此之后，吴姓的人见了我们李姓，都会不自觉地怒目而视。有时在交界的界山或田边或集市上遇到，两边的人不再像过去那样说说笑笑。乃至，有时在集市上碰到，吴氏的人甚至不愿意与我们李氏交换货物。

当然，也少不了有的年轻人一时冲动，借机与我们李氏发生争斗的事。但小打小闹的，也证明不了什么。吴氏的人，有一多半都只能在私下里咒骂李氏。但对我们李氏家族来说，吴氏的人在肚子里骂我们又有什么用呢？反正我们族的人从此在这里安居乐业，五谷丰登，六畜兴旺，并且逐渐在外有了名气。

在我们宗族搬来的第十个年头，李天时的儿子李逢春去参加朝廷考试，中了举人。这在本吴庄是件大事。消息传来，李非凡异常高兴，让本吴庄大宴三天宾客。但请柬送到吴家田，却没有一个人前来。

吴上人说："中个举人，能算上得啥？要是中个进士还差不多！"

吴氏的人恨得牙痒痒的。

李逢春中举后，被派到黄安县城当了一个笔吏，就是给县官草拟公文。

这件事对李逢春来说虽说只是个人命运的改变，但对本吴庄来说却是一件大事。这意味着，我们本吴庄李氏从扎根此地后，开始在朝中有人了。所以，吴氏暗中的叫骂，丝毫不影响我们李氏的发展。

要说，李逢春去应试也是李氏希望的事。他自娶了吴鲜花，日子过得滋润无比，原本没有考取功名的念头，但岳父吴洪生与父亲李天时，都要他好好读书，为李氏争光。他因此熬更守夜，刻苦攻读，考了好几次才终于中举。加之他又不愿去外地任职，吴洪生便托了熟人，让他回黄安县府当差，从此搬到黄安县城去住。

李逢春当差后，很想出来调解李吴两族的矛盾，通过岳父吴洪生表达了自己的想法，但无论怎样努力，吴上人却不依不饶。

他说："我们吴氏也有人在黄州府当差，比李逢春的官大。"

他为此对李氏还是不屑一顾。

于是，问题来了，两个相邻的村庄从此不再那样和谐了。

我们族长李非凡看到事情弄成这样，原本想想事宁人，便提出和解方案，无非是给吴氏加点买土地的钱，只是不能像吴氏提出的那么多。大家都妥协一点，给个面子就行了。

但吴氏族长吴上人觉得，话既然已说出口，便像泼出去的水收不回来。既然地是从自己手上卖的，说出来他会面上无光，便坚决不干。

更严重的是，吴氏的人看到李氏在曾经属于自己的土地上日益兴隆，这种嫉妒心便慢慢地、悄悄地滋长了，好比两个家族的小孩，一晃长成了一棵棵大树，李氏的树大，而吴氏的树小，李氏的树挡住了吴氏的阳光，让吴氏的人不爽。吴氏的人越发觉得他们当初受了李氏的骗，因此想方设法欲来报复我们李姓人家。

这样一来，两个当地大族，便由李罕家庭吵架开始，导致了整个地区遭殃。这芝麻大的小事一出，两个大族的友好关系出现了裂痕。

首先是，吴上人在族中规定："李吴两个大族从此不再通婚！"

他还规定：青年男女无论是怎样的情投意合，也得按照吴氏定下的规矩来选择分手。

更为残酷的是，在吴洪生强烈反对的情况下，吴氏族里还是研究决定：哪怕是已经结了婚生了孩子的吴姓人，也得回本村居住，以便与我们李姓一刀两断！除非再不往来。

这样一来，我们两族建立的和谐关系迅速被打破了。

作为应战，经过商议，我们李姓的人也召回了自己族中嫁到吴姓族中的女人！

李非凡说："不能让我们姓李的伢，在吴氏族中受苦受难！"

这个命令一下，两边的人便要各回各家，各找各妈，这个举动让那些大人和孩子们哭得死去活来！

因为这意味着：女人们暂时失去了孩子，孩子暂时也失去了母亲。

这个狠招一出，导致我们两族从友好往来到一刀两断，形势直转而下。除了李逢春的媳妇吴鲜花由于在县府里，没有人敢去追问外，其他的普通妇女，都得遵守！

那时的黄安乡下，无论你有没有理，宗族说的话就是理。因此，两个家族的人，在十几年的时间内，便由亲人转为仇人，由亲友变成仇敌！

从此，两个大族便在苦苦相斗中度过了非常漫长的日子。不管吴姓人的子孙中是否流淌着李姓人的血液，也不管我们李姓的子孙中是否涌动着吴姓人的基因，总之两个大族在召回各自的女性后，两个村庄从此便遥遥相对，隔村相望，老死不相往来。

不仅如此，两个宗族还在田边地界都树了明确的界碑，规定谁也不能稍有越界，否则惩罚将会非常严厉。

两族间的气氛弄得特别紧张，到最后，甚至都还派人持械在界边巡逻，以防各自的人跑到对方的庄子里去见面。

这样一来，那些可怜的女人为了见上自己的孩子，常常在劳动之机装作解手跑进那茂密的丛林，想等黑夜越界去对面的村庄见见自己的孩子，但见一面哪里那样容易呢？可怜的女人们，多半是失望而归。

思念，在隔村相望的两族之间，隔着一座山峰与一道山林，涌动着无数的血泪辛酸。仿佛风声吹过，两边边界的山林都在哭泣。

难得见上一面的亲人，从此便多了几分忧愁。

造成这个局面，是我们本吴庄人想不到的。本来，在买下这块地后，我们族长曾想把村庄的名字改为李龙冲，因为有蟒蛇飞出，蛇即小龙也。但如此一来，又担心吴氏的人知道了事情的原委会惹是生非，因此还是延续了原来的"本吴庄"这个名字。到了现在想改，吴氏的人也不认了。因为在他们眼里，"本吴庄"，本来就是吴姓的村庄。而在外人听来，常常听成是"本无庄"，意思是本来没有这个村庄。

事情闹到这个地步，吴氏中不少人开始觉得当初作出决定有些鲁莽。但后悔没用，两个大族都是宁为玉碎、不为瓦全的性格，都是一言既出、驷马难追之辈。

这其实也是黄安人的性格。黄安自建县以来，当时不过三百余年，但黄安人个性鲜明，敢爱敢恨，富要富得尊敬，穷要穷得硬气！

此时，整肃各自内部的关系，成为两族的一大难题。

在这个难题面前，我们李氏因为自己家族内部出了"叛徒"，打击起来毫不手软。

李非凡说："订的族规，你不遵守，弄成今天这种局面，得狠狠打击！"

首先，那些凡是越界去吴氏土地的，抓到之后，不是游村，就是在祠堂吊打。

李罕与老婆吴花的一句随意聊天，被李氏家族认定为"出卖情报"，从此李罕便没有被族人放过。每次李氏家族开会，都要把李罕叫到人前来批斗一次。

"吃里爬外，与本族为敌，该当何罪？"每次批斗时，总有人在前面提示这样一句。

本吴庄的人都回答说："该斗！该打！该罚！"

有人问李罕："认不认罪？"

李罕是一个直性子，平时只知道干活，不懂得转弯，他说："没有罪，我爱我们的家园，不是故意的！"

但人们不听他的，每次都这样斗。

可怜的李罕，解释数次，都没有人听进去。于是他一次又一次地在本吴庄被批来斗去，变得更加沉默寡言，有一天夜里，他竟然选择了自我了断！

那是在又一次接受批斗后，李罕回到家，面对两个哭闹的孩子，他喝得酩酊大醉，在当天的夜半，一个人来到两族交界的树林边，用一根绳子，结束了自己的生命！

消息报给李非凡时，李非凡沉默良久，才说："悄悄葬了！不进祖坟！"

李罕天真地认为，自己这样死去，会让李吴两族惊醒，所以选择了在两族交界的树林边死去。但他没想到，他的死，除了让吴氏窃喜，让妻子吴花得知后悔恨地哭得死去活来外，并没有化解两族之间的仇恨，相反让事情变得越来越复杂。

一波未平，一波又起。

在李罕自杀后不久，我们李氏家族一个叫李菊花的女人，自从被吴氏的人赶回娘家后，她日夜想念自己的儿子。当年，她嫁到吴家田后生下儿子还没满月，便被吴氏驱逐被李氏召回。事实上，没有做过母亲的人，永远无法理解一个母亲对自己孩子的思念，这种思念的痛苦常常只有做过了母亲的人才能体味，或是孩子后来当了母亲或父亲之后才能够懂得。回到本吴庄的李菊花，在朝思暮想、思念难耐之后，为了见一见她的儿子，一个人在一个月黑风高的夜里，翻过了隔在两族之间的高耸山梁，并成功地躲过了双方的暗哨，摸回了自己在吴氏的家。

当可怜的李菊花用手敲门时，她的丈夫正在酣睡。她的婆婆惊慌地问："是哪个？"

李菊花悲恸叫了一声："大，是我啊，我是菊花。"

在我们那里，下一辈人把上一代人一般都叫"大"，这是个非常普通的词语。但是，李菊花这一声含泪而叫的"大"，却把她的婆婆给吓住了！

她婆婆平时吃斋念佛，最怕李菊花来抢自己的孙子。因为他们家几代单传，她害怕儿媳李菊花回来，把自己的孙子抢走，这样他们家便断了根了，于是她连忙大呼小叫起来："快来人啊，有人抢细伢啊！"

她这一叫，吓得李菊花的腿变软了。她清楚地知道，自己这种行为，无论是被哪个家族的人发现，都是违了族规，只有死路一条！

李菊花婆婆的惊叫声，把家里人吓醒了。他们慌了神，以为家里来了贼，于是纷纷叫了起来。这深夜中的惊叫，又迅速把他们隔壁家的人吓醒了，并引来了更多的族中人。他们连忙点起火把，拿起刀具，围了过来。

李菊花来不及解释，她看到人们在黑暗中从四面八方挤来，求生的本能让她撒腿就跑。她的丈夫这时也清醒过来，他迅速明白了是怎么回事。毕竟做过一场夫妻，他拉起李菊花的手，连忙抄小路往山后跑去。但很快，在他们身后，吴氏家族里跟上来的人声和狗叫声，紧随其后不绝于耳，不少人点起的火把很快形成了火队，浩浩荡荡地向两族的边界拥来。

我们族中值夜的人以为吴氏的人要来突袭，赶紧敲锣打鼓。整个庄子里的人都被唤醒了，男人们拿刀拿枪，全部拥向边界。妇女们惊慌失措，不知怎么办好；而小孩子们惊醒后，吓得一个个依在妈妈的怀里哭。

李菊花的丈夫吴斤半拉着她还在不停地向前奔跑。眼看他们就要越过山梁，一旦跨过边界，各自分开，就算是胜利了，安全了。但遗憾的是，李菊花在越过边界的那一刻，她紧张的脚步才放缓下来，心却跳得特别厉害。以至于她丈夫吴斤半在推她向我们李氏地界这边跨越时，她的身体的确是过了边界，但正好下面是一个小坡，她从坡上开始连续翻滚，一下子扑倒在了我们李氏的山沟里。好久好久，她都没有抬头动一下，等人们上前去推她时，她却再也没有醒来！

换今天的话说，她死于心肌梗死。

这下麻烦了。

我们李姓的人都认为李菊花是被吴姓的人打死害死的，因为她身上有伤痕。而吴姓的人则认为，我们李姓的人是想去拐走他们的后代。

双方各执一词，官司打到县府。县府正为黄麻两地的交界处出现土匪的事弄得焦头烂额，哪有心思管这些？看到是李逢春村子里的事，便让他想办法，争取息事宁人。

李逢春打轿来到两个村庄调解，结果，李氏要他打击吴氏的嚣张气焰；而吴氏干脆说他会偏袒李氏，有失公允，不让他进村。吴上人怕自己吃亏，连忙派人迅速到黄州去搬救兵。

后来，这事就便不了了之。

而李菊花的死，让两族之间的梁子打了个死结。

从那天起，我们两族之间的边界增加了人马，紧张了多日。

李非凡气得浑身发抖。

吴上人也不想善罢甘休。他让人把李菊花的丈夫吴斤半吊了起来，毒打到最后成了残疾；而我们李姓的人呢，认为李菊花是我们族中的叛徒，在她死后坚决不让已经出嫁的她埋在自己族人的墓地上。

李非凡说："按照族规，哪有嫁出去的女人，还能埋在自己族人的土地上呢？"

按我们族中的规矩，即使是未出嫁的女人，也是不能埋在自己族中的墓地里的。祖坟山上只埋满了本族的男人和嫁给了本族男人的女人。所以本族的女人无论是老死未嫁也好，是因意外死亡也好，必须与本族的坟山隔开。虽然这一部分女人属于少数，但几年下来，总还是有那么几个。于是可怜的她们，便埋在了我们李氏祖坟山的东边，与祖坟山隔了一道小小的山梁。

这是李氏族规，谁也不能破戒。

而李菊花这一死，情况又特殊了。在她死后，我们族里的人准备把尸体送到吴氏坟山中，因为按照嫁鸡随鸡、嫁狗随狗的道理，她毕竟还是属于吴氏的人。但吴氏的人拒绝了这一要求，他们称自己的祖坟山中绝对不能埋李氏的女人。

吴上人说："我们要给李氏一个教训！也给那些离开了吴姓的人一个警示！"

于是，可怜的李菊花在死后还要遭受另一番罪。她的半夜出走，让我们李姓族中的长老们认定了她是叛徒，违反了族规，所以她连东山坟也不能进了。她享受不了这个待遇。因此族里人把她随便埋在了西山边上，那里靠近吴姓的坟山。那里原是一块乱石之地，我们李姓的人也仅是随便在那里挖了一个坑，就将李菊花匆匆地掩埋掉了。

所以后来我们知道，本吴庄的周围的坟地之所以随处可见，随随便便，就是因为那些先逝者的待遇不一样。直到今天，人们对死者墓地的重视，其实不亚于给生者造屋。死生生死，生生死死，在本吴庄人的眼里，把死看得比生还大。因此人死后，关于墓地的选择、走向和风水，一般也是要请专门的风水先生来定的。

至今，在本吴庄有这样的规矩，就是人死之后，墓地之上三年内不能动土；三年过后，有钱的或者有孝心的人，要给自己已故的亲人们立碑造墓，一般是请人把死者的生卒年月和生平事迹刻在墓碑上。而按照规矩，立碑还得等一对夫妻都故去了才能立。到了真正立碑的那天，必须请来三亲六故，张罗请客，放鞭放炮，以示重视。在本吴庄人的眼里，墓地的神圣与庄严，不亚于宗族的祠堂。

可怜李菊花的丈夫吴斤半，后来常拖着那残疾的腿，带着慢慢长大的孩子，爬到山梁上朝这关孤零零的坟头张望。无论是清明霜降，还是逢年过节，他甚至不能跑到坟头上，给自己的妻子烧上一打火纸。

他们除了哭，还有什么办法呢？

吴氏的人处置此事如此残忍，我们李氏的处理方式也是一样。

比如我们本吴庄的可怜人李实，他因为向自己的老婆吴欢透露了本吴庄买地的秘密，先是无数次被吊打，接着被全村人唾弃。最后，由于一次批斗过火时，他公然抬头顶撞族长李非凡，让李非凡震怒，残酷地下了一道命令："割掉走漏消息的李实的舌头！"

他的话一出，本吴庄的人噤若寒蝉。李天时表示反对，但其他几个头面人物看李非凡的脸色，都表示同意。

一个头面人物甚至还说："如果不如此，怎么会镇得住村庄里的年轻人呢？"

李天时想阻拦，但知道自己说了不算，便沉默不语。

于是，可怜的本来话就不多的李实，从此便永远成了哑巴。

本吴庄的人，再也没有人敢随便说话。连空气中，也紧张得像是灌满了炸药。好像有个火星一掉落，整个本吴庄就要爆炸。

第四章　饥荒

李菊花事件之后引发的一系列后果，让我们李姓与吴姓之间的裂痕更深了。仿佛一夜之间，两个曾通过婚的友好家族就这样成了仇家。

"一个巴掌拍不响啊。"我们族长李非凡常常这样说。

他还讲："反思过去，吴姓嫉妒气恨我们李姓的人，也不是没有道理。"

的确，本吴庄的老人们看得清楚，那几年在黄安县的怪事总是层出不穷。特别是在我们本吴庄与吴家田两个村庄之间，怪事频出。比如，就人口地域而言，我们李姓的庄子要比吴姓的庄子小不少，但是我们李氏自从在本吴庄扎下根后，便始终人丁兴旺，五谷丰登。仅仅十多年间，本吴庄便渐渐地发展得越来越大，人口膨胀迅猛，好像随便一家两口就像树苗一般种下，便迅速长出一片森林。本吴庄的人口滚雪球似的，增长异常，令人震惊。而吴姓居住的庄子吴家田，虽然地广物茂，却不知怎么的人口发病率极高。特别是有一年，吴家田还发生了鸡瘟，又引发了一场人瘟，当年死了不少人。

更为奇怪的是，我们李姓的村庄虽然与吴姓的庄子隔着一道山梁，但接连几年，我们这边雨水充足，连年丰收，稻麦满仓，而在山梁那边的吴姓的土地上，却连年干旱，有一年甚至还颗粒无收。

吴姓的人为此经常急得跳脚——他们明明看到，有时候天上的云彩飘飘，过一会阴云密布，好像雨水就要倾盆而下，但天空仿佛总是在与他们作对，往往云彩飘到了我们这一边，便不再往前走了。这样，瓢泼大雨便下在我们李姓的土地上，而吴姓的人们只有在山那边对着天空干瞪眼。

这真是一种非常奇特的现象。也是一种让吴家田人看了气愤的现象。

为了水，吴姓的人在族长吴上人的带领下，天天聚到祠堂边，摆上牛羊谷物等种种祭品，跪在地上虔诚地求神求雨。

一天两天，一月两月……他们的诚意似乎感动了上天，大雨倒是真的求下来了，却很快变成了一场洪涝。而这场洪涝，不仅冲毁了吴氏的大片土地，而且还伤到了生灵。

与之相反，我们李氏这边，虽然也跟着下了场雨，但因为我们有事先筑牢的石渠与塘堰，既可放水引水，又可防旱防涝，所以损失并不是很大。特别是横亘在两族之间的那道高高的山梁，让我们本吴庄这边一切依旧安然无恙。

这一点更加引起了吴姓人对我们的忌恨。他们认为，是我们李姓的到来，买了他们的土地，破了他们的风水，压住了他们的地气。

吴上人对吴洪生说："你悄悄派人联系一下吴鲜花，看本吴庄是否对我们吴姓作法。"

吴洪生应诺。

吴鲜花嫁到本吴庄来，与李逢春生活得非常幸福。李逢春对她是爱怜有加，风怕吹着，雨怕淋着，人前人后总是护着自己的媳妇。特别是当他到县府当个小吏后，小两口生活得更是令人羡慕。

吴鲜花是嫁到本吴庄中唯一没有被吴姓人召回的一个。因为李逢春在县府很有影响力，所以吴鲜花还偶尔回到本吴庄来省亲，同时也敢到吴家田去看望父母。

吴洪生利用吴鲜花回本吴庄探亲之机，派儿子吴有德深夜悄悄潜入本吴庄，前去一探究竟。

吴鲜花告诉弟弟："本吴庄的人，有规有矩，除了置地一事大家意见和认识不一致，其他根本没有做过任何伤害吴家田的事。你回去告诉爹爹，两族要和平呀。现在两族一闹，我连个娘家也不能轻易回去。"

吴鲜花说着便哭了起来。

他的弟弟吴有德也因为好久没有见到姐姐，不禁也是泪水涟涟。

吴有德回来如实报告问讯情况。吴洪生又迅速对吴上人回禀了，但吴上人不相信。

吴上人说："自李氏到来，我们便日渐衰微，这是外来虎压住了当地龙。必须让他们付出代价，才能寻回我们的辉煌！"

因此，他们开始想方设法地破坏李姓的幸福生活。

此时，在两族之间，除了有过婚姻关系的人，还冒着杀头的危险，在黑夜里偷偷地越过山峦，悄悄地跑来相会外，两族的人表面上几乎不再交往，已然反目成仇！特别是一场罕见的干旱与洪涝，彻底摧毁了吴氏人的信心。老人们说，在那饥荒的岁月，严重时吴氏的人差点灭祖绝代，不少人因为缺粮而活活饿死。

在这种情况下，我们李氏表现出了良好的传统习惯，经李非凡建议，李氏主动拿出存粮救济吴氏，同时也想借机与他们修好。为了慎重起见，李非凡还专门派人到县上请回吴鲜花，让她作为中间人，把信息传递给吴家田，但吴上人认为面子大于生命，坚决拒不接受。

吴上人甚至扬言："饿死也不吃姓李的救济粮！"

吴上人自己不吃好说，因为他是族长，即使剩下最后一粒粮食，吴家田的人也是会留给他吃的。但是吴家田里的年轻人特别是小孩子却熬不住了。

几日过去，吴家田开始出现逃荒要饭的了。几乎通往村庄的路口上，到处可以见到吴氏的人出去要饭。

吴上人默许了这一切。

但奇怪的是，他们中间从来没有人敢到本吴庄来讨饭。因为吴上人规定："如果到本吴庄去讨饭，让本族的人抓到，一定要往死里打!"

大人还可以以野菜充饥,但大人看不得小孩子受苦。哪个娃儿不是父母的心肝?于是,在大人们的默许下,开始有我们李姓的外孙,也就是我们李姓嫁到吴姓那些人家生的孩子,为了填饱肚子,经常不要命地趁着天黑,跑过地界,翻过山梁,来到自己外公家讨饭吃。

我们本吴庄在这种情况下,族长李非凡表示了理解与同情,他规定:"一律救助,不予追责。"但同时又规定,"只限定救济妇女与小孩,男人不允许"。也就是说,只要有妇女与小孩子越过山梁,来到我们本吴庄,那么可以救助,对于男人们,却万万不能。

事情就由此滋生。

在吴家田里,有个叫吴天顺的,他也是本吴庄的女婿。但很不幸,她媳妇在生孩子时难产去世了,一个人拉扯着孩子。眼看一场饥荒,自己快五岁的孩子饿得黄皮寡瘦,看上去奄奄一息的,好像马上就快死了,这让吴天顺心如刀割。他整天想着的,就是怎么去弄些粮食,来养活孩子。

饿得头发昏,胆向身外生。这一天天刚黑,吴天顺决定铤而走险,他穿了一身黑衣黑裤,悄悄地来到边界,并偷偷地藏在我们两族间的地界上,想偷割一担我们李姓的稻谷。但边界上四处都有巡逻的,彼此将自己的土地与庄稼都守得那么严实,他哪里能偷得到呢?

在边界晃荡了几天,吴天顺找不到下手的机会,只得怏怏而归。可回到家中,当他听到孩子那哭叫不断的声音,并听到孩子的哭声越来越低,他决定就是拼了老命,也要给孩子弄些吃的。

"再不弄些吃的,我们就要饿死了。"吴天顺对自己的父亲说。

他的父亲回答他:"我们族中之人,人分三六九等,又有谁会管我们的死活呢?"

他的父亲说完,不禁老泪纵横。

这让吴天顺更加坚定了决心。

于是到了天黑，看到四处阴云一片，吴天顺便利用我们本吴庄这边人回家吃饭换防的时刻，越过了边界，藏到了山峦相交的树林里面。山峦两边都是一望无际的大树林，像一道道天然的保障。以山峦为界，这边是吴氏的天地，那边是李姓的世界。每到春夏秋这三个季节，山峦两侧杂花旺盛，四处树木参天，各种颜色相互掩映，美如世外桃源。

在那天夜里，吴天顺提心吊胆地摸进了我们庄子，来到了两族没有翻脸之前他曾多次来过的岳父的家中。

当他出现在我们庄子里，并扑通一下跪在岳父岳母面前的时候，把两位老人吓呆了。

"岳父大人啊，你外孙就快饿死了，你们行行好，给点吃的让我带回吧。"吴天顺哭着说。

要是按照吴天顺他们吴氏一样的规矩，在两族严峻的形势逼迫下，两位老人应该迅速向我们李氏家族告发他才对。但看到吴天顺那样一个大男人这样哭哭啼啼的，想到已有两年没有见过面的外孙，老人的心软了。

"起来吧，孩子，人心都是肉长的……"两位老人想起女儿去世的情形，长长地叹了一口气说，"造孽啊……"

他们一边让自己的大儿子到外面守着，防止让我们本族的人知晓，一边又让女婿吴天顺吃了一顿饱饭。

吴天顺狼吞虎咽，一边吃一边落泪，最后吃得肚皮都快撑破了。他边吃边说："好久没有吃过这样的饭了，好香好香啊……"

两位老人站在桌边，爱怜地看着自己的女婿，开始不停地掉眼泪。饱经风霜的老人们懂得，一个男子汉大丈夫，如果不是到万不得已的地步，谁会露出这样的馋相呢？

他们用一个兜，给吴天顺包了许多吃的东西，并趁着族人熟睡之际，把吴天顺送出了本吴庄。出门时，本吴庄的每一声狗叫，都让他们心悸不已。吴天顺碰到了岳父的身体，他发现，由于害怕，岳父的身体像筛糠似的颤抖不已。

道别时，吴天顺双膝一跪，站起来转身就跑。也算他机灵，出我们本吴庄时居然没有让人发觉。他沿着茂密而又漆黑的森林一直向西走，在翻越了山梁时，吴天顺发现，自己没有让任何一边的暗哨发觉，他长长地舒了一口气，感觉全身一下酸软了下来，但心情极好。如果不是黑夜，吴天顺甚至有想要唱歌的感觉。他觉得脚下踩满了力量。

然而，当他走进自己家门，在吱呀一声推开门的刹那，他立马惊呆了：族长吴上人，带着一大堆人，正杀气腾腾地坐在他的家里等他！

吴天顺看到自己的孩子被族人捆了起来，他顿时脚一软，瘫倒在地上。

吴上人点了一袋水烟，阴阳怪气地问："干什么去了？"

吴天顺说："要……要饭……去了……"

吴上人让人打开他身上的背囊，只见吃的东西摆了一地。

"到哪里要饭去了？"

"很……远，很远……"

"要饭，能要出这么好的东西？哪户人家这么大方？还能要出整块的腊肉？"吴上人的眼角一斜，立马有两个青壮汉子上去挟持了他。

"给你一次机会，说说吧，到底干什么去了？"

吴天顺抬头望了望自己的父亲。老实巴交的父亲低头跪在地上，不敢言语。

原来，吴天顺刚出门，孩子饿得受不了，不停地号哭。他父亲哄不住孩子，便跟着哭，那凄厉的哭声，惊动了族中夜查的人。

他们便来到吴天顺的家。

虽然吴天顺此前叮嘱过父亲："千万不能说我去本吴庄找吃的

去了。"

但孩子毕竟就是孩子，哪里经得大人的伎俩？当吴上人拿来糖果给吴天顺的孩子时，孩子的嘴一舔，大人问什么就回什么。

吴上人问："你爹是不是到你外公家去了？"

小孩子不懂，顺口便说了个是。

这个"是"，可要了吴天顺的命。

几天后，吴天顺的一只脚挂在了我们两族边界山脚的树上。

吴姓的人为了杀鸡儆猴，把他的腿砍了一条下来，挂在一棵大树上示众。

这是警示，也是示威。

那边事了了，可我们这边了不了。

因为我们族长李非凡规定：救助只针对小孩子，不允许吴氏的大人吃我们的一粒米！

因此，吴天顺的岳父岳母，也因为救助女婿，被我们族中的人施以家规，带枷三日在村中游行示众！一边游，后面还跟着一个人，打着锣，嘴里喊："看呀看呀，这就是私通吴氏的下场呀！"

游行的第三天，两位老人受不了族中人鄙夷的眼光，便在当天晚上，全身洗净之后，在自己家中上吊自杀了！

这一下，整个本吴庄开始变得沉默。

大家在对自己命运感到忧虑的同时，又开始对从前都百依百顺和无比依赖的族长李非凡，有了些许微词。

但是放眼本吴庄乃至于整个黄安县，又有谁敢违抗一个族长的权威？县靠乡，乡靠村，村靠宗族，宗族靠族长，那是黄安县的一种普遍现象。

本吴庄人的担心不是多余的。他们死生不怕，苦难不怕，最怕的却是——死后进不了我们李氏墓地！

吴洪生为此感慨："叶落归根，叶落归根。如果没有根，叶子飘零到哪里去呢？"

按照过去的常规，吴天顺岳父母终老后的墓葬地，如果不出这场意外，原本就在我们祖坟山的。但因为他们救济了吴姓的成年男人，最后经族里商议，他们在死后进不了祖坟山——在族长李非凡的命令下，本吴庄的人在靠河那边乱石山上埋了他们——他们也因此成了我们本吴庄的孤魂野鬼。

几个花圈，加一堆杂土，在乱石山上显得非常扎眼。

结果，埋葬他们的那一天，本吴庄的狗叫了整整一夜。

这一夜的狗叫令人心惊肉跳。本吴庄的大人们都没睡好觉。

自此之后，那些为了死后能进祖坟山的本吴庄人，即使有点叛逆精神，也不敢不守族中的规矩了。千百年来，我们李氏的家族，总是把死看得比生重要，把死者看得高于生者。人们最害怕的，就是死无葬身之地。因此，多数人对死后能不能进祖坟山，看得比命还重。

有了吴天顺这个事件，从此不仅是我们李氏，甚至包括吴氏那边的亲人们，即使在两族边界的山头偶然遇见，或是在田头地垄的界边上能够看清对方的模样，哪怕是突然交错之际能听到对方的呼吸声，除了那欲哭还休的泪光闪闪之外，再也没有人敢越过地界一步，主动打一声招呼。

因为，如果一旦有人出现了这个苗头，马上会有另外一个亲人的声音在耳边告诫："你死后想被抛尸荒野吗？不想进祖坟山吗？"

为了进祖坟山，在严酷的现实前，我们本吴庄的人也成了哑巴。

一场饥荒下来，吴氏最终死了不少人。

这天，大家在本吴庄的树下乘凉。一位老人说："听说了吗？吴家田里许多刚烈的老人，为了让年轻人和小孩活下去，自己不再糟蹋粮食，竟然选择了绝食或自杀！"

"听说了，听说了。惨啊。"

"没想到吴姓人也有刚烈的。"

"能否我们两族和好，我们可以送点粮呀？人命关天，救人一命，胜造七级浮屠。"

"那可不敢啊，老哥！你若送粮，如被本族的抓住，还不挨收拾？再说，即便你偷送过去，对方若拒绝并告发，那当如何？"

大家一谈，只有彼此叹息。谁也不敢轻举妄动。

《黄安县志》记载，1891 年，整个黄安县春、夏旱。

面对灾情，官府也没有办法来救济整个灾区。常常是下拨一点粮食，很快就被抢个精光。

《黄安县志》又记述：每当粥棚开启，蜂拥而来的抢食者，把粥棚掀翻，互相抢夺，尖叫声不绝于耳，乃至有因抢食打得头破血流，更甚者被当众踩死……

我们李氏一脉，虽然也一度产生粮食危机，但由于族长李非凡屯粮广积，并未出现荒绝而涸之象，相反尽己所能不停救济周围的人和讨饭者。这让生活在本吴庄的人们，对脚下来之不易的土地，以及浇灌这片土地的水源，从此更加爱护与珍惜。

第五章　重逢

粮荒之后，本吴庄与吴家田这两个本来曾交好的大族，因吴姓人在内心涌动着的愤怒、仇恨、嫉妒与敌视，导致两族之间裂痕与缝隙越来越大。

随着饥荒过去，我们李氏因为在疫情中广撒钱粮，在外博得的名声越来越好，后面的日子一下子便更加安稳起来。这种安稳，让整个李氏家族，都对那位风水先生充满了感激。

我们族长李非凡时常念叨："哎呀，当时也没有把风水先生留下来，他给我们造福了啊。古人有云，大恩不报，枉为人也。我们应当养他一世才对。"

他一说，几个族中长者，都纷纷称是。

大家虽然感慨，也仅是口头上说说，并没有把这事当作一件大事来对待。因为那位风水先生，云游天下，哪里知道他的去向呢？

无巧不成书。偏偏就在本吴庄人怀念那个风水先生的时候，风水先生居然在一个冬天突然不请自到，返回本吴庄！

那个冬天，大雪纷飞，万山皆寂白，本吴庄像是封存在一个白色的世界里的物事，陷入了雪的海洋。人们都在屋子里烧木烤火，围坐闲聊，茶酒相伴。

有天早上，本吴庄的狗不知为什么叫得特别厉害。族长李非凡一早起来，就眼皮直跳。他思虑深沉，暗自心忖：这左跳财，右跳灾的，是不是又要与吴姓的人发生冲突？

他没想到的是，此事居然和风水先生相关。因为当风水先生再次出现在本吴庄时，我们庄子里在屋外活动的人，竟然没有一个人能认出他来！

也的确是非常凑巧——我们老族长李非凡的儿子李和，一大早尿憋得难受，不想去厕所，便跑到墙角撒尿。撒完转过身时，突然看到雪地边的茅草堆里，竟然躺着一个人！

李和吓了一跳：“你是谁啊？”

李和一边说，一边提了裤子，往茅草堆边走。等走近之后，李和吓了一跳：“这不是我爹常念叨的风水先生吗？”

虽然已是十多年过去，李和还是凭着风水先生眼角上长着的那颗大痣，认出了他！

风水先生稍微抬起手来招了招，又点了点头，并用手指了指嘴，就昏过去了。

李和赶紧大声喊人：“快来人呀，有人昏倒啦！”

他一喊，本吴庄就有不少人聚了过来。大家小心地把风水先生抬进祠堂边的空屋里。

李非凡被请过来时，一看就惊住了。

“老先生，怎么样了？”

不仅李非凡吃惊，我们本吴庄的人都大吃一惊！

李非凡连忙派人骑马去镇上：“不惜代价，请镇上最好最有名的郎中来。”

郎中来了一把脉，大惊道：“风寒浸身，幸亏救得及时，否则命堪虞矣！”

李非凡说：“请先生竭力救治，必有重谢。”

郎中又认真把脉，仔细看过，便开了几服药。

药迅速取来，经煎熬之后，伴着几匙参汤喂进去，风水先生动了一下。这样经过了三天三夜，风水先生终于醒过来了。

“我快要死了。菩萨让我回到这里。”他声音低微说完又闭上了眼。

凡是听到风水先生说话的人，看到他深陷下去的眼睛与瘦下去的皮肉，仿佛感觉像有一阵阴风吹过人的后背，让大家觉得背上凉丝丝的。

李非凡见状，赶紧让人取了村庄里平时积攒的最有补性的土沙参，外加银耳和鸽子蛋，煨在一起，在火炉上慢慢熬化，然后让人喂给风水先生。

郎中说："他久饿成疾，体力不支，身体较虚，不能过饱。但以现在脉象，暂时无妨。长远怕是……"

怕是什么，本吴庄人都知道。

然而七天七夜过去，奇迹发生了。这天一大早就有人向李非凡报告："族长，风水先生命不该绝，他开口说话了！"

李非凡喜极而泣，连忙跑了过去。他发现，在郎中的精心诊治与本吴庄人的精心照料下，在他天天念经拜佛之下，风水先生在熬了整整一周之后，终于好起来了。

村庄的人听说，都蜂拥前来探望。只见风水先生仙风道骨，长发飘飘，双眼深如潭，两颧高似山，嘴大若银盆，鼻像一关坟，印堂宽可海……特别是其貌突兀，其形怪异，果然是"道自仙风气若兰，投足举手不简单"。

本吴庄人深深叹服。

"我知道你们迟早会发达起来。"风水先生养足了精气神，对我们李氏的人说。

虽然他看上去好像病入膏肓，但说话的时候底气很足。原来郎中曾私下里说，他活不了多久，但经过精心照料，他的面容仿佛换了个人似的。

我们村子里的人，都像李非凡那样怀着对恩人的无限感激，决定让他度过一个非常幸福的晚年。

在李非凡的号召下，全村的人开始轮流前来看望他、照顾他。

家家户户，只要是好吃的东西，大家都舍得拿来奉献给他。

于是，风水先生竟然真的慢慢康复起来了。他在我们本吴庄过上了舒心的日子，人们有感于这些年本吴庄的兴旺与平安，因此对于风水先生的话，都是怀着敬畏的心情在听，并且深信不疑。这段日子里，谁家要是有个红白喜事，一定要请他算算、看看，把关定向。当然，也给了他不少日常礼物表示感谢。

人逢喜事精神爽。在大家的关心下，风水先生身体越来越健康了，他开始融入了我们本吴庄，几乎就像是李姓家族的一员了。

只有此时，我们本吴庄人才弄清了风水先生的真名真姓。原来，他姓黄，名字叫作黄道吉。

"黄道吉日啊。"——读过私塾的人们脑里，马上会蹦出这几个字。

这几个字，也印证了风水先生黄道吉的人生走向。

因为有了买地之举，以及十几年来本吴庄与吴家田的两村发展的巨大差别，本吴庄的人，没有谁会怀疑黄道吉观天测地的权威。加之后来发生的一件又一件的事，更加提高了他在村庄的声望。

在本吴庄，大家的日子变好后，每家每户，都有这样的几个比较牢固的观念：一是必须送孩子去读书，读了书最好能入仕；二是拼命置田买地，家有恒产，便有恒心；三是拓充土地不停地盖房，房子越多人丁便越旺。

这三个观念，延续了很多年。即使到了我们这一代和下一辈，除了第一条稍微有些变化——人们忽然不再像过去那样重视读书而致力于以各种手段追求发家致富——其他两条，迄今仍是本吴庄人的首选。

而在当时风水先生再次来到本吴庄，村庄很快就有了变化。

本吴庄的村民李连道，原来也住在用泥土砖石简单搭建的草棚里，随着腰包渐鼓，看到本吴庄不少人盖了砖瓦房，他也动了心。

李连道有盖房造屋的这个能力。他平时能说会道，经常去集市上做些小本生意，十几年来已有不少积蓄。

前面说过，本吴庄建了集市之后，杏花乡的酒、七里坪的大布、高桥镇的松花皮蛋、永河的豆腐皮子、本吴庄的珍珠花菜、二程乡的绿豆丸子、桃花村的绿豆粑、王家畈的程大面，以及各乡村的茶叶、花生、瓜子、红薯，还有稻谷、小麦、黄豆、绿豆等各种各样的东西，都在集市上可以见到。许多头脑活络的人，都在集市上贩买贩卖发了财。

李连道也不例外。手有余粮，心中不慌。盖房的念头慢慢在他脑里滋生了。

其实，盖房在本吴庄并不是一件易事。首先要置地，这事不仅要得到族中老人许可，还得寻找风水先生指点。

李连道为人四海，将几袋大米和几两碎银悄悄地送到族长李非凡家，置地的问题便得到了解决。

李非凡坐在太师椅上，腰杆永远是板板正正。

他问："要盖房了？"

李连道侧身弯腰说："是。"

李非凡："好！本吴庄是要盖一些像样的房子，提升李氏的气韵。"

李连道点点头。

李非凡说："同意置地，去选址吧。"

李连道鞠了一躬，连忙出来。在本吴庄，一般人几乎很难与李非凡说上三句话，好像生怕他那双深不可测的眼睛，看到了你内心深处的秘密。

置地得到了族长的同意，李连道便张罗着选址。

选址，在本吴庄是一个重要问题。本吴庄人认为，选址的好坏，直接关系到家运的走向，因此极为重视。其实在整个黄安县，家家户户建房之前，一般都要先邀请本地名气较大的风水先生前来看地。而风水先生，也会根据本户人家的属相和八字来合测一下，确定建房地点、房屋走向以及有利于主人家兴旺发达的开建日期。

李连道回到家里，对老婆讲："刚好风水先生黄道吉此时回到村庄，真是天时地利人和呀。"

老婆也非常高兴。

商议之后，李连道到镇上割了一块上好的猪肉，来到黄道吉的住处。

情况一说，黄道吉笑吟吟地答应了。

晚上，刚好李非凡来看望黄道吉。几口清茶下肚，黄道吉便讲了要给李连道家选址的事。

李非凡顺势请教："敢问先生，选址要注重何事？"

黄道吉将须侃侃而谈："选来选去，不外乎三。其一，要选择有水自西向东流之地。居此宅也，儿子顺昌，农桑岁岁丰收在望。其二，要选后有山丘、前临池塘之处。居此地也，天赐宝贵，仓中粮食丰足，儿孙辈辈若勤劳耕读，必身着紫衣封官拜爵矣。其三，要选门前水向北流之所，若居于此，儿孙万代可封侯。"

李非凡一边听，一边心里想着自家位置的地形走势。好半天默然无声。两人闲聊一会儿，他径自去了。

第二天，黄道吉便跟着李连道来到本吴庄周围转了一圈。仅仅走了几里路，他便指了块空地，让李连道圈住。

李连道看了那块地，怎么看怎么普通，但他心怀虔诚与尊敬，也不敢问。

黄道吉亦不说原因。

族长李非凡却关心这事。他听李连道报告说选好地后，顺带也来看了一下，觉得黄道吉所选之地，也不过如此。

"此地看上去平淡无奇，村里从来没有人选啊。"李非凡对儿子李和说。

李和附和："的确如此。"

族长便同意了李连道在此盖房。

李连道还有好奇心，犹豫半天，还是开口："请问先生，选址此地有何好处？"

黄道吉答非所问："贵村盖房，门朝何向？"

李连道说："坐北朝南，坐西向东，坐东朝西。"

黄道吉问："为何如此？"

李连道此前为了选地，对此也作了一番研究。因此回答说："民间流传有云，大门向东，近水楼台先得月，向阳花木早逢春；大门朝南，冬暖夏凉，一年四季如春暖，子孙万代田万垧；大门向西，喜作黄昏颂，满目青山夕照明，日落西山去，引来嫦娥凤凰鸣。"

黄道吉说："这就是了。你既知此，他日亦知我。"

说完，黄道吉含笑而去。

李连道对着村庄的山山水水，反复揣摩，终不得解。但既然得到了先生的肯定，他亦不再怀疑。

不久，一件事的发生，让李连道与本吴庄的人们，更是对黄道吉的神算感到万分佩服。

盖屋下脚，必须有石料。本吴庄山上四处都是石头，但真正要用好石头，还得请人工到山后去开炸。

李连道选了一个日子，准备请几个乡亲一起到一个叫盘龙沟的小山沟里打眼、放炮、采石头。

这天一大早，他也没有多想，吃了饭就带领乡亲们拿起工具往深山里走。

在村口处，碰到了黄道吉。几个人连忙鞠躬行礼问好。

黄道吉问李连道："采石啊？"

李连道恭恭敬敬地答："是呀。道长早。"

不知什么时候开始，本吴庄除族长叫黄道吉为"先生"外，一般人都称风水先生为道长。

黄道吉笑了笑，突然指着一位年轻人说："我建议你今天勿去。"

年轻人是李连道的侄子，叫李长河。他听后脸色大变，看着李连道。

李连道又鞠一躬，问："这是为何呀，道长？"

黄道吉说："今年对他，流年不利，最好避祸。"

李连道想，客都请了，饭也吃了，盖房也要等石做料，少一个人则少一份力量呀。

正沉吟着，黄道吉好像看穿了他的心事，转了弯又对年轻人道："即使你去，亦不能当点火手。而且，炮响之时，你一定要双手抱头。"

李长河不明就里，半信半疑。

李连道带着他们进了盘龙沟。以往，本吴庄盖房、垒屋和造地、建塘，都是到这个沟里来采石头。这里的石头既坚硬，又能单独凿成整齐的石板。

他们在山里叮叮当当地打了一上午的孔。不一会儿，每个人都累得满头大汗。随着石头上的孔越打越深，李连道觉得差不多可以放炸药了。于是，一帮人有的先躲得远远的，有的拉上火线，有的开始装炸药。

李连道突然记起了早上黄道吉的话，连忙叫住正在放线的侄子李长河："你且先躲一躲。"

李长河怔了一下，突然想起了早上道长说的话，脸上骤然变红了。

他放下线，选择了一个避风的地方，刚好那边有一个小石洞，小石洞上还有一块巨大的石头遮挡着。李长河心想，这下应该绝对安全了吧。

一切准备就绪，李连道决定自己亲自点火。因为点火是炸石中最危险的事，这种事，他不想让别人冒着风险去干。

李连道拿出火石，擦了一下。火花一现，第一次没点着。他又擦了一下，这次点着了导火线。看到一股青烟从导火线中冒出，李连道连忙往事先看好的安全之处跑。

半晌随着山沟里一阵的隆隆炮响，大大小小的石头像天裂一般炸裂开来。整个盘龙沟，飞沙走石，空中呼呼作声。只听到两边的树木，被大小不一的石头击中，响声不断。有的树甚至被拦腰击断。

随着空中的烟雾飘散，炸点已过，看上去很安全了。

李连道连忙从掩藏的地方钻出来，喊大家的名字。所有的帮手都钻了出来，只有李长河找不到人。

李连道吓得心里怦怦直跳。

他们跑到李长河躲藏的地方，发现他全身是血。拂去他身上的尘土，发现李长河双手抱头，胳膊被石头划出了深深的口子。

喊了半天，李长河醒来了。

李连道松了一口气，问是怎么回事。

李长河说："我本以为躲在洞里，洞口上方又有一块巨大的石头作为掩护，应该绝对安全。没想到，空中却有一个更大的石块滚过，砸在洞口处的大石头上。我一听到响声，感觉两边的沙子从洞口涌动下来，忽然就想起了黄道长早上讲的话，连忙双手抱头，将身体卷屈卷成一团，才捡了一条命。"

大家看去，除李长河躲避的地方还有空间外，其他的地方，已被大石击得粉碎！

所有人不禁俱是惊悚。

是啊，如果李长河不是双手抱头，那巨石就会直接擦过他的头，肯定没了性命！

而现在，李长河只是手臂上有伤。

回到家来，大家对本吴庄的人一讲，全庄的人都是又怕又叹服。

李连道赶紧去镇上买了一个猪头，亲自送到黄道吉居住的房子里，再三感谢。黄道吉依然只是颔首微笑。

第二天，这事便传遍了本吴庄，让人们对黄道吉更加敬重。

此事过后，村子有了什么红白喜事，大家第一个想到的，就是买了礼物，去黄道吉家里问询，并尊称他为"道长"。

黄道吉也来者不拒。每次只是寥寥数语，但都令本吴庄乡绅百姓折服。

李连道家的石头准备好后，盖房开始了。第一道工序是下脚，也就是奠基。

在本吴庄，奠基不是一件马虎的事。因为奠基向来很讲究，首先主人家要请帮小工的人平好屋基，开好下脚的槽子。李连道请了左邻右舍，却被老婆劝住："还得选好吉日呀！"

在本吴庄，这样的吉日过去一般都是要找风水先生来推算的。当然，也有个别人家为了省钱，自己来定日子的。无论是谁定，一般都确定在每月带六、八、九的日子，如初六、十六、二十六，初八、十八、二十八，初九、十九、二十九。为什么呢？盖因六寓意六六大顺，八寓意四季发财，九寓意富贵长久。

在本吴庄，即使是遇上大寒季节，也是可以随意动土的。有人认为这个季节，不需要看日子，也不会有什么动土之忌，因为传说在大寒节菩萨会将民间的牛鬼蛇神全部收到天上管着呢。

李连道想了想，又去请黄道吉。

黄道吉当即为李连道选了良辰吉日。

于是在动土的前一天夜里，李连道全家彻夜守岁。到了次日五更，他请的承墨师傅——也就是承建匠人——领头人应约到来了。他们来到地基，承墨师傅在破土前与李连道一起，烧高香、烧纸钱、烧黄表，然后摆神案，将事先准备好的鱼、肉、酒都奉上，用来敬土地菩萨。同时，李连道在脚槽里撒下一些铜钱，祈求富贵之基。

在上第一块砖前，承墨师傅默念："土地菩萨，万方神圣，保我开工顺利，一切大吉，诸事不扰，风雨不惊……"

一切做完，李连道将承墨师傅请到自家堂屋，进门便请师傅吃一碗净肉汤。一碗汤下去，李连道又给师傅开出了双倍的工钱，并送给师傅一条毛巾，还加上一烟袋烟土，再添两瓶土酒，表示隆重谢意。

承墨师傅假装客气地推辞几下，便欣然接受。这个过程便算完结。

承墨师傅便出来，带领大大小小的石匠师傅与徒弟，开始造屋。

五月开始，到七月阳光正盛，经历了两个多月的辛勤劳作之后，屋子已基本成形。这天，是李连道家房子上梁的日子。

在我们本吴庄造屋，给房屋上梁是一件大事。一般在主体结构基本完工之后，泥工、石工、木工师傅和所有请来帮忙的小工，都要请到现场，在上梁之时隆重搞一个仪式，撒糖、放鞭炮以示庆贺。这时，村中几乎每家每户都会前来捧场。偌大的梁柱，在吊上房顶的那一刻，如果一步到位，大家都会说这家从此大顺。

本吴庄的房顶都是人字形结构，只有在梁上完之后，两边的桁条才能一头呈九十度地钉在梁柱上，另一头垂直向梁的两边往下散开。散开的桁条相并排开，中间距离相等。桁条上面还必须横向钉上几厘米厚的板条，我们本吴庄始终称这些板条为"角子"，角子与树条横七竖八用钉子钉上完成之后，才可以上瓦覆盖。因此，上梁就成为一件非常重要的事：一是梁要正，所以才有"上梁不正下梁歪"之说；二是梁柱比一般的树条粗壮，需要大家的配合，上面有人用绳子拉，下面有人在梯子上推动；三是从正中间上去后，梁柱必须放在屋脊的正中，必须不偏不倚。而且所有的工作，必须一步到位。

为此，本吴庄人特别在乎梁柱的材质。这表示一个家庭的身份。黄安县那些大户人家与权贵家族，多数会选椿树、杉树做大梁，而经济条件差一点的，则由泥工、木工、石工师傅会同承墨师傅在其他桁条中互商，选一棵又大又直的树即可，有时是木子树，有时是枫树，有时甚至还用泡桐树。

李连道因为发了些财，便想弄一棵好的。

在下脚的那几天，李连道便与长老李天时商量，想去他家的田地上"偷"一棵桁条。

李天时答应了。

这是怎么回事呢？原来，在当地，建房人在筹备建房期间，看中了哪家在自家田岸上栽种的树或自留山的树，暗地里先与树的主人家商量，或财买或赠予，在适当的时候，请人把这棵树在黑夜里"偷"回来做梁。传说这样"偷"来的树做梁，日后必能保佑全家兴旺发财。所以，作为树木的拥有者，一般都能成人之美，慷慨解囊相助，有的不要钱，有的要了钱然后装作不知道，让人家去"偷"。

李连道家的梁，便是从李天时家里"偷"来的。

"偷"树的那天，本吴庄人一般都装作不出门，在家早睡。而去"偷"的人，悄悄出门，把树锯倒抬回来，削节，脱皮，等着暴晒。回来之后，主人家必须好酒好肉招待。这时，大家会一起热闹，弄到深夜。

到了上梁这天，按本吴庄过去的习惯和李氏的传统，一般选择在正午进行，这时阳光正烈，又是上午与下午的交接之时，此时上梁，意味着日子红红火火，福星高照。

一大早，李连道便起床了。当他看到阳光高照，喜鹊登枝，心里暗喜。按照老法，他们事先将准备的一块崭新的红布挂在大梁上，表示吉祥喜庆。同时，还在梁上贴了一张大红纸，竖着写上"紫微高照"四个大字，代表福星。这四个字，还是李连道跑到黄安城县府请李逢春写的。李逢春不愧是读书人，果然一手好字，写得苍劲有力。

同时，李连道家也准备好了一筐喜糖，准备在上梁正好时在屋顶往下散发。

上午，硕大的梁柱抬到了门前，其他的桁条也一个个削得笔直，都是极为罕见的杉树条。李连道家因为做小本生意，日子比本吴庄其他人家过得好一些，因此作为梁柱的椿树梁，便显示了李家的实力。

一切准备就绪，就等时钟敲响。

此时，黄道吉正好睡到自然醒。他下床后准备到外面转转，便拄着杖出了门。走到村头，他看到一大堆人在李连道家的新房檐下等着，走过去一看，大家纷纷向他打招呼问好，并告诉他说都在等着给李连道家上梁呢。

黄道吉抬头看天，然后又环视一周，突然眉头一皱，向给自己倒茶的李连道提出建议:"不能等到正午,最好午时一刻,可以不?"

李连道心头一怔:"这是为何呀,道长?"

"最好这个时间,不然,恐怕会生问题。"

人们听后,也都吃惊地睁大眼睛。

李连道看着黄道吉,脸上的笑容渐渐没了。

是啊,道长这样讲,你是听,还是不听?

李连道顿时骑虎难下。按本吴庄的规矩,上梁是必须在正午进行的。所谓"上梁恰逢黄道日,下凡就遇紫微星""日丽新居暖,风和甲第安"……意思都是为了讨个喜庆。这个规矩在本吴庄多年来一直没有人打破和改变。

李连道有点为难了。然而,对于本吴庄人来说,有了前面的买地之说和炸石之奇,大家对黄道吉的话,基本上都已深信不疑,因此,上梁的事,可能不听也不好了。李连道即使心中有疑虑,但也不好意思直接问。

他沉吟一下,说:"一切按照道长吩咐的来吧。"

时间仿佛静止了。人群一下无声了。这样,时间转到了午时一刻,李连道吐了一口痰,说:"上吧。"

于是,一群人中,有的迅速沿着梯子爬上屋顶,有的在地面上用红绳子捆绑梁柱。上面的人使劲拉,下面的人都在顶,一边拉一边顶时,承墨师傅一见,便开始站在房子的大梁门柱边说彩:

> 拉啊拉啊,好日子就在太阳下啊;
> 顶呀顶呀,幸福天就在房梁上呀。
> 房有主来钱有路呀,
> 梁有灵来柱有魂啊。
> 一拉一顶上梁日啊,
> 拉出金来拉来银,
> 顶出官来顶出财……

他说一句，下面应声一句："喜呀！"

不一会儿，硕大的横梁就拉上了房顶，李连道笑呵呵地站在房顶往下撒糖……小孩子们蹲在地上疯抢，这是他们最快乐的时刻。

这时，其他小工赶紧将梁柱在屋脊上用长钉固定，铁榔头敲击钉子的声音不绝于耳。接着，两边的人开始放桁条，桁条沿两边垂直摆满，呈人字形散开。另一边，开始有人把切得整齐的角料用钉子往桁条上钉，这是为了下一步布瓦。由于屋顶上人比平时多，这个工作很快就完成了。

当忙碌的人们欢呼着下来时，一看太阳照在地上的影子，嚯，可不快到正午了吗？

说来也怪，就在这时，太阳突然变了脸色。原本高照的艳阳，掩去光华，天空开始阴云密布。

李连道往东边一望，沉沉的乌云压了过来，凭经验，李连道知道这是要下雨的兆头。他连忙呼喊请来帮工的人赶紧下房。

待大家安然撤回老屋，只看到外面随着天空中一道闪电掠过，一声惊雷，一场瓢泼大雨，从空中倾盆而下，接着狂风大作，天空如一只倒扣的锅，漆黑一团。外面风雨大作，雷鸣电闪，让人感觉相当恐怖。

李连道猛地吸了一口冷气："这黄道长，真是神人啊！"

本吴庄的人也暗中惊叹与庆幸："如果等到正午，那么大的雨，根本不可能上梁了，即使上梁，也会被风吹得东倒西歪……"

好在他们已在正午之前，不仅将梁柱上好了，而且还将横梁牢牢地用钉子固定住了，再大的狂风也不受影响。

众人点了灯，开始坐在屋子里喝茶。李连道让家人为大家准备了丰盛的午餐。大家一边吃，一边饮酒，一边又谈起风水先生黄道吉来，对他更是顶礼膜拜。

李连道连忙让媳妇拿了几筒上等的油面，送给黄道吉。

"感谢道长提醒，不然今天多不吉利。"李连道说。

黄道吉只是捻须而笑，并不多话。

李连道对他自然是千恩万谢。

这场大雨，足足下了一个多时辰，突然又戛然而止。到了下午，太阳迅速升起，重新高挂，阳光射在村庄的梨树、枣树与泡桐树上，把叶子上的水珠照得晶莹剔透，闪闪发光。

李连道赶紧跑到新房一看，谢天谢地，房子安然无恙。

到了第二天，本吴庄有人上集市去交换物品。走在街面上，突然听到有人说："你们知道吗？昨天吴家田有户人家，正准备在正午上梁。结果，梁刚拉上，却大雨如注，狂风乱吹，导致梁从屋顶上滚下，砸伤了好几个人。"

本吴庄的人听了，吓出一身冷汗，又为自己村里的李连道家能安然躲过而感到庆幸。

大家在谈论这个事的同时，又对回到村中的黄道吉，充满了崇敬。

从此，大家见到黄道吉时，怀疑的念头也就没有了。可以说，本吴庄里没有一个人不主动向他问好。

而黄道吉并不张扬，他看上去总是不苟言笑。他的目光，深邃而绵长。因此，村子里的人们在他面前说话，不敢再随便了，更不敢胡言乱语。

有一天，族长李非凡身边平时负责跑腿办事的李泽，他有个儿子叫李有荣——当时还只有十四岁，在这天见到黄道吉时，忍不住开口问他："爷爷，我们村里的人说你百事都会算，但你怎么算不到自己的命呢？如果自己算到自己的命，那不就发财了吗？"

黄道吉摸着李有荣的头，笑说："娃呀，我是天机泄露多了，上天震怒，就要折我的寿短我的命啊。"

他一说，李有荣突然不敢问了。

这事在村子里传开，从此大人们便呵叱自己孩子："不能对道长爷爷乱说。"

人们也因此更加相信黄道吉的话了。

而黄道吉，每天也乐呵呵的，经常自己搬了把椅子坐在墙根边晒太阳。人们发现，道长晒太阳时也与村里人不一样——他经常是眯着双眼，好像是在观天察地，但不知他在想什么。有人不经意从黄道吉身边走过，道长会蓦地睁开双眼，还会把人吓一大跳。

因为道长的那双眼睛，既深邃又锐利，像要剜人眼珠似的，泛出一道慑人的精光。

本吴庄的人，每每从他身边走过，不敢看黄道吉的双眼。除了小孩，大人们见了他，也都喜欢弯着道走，生怕自己的心事让黄道吉一眼看破了，看穿了。

倒是族长李非凡，在李连道家上梁事后不久，想起当初黄道吉的话，便下令在自家门口，硬是掘出了一口池塘。

黄道吉见之，只是呵呵一笑。

第六章　漕渡

在经过多年的积累，本吴庄渐渐有了资本。族长李非凡非常重视商品交易，毕竟年轻时，他曾经跟着自己的父亲走南闯北，学到了不少东西。

于是，在他的带动与鼓动下，我们本吴庄人不仅种田种地，还重视商品交易。

在李非凡的亲自推动下，我们本吴庄在靠近两道桥的镇上租了一块地，用来经营集市。短短几年过去，这个集市竟然在整个黄安县成了数一数二的热闹之所。

交易，积累了本吴庄人的财富。

本吴庄人是勤快的。平时，他们在山上种树种药材，一旦作物成熟，就拿到集市上去卖。特别是药材种类齐全，比如柴胡、蛇扇子、苍术根、黄花、车前草、艾叶、野菊花、金银花、夏姑球等等，山上应有尽有。

到了收割的季节，本吴庄人便把打下的多余粮食，和山上采集而来的丰富药材，全部用手推车送到集市上去交易，渐渐为本吴庄积累了发展的资金。

不仅如此，族长李非凡还要求，全庄的人在贫瘠的山坡上种植烟草。

烟草，是支撑本吴庄发展的重要作物。本吴庄贫瘠的山地上沙质与黄土多，种出的烟叶质量好。这些烟草和药材，作为经济作物，一下为本吴庄积累下大量财富。

就这样，随着村庄的发展越来越快，人口越来越多，本吴庄对土地的需求也越来越大。

买地，又成了本吴庄的大事。

由于本吴庄西边与吴家田接壤，再往西买地，那是几乎不可能的事。而黄安整个县又属于丘陵地带，一般大块成片的、开阔敞亮的地比较少，以梯田与山地居多。

在这种情况下，本吴庄把目光投向了东边的麻城县，考虑将村庄往东边的麻城县扩展。

麻城县虽然也是山地多，山高林密，但却人稀地广。加之与黄安县的交界处，经常有土匪恶霸出没，他们打家劫舍，神出鬼没，因此这些地界人烟稀少。

从我们本吴庄山头后的鹅公寨，一路翻山往东，就是麻城地界。相交之地，皆属王姓。这个王姓在麻城也是个大姓大户。他们家族经营范围较广，出的读书人多，重名利若千金。正因为如此，土匪们盯紧了他们，他们也早被山林里的土匪弄得筋疲力尽。而由于此地处于黄安与麻城交界之处，山路弯弯曲曲，树木层层叠叠，匪患甚众，加之山地土地贫瘠，过去主要是种茶，王姓收益甚微，有时连长工也雇不起，他们早就想弃地整体搬迁去武汉三镇发展。王姓的族长经常说："到有读书人的地方，去种下读书的种子。"

因此，当我们李氏去王姓买地，且又拿着真金白银时，迅速得到了王姓家族的同意。

王姓家族一商量，双方便一拍即合。王姓甚至提出："只要你们有钱，我族可把靠近黄安边界的千亩肥沃之地，打包全卖给你们本吴庄人！"

李非凡紧急召开全族会议。大家听了，一致通过。

这是本吴庄历史上最大一次扩容。

因为有了这片土地，本吴庄不再只是处在狭窄的吴姓与王姓之间，由弹丸之地变成了土地连片。更重要的是，这次扩地，将流过黄麻两县的河流得以全部勾连贯通，使得黄安县往东靠近麻城一带的渡口，变为以本吴庄为中心的一片领域！而在过去，这里的人们对地理位置相当疏忽，认为此地山多，开通河渡不易，因此运送物资，完全是人力靠肩扛手提，的确特别不便。

我们本吴庄买到这片地时，刚好是黄道吉归来之日。他大为赞叹："此乃空前之举也。"

身体好后，他立即陪同李非凡前去视察，称赞族长李非凡"真大手笔也"！

李非凡说："还赖道长认真看看，如何能让村庄再次发迹。"

黄道吉在附近一连转了好几天的山水。回到村庄，他对李非凡提出："黄麻两界，建县以来便匪患不绝，因此走山路风险太大。可在两县交界处，通过倒水河的上游，设一码头，打通水道，连通两县，这样相较走陆路去黄安县的中心区域贸易，比走山路去麻城的中心区域要安全得多，还比陆地速度更快！"

李非凡听后认为有理，便召集族人，迅速附议。

大家讨论一番，对李非凡的置地本来叹服，又对黄道吉的建议深为敬服。

族人李泽为此感慨："道长走南闯北，真神人啊。"

于是，经黄道吉画图测绘，我们族长李非凡带领全族人，在黄麻两县交界的河流经过处，投下巨资，建立码头，疏通河道，打破了过去从鄂东进入麻城，只能入山、不能入河的传统习惯。

但这个项目投资巨大，对于李氏而言，财力显得严重不足。

族中长老李天时便试探着向李非凡建议："莫不此时与吴氏交好，共同建设？建好之后，他们也可通过此道，与麻城交易。"

李非凡说："万万不可，建设容易，分红太难。我们自己建造。"

李天时说："钱之不足，如何解决？"

李非凡说："借贷解决。"

"如何借贷？"

"还得依仗你的儿子协调为好。"

于是，我们李氏冒着巨大的投资风险，通过在县府做小吏的李逢春作保，从黄安城的几家票号，借来五十万银两，并动员全部力量，历尽两年的含辛茹苦，终于将漕运疏通，将渡口建成。

这是本吴庄历史上除建村以来，投资最大的一项工程。

起初，吴氏闻言我们李姓将建渡口，曾嗤之以鼻："李氏自不量力，能建成渡口？让人笑话，留人笑柄而已！"

吴洪生建言说："此道一通，连畅黄麻，贸易必然丰富。不如趁此时与李氏修好，以后可以分得一杯羹。"

吴上人斜视吴洪生一眼："你是族中要人，虽与李氏儿女亲家，万万不可帮他们说话。"

吴洪生听后不语。

吴是非正好在场，也说："区区李氏，原来百户，现在亦不到两百户人家，能建成这样一个渡口，谈何容易？"

吴洪生知道说了不算，便不再言语。回头对家人讲："李氏此举成功，我族若不与之修好，将悔之晚矣。"

果然，吴姓人万万没有想到，我们李氏在沐风栉雨，节衣缩食之下，在招募不少闲散人员帮衬之余，经过两年苦战和顶债经营，终于将河道开通建成。

消息传来，吴上人坐在自家屋里，久久不语。

河道开通那天，族长李非凡说："必须把仪式搞隆重。"

于是，李氏又通过李逢春，请来黄安与麻城两边的头面人物，举行了一个相当隆重的开通仪式。

黄麻两县的不少官员，当天皆齐集于此。

一通鞭炮响过，随着黄麻两县官员的剪彩，黄麻两家从此便由单一的山道，变成山道与水道相通。于是，黄安靠东这一片的人们，从此可以先用牛车，把物资运到渡口，再经渡口装船将货物运到麻城。至于生活在黄安县城西边的人们，依沿着倒水河下游的竹排，顺利把物资运到武汉。一东一西，两条河运，相得益彰。虽然，从本吴庄到麻城的漕运并不是运输的主干道，但对于一个丘陵为主的山区县来说，李氏设立的码头，也足以使农工商紧密结合，使黄安县城靠东一片的山里人，把这条漕运之道打造成为一条兴旺发达的路。

正是这个渡口，迅速给本吴庄带来了巨大收益。除吴家田吴姓仍然坚持不走此道之外，周围其他各族，纷纷前来与李氏结盟，欲将货物从此地运出。因为如此一来，不仅运费便宜，而且速度也快，安全也比走陆路更加有保证。

因此，这条漕道，给本吴庄带来了巨大的利益，也让吴家田的吴姓大族，更加为当时的固执己见不予联合而后悔不迭。过去，他们也曾与麻城的王姓家族发生过械斗，闹得很不愉快，加之匪患横行，所以从来没有产生过要走水路的想法。而现在，李氏不仅买下了麻城边界的山地，而且还打通了河道，建立了渡口，光是贩卖盐巴、烟草和药材，就不知能赚多少钱！

吴洪生在族里说："凡是想从这边去麻城的人，如果不愿翻山越岭，又害怕土匪出没，就只有走渡口。"

吴洪生还为李氏暗暗高兴。但他不能露出来，只能装作没事一样。

吴上人却脸色铁青。

他们知道，而凡经渡口，必须交纳建设费与通行费。而这个费别种类的收取，李氏已通过李逢春向黄安县衙报备同意，县里同样可以分得一杯羹。因此，从黄安县城东的杏花乡，沿郑家榜再到两道桥，然后通过吴姓村庄南边的边缘小路，经渡口到麻城，一条新的商贸之路从此诞生。

很快，不出几年，李氏便依靠重新置地和没人看好的新设渡口，突然一下成为黄安新贵，本吴庄不仅在几年之内，便还清了黄安城票号的本金加利息，而且还获得了良好的口碑。

这让黄安的本地人都羡慕不已。特别是吴姓家族，他们都认为李氏今天得来的一切，本应该属于他们吴姓所有。即使李氏发达至此，也是拜当初购买了吴姓土地所赐。他们更加相信，李氏曾经的置地是别有用心，是抢占了他们的上好风水！

因此，从不甘心的吴上人，眉头一皱，计上心来。他找来几个心腹，认真研究一番后，专门派人到李氏宗族里来谈判，想从渡口分一杯羹。

这自然遭到了李氏的拒绝。

据族谱记载，这场谈判，是在李氏宗族的祠堂里进行的。吴上人本来想亲自前来，但遭到了李非凡的委婉拒绝。因为李非凡也料到，这样的谈判不会有什么结果，而且他也不想与爱惹是生非的吴上人见面。所以，当吴上人派人来时，李非凡没有亲自出面，而是让自己的儿子李和与族人李泽代表会谈。

对方来的是几位长者，领头的就是吴非好。

好多年没来本吴庄，几位长者坐着轿子，从吴家田的这边小路上了山岭，翻了高山之后，几位轿夫也觉得累了。于是，吴姓的几个长者，便站在山峦的高处，向本吴庄方向望去，这一望，他们吸了一口冷气：只见原来的这片荒地之上，此时却是一座又一座的房子，连绵起伏，错落有致，宛如重新崛起了一座新城……而四周原来的靠近倒水河上游的沼泽地，已全部改造成良田，一汪接着一汪，向远处伸展。再看原来的穷乡僻壤之地，经过改造，全部变成了梯田，田与田相交，岸与岸相接，全用石头垒就；而地与地相界，亦全部用石块筑成。

此时，正是秋天，本吴庄远远望去，全是金黄色的稻浪，一处接着一处，偶有风过，稻谷翻滚，阳光射在稻田里，四处金黄一片……而远处作为烟草原料的烟叶，在阳光下长势正旺，不远处有烤烟的味道，顺风从远处飘来……

领头的谈判组组长吴是非，他一声长叹："还未谈判，我们已输矣！"

众人默然。

随他一起来的，也有李氏族中长者李天时的亲家吴洪生，因为吴上人怕惹出是非，想到吴洪生的女婿毕竟还是黄安城的小吏，觉得李氏不会不给这个面子，所以就让吴洪生也参加这次会谈。

吴洪生听到大家对本吴庄的羡慕，便接过话说："过去我们拥有此地时，我曾多次建议修筑堤坝，疏通河道，建造良田，可惜族中认为此地贫瘠，又怕我们建好后，有利于麻城的王姓大户，所以弃之不用，只派一家人三兄弟来坚守此处，生怕王姓大族越河来占领。结果三兄弟一个比一个懒，始造成此地荒凉，大家都不想翻山来种，所以此地便愈来愈杂草丛生，终成荒地荒山，让人不屑一顾。如今李氏一来，勤劳为勉，我们有何面目强争？此去谈判，也是不得已而为之！"

吴是非装作没听见。他将目光转向南边，一望更是惆怅：只见渡口上人来人往，小舟如织，热闹非凡，一片兴旺繁荣的景象。

吴洪生又生感慨："想当年，我经此地，反复向族中提议，可以开通水道，直通麻城，但始终得不到响应。大家生怕此地一开，又生水匪，来抢劫我们。现在李氏通渠，虽听说也有匪患扰之，但未出大事。说起来是怕来怕去，其实是我们私心太重啊！"

他这一说，其他长者都不接话。因为当初反对者中，正是吴上人与吴是非等人。

一行人来到李氏祠堂，李和与李泽一同出来迎接。

李和说："家父最近偶有小恙，怕风怕光，不便出来，请你们海涵。"

吴是非鼻子里哼了一声。吴洪生装作不熟悉，并不搭话。

坐定后，李泽让人上茶。

吴洪生走了半天已累，喝上一口热茶，顿时心脾大畅，连说："好茶！"一边说，一边看杯中之茶，根根竖立，绿色如春。

李和说:"这是我们在山上自种之茶,正好是今年新茶,欢迎品尝。"

吴洪生说:"当年我们也在种茶,竟然种不出此味。惭愧惭愧。"

由于吴洪生是李天时的亲家,过去关系都还不错,因此大家听了便哈哈一笑,气氛融洽。

但转入正题,笑声便渐渐消失。

吴是非单刀直入:"根据我族长吴上人要求,我们想与贵族共同经营渡口。"

李泽抢话:"如何共同经营?这个渡口地点在我族购买土地范围之内,而且由我们出资贷款,独资投入建设,投入大量的金钱和人力始成,至今仍未收回本钱。"

吴是非道:"老弟别急,我们可以入股,债务亦可分担,到年终再按股分红。"

作为李非凡的儿子,李和自幼家教甚严,但此刻也觉心中有一股怒气自脚板直冲头顶,本想发火,但他想起父亲与黄道长的叮嘱,便强忍愤怒说:"这不可能!如果初期投入,那当然可以商量。但此时渡口已经修成,恐怕族中人不会答应。"

他一出口,大家一时语塞。

吴是非顿了一会儿,又道:"此地原为我族中的土地,你们当时买走,也是占了便宜。我们当年,也是看到贵族落难不忍,所以便宜卖地,让你们在此安生。如今有了好事,当然应该抛弃前嫌,共荣共享。"

李泽站了起来,茶杯往桌子上重重放置,然后说:"买卖讲究公平。当年买地,我们固然充满感激,但地价是双方坐下来商谈的,并无巧取,也无豪夺。我们当然感谢你们。但若拿此说事,便是不宜,并且不对。"

吴是非带来的人中,还有一个中年人脾气暴躁,听完此话,便站了起来,针锋相对地说:"当年卖地,我们是一时糊涂,受了你等欺骗……"

李泽对此不屑一顾地说:"有何欺骗?真金白银,白纸黑字,明明白白。只是你们当年眼光短浅,守着宝地而不劳作造成!我们买地,亦是经过了九牛二虎之力建设,方有今天。如果没有今天的一时之盛,恐怕你们今天还未必能够看上此处!再者,为置地之事,你们多次挑事,弄得两族今天这样,老死不相往来,亲人操戈,夫妻陌路,造成亲人不能团聚。这是谁的责任?"

他这一说,吴是非心虚地低下了头。

吴洪生也一时卡壳。

李和见状,又吩咐族人上茶。

待族人上茶时,吴是非觉得面子上过不去,突然将茶杯在桌子上重重地掷了一下,拂袖将离:"既然谈不成,何必再多说话!"

说完,他站起身来,一边往外走去,一边拉着另外那个中年人道:"何必再谈,不知恩者,必不有好报!"

吴洪生想到自己与李氏是儿女亲家,本来还想从中斡旋,但吴是非力大,走得又急又快,他便身不由己地站了起来,跟着大家往外走。

其他跟来的人见状,也纷纷站起身来,一齐往门口走去。

临出门时,吴是非回头怒目:"好吧,既然如此,那等待我们的,只有战争!"

李和淡淡地道:"送客!"

吴洪生一边走,一边回头看着李和,叹息地连连摇头。

客人走后,李和连忙向父亲李非凡报告情况。

李非凡亦淡淡地说:"自古兵来将挡,水来土掩。我们李氏一脉,传至此数百年矣,何种情况没有见过?是风挡不住,是雨砸不死。来吧。"

他虽这样轻描淡写,但是整个本吴庄人听说后,各家各户,都陷入了对未来与吴姓人家如何应对的讨论之中。

李和私下去问风水先生黄道吉，黄道吉说："你父亲所言极是。世间来来往往，该来必来，该去必去，有何忧之。"

作为大家眼中未来的接班人，李和遂放下心来。让人送来酒菜，与黄道吉一同共饮。

看上去，本吴庄的日子一片祥和。漕渡之处，仍然是人来人往，商贸频繁，人声鼎沸，殊不知暴风雨，已在吴李两族的天空云集，并且开始有了战争的迹象。

这时，正是快到年关的季节，李非凡决定利用这个时令，让本吴庄人畅畅快快地玩一回，好好地过个春节。

腊八节过后，黄安便渐渐地冷了。到了腊月半，村里村外、垸前垸后，便常常听到猪嚎羊叫。说明本吴庄的人们，开始准备过年了。

到了腊月二十四，过了小年，本吴庄至今还流传这样的民谚："二十三，糖瓜粘；二十四，扫房子；二十五，做豆腐；二十六，割年肉；二十七，杀鸡吃；二十八，打糍粑；二十九，满香斗；年三十，新衣试，春联住；大年初一拜年去。"这段谚语，把本吴庄春节前所有要做的准备工作，几乎全部概括。

黄道吉最喜欢吃的，是本吴庄的年粑，我们叫它糍粑。这种年粑是糯米制成的。每年春天下种时，本吴庄的人们，便会把种子选了又选，滤了滤，挑最好的水源、最好的土质种下，栽种时精耕细作，管理及时科学，除虫打药、防涝抗旱样样不落，收割时也是精心精细。等到秋天，黄澄澄的糯谷入了仓，喜悦也便浮现在本吴庄人脸上。其实，与糯稻一起种植的，且种植面积比糯稻还广的，是当地的早稻与二季稻，一般都是籼稻。而用来做糍粑的糯稻，因为有黏性，所以种植得比较少。平素，本吴庄人都喜欢吃早稻米。

到了冬天，本吴庄人将糯谷变成糯米时，从不马虎。他们一般选择在晴朗的天气，将糯谷从谷仓里搬出来晾晒，等到用石碾轧米时，还要挑选最优质的原料，直到把糯米碾成洁白如银时为止。等到做年粑时，还需要经过浸米、淘米、打粑和做粑几道工序。

黄道吉来到本吴庄，一直觉得糯米特别是糍粑最好吃，所以他还亲自去观看了这几道工序。

有一天，黄道吉来到李连道家的新房子，看到李连道的老婆把糯米浸在木桶里，将井里打来的清水灌满时，他好奇地问："这要浸泡多长时间？"

李连道的老婆说："一般都要浸泡二十四小时，而且米要浸得不干不湿，拈米粒甩在嘴里时，一咬能两断，不能发声，也不能黏牙。"

黄道吉微笑点头。

他看到，李连道的老婆在米浸泡足后，开始淘米了。主要是淘出石子与沙子，这都是在本吴庄的稻场上打谷时混进去的，所以李连道的老婆是洗了又洗，淘了又淘，直到干干净净，不留一点杂质。她对黄道吉说："如果有沙子或石子进去，等后面砸碎后，吃到嘴里把牙硌了，吃到肚里把胃伤了。"

到了蒸米的环节，李连道的老婆把米放在木甑里，将木甑搁在大铁锅上，锅底上半锅水，然后将木甑用纱布捂严实，再用木盖盖上，在灶前点火烧了起来。她烧的是柴火，对黄道吉说用柴火蒸出的米更香。

不一会儿，黄道吉看到，锅水咕咕噜噜地沸腾开来，甑盖四周的水汽叽叽作响。整个厨房里，蒸腾的雾气中闻到一股香味。等到了火候，李连道的老婆揭开甑盖，撮着嘴，猛吹一口气，只听到甑里轰的一声。她对黄道吉说："道长，熟好了！"

黄道吉啊了一声。他看到李连道老婆将整个木甑抱了下来，揭开甑盖，一股浓郁的清香，直扑进黄道吉的鼻子里。他不禁深深地吸了口气。

这时，李连道从外面走了进来，向黄道吉问了一声好后，他把木甑抱到外面，将白花花、香喷喷的糯米全倒在洗得干净无比的石槽内，然后对黄道吉说："道长，请先尝一口。"

说完，李连道用一个匙子，弄了一团米饭，递给黄道吉。黄道吉将冒着气的糯米，放入口中，只觉得又香又绵，于是赞不绝口。

这时，李连道请来的六个人，每人拿了一把粑棍，开始踩糍粑。他们一上一下，迈着整齐的步子，围着石槽，喊着整齐口号搓打起来。

李连道对黄道吉说："道长，这每根粑棍，都是用红枫木或红檀木做的，结实耐用。"

黄道吉点点头，不一会儿，他看到，刚才还饱满的粒粒糯米，此时在槽内渐渐地被捣成泥，成为乳浆似的浆粑。就算是五大三粗的六个小伙，每个人搓着搓着，头上慢慢地都沁出了汗。这时，只见一个人说："起！"大家一齐挑动，便把浆粑翻了个身。这样他们又踩打了一会儿，看到浆粑已成一团，成为一个整体时，他们才将浆粑用搓棍举起，送到事先准备好的案板上。

这时的案板上，已铺满了米粉。大家便开始做粑了。黄道吉看到，此时的糯米粑已完全熟了，既柔又软。

李连道用手一搓，又弄了一团，递给黄道吉说："道长，加点糖，吃吃看！"

黄道吉连忙接过，加了点糖，刚放入嘴里，仿佛人要软塌下来，太美味了。黄道吉不禁连连点头。

此时，年粑的香味吸引来了本庄的不少人。大家前来看粑、吃粑和帮忙做粑，小孩子们在周围跑来跑去，一边吃一边笑，热闹无比。黄道吉发现，多数人还是喜欢吃火烧的糍粑。就是将成品粑成小块，搁在火钳上，放进灶里，用温火烘烤。糍粑经过火的高温，粑的两面渐渐烤成了金黄色的壳子，慢慢鼓胀得像吹起的气球，粑面此时便渐渐"笑开"。这时，人们把烤得差不多的糍粑从灶中端出来，断开后包进一些红糖。黄道吉又尝了一块，伸出大拇指说："真香、真甜、真可口！"

大家便哈哈地笑了。

接下来几天，黄道吉又看到了豆腐如何做、年猪如何杀、扬尘如何扫，他觉得，自己能来到本吴庄安度晚年，是真的非常幸运。

到了腊月二十九的夜里，本吴庄家家户户，都贴上了春联。

黄道吉发现，本村中，只有李贯通家最后才贴春联。他问为什么。有人告诉他说，因为这一年，李贯通家借了人家的钱，一时又还不上，怕有人来追债，便让家人缓贴。在本吴庄，只要是贴上了春联，过去欠人再多的债，也得等到明年再还，不能上门催了。因此，一些欠债的人，如果暂时还不上，往往是先上人家的门，道个歉许个诺。而遇不上人家，又怕别人来追债不吉利，所以就不忙贴。

好在，到了深夜，也没有人来讨债。李贯通便将春联贴上了。

他家的春联是：

忠厚传家久
诗书继世长

同时，李贯通还在两侧的两扇大门上，贴上了秦叔宝与尉迟敬德两尊门神，用来驱邪赶鬼。

在本吴庄，春联还有一个讲究，就是家人这一年有人过世了，三年之内不能贴红联，必须贴异色的挽联。黄道吉发现，这样的人家，第一年贴的是白色的，第二年是黄色的，第三年是绿色的。而且，常用的挽联，基本上都是：

守孝不知红日落
思亲惟望白云归

黄道吉看了，不禁有些忧伤。想起自己孤身一人，在外漂泊多年，连个家乡都回不去，心里有了叹息。于是，他一个人进了屋，正准备休息，没想李非凡委派儿子李和前来，并告诉黄道吉说："我爹明天请您一起过年，吃年饭。"

原来，李非凡看到黄道吉孤身一人，心生怜意，便想请他一起热闹热闹，顺便感谢一下他对本吴庄的贡献与辛劳。

黄道吉听了，黑暗中一股泪水夺眶而出。他想，本吴庄的人，重情重义，自己没有白费力啊。

第二天，本吴庄全都沉浸在热闹与喜悦当中。一大早，鞭炮声便此起彼伏，连绵不绝。有人为了抢头炮，半夜三更便起来做年根饭。饭一熟，便把老人孩子都叫起来吃饭，然后去放鞭炮。

黄道吉起床洗漱后，便来到李非凡家。只见李家里，完全是气象一新：花花草草全是四季常青的，灯灯火火都是崭新崭新的，而铁锅铝盆、大碗小钵、回杯方碟、瓷勺木筷，满满一桌，应有尽有。饭桌上，皮子炒成了油砣子，豆腐炸成块块金黄之砖，鱼丸子像一个个珍珠蛋，鸡蛋饺子皆如半边月，肉糕油亮亮，酥鱼黄澄澄，扣肉白腻腻……

李非凡站起来，做了一个请的姿势，说："热烈欢迎黄道长光临……"

黄道吉出走以来，从来没遇过这样的待遇，不禁眼睛一热说："年饭兆丰年，族长大善人……"

李非凡请黄道吉上座，黄道吉边擦泪边说："岂敢岂敢！受宠若惊矣！"推辞半天，还是李非凡坐了上首。

李非凡说："上菜。"

只见各色菜品，摆了整整一桌，天上飞的，地上跑的，水里游的，应有尽有。李非凡还让人打了几头野猪，请他品尝野猪肉。黄道吉吃得高兴，几杯酒下去，便感觉自己醉了。至于李非凡表达的感谢之语，他完全记不清了，只是自己一直在断断续续地说："若有用处，当肝脑涂地地报答之……"

李非凡只是笑而不语，一个劲给他夹菜。

看到黄道吉醉意上来，李非凡就让人扶他去休息了。这一天，黄道吉就住在李非凡家里。因为李非凡还要让他一起在家中守岁。

黄道吉不胜酒力，竟然睡了整整一天。他醒来时，发现华灯初上，只见李非凡家里又是另一番光景：大鱼大肉，米饭年糕，烧鸡炖鸡，饺子狮子头，萝卜白菜，豆腐皮子，红酒土酒烧酒黄酒……仿佛天上人间，真是应有尽有。

吃饭之前，李非凡请黄道吉坐了，上了一杯最好的绿茶老君眉——这是黄安流传了几百年的好茶。茶用过后，李非凡开始祭祀：一是向诸神与祖先叩拜，在"天地君亲师位"的红牌下，李非凡的儿子李和请来家谱、牌位和祖先画像，摆好了香炉、供桌，先行拜祖；二是向天神、土地神叩拜，请出玉皇大帝、王母娘娘，供奉上羊肉、五菜、五色点心、五碗米饭、一对枣糕、一张大馍，这叫"天地供"。李非凡烧了三炷香，然后跪在供桌前，虔诚叩拜，祈求丰收。最后，他让李和将打好印章的火纸点燃，开始烧纸，本吴庄称之为"送钱粮"……

一切仪式，庄重而正规，严肃而有序。等仪式结束，鞭炮声猛然响起，这时李非凡请黄道吉入座，又是一番劝酒。黄道吉虽不胜酒力，然在未醉之前，他从怀中掏出银两，给李和的孩子发压岁钱。李非凡说："道长，这可使不得！"黄道吉说："也是好日子，遵从贵庄习俗，表达对孩子的祈愿罢了。收下吧。盼来年孩子有成。"

李非凡笑而不语。李和也便谦让了几句，但还是允许孩子接受了。毕竟，这是本吴庄多年传下的习俗。

接着，李非凡与黄道吉两人吃水饺、吃年糕、吃瓜果、吃美酒……李和借口出去放鞭炮，实际上与年轻人们一起玩去了。虽然他也做了父亲，但是玩心很大，遇上这个日子，李非凡也没有办法。因为本吴庄最热闹最好玩的几天就在于此，等到年过月半尽，人们就要下地干活、周而复始了。

李和出来，与他的同龄人们一起开始玩了起来。有的下象棋，有的打纸牌，有的玩拐，有的掷骰子，有的玩骨牌，有的打麻将……而小孩子们，开始玩骑竹马、玩陀螺、玩老鹰抓小鸡、玩瞎小摸人等。

夜深之时，黄道吉满怀感激回到居所。在上床高卧的那一夜，他突然梦到了故乡，梦见了过去……

等他醒来，已是大年初一。他看到，家家户户开始出去拜年了。

在本吴庄，拜年是个很重要的传统，必须家家户户都得走到。特别是亲戚之间，如果拜年时不去，就表示两家明年不再来往。本吴庄的拜年，初一拜村里同乡，初二拜外公外婆，初三拜岳父岳母，初四拜姨表亲戚，初五拜朋亲干亲……一切井然有序。

黄道吉看着热热闹闹的人们，心里突然有了羡慕。他想自己孤身一人，估计没什么人会来给他拜年了。没想到，门一打开，外面居然挤满了人！

原来，李非凡给村子里的人下了一条规矩："盖吾村能有今天，拜黄道长所赐也。因此，吃水不忘挖井人，黄道长就是我们的亲人。初一村里人拜年时，家家户户须先去拜黄道长，感谢黄道长出谋划策，给本吴庄带来了平安幸福的生活。"

此言一出，本吴庄人自愿执行。因此，当黄道吉打开家门时，他看到前来给他拜年的人，老老少少，已在本吴庄排成长队！

黄道吉心中激荡，两眼一闭，不禁泪水滂沱。

第七章　拜师

又是一年新春刚过，本吴庄的周围，四处都生机勃勃。

随着本吴庄的日益兴旺，本吴庄人也在黄安县逐渐有了名气。不仅黄安县东，包括整个黄安县甚至毗邻麻城、宋埠、黄陂、大悟等县的人，不管相隔多远，都欲与本吴庄人结盟和通婚。

通过一系列的事情，李非凡开始意识到：本吴庄人仅有钱是不行的，朝中还得有人。特别是去年年关期间的一件事，让李非凡思想上大为震动。

在黄安县，从正月初一到十五，乡间都有玩龙灯的习俗。各个大族的龙灯队，会到别的村庄表演和祭祀。每到这个时节，往往都有某一大姓的自然村的人们牵头，组织"玩龙灯"，先在自己的村里玩，然后到邻近各个垸子里进行巡回演出，说些"彩语"，讨得一些香烟、糍粑、饼干、腊肉、腊鱼等物。由于每村皆有某一姓氏集中的大垸子，他们玩得起，人又多，必然趁此机会显摆一下势力；而一些小垸子，则由各个不同姓氏组建起来的龙灯队，在规模、样式上各不相同，容易形成你强我弱的竞争态势，特别是到了某个村庄演出时，因观看人数的多少与招待规模的高下，容易酿成口舌之争。特别是两个不同姓氏的"龙灯队"，若在同一条路上相逢，极易引起争斗，大家都喜欢抢上水，也就是抢靠山上的路，为了讨个更加吉利。为此，经常发生龙灯队相遇谁也不甘示弱，都想抢上水，于是一场争斗殴打在所难免。小则龙灯队打，大则两个姓氏发生大型械斗。

　　没想到，本吴庄的龙灯队与吴家田的龙灯队，在应邀去两道桥镇玩灯的路上，竟然狭路相逢，发生了一场斗殴。

　　两个村庄的龙灯队，在张个河相遇时，按说各自的灯队应让到一边，让对方通过，热闹的还互相唱和。但两个村庄十几年来，涌聚了这么多的仇恨，忽然爆发了。

　　本吴庄的是李和带头，他抱着不惹事的原则，让本村的龙灯队让在道路一旁，既不喝彩也不问候。这样大家各走各的，相安无事。没想，吴家田的年轻人想闹事，他们占据道路的一边，把龙灯一扎，所有的人拥在道路上。这样一来，本吴庄的灯队过不去，吴家田的灯队也不走。两下便起了摩擦。

　　摩擦的结果，就是一场战斗。开始都从口头骂，后来便动了拳脚。两支龙灯队，竟然在大路上公开打了起来！

　　这场械斗的结果，是双方各有人伤。好在县府派出的巡逻队及时赶到，安抚住了双方的人群，不然后果不堪设想。

　　当龙灯队回到本吴庄时，李非凡发现龙灯被毁，人员被伤，甚至连李和的脸上都被抓了好几个道道。

　　李非凡非常震怒。

　　他正与族中长老商议，将以何种方式进行反击时，黄道吉听说后，果断地拦住了他说："族长啊，冤冤相报，何时得了。从长计议，从长计议为好……"

　　李非凡心道"惭愧"，马上冷静下来了。

　　他发现，与吴氏的明争暗斗中，如果不是有李天时的儿子李逢春在县府做官，本吴庄的许多事情不会进展得这样顺利。也难怪，本吴庄的大人们在教小孩时，一直流传着这样的谚语：穷不与富斗，富不与官争！

　　思来想去，在黄道吉的劝说下，李非凡下令：本吴庄凡十六岁以下的男丁，都必须到私塾读书！

　　促使李非凡下这个决定的，是龙灯队发生打斗之后，码头上又发生了另一场斗殴事件。

本来，本吴庄南边的码头漕运，随着时日发展，变得越来越红火。但是，有一天，码头上不知从哪里突然冒出一帮人，因为运费的问题双方诱发了纠纷，竟然在码头上大打出手。

本吴庄人后来意识到，对方其实是有备而来。

这伙人来后，说是运货，但是由于运费的事双方未谈拢，对方声音渐高，后来便逐渐动手动脚，发展到双方推推搡搡。本吴庄的人可不是吃素的，于是两边的人便使上了拳脚。对方觉得拳脚不够，突然从货物中抽了砍刀。

双方陷入混战。

但让他们意想不到的是，他们虽有准备，可最终却吃了大亏。为什么呢？原来，这些年在本吴庄的码头上，专门建有一支由年轻人组成的护卫队。这些护卫队员，除了本吴庄的年轻硬汉外，在李非凡的默许下，本吴庄还收罗了一帮从山上下来的，无法在当地生存的豪杰——只要他们不犯事，本吴庄养着他们。这些人高马大的年轻壮汉，平时啥也不做，就是日夜习武，个个身怀绝技，不仅武艺精进，而且处于"少年壮志不言愁"的年龄，正是血气方刚。他们平时在护卫队长李英豪的带领下，正愁找不到练手的对象，这次虽然遇到突袭，却是在太岁头上动土。只见小伙们一个个各展身手，很快将对方打得东倒西歪。整个码头上，四处都是哭爹喊娘的惨叫声。

本来，眼看大获全胜时，护卫队队长李英豪看到有人突袭自己的队员，他斜里冲了过去，由于用力过猛，对方刀锋划过，李英豪的手上中了一刀，顿时鲜血淋漓。

李英豪一时怒起，拔刀反扑，一刀砍中对方要害。

"出人命啦！"

"不得了啊，出人命啊！"

喊声从码头上飘来。

于是，一场发生在码头上的意外斗殴，竟然诱发了人命官司。

在黄安县，无论是什么情况下的纷争，伤筋动骨算不了什么事，人们也不会报官。但出了人命，再小的事也是个天大的事。

官司从乡里打到县里。县里派人深查。不查不打紧，一查吓一跳，原来，这场纷争的背后，竟然有吴氏家族的背景。码头上的这拨人，居然与吴姓搭上了关系，他们来闹事，完全是受吴姓人所托！

这还了得！

于是，县里升堂会审，一切有模有样地进行。

本来，本吴庄作为外来的搬迁户，与县府关系较为生疏，过去有事打官司一直处在下风。但自从李逢春进了县府当了小吏后，涉及本吴庄的事才稍稍体现公正。

这次，本吴庄人以为人证、物证俱在，本吴庄必定成为赢家。

正当大家感到高兴时，没想到终审那天，县里却判本吴庄输了！

这让本吴庄人和李非凡族长感到沉重一击。到底怎么回事？

李非凡派李天时去县上了解情况。李天时见到儿子时说明缘由，李逢春说："爹啊，吴姓人到黄冈府上找到人了！官比我大！我也没法啊。"

李天时大吃一惊。经详细了解，才得知事情原委。原来，在吴姓的读书子弟中，也有一人在黄冈府上任职。此人职务虽然不高，但毕竟是在黄州府工作，官大一级压死人，所以县里不敢违抗，就判李氏输了。

这件事，让本吴庄人一下子抬不起头了。

李非凡在族人大会上讲："看来，钱粮再多，也不过只是聊以度日。要想安全无虞，还得培养读书的种子。古人云，书中自有黄金屋，书中自有颜如玉，官府里必须有我们李氏的子弟！"

经与族里的长老们商议，李非凡最后决定：本吴庄凡五岁到十六岁儿童少年，必须送到私塾读书，费用是家里出一半，族中出一半！

这个决定，得到了本吴庄所有人的拥护。

族中还决定：若是谁中了进士、举人，分级别大小皆有不同重赏！

自古以来，李氏便有勤耕和苦读的习惯。这个决定一出，更是激起了各家各户的读书人，铆足了劲想去朝中一试！

同时，李非凡久经思考，并与黄道吉在一起闲聊商讨之后，突然又涌起了一个强烈的念头：要在本吴庄家族的人中，选一个聪明伶俐的人，拜风水先生为师，学习阴阳八卦之道，日后为本吴庄所用！

前者受到本吴庄人的热烈欢迎，没想到后者这个决定一出，本吴庄人的响应却并不强烈。

因为在本吴庄人眼里，大家虽然尊敬风水先生和黄道吉，但人们却始终认为，风水先生、阴阳先生是一个下九流的职业。

在本吴庄人眼里，大家普遍认为老人传下的箴言深有道理，不敢破除，那就是：风水师总是窥探识破别人的秘密，总是要占别人的便宜，最后会遭到天妒天谴——常常不是导致眼瞎，就是经常断子绝孙！

的确，在乡间，不少风水先生到了中老年，不知为什么的确瞎了眼睛。而且一个现实问题是，他们大多终身未婚，从生到死都是孤独一人走完人生的旅程。

这就是本吴庄人避讳的原因。

因此，当李非凡在族中发布"凡拜风水先生为师者，可以由族中代缴一年的朝廷税赋"时，却没有一个人前来应召！

为什么出现这种现象？李非凡感到很奇怪。

他问儿子李和，李和说："林子大了，什么鸟都有。有什么怪的。就是我，也不愿去做风水先生。"

李非凡脸色一变，李和赶紧溜走了。

李和发现，在本吴村，虽然多数人对风水先生黄道吉充满了感激与尊敬，但随着时间拉长，也还有另外一些人，一直认为风水先生所做的事，不过只是机缘偶然巧合，心里并不以为然。更有甚者，那些慢慢成长起来的年轻一代，在饱读四书五经后，一直尊崇我们李氏家族重视劳动，讲求劳而有获，于是增加了对不劳而获者的鄙视，认为风水先生黄道吉不过只是混吃混喝。所以年轻人中，不少人开始出现懒得理他甚至远离他的现象，不再像村庄中的老人们那样对黄道吉毕恭毕敬。

当然，事情也有例外。村中有一个叫李十九的小孩，却常常跟在黄道吉身边，听他讲那些山外的传奇故事。

李十九，是我们本吴庄唯一的一个有点呆傻的少年。说他呆傻，其实也并不是说他智力障碍或身体残疾，而是因为他平时总是不入群，喜欢沉默寡言，只是拼命干活，不喜欢说话罢了。每当有人问他一句话，他想半天才能回答，还好像答不完整。而做起事来，又总是慢慢吞吞，天塌了也不急。

人们怀疑李十九家出什么问题了。但偏偏又是这个李十九，却拥有一双非常明亮的眼睛，那是本吴庄人期待的美男子的眼睛。那对双眼皮的眼睛，既生得匀称，又长得洁白，像是一汪盛满了水的深潭。

就是这双眼睛，无论早晚，总喜欢对天凝望。而且有时一坐一天，不发一言。

我们的族人曾这样哀叹："是不是庄子里开始生产傻子了？"

本吴庄人害怕我们村子里会出现残疾患儿。因此，在与周围族群通婚的问题上，我们的庄子里早就订下了自己的规矩：无论是哪个小伙子，在与周围的大庄大寨交往或迎娶媳妇时，不管对方是贫是富，是丑是美，一定要娶那些身体健康的。凡身体有问题的，一概不准娶入本庄！

这条族规，谁也不能破例。

甚至，本吴庄的好事者，还搬出古书来求证：屁股大的女人，既能干活，又能生育；走路不开叉的女人，常常会生儿子；发育丰满的女人，脾气大但不计较；脚越小的女人，会更有诱惑力……

一条条的民间习俗，让本吴庄人在选媳妇这件事上，保持了传统的延续，同时也保证了我们本吴庄的健康蓬勃发展。这是我们李氏家族，很久以来能够始终保持着子嗣繁荣与健康的原因之一。

这条族规，也挡住了不少外村想嫁到我们庄里的姑娘。她们看到本吴庄日益发展带来的富庶与兴旺，便想方设法地托自己的亲朋好友、七姑八姨，欲图通过说媒介绍，顺利嫁到我们村子享福。没想到，我们本吴庄有自己的铁规矩：如果身体出了问题，那你只能是一场空想一厢情愿而已。

要知道，那时我们本吴庄，随着在黄麻两县周围的名头越来越响，生意越做越大，人丁越来越兴旺，村庄也越来越发达，所有四乡八里甚至于几十里以外的人们，都乐于与我们的宗族攀亲。就连麻城那边的人们，也要绕过渡口来，到我们村庄提亲。因此，本吴庄的小伙子们不愁找不到媳妇，本吴庄的姑娘们也不愁嫁不出去！

而现在，村庄里出了一个有点呆傻的李十九，让村子里的人有点担心，是不是我们李氏在哪个地方出问题了。

其实，在族长李非凡的儿子李和眼里，他认为李氏家族的李十九，其实智力上与其他人并无不同之处，只是常常出现和大人们说话半天，他却没有反应过来而已。但他到底是懂了还是没懂？是明白还是不明白？李和表示怀疑。

于是，李和决定与李十九交谈一次。

"十九啊——"李和将"啊"字拖得老长，有点像族中长老的味道。

李十九半天才抬起头来。

"你觉得我们本吴庄，除了建好这个码头之外，还要怎么办呢？"

李十九闭上眼睛，半天才睁开说："该……咋办……咋办吧。"

"到底是咋办呢？"

"天……让咋办就咋办吧。"

李和吃了一惊："天让咋办？"

李十九不说话。

"天能让我们咋办呢？"

"天……不管早晚……最终都会办。"

李十九这一句话让李和不愿意说下去了。

这话在读过书的李和听来，显得既浅显而又神秘。李和甚至不相信这话是从李十九嘴里冒出来的。

李和因此认为，李十九叫这个名字不太吉利。

而李十九之所以叫李十九——就是他离本来的预产期，滞后了整整十九天。这十九天里，李十九的母亲痛得不能下床！

后来，他们前来请示族长，给孩子起个名字。

"叫他十九吧，差点儿没命的孩子，希望能够长命。"我们的族长李非凡说。

在族中，几乎所有下一代的名字，都是族长给取的，族长说什么就是什么。

现在，族长叫他"李十九"，大家也就叫他李十九了。

"十九，我苦命的孩子啊……"李十九的母亲，看到孩子渐渐长大，却每每总是不言不语，痴痴地坐在院子里观天时，总是这样慨叹。

有一天，一个云游四方的算命先生，经过本吴庄时，在路头看见了李十九的母亲牵着他走过，突然对李十九的母亲说："这伢，一身骨骼清奇，是个贵命。但恐怕要走旁门，习左道，否则命不长久啊。"

李十九的母亲大惊，连忙拉着算命先生，求破解之法。

算命先生说："天有奇道，人有善缘。如遇善人，当有善道。"

说毕，算命先生竟然扬长而去。

李十九的母亲目瞪口呆，双眼盈泪，浑身颤抖。

从此，一家人对李十九是溺爱有加，生怕出事。

长到五岁的李十九，随着李氏家族对教育的重视，便也跟着村庄里的孩子们去读书。

私塾先生发现，这个李十九读起书来，像是变了一个人，不仅博闻强记，而且理解能力超群。

教书先生还发现李十九的另一个毛病：所有学到的知识，李十九可以洋洋洒洒地写在笔下，表现在文字中，但要口头表达，却常常缓慢且出差错。

"闷在肚子里，倒不出来。咋办咧！"私塾先生为此很失望，因为李十九虽然比其他的孩子会背书，但这个样子，要去考试，恐怕中举的指望不大。

书读到十三岁时，看到同学们都因为口吃而常常笑话他，李十九决定不读书了。而且，他家里也不准备让他读了，因为他家里也太穷了。在本吴庄，无论是搬迁前，还是搬迁后，她像天下任何一个村庄一样，总是有穷有富。

虽是如此，慢慢长大的李十九，自从风水先生又回到本吴庄后，他仿佛找到了知音。每当人们从树旁经过时，总能看到这一老一小，坐在树下显得非常亲热。

一个是非常孤寂的老人，一个是逐渐被村子抛弃的孩子——黄道吉与李十九，好像找到了知音，一下子走得很近。

黄道吉常常看李十九的面相与骨相，看着看着便有些暗自吃惊：这是接班人的料啊。他想起自己师父临终前曾对自己说过的话："道吉啊，风水风水，有风有水，风水之人，必须取之有道，观之有术，人之有德。德在道之上，德置术之右。有德者，得风水。切记啊。"

黄道吉决定试一试李十九的德。

有一天，黄道吉拿了一点碎银，丢在李十九的必经之路上，然后躲在树后偷看。

李十九迈着小步过来了。

早晨的阳光很暖，照在银子上很亮。

李十九的眼睛被银子的光刺了一下。

他看到了银子。

他蹲下身来，捡起银子。对着阳光照了照，确信是银子之后，便拿了一卷书，坐在路边。

一会儿，村庄里走过一个人。

李十九便问："叔，你丢了东西吗？"

那个人说："是十九啊，叔没丢东西呢！"

李十九也不解释，说："啊。"

接着，一会儿又来了一个婶。

李十九又问："婶啊，你丢了东西没？"

婶说："没呢。咋哩？"

李十九说："没事。"

这样，一会儿一个人走过，李十九都重复着同样的话。

村庄里的人本来就觉得李十九这个人很怪。现在，看到他坐在路边读书，还问这样一个问题，有个懒人便上了心，他故意从李十九的身边走过。在李十九问他丢了东西没有时，他说："丢了丢了，十九你捡到了吗？"

李十九说："你丢了什么呢？"

那人本没有丢什么，却随口说："丢了钱啊。"

李十九问："丢了什么样的钱？"

那个人说："铜板。"

李十九说："啊，没看见。"

那个人心里很生气，就说："丢了金子。"

李十九又说："啊，还是没看见。"

那个人气恼地骂："你有病啊。"

李十九笑了，埋头看书，不搭理他。

这样，李十九将一卷书翻了一半，遇到每个来的人，都要重复前面的话。但没有一个人答对，所以大家认为李十九的脑袋真的有问题。

黄道吉躲在草丛里，从早上蹲到中午，太阳越来越烈，他的汗流了出来，太阳射在身上，像针扎一样痛。他想继续看李十九如何处理。

果然，这时又走来了一个人。李十九又问。

那人满头大汗，突然被李十九这样一问，就随口回答说："是啊，丢了银子。"

李十九脸上看不出表情。他接着问："什么样的银子？"

那人说："碎银。"

李十九问："什么形状的碎银？"

那人心想，莫非李十九捡到了什么？便答道："马蹄形的。"

黄道吉听到了。他心里也在想：这回像是真的了，看李十九如何处理？

李十九说："马蹄形的碎银，也只我们黄安与麻城这一带共用。你家的碎银，上面刻字没有咧？"

那人回答说："刻了。"

李十九问："刻的什么字呢？"

那人说："我不识字，不知道刻的什么字。"

李十九说："哦。"

那人追问不放："十九啊，你捡到我家的银子了吗？我本来是要去买米粮的，不小心丢了。现在一家人等米下锅呀。要是捡到，赶紧还我啊。"

李十九说："我没有捡到你家的银子呢。"

那个人也不高兴："十九啊，你玩我呢？你没捡到，你问这个干什么？"

李十九说："你丢的不是银子，而是心呢。"

那人脸突然红了，说了一句"你就是个神经病"，哼了一声就走了。

李十九摇了摇头。独自笑了。

这时，黄道吉熬不下去了。他绕了个道，走了回来，装作没看见似的。

李十九见了他，连忙站起来，鞠了一躬问："先生好啊，太阳这么大，您到哪里去？"

黄道吉说："昨天丢了东西，在一路找呢。"

李十九弯腰施礼，却答非所问："先生辛苦！当然心也辛苦。"

黄道吉说："何出此言？"

李十九说："看先生衣裳，有先湿后干之痕，必定露水先湿，尔后阳光烘干；观先生脸上，绝非偶然之色，由潮红而赤黑，阳光晒也久矣！"

黄道吉一笑，不言。

李十九又说："所丢何物，莫非碎银者乎？"

黄道吉说："然也。"

李十九将银奉上，说："必先生所找之物也。"

黄道吉大骇："为何断定是老朽之所遗？"

李十九说："本吴庄中，所用碎银者少。一般都是铜板而已。普通人家，若有碎银，也是宝贝待之，怎会轻易零落？除了族长、长老、大户和商贾之家，虽有金银无数，也断无大意失之。故知先生必丢无疑。何况，我观碎银之上，还有刀刻之迹印，必先生考验于我，故意弃之矣。此路是本吴庄人常走之道，外族不经此地，若本吴庄人家丢之，必不会在银子上做手脚，故忖如此。"

黄道吉问："既知属我，为何还问前面之人？"

李十九说："在道长出来之前，不知是道长之银。道长出来之时，方悟是道长之物。"

黄道吉叹服。又问道："何不捡而用之？"

李十九再拜："金钱粪土，仁义千金，此乃本吴庄立庄之本。十九不才，毕竟读书之人，怎敢贪他人之财？君子爱财，取之有道，绝不无功而受禄也。"

黄道吉接过碎银，反身一揖。

李十九复收书卷，从容而去。

黄道吉转身望其背影，慨叹良久。

此后，两人又相逢时，话便多了起来。一起追思历史掌故，畅谈地理山川，变得惺惺相惜。让黄道吉吃惊的是，平时与人说话经常爱结巴和道不出的李十九，与他谈天说地时，不仅学识颇丰，而且语速平稳，谈吐自如，判若两人。

黄道吉心中一动。

有一天，在谈到风水阴阳、宿命轮回之际，黄道吉忍不住对李十九说："十九啊，我看你悟性很强，佛光照顶，只要你家同意，我就收你做个徒弟吧。"

李十九也不问原因，连忙站起来，整衣冠，水洗尘，然后郑重跪下，磕头。

"师父在上，请受徒儿一拜！"

黄道吉连忙扶起，说："可回家中商议，征求大人意见再定。"

李十九说："必定从之。"

回到家来，李十九对父母讲了。父母态度却是喜忧参半。因为父亲认为，当一名风水先生，会损自家的阴德。故沉吟良久，不知是祸是福。

的确，在我们楚地的村庄，不少人都认为，三教九流虽然适用，但毕竟是下九流的职业。特别是做风水先生，泄露天机太多，一定不会有好的报应。因此人们对从事看风水的人虽然非常敬重，做一名风水先生也非常荣耀，但是没有人愿意让自己的孩子，去学这门在乡下挺受欢迎的手艺。

"风水先生要是让这家发了，就会毁了另一家啊。"李十九的父亲满脸愁云。

"你记得算命先生的话吗？十九若走他路，可能朝不保夕。而遇善缘者，必定通达富贵。如果不让十九去学，可能会命不长啊。"李十九的娘说。

两个人拿不定主意，去问族长。

族长李非凡说："这是你们家自己的事，自己定吧。"

从心里说，族长李非凡还是希望本吴庄有人去跟黄道吉学艺，以保本吴庄的平安。可他希望的人不是李十九，毕竟大家都说李十九傻乎乎的。这样的人，能学到什么呢？李非凡并不看好他。他认为应该派一个更加聪明的人去。比如，族中办事的李泽的孩子就非常聪慧。但话绕了几次试探李泽，他却对此不感兴趣。

族长不说，李十九的父母只好自己定夺。思来想去，他们只好把李十九叫过来问："儿啊，你真的想学这个吗？"

李十九双膝跪地，郑重点头。

于是这事就这样定下来了。李十九的父母看事已至此，只好选了一个日子，请来族长李非凡做见证，陪黄道吉先生吃了顿饭。饭前，李十九三磕九拜，就算认黄道吉做师父了。

认师次日，李十九家还破天荒请了客。

请客的钱是李非凡出的。他装作不知道，亲自上门祝贺，并令人搬来几坛上等好酒，摆在李十九家的门前。

这一下，惊得本吴庄的人，纷纷跟着上门对李十九拜师表示祈祷和祝福。

李十九因此而声名大振。他也因此由本吴庄一个微不足道的普通人，随同黄道吉一起，一跃成为本吴庄人的座上客。

第八章　学艺

抱着振兴本吴庄的愿望，李非凡希望在本吴庄里，各种各样的人才应有尽有。

李十九自从拜了黄道吉为师，黄道吉便要教他学艺。

在我们本吴庄，凡是木匠、石匠、剃头匠、泥匠、瓦匠、弹棉花匠……无论这匠那匠，都要在师父家当学徒三年。这三年中，吃住师父包干，但是分文无取。只有出了师另立门户，得到的报酬才是自己的。

学艺之前，黄道吉对李十九说："徒儿啊，风水一行，'准'字当头，越准越有名。百算百中，叫'百灵师'，不简单；千虑千得，叫'千验师'，足以名震一方；而万无一失，那就十分罕见了，尊称'万真师'。此类师者，纵观天下，得之不多。你想做哪类师啊？"

李十九毫不犹豫地说："我愿做'万真师'。"

黄道吉心头一跳，两眼一热："取法乎上，自得其高。然此类真师者，天下尚不足十位，志向固然可嘉，但可能最终于身有损，你能受乎？"

李十九说："一定能受，愿闻其详。"

黄道吉说："成万真师者，不仅要有坚忍不拔之志，还需有通天慧眼之悟。除此之外，必须绝世念，拒世俗，防世贪。"

李十九说："自甘愿之。"

黄道吉又说："若成此师者，终当散尽家财，终身不得迎娶，你……能做到吗？"

李十九无半点迟疑说："能。"

黄道吉说："不再考虑？"

李十九道："已经考虑了。"

黄道吉说："好！好！好！徒儿志向高远，为师之幸甚哉！"

于是，黄道吉便与李十九约法三章：

——第一，对风水环境须心怀正念。

黄道吉说："十九啊，万事万物皆有灵性，风水环境也一样。人与环境须和谐相处。因此，对自然万物，对自己的风水环境，必须长存恭敬之心，将其当成己之良师益友，如此方可与之和谐共振。如果不爱护环境，不尊敬环境，你无论怎么要求风水给你旺财、帮你升官，那都是白搭。"

黄道吉说："比如你们本吴庄人，因为庄风好，心存善，行得正，坐得直，只行好事，不问前程，故有今日之盛。"

李十九点头称是。

——第二，对万物必须心存善念。

黄道吉说："十九呀，对人对物，有善者从之。千万不能因己之私，忘掉善念。善念结善缘，善念有善因，善因结善果。因此，人善万物谐，人善天不欺。怀恶必有报，所谓人在做，天在看也。勿因恶小而为之，勿因善小而不为。"

黄道吉说："吴家田有今日之衰，既有自大之故，更有善不行道，始有妖邪之气，气不顺由理不直。又不听人之劝，一意孤行而致今日也，不可不记。"

李十九合掌称是。

——第三，对万灵必须心怀悲悯。

黄道吉说："十九啊，风水讲究藏风纳气，纳的就是生气、灵气，要少杀生或不杀生。如果杀生，往往会带来对灵气、生气的不良影响。世间万物，皆有灵，皆是生命，必须有大悲悯，方得正果。切记切记。"

李十九起身鞠躬。

——第四，对言行必须首尾一致。

黄道吉说："十九啊，做我们这一行，许多人本有天赋，但因心有恶藏，贪财贪色，故最终不得好果。这些恶事、恶言，必定产生负面的、阴暗的气场，会导致你的风水气场受到破坏或受到负面的侵染，反过来对人产生不良的影响。因此，言必行，行为果，更不可行恶事说恶言，择其善而行之，避其恶而远之。"

——第五，对钱财必须轻财仗义。

黄道吉说："十九呀，我们这行，须重名节尚谦恭，也要乐以为儒，彬彬喜学，慕邹鲁遗风。有志不在年高，无志空活百岁；为人不做亏心事，半夜敲门心不惊；跟好人，学好人，跟着痞子学流神。所以吃人家的口软，拿人家的手软。是非不沾嘴，财物淡如水。贪财必惹祸，品德重千金啊。"

——第五，对家庭要和谐孝敬。

黄道吉说："十九啊，我们常讲，孝顺孝顺，孝了则顺，不孝则不顺。一个家庭如果整天吵闹争斗，势必气场遇损，再好的风水环境也是枉然。不和谐之家，短则三月，长则两三年，福气会被破坏殆尽。自然有道有规，风水环境亦是。如有忤逆长辈，就是忤逆天地之规则，同样也会破坏风水气场。所谓家和万事兴，不仅是人与人之间之和谐，亦含人与环境之间的和谐。和则生财，和则两旺。"

——第六，对气场必须顺应天时。

黄道吉说："十九啊，风水能救人也能害人，但是你要谨记，不管出于何因，永远不能行风水害人之事。如有违背，必遭最重天谴。这个是风水之首要。风水讲究格局和摆设，有人喜欢折腾，今天这样搬，明天那样挪，还有的人今天化解个尖角，明日又去化解门对门。如此之为，往往导致风水环境之不稳，久之则气场紊乱。正确的做法，须从全局去化解，顺应天时，听从天命，遵大动小，求整体和谐……"

如许这般之类，黄道吉共说了十条。

这十条，后来李十九叫它"十条律令"。

黄道吉讲完后，还给了李十九一本《周易》。其书发黄，且有破损。黄道吉对他说："此书我久读之，常悟之，尤自不能全懂。然懂一条，即风水师者，与巫婆神汉装神弄鬼不同，有其来源宗旨，即倡导天、地、人三者自然相处。故行法事，必须循其源理。即讲究天时、地利、人和，所以老子言，'人法地，地法天，天法道，道法自然'也。"

见李十九不说话，似懂非懂。黄道吉便又送给李十九一具罗盘仪器说："十九啊，这个罗盘，为师用了近七十年，人在罗盘在，现在人已老矣。为师盼望你能学到真功，为人造福也。"

李十九连忙下跪。

黄道吉拦住他说："自古以来，无论八字算命、奇门遁甲、梅花易术、六爻起卦、风水堪舆、黄历通书等，皆人智慧所悟。功力行至，万物相通，而万物亦相生相克，不可违逆。而风水一事，特别是阴宅风水的山向，均由罗盘来定，俗称二十四山向，亦归八卦区域所辖，是以称为'一卦管三山'。即乾卦对应戌乾亥，坎卦对应壬子癸，艮卦丑艮寅，震卦甲卯乙，巽卦辰巽巳，离卦丙午丁，坤卦未坤申，兑卦庚酉辛。风水知识是历史悠久的一门玄术，它包含了物理、磁场、水文地质、环境景观、建筑、宇宙星体和医学人体等。风水是自然界的力量，是天地宇宙之磁场能量。风，就是元气和场能；水，就是流动和变化。"

见李十九懵懵懂懂，黄道吉说："十九呀，学风水之时，还讲究天理报应，即使你懂得地理，但也得懂得天理。地理再好，不循天理人伦，再好的风水也被消耗殆尽。往昔之时，风水师亦为帝王师，因而风水多为王侯将相独享，得大风水者皆得天下。时人认为，研究风水者，非凡夫俗子所能也。周文王、姜子牙、鬼谷子、赖布衣、刘伯温、诸葛亮等，皆为人中龙凤。而人，亦分三六九等，一官、二吏、三术、四道、五医、六工、七匠、八娼、九儒、十丐。风水师居其三，足见风水师在世人心中之地位。自古风水都是为达官贵人所用，而吾等来自民间，取之民间，亦宜将之施与民间，使小民百姓，亦能从中得益，这才是为师之悟道者也，汝切记之……"

李十九连连点头，并在心头暗记。

至此，李十九恍然明白，自己眼前的师父，的确非一般人物。

由是，他对师父更加尊敬。

此后多日，黄道吉几乎每天都传授给李十九一些新知识。许多知识，都在点滴之间，点到为止，以让李十九自行参悟。好在，李十九的确天资聪慧，悟性过人，很快就能理解。

黄道吉为此亦甚为欣慰。

这天，他们师徒，走到本吴庄的后山鹅公寨的高处，俯视远处山下环绕的倒水河，从黄安流到麻城，像是一条丝带系在山脚。黄道吉便又点化说："十九啊，地理是风、水、光的参照，而天理，则是世道人心的映衬。有句老话言，'福人居福地，福地福人居'，讲的就是这个意思。一者，有福分之人住在普通的地方，风水也会随着你好转；二来，没有福分之人，住在好风水的地方，风水也会被破掉。巍巍华夏，几千年来，自古很多帝王，遍寻龙脉，居于宝地。所选所择之宫廷、陵墓，往往皆为好地，然随着时空的变化，伴随子孙后代的荒淫、失政或穷兵黩武等，福德消耗殆尽，风水也就被破坏了。"

黄道吉说："比如你们本吴庄，原属吴姓所有。但其居不知守之福地，做人行事乖张暴戾，常生巧取豪夺之念，常有欺凌霸市之为，久之福地不再。而你们李氏到来，心存善念，善莫大焉。故能立足，并能发展壮大。故同样一块地，因人而异，因善而变，此天理者。"

李十九问："师父，我族之中，亦分三六九等。族中亦有旺者，亦有贫者，亦有狂妄之徒也，我所奇怪之处，在于为何有人勤劳一生，却仍是贫苦如初？有人轻轻松松，赚得盆满钵满，原因者何？"

黄道吉说："人有不同，地有不利，然终会'忠厚传家久，诗书济世长'也。固然，有人得天独厚，有人时运不济，皆命也。"

他一捋胡须，又进一步诱导："风水终是天地之学，王者之术。风水好之处，若民风不善，则往往此地多出刁民。其聪明智慧，并不用在正道上，甚至自高自大与唯我独尊。而一些风水并不是很好之地，却百姓善良，民风淳朴，渐渐地也会出现大贤高官。此所谓'风水轮流转'也！因此，我等研究和探讨风水之时，势必要和人紧密结合，若抛开人之因素，则风水不是风水，仅仅乃一块地耳！"

李十九豁然开朗。

他对黄道吉说："所以，为人看风水者，必须探其品格。德行不好者，虽有好命亦不佳乎？"

黄道吉说："此类人者，即千金礼聘之，亦当坚决回绝。"

李十九说："师父，我明白了。"

黄道吉看着本吴庄方向，说："李者，木子也。木要活，子要生，须有水。而此地倒水环绕。水又分死水活水，本吴庄之地虽然荒蛮，但水是活水，只是过去被人为锁住苍龙。现在开渠设渡，活水让人亦活。而吴姓者，想一口吞天，加之族人，受之于德不配位的族长，既无德行，又狂口吞天，焉能不衰乎？若当初尊老爱幼、与人为善，以仁为邻，必不至今日走衰。唉，本来一块好地，却打了一手臭牌。"

黄道吉说完摇头叹息。

李十九闻之，不敢插话。

黄道吉说："徒儿啊，以后你每到一地，必先认真观山望水，思之悟之。比如呢，吴家田之吴氏，其实亦有破解之法。只是戾气过重，短时无可化解。待从他日，你亦要感其恩而助之。切莫学小肚鸡肠，最后空有名耳。"

李十九点头称是。

最后，黄道吉又提醒李十九说："所谓知恩图报君子心，过河拆桥是小人。还须记住一句，善恶到头终有报，顶上三尺有神灵。"

李十九躬身长揖，谢师之教诲。

黄道吉说："自古我中华文化，汗牛充栋，莫测高深，但凡学必有得，当取之无穷尽也。汝可静心研读，方不负所存之抱负也。"

李十九又伏身拜谢。

自此，李十九潜心读书，悉心研究。每日晨，本吴庄人便可闻其读书之声，朗朗盈空——

"福地福人居，福人居福地""藏风聚气，得水为上……故谓之风水"（《葬经》）

"宅以形势为体，以泉水为血脉，以土地为皮肉，以草木为毛发，以舍屋为衣服，以门户为冠带，若得如斯，是事俨雅，乃上吉"（《子夏宅经》）……

其朗诵之声，越来越高；其流利之态，越来越顺。

天门直指破军山，次第七星无杂班；不出天门形不具，
形无失具看周环。

望龙三吉中央去，何虑四凶不是关；无水不荣无土贱，
五行克化九星山。

山川将结龙雄列，北面重重尊帝颜；无禄禄存休顾望，
破军不破莫须参。

应星八九重围绕，百二山河在彼间；明晓此诗精目力，
君皇龙穴识无难。

这首《望龙诗》，李十九背得滚瓜烂熟。

本吴庄曾有谚语云：跟好人，学好人；跟着叫花子，学流神……也怪，李十九自从跟了黄道吉，短短半年过去，过去说话结巴、不会交际的他，突然之间，竟然成为本吴庄中，一个非常另类的读书种子。他的一言一行，让本吴庄人另眼相看与另类相待。

而李十九，也在这平淡冗长的岁月和没完没了的雨季中，渐渐成为本吴庄一尊高大的影子。这一年，本吴庄的清明节祭祀祖先与端午节的祭祀诸神，都是由李十九协助黄道吉完成。每一个礼数程序、每一个动作，李十九都做得滴水不漏，得到了族长李非凡的多次表扬。

李十九的父母看在眼里，喜在心里。

有时，李十九的父亲也不时与他探讨一下。

"儿啊，古人寻找墓地，都是选择生气凝聚的地方，即风吹不到、有水流可以阻挡它流动的地方。为何如此？"

李十九说："禀爹爹，风水者，其实分为阴宅风水和阳宅风水也。阳宅之地，人们皆坐北朝南，其实是风向、阳光、流水气势使然。而阴宅之处，过去有富不迁祖坟、贵不迁祖坟之说，这乃至理名言。比如，前朝帝陵的卜选，皆是在阴宅风水术的指导下为之。卜选的方针是：四面有山，左右和前面有水；山水曲折变化；龙（陵后的山脉）、穴（陵墓中安放棺椁的地方）、沙（陵寝风水格局中龙以外的其他山脉）、水（河流）之间的相配关系，等等。他们十分注重陵寝建筑与大自然山川、水流和植被的和谐统一，追求形同天造地设的完美境界，用以体现天人合一的哲学观点。"

父亲又问："那什么又是最重要呢？"

李十九说："道长有云，风水能救人也能害人，但无论出自何因，永不能行风水害人之事，如有违背。必遭最重五弊三缺。所以，风水师的善行为最，而求宅者，必须宅心仁厚，方可有福临之。"

李十九的母亲听不懂，她只是想起曾偷听到黄道吉对李十九说过的那些话，"若学万人师者，不可迎娶为家。家必所累，有家必徇私心，有私心杂念，不可成万人之师"，为此，老太太的眼泪便暗暗流下来："可怜的儿啊，为了活命学风水，却要打一辈子光棍！这是家门幸还是不幸啊……"

母亲暗泣，李非凡却暗中高兴。他听了黄道吉讲起李十九学艺之快时，不禁为李氏的将来感到欣慰。毕竟，作为带着李氏自江西出走之头领，他的心血，也全部放在了李氏的兴旺发达之上。

这不，看到码头上的舟楫来来往往，山间的良田稻谷飘香，村子的私塾书声琅琅，本吴庄的子民脸上盈笑……李非凡感到了一种从未有过的满足。

第九章　云游

又是半年过去。却说李十九把恩师黄道吉传授的才艺，从理论上学了十之八九后，又认真揣摸领悟，终于背得滚瓜烂熟。

黄道吉心中高兴。有天对李十九说："十九啊，你天资甚高，难得难得。然学习之目的，在于应用也。理论上的明白，不等于实践中的懂得。现在，我要带你去外地游学一番，好观察山川地势，日月阴阳，江河湖海，行实践之路，可好？"

李十九连忙拜说："好。"

黄道吉说："你仅知道我们眼前的鹅公寨、三角山，在你们黄安，其实还有历代兵家必争之地天台山，有太上老君炼丹的老君山，有元末屯兵的九焰山，有李贽讲学的五云山，有介灵名寺的阳台山，有崇峦万仞的紫云寨……河流也不仅你们本吴庄附近的倒水河，还有滠水河与举水河，世界很大，你当去看。"

李十九连连点头，用敬佩的目光望着师父。

他们便一起去请示族长李非凡。

不巧，李非凡病了，一天到晚地喘。他躺在床上有气无力地问："道长多久才能回来？"

黄道吉说："少则数月，多则一年。"

李非凡听了猛烈咳嗽，好久才停。他不想黄道吉离开，但又不便于开口。

黄道吉说："族长少安毋躁。我自有分寸，您放心就是。"

族长便命李和："你去取点银两，给先生做盘缠。"

李和应诺。黄道吉却说："不可不可，平时大家待我如亲，送吃送喝，花销不大，还略有盈余，足够矣。"

李非凡说："穷家富路，先生备不虞之需。"

李和取来一袋银子，黄道长推了几次，执拗不过，只好接了。

是夜，李十九的母亲看着儿子，知道他要远行，又是依依不舍，再三叮嘱。

李十九说："娘，我已十七岁了，一定会照顾好师父。你们在家照顾好自己。"

于是，李十九的娘在夜里备好了干粮。

第二天，师徒俩上路。第一次出门远行，李十九的娘送了又送，哭了又哭。直到送到渡口快看不见了才回来。李十九也有些心酸，不过怕师父看出来，便选择了忍耐。眼泪在眼里打了半天圈，也没有掉下来。

黄道吉装作没看见。不过，他心里暗暗高兴。

师徒二人来到渡口时，只见渡口处人声鼎沸。河岸上人来人往，河水中舟来舟往，舟船上货来货往，一派热闹景象。

黄道吉说："十九啊，古人讲，一命二运三风水。过去连我自己也不太相信，如今看到本吴庄的欣欣向荣，我开始有些信了。"

李十九说："师父道行高深，正是我学习的榜样。"

黄道吉说："过去，此地一带，我都是走山路步行。黄麻有道，即使土匪豪强抢劫打尖，也不会对艺人与文化人动手。所以每每逢凶化吉，遇难成祥，说明盗亦有道。而作为风水国学，更是道在明处，道在高处。这次，我们不走山路，光行水道吧。"

李十九应诺。

于是，他们到渡口乘船，本吴庄人见到风水先生驾到，皆热情招呼。

负责码头的李英豪，听说他们要乘船，更是选了好船，又装上一些食物，再三叮嘱船夫一路精心保障。

船夫点头称是。

黄道吉再三称谢。

李英豪说："先生是本吴庄大恩人，理当如此。"

与李英豪作别，师徒二人上了船，他们沿着倒水向麻城方向而行。一路风光旖旎，到处青山绿水。掌船者令人上了好茶，他们边饮边欣赏。李十九第一次出远门，高兴得手舞足蹈，童稚顿现。但毕竟学而有知，行动上还不是过于放狂。黄道吉看在眼里，心中甚是欣慰。

他们的船，路过一个村庄时，黄道吉说："十九啊，你看此地如何？"

李十九东瞧瞧，西望望，没看出什么端倪。

黄道吉又让他再看。

李十九说："此地若选为阴宅，主大吉。"

黄道吉点点头，又问："你说说原由。"

李十九顿了一下，说："此地前堂开阔，后山群拱，左有山环，右有山拥，又有水流前过，正好吉山福水。"

黄道吉点头，说："所言极是。不过此处西北隅地势过低，如培筑增高，当得多男之喜。"

两人行船半天，下舟步行。来到附近村里，村中见有风水先生光临，有户人家即刻请入，并且连忙吩咐家人酒肉上桌，热情款待。

酒过三巡，黄道长发现，此人愁容满面。

黄道长问："可是因为无后而忧？"

主人大惊，立地整衣冠而跪拜之曰："先生真神人也！正是如此，膝下已生五女，然不得一男，不孝有三，无后为大，为之奈何？"

黄道长以眼示李十九。

李十九犹豫一下，见师父目现鼓励，便大胆进言："刚入村时，寻一佳地，若将祖坟迁入，且将西北角筑高两倍，明年即可得子。"

言毕，指明山路去处。

主人再次拜谢。饭后，他们出得门来，再返至经过处，又对主人叮嘱再三。

主人大喜。次日，便请人兴土木，叠起冈阜，高约数仞。筑土填山后不久，便选一吉日，将坟迁入。

果然，次年秋日，此主人乘舟绕道，专程来到本吴庄，寻找黄道吉、李十九师徒二人，送上厚礼。原来，此年主人听他们之言，果真生产一子，大喜过望。

黄道吉说："要谢，当谢徒儿十九。他之德也。"

村中始知李十九开始独自可以看风观水，尽皆钦佩。由此十九声名鹊起。

不止如此。再说当时李十九与师父一起出游，告别主人家之后，又来到另外一个村庄，刚好遇有一年轻人寻求阴宅葬父。

李十九与黄道吉围村转圈，这里量量，那里测测。

黄道吉问他："十九啊，找到了吗？"

李十九说："师父，若在此地葬之，还不如去五里之外，那里有座山叫桃花源，山有吉地。"

黄道吉问："何出此言？"

李十九说："昨天路过时，便已惊住。有诗为证——卧龙欲腾头角起，乃安龙头按龙尾。申酉年中桂枝香，子孙折桂无穷已。"

黄道吉感到很奇怪，说："自本朝以来，都是辰、戌、丑、未年廷试，怎么说是申酉年及第呢？"

李十九说："师父，我是按阴阳五行推算出来的。"

黄道吉以为李十九有点信口雌黄，不以为然。但徒弟既然如此之说，他也不计较，顺从徒弟意愿。

回到这户主人家，年轻人急上前问道："找到美穴了吗？"

李十九看了一眼师父，师父的目光依然充满鼓励。于是李十九大胆说："此去五里，有山名桃花源，那里水秀山清，有一佳穴，足可葬之。后世必得荫庇。"

年轻人问："有何荫庇？"

李十九说："申酉之年，必然及第。"

年轻人亦是读书之人，当即疑之："辰、戌、丑、未年廷试，如何申酉及第？"

李十九不语。

年轻人思忖半天，犹是半信半疑。然而最后，终于还是听了李十九的劝告，将父葬之如此。

果然，不出李十九所料，当年朝廷因为内忧外患，廷试被推至申酉年。

此年，年轻人前去京都应试，果然登科及第，拜黄州州判。其家便于第一时间，趁其衣锦还乡时，专程跑到本吴庄道谢。

此事在本吴庄引起轰动。

此后，师徒二人，继续云游。他们过麻城，穿湖广，去江浙，又北上经湖海，去河南，再入甘陕，又返山西，经河北进山东，一路舟车劳顿，一番旅途辛劳，但李十九却由此见识大长。

在湖广入川前，他们遇上了这样一件事。

当地有一先贤名儒姓郭，在朝做小官，乃是孝子。其母患有湿热痼疾，在生前曾对家人说其一生为湿热所苦，备受折磨，久治不愈。故希望死后，能葬在高朗之地，切勿择墓于低湿之处。

由于郭小吏在当地知名，又是有名孝子，众乡亲都想知道，他会葬母于何地。

郭母病故时，郭姓小吏正好见到风水先生黄道吉。刚处理好前事，正准备找人卜地安葬。恰逢黄道吉一袭道衣，举个幡旗，从镇边经过。

郭小吏求助于黄道吉。

黄道吉说："我徒弟足矣。"

于是，李十九带着日晷、罗盘等堪舆工具，根据山川地势奔走了几天之后，选定长江南岸的一处沙地与江北岸的一个小山。

选定之后，回来告之郭小吏。

郭小吏颇为头疼。原来，当地有些对风水略知一二的人提出异议："此境内地势如藏龙卧虎之地甚多，为何选此近水之地，不正是潮湿之处吗？实在令人费解。"

郭小吏亦为惊讶，求黄道吉："忙乱之中，若在礼数上怠慢先生，请当面指之。"

黄道吉说："且听吾徒儿所讲。"

李十九便说："仆自命相，后人无甚显贵之福，若勉强占有地脉，不仅无福消受，反而祸及子孙。临江之地，水流不绝，地脉通畅，虽非富贵之地，但亦可保后代无甚大碍，通顺平安。"

郭小吏同样对李十九这种知足常乐、听天识命的解释，仍存疑虑。

黄道吉并不插手。

次日，李十九又对江南江北两处地形斟酌再三，对江水走向审视多时以后，最后提出建议："若将其母葬于南岸这片沙土地，必定最佳。"

郭小吏携亲属前往观之。大家见此地地势低洼，纷纷进言："此地差矣！为何择墓于江水之边，岂不让人见而耻笑？难道你不知其母要葬在高朗之地的遗嘱吗？"

郭小吏不明就里，也不便向李十九挑明。

李十九侃侃而谈："沧海桑田，自古而然，故世无永存不变之地。今据水流地脉，从此以后，江水必将逐渐离墓远去，沙滩之地将日长高起，如若不信，不用数年即可目睹变化。"

众人亦自怀疑。

黄道吉选择一个月夜，在大家睡熟之后，独自前去探墓。见江边月明，微风轻拂，草木安然，水波不兴。再观江之两岸，水流顺势，俱往江北。

黄道吉于是连连点头，回来倒头就睡，若无其事。

此日，郭小吏再次请教时，黄道吉只是说："徒儿所选，实为佳穴。"

郭小吏看到黄道吉仙风道骨，气韵不凡，心下稍安。于是力排众议，将母葬之于此。

待师徒二人离去之日，郭小吏将纹银十两相赠。

李十九拒之说："不慌。三年后如有佐证，再赠不迟。"

郭小吏本来心头存疑，听李十九如此一说，见李十九目光炯炯，眼里带钩，英气逼人，突然一凛，不敢再发一言。

果然，仅一年之后，江水即去墓地数里。又过两年，墓地与江水之间十余里地，竟然俱成良田。再后，江水更是愈去愈远，而郭小吏其母之墓，地势日高一日，终为干燥爽朗之地，实其母生前所盼也。再看此时原岸北的山丘，则已完全淹没于滔滔江水之中！

此时，人们才无不佩服李十九师徒卜地之先见如神。

郭小吏此时官升一级，赶紧派了家仆，不远百里前往本吴庄送来金银财宝致谢。

凡此等等，不止一桩。

这些举动，让年轻的李十九，从此享誉黄麻、宋埠、大悟及整个黄冈州府。从此，凡本地名门大户，富贵人家，达官贵人，官家亲眷，在选择阴宅和迁阳宅之时，均要前来请黄道吉师徒二人前去探地。

不仅如此，遇上官员三病两痛，有时百病无医之时，人们甚至也会想到他们师徒。

比如黄州府里，有个官员的姐姐病了整整三十余年，多方求治无果。听说了李十九的传奇经历，便专门派人前来黄安请李十九前去看看，是不是哪里的风水不对。

李十九说："何必去，待我一卦。"

说毕，更衣焚香，遵循周易，筮得"大过"之"升"，李十九便按照卦辞内容解释："大过卦者义不嘉，冢墓枯杨无英华。振动游魂见龙车，身被重累婴妖邪。法由斩招杀灵蛇，非己之咎先人暇。"

见来人茫然，李十九解释说："你家先人曾杀过一条灵蛇，导致'冢墓枯杨无英华'，致使后人生病也。"

来人不信。

李十九再不言语。并按黄道吉之法，给来人一服药，嘱如何吃云云。

来人返回黄州，具言其说。

于是，此官搜访家事，深入询究，其房亲回忆，果如李十九所言，某年某月某日，其父曾经斩杀一条突然来家的大蛇！此时想起李十九"世间动物皆生命，随人之处不杀生"之语，全家人吓得赶紧祭拜灵蛇，许诺供奉，从此亦不再随便杀生。并将李十九所传之药，给其姐姐吃了。

不出数日，此官员的姐姐病就消了。特别奇怪的是，其姐病好后，还有数千只祥鸟，回翔在其屋顶，绕梁三日不绝，且天空呈现出云龙牵车、五色灿烂之景，让人们都十分惊讶。

此举经黄州官员一说，更是让李十九锦上添花。

李十九说："师父所传之药，到底是何？"

黄道吉说："世之有病，多数心魔所致。有药医病，有药医心。对症下药，药到病除。"

李十九连忙请教。黄道吉便带李十九上山采药。晒干之后，教十九炒、煎、熬，终成药丸。

李十九始知，师父原来亦是药师也。他按黄道吉之法，开始给人治病。也怪，区区几服草药下去，往往药至而病遁。

村人高兴，黄道吉更喜欢。从此，他便将一切业务，均交给李十九办理。

有一天，谈及风水轮流转之道，黄道吉特别叮嘱他说："十九啊，风水之道，绝不能说出最准确的葬坟宝地和下葬时辰。"

李十九问何原因。

黄道吉说："若断太准，一般都会自己眼瞎。"

李十九听之大骇。

黄道吉沉吟良久，才对李十九讲他年轻时的事。

"十九啊，我也是拜师而出的。我的师父，原来是个读书人，因为不愿做官，偏偏对风水占卜感兴趣，宁愿出家也不愿做官经商，于是总是外出云游。他看地看风水常常很准，脾气却有点怪。要知道，风水这一行，千万不能行恶念。师父晚年曾讲了他的一次恶念，至死仍然后悔，我讲给你听听，你也以此为鉴吧。"

李十九便洗耳恭听。

——我师父有一天，走了很远的路。那天天热，连狗都要吐舌头。他渴坏了，就到一户农家讨水喝。开门的是一个村妇，看先生渴得要命，就赶快给他舀了一碗水，但是奇怪的是，村妇却在水里撒了一把麦皮子，就这样把水递给了先生。

我师父接过水，看到麦皮很不高兴，心想，你不给水也就是了，为什么给了还要在水里撒东西呢，可真坏啊。但他当时渴急了，也就不再多想，拿过来就喝了一大口，这一口进去，喝了一嘴的麦皮子，没办法，他只好一边吹一边喝。这一喝，却越喝越生气，等喝完了一碗水，先生气还是未消，也就想办法来解气了。

于是，师父对村妇说，你真是好心人啊，为了回报这一碗水，我免费给你家看风水吧。村妇当然乐意了。她家穷，平时也请不起风水先生，所以总是任日子流逝，自生自灭。

师父绕着村妇的家转了一圈，他在西北角的墙根处停下，顺着墙角挖了个坑，吩咐村妇拿来菜刀埋在了坑里。对村妇说，这样能让她家凡事迎刃而解，一切顺意。

其实呢，师父因为生气，在这里埋刀的意思是要砍断他家的根脉，并不是什么好意。

做完后，师父带着恨意走了。

这一晃十年过去了。师父把这事都忘记了。但他长年在外云游，有一天发现竟然又走回了当年的这个村子。师父便想，顺道去那个村妇家看看怎么样吧。

来到村妇之家后，师父一看之下便傻眼了：这到底是怎么回事呢？原来，村妇之家，简直是改头换面了——以前的小草房改成大瓦房了，以前摇摇欲坠的破土墙换成了砖墙，屋内屋外，人欢鸡叫，很是兴旺。

师父很纳闷，于是上前敲门。这次还是那个村妇开的门，看上去并没有什么变化。但她竟然一眼便认出师父了，赶忙将师父请进屋里，对他说，多亏了先生当年给我们改的风水啊，我们家现在发达了，我们要好好报答先生啊。

师父有点摸不着头脑，明明当年是要害他们啊，怎么现在却反而帮了他们呢。他想着马上去当年埋刀的地方，一看马上就明白怎么回事儿了。

师父告诉我说，原来这埋刀也有两个说头呢，要是刀尖冲着主房的话，那就会给这家人带来血光之灾。如果是刀背冲着主房刀尖冲外的话，就会给一家人带来好运，就像他当时说的一样，凡事迎刃而解，事事顺意。

原来，当时师父特别生气，又很心虚，于是便出现了疏忽，将刀子的刀背冲着主房，这样反而帮了这家人发家致富了。

师父脸红了。即便这样，他还是很生气，觉得当年这个村妇太无理，还是忍不住问那个农妇，为何当初给他的水里放了麦皮子？村妇说，当时看到先生很渴，必定要大口喝水，大热天的，要是大口喝水的话会炸了肺的，所以给他撒了一把麦皮子，让先生慢慢地喝。

师父一下顿悟，脸红到脖子根。他庆幸当年幸亏出现了疏忽，不然就害了一家好人啊。

讲完这个故事，黄道吉对李十九说："十九啊，我师父死时讲的这个故事，让我一辈子都记在心里，风水不是凭空捏造出的假事物，但风水只能为人做好事，绝不能昧着良心做坏事恶事。也不能为了这家的好事而去生另一家的坏事。"

李十九点头称是。

黄道吉说："我师父在经过这事后不久，便又遇到了一件难事。这件事，将他一生毁了。"

黄道吉在给李十九讲这事时，是在回本吴庄的路上。

李十九肩上扛着两人的行李，一点儿也不觉得累。

黄道吉说："有一天，一位官员来找我师父去看地。本来吧，我师父对官府有本能的拒绝，但他又想通过官府建立自己的名誉。那时名声是口口相传出来的，师父说，他年轻时不求利，只慕名，可名声到底还是毁了他。"

"到底是怎么回事呢？"李十九沉浸在黄道吉的回忆里。

黄道吉便讲开了：

曾经，有一块特别好的风水宝地。有一个官员，自幼才华过人，胸怀大志，官运亨通，但在考取功名后还是一个小官员时，便来请我师父给他家找一处风水最好的茔地。我师父答应了，他便在这个官员任职之地考察观测，终于选到了一个好地方。

我师父去探听时，听人讲，过去每到午夜十二点，由南向北，这个地方有乐声传来，非常好听。由远而近过了大桥入了所选的坟地后，就没有声音了。而且夜夜如此，乐声长达十分钟，音乐一过坟地，坟地里的石兽就都活了，如石马、石羊活了，就跑到坟地以外的麦地里啃麦子，一天吃一点，连吃不断，麦田主人以为有人故意破坏，就在夜里蹲守。这天到了午夜，古乐之声又响，麦田主人发现了一匹马在啃他家的麦子。他于是拿出镰刀照头就砍，只听咔嚓一声，把马的耳朵砍了下来。那匹马疼痛难忍，飞奔而逃，迅速逃进了我师父所选的坟地。第二天，他们再看这块地上的一匹石马，果然有一匹马没了一只耳朵……

我师父一听，这不正是"风水到，石兽活"的风水经典吗？

于是，我师父便对这个官员说：这块地造坟墓定叫你官运亨通，财发万贯，这块地太好了，但是你不能用。

官员惊问：为什么呢？

我师父说：如果你采用这块坟地，你好了，我就坏了。因为我看得太绝了，你用了，不但我会双目失明，而且还会导致我们全家贫困潦倒。

那个官员说：只要你说的都实现了，你就住在我家，颐养天年，保你全家过上幸福生活。

两个人商议之后，一拍即合。那个官员就按着我师父规划的方案，阳宅修府邸，阴宅造坟茔。

一番大动土木后，他家的祖坟顺利迁入。

果然，不久，这个小官便升官了，而且是越做越大。而我师父，却真的眼瞎了。

好在这个小官也信守诺言，将我师父送了回来。还不时派人给我师父家送银送钱。那时，我师父家也败落了，只好靠人救济度日。

没想到，这个官员后来竟然做到了巡抚。官一大，好多东西便忘了。直到这位官员告老还乡来养老时，有一天他突然想起了我师父。于是心想，我去看看风水先生吧。这个巡抚便悄悄地走进我师父的住宅。那天我师父正在睡觉，听见有人进来，但由于太累，还没起来，加之眼睛看不到，不知是巡抚回来了。

这个巡抚以为我师父怠慢他，便哼了一声，气恼地出屋了。这个巡抚想，我也曾是一人之下万人之上的当朝一品大员，你一个小小的风水先生在我面前摆什么臭架子？

于是，他生气地告诉管家：赶快让那个风水先生滚蛋！

管家给他回话说：他已经给他的弟子去信了，过几天就来接他。

我接到信后，赶紧奔波来接师父，那时，由于我跟师父学风水与阴阳之道还不到家，所以混得也很差，有时连饭都没有吃的。但师徒见面后，互诉离别之情。我师父向我介绍了事情缘由，我听了非常恼怒。

我师父恨恨地说：我既能抬他，也能踩他。

那时我年轻，也不懂。觉得师父的事就是我的事。因此，师父吩咐我说：你在市上买一只没有杂毛的纯黑狗，宰杀后把狗血用黑碗盛着，你藏在石桥南侧石栏杆旁，等到音乐声近时，你猛地站起，将碗砸向音乐声处，悦耳之音一旦变成恐怖之音，他家的风水就会付之东流。

我们当时啥也没想，被仇恨冲昏了头。我便照着师父说的办了。说真的，那真是一块吉祥的福地啊，东侧是关帝庙，护城河西的大桥桥墩正冲坟茔地，看哪哪好。

第二天，师父的眼睛竟然真的神奇地能看到东西了。我便带着师父归故里了。

黄道吉讲到这里时，对李十九说："十九啊，我们毁了墓地之灵后，这巡抚几年就病死了。而且他家的后代，从此也没有落到好。我师父的眼睛也复明了，但是我万万没有想到，我的眼睛却瞎了一只啊！"

李十九大吃一惊——自己跟了师父几年，竟然不知道他有一只眼睛是瞎的！

黄道吉说："十九啊，这下你懂了吧？为什么风水先生不能做坏事？做坏事的人，都会遭到报应。我便应验了呀。没有人知道我这个眼睛是瞎的，从来没有人知道，连我师父也不知道。但我眼睛瞎了，心却更明亮了！仿佛一下看穿了人生人世，所以不能再让你们犯这样的错误了！"

李十九心里突然感到有一股冷风吹过，全身凉飕飕的。这是他从事风水事业以来，第一次感到寒战！

黄道吉借机要求李十九："十九啊，我眼睛瞎了一只的事，你千万不要对任何人讲啊，否则将对你我不利。"

李十九说："师父放心。我不会说的。"

那一夜，李十九翻来覆去地睡不着。他想起了过去人们曾经传说的，"万人师者，聪明一世，必将早衰，还会眼瞎"，不禁心下害怕。

由于好奇，许多年后，李十九在师父黄道吉归天之时，便又出去云游了一次，且专门去了师父说的巡抚家族的墓地。

那块幕地，颇为壮观，是一个南北长、东西短的长方形墓园，总面积达百亩之多，地势北高南低，东有小河环绕，西有守护墓人庐舍，北端是一带横亘东西的土山，略呈拱形，山上松柏繁茂，南端一道筑有东西向的高墙，围墙顶部上面可以赶马车。坟地围墙，灰砖砌成，中间砸三合土，顶端浸砖白灰灌注。高墙居中是墓园大门，可左右开启，门外两侧各摆放着石狮，石狮左右各有高大幡杆两根，其接近顶端处悬挂着木斗。石门里边是一个石牌坊，矗立着东西两端相对应的华表，其汉白玉柱通体雕琢，精细华美，顶端蹲坐一昂首向天的石兽，其名为"望天吼"。往北望去，是笔直宽广的神道。神道居中距墓园门不远处有一巨型石制祭台。约有一间房大小，上面摆放着石祭坛五具，祭台的前下方摆放着石供桌，上有石香炉、石鼎、石制酒具。祭坛左右各有大型神道碑一通，碑基是巨大的方石，碑的两面刻有满汉两种文字的碑文，神道两侧由南至北依次排列两两相对应的石骆驼、石马、石羊、石兽和执笏的石制官员等。再往里，摆放的是大理石石桌，石桌要比祭台大一圈，石桌上摆放着白玉石、大石瓶、石罐、大石盘等。所有这些器物为每年清明节祭祀所用，这些在神道上通往墓地的设施，将整个墓地烘托得庄严肃穆，壁垒森严。

李十九发现，从神道往北，便直通墓葬区。墓区内有坟茔几十座，始祖墓居最北，其余依次向南雁阵形排列。上面列有始祖、二世、三世、四世等十几代……

关于巡抚家的衰落，是由于黄道吉的师父走后，那一带突然出现了基岸下沉，洪灾不断。这块墓地也因此曾被洪水多次淹泡……随着巡抚家族的落幕，这块墓地大部分都坍塌了，较之初期大相径庭。

除了石碑、华表、石兽、祭坛尚存外，其他墓品早已荡然无存……

李十九站在荒废的墓园边，禁不住连连感慨。

墓地前依然滔滔不绝的河水，让李十九感受到了生命的短暂与光阴的短促，同时他也突然懂得——世间万恶，总有恶报；世间人善，终得善终。

李十九不禁长长地叹了口气。

第十章　崩裂

经过了十个月长时间的云游之后，等黄道吉师徒赶回本吴庄时，没想本吴庄已出大事了——大家敬重的李非凡族长，竟然病情加重了！

一进本吴庄，师徒俩便感到一种压抑的气氛。

说来也怪，在师徒二人往回返日子的头一天夜里，黄道吉与李十九竟然都做了一个相同的梦：梦见本吴庄的山崩地裂，河水泛滥，人们惊慌失措……

第二天，两个人讲起这个怪梦时，都感到特别惊讶。于是，黄道吉对李十九说："十九啊，我们回吧。"

李十九也没有问缘由。他们便星夜兼程地赶回来。

到了本吴庄渡口，老远就有人看见了黄道吉，就在那里高兴地喊："看呀，他们……他们……回来啦……"

这个喊声一波接着一波，迅速传到了本吴庄，许多人前来迎接。这让黄道吉与李十九都心头一热。

他看着师父，师父看着他。

两个人像不认识似的，但互相传递着默契。

他们发现，本吴庄的码头边，在他们离开的日子里，竟然建了一座庙宇。庙宇不大，但看上去很气派。黄道吉想问，但不知道问谁好。而且，李非凡的儿子李和，正服侍在父亲床前，听说黄道吉师徒回来了，便连忙飞奔着出来迎接他们，并直接把他们带到了族长居住的房子里。

黄道吉看到，李非凡的脸上刷白，大滴的汗从脖子后面冒出来，整个身子骨瘦得变了形似的。

李非凡想站起来，但黄道吉上前一步阻住了。

两个人的手一握，互相间的泪水便盈满眶了。

算了一下，这一别就是十个月啊。

黄道吉上前拉住李非凡的手，暗地里把了脉，却摸不到脉象。他的心紧了一下。

两个惺惺相惜的老人，一时不知道说什么好。仿佛都有千言万语，似乎又已经说过了。经过的千山万壑，都已经走过了。

多少年后，翻开我们李氏家族厚厚的族谱，从上面记述的事迹，犹可看到大家对老族长的无限敬重。后来的人们谈论起他来，好像世间许多美丽的词语，似乎都是为他而准备的。

是啊，是他领着大家翻越了高山大河而来，才使这个旁系的支脉找到一块足以安顿肉身与灵魂的土地，保证了李氏的支流没有断根；也是他，按照黄道长选中的这块土地进行开垦耕耘，日出而作，日落而息，才使得李氏在这里兴旺发达；也是他，含辛茹苦地带着族人们开渠建渡，带来了李氏家族今日的繁荣昌盛……

后来，无论从哪个方面比较，我们李氏人自己也认为，从族谱中历代族长的画像中，依然可以看出李非凡族长剽悍内敛的个性，永远优长于先他或后他的人。他为了李氏家族的发展建设，贡献出了巨大的力量。不仅在我们本吴庄，即使在我们整个黄安县，人们崇尚死者为大，即使有了过错，也容易得到原谅。江山换代，日月轮回，时代转到今天，哪怕是一个坏人死后，人们也容易原谅他活着时的过错甚至罪过，能拔高的尽量拔高，能忽略的尽管忽略。何况是对李非凡族长这样一位真正算得上德高望重的人来说呢？

那些天，黄道吉整天陪在李非凡的床边。他们两人谈古论今，五湖四海，家国家愁，谈了许多问题。本吴庄的人们都能看出，他们聊得非常投机。除了黄道吉觉得族长的儿子李和虽然表面上对他很尊敬，但好像还是与他保持着相应距离外，其他的一切，都看上去其乐融融，尽享天伦之乐。

因此，每当李和出现在身边，黄道吉的话便渐渐变少了。

在此期间，黄安县与麻城县有名的大夫都纷纷上门，给李非凡治病。但看上去，他似乎并没有太大的起色。

黄道吉心里非常着急。

也就是在这时，黄道吉才知道：在他带着李十九云游的这十个月里，族长李非凡又让本吴庄的人们，在黄麻交界的山头这边，也就是靠近渡口的那一带，建了一座小庙。

建这座寺庙，李非凡没有与黄道吉商量。

直到黄道吉回来后，李非凡才对他说："先生啊，这庙，是我们本吴庄人专门为您而建的。我已去日无多，怕我老以后，下一代人会怠慢了你。所以建个庙，好让你有安身之处。"

黄道吉听了非常感动，他连忙站起来对躺在床上的李非凡深作一揖说："我非出家人，建庙何为啊。"

李非凡说："对本吴庄和本吴庄的人们来说，您是我们的大恩人。此庙非彼庙，是为您也是为庇佑后世，您也有能力和气魄，来守住这样一个场所。"

黄道吉听后眼泪直流。

在一边的李十九也潸然泪下。他想，人间的友谊，还有什么比这更深厚的呢？特别是对一个外姓人而言。

李十九便看着两位老人有一搭没一搭地聊天。

这两个经历了各种苦难的老人，忽然发现光阴是那样短暂，而彼此又是如此惺惺相惜。

他们谈论历史，谈论本吴庄与吴家田吴姓的关系，谈论本吴庄人的美好未来……

李非凡说："从内心来讲，我是感激吴家田人的，没有他们卖给我们这块土地，我们李氏哪有今天。但后来闹成这样，我也有责任啊。其实让一让也就好了，但如果没有生存之地，我们又能去哪里漂泊呢？所以我不能让啊，不然，李氏子弟，将永远会含辛茹苦地在异乡挣扎……"

黄道吉说："你可别这样想。一切皆是天命。即使你们不买这块地，这块地仍然会是荒土。要怪，只能怪吴氏眼光短浅，心胸狭隘啊。"

他们在一起，有聊不完的话。平时，李非凡虽是族长，但族中人多数望而生畏，也难得有一人谈心交心。现在黄道吉回来，他仿佛要把肚里存留的话，全部倾泻出来……

等身体稍有好转，有天李非凡对儿子李和说："我恐怕是去日无多，你们选一个日子，让黄道长搬进去吧。"

李和不说话。

李非凡说："儿啊，我们选村于此，是黄道长的功劳，要善待人家。再说他走南闯北，见多识广，你们要多向他请教。我建个庙，其实就是想把他留在本吴庄，为我所用呀。"

李和明白父亲的苦心，不再多说。

于是，他们挑了一个吉日，让黄道吉风风光光地迁入新庙。

进庙的仪式非常庄重，光祭祀的环节，就用了半天的时间。四处响起的鞭炮声与人们的欢呼声，不绝于耳。

为此，本吴庄里热闹了三天，还请了三天客，唱了三天戏，还让渡口对过往船只免了三天的费用。

李非凡说："这三天的戏，必须各有特色。让人看到，我们本吴庄人是怎么对待恩人的。"

在本吴庄长老的安排下，第一天唱的是花鼓戏。这个戏是在灯戏的基础上发展而成的，有东路子、西路子、南路子和府河路子之分。由于本吴庄靠东，与麻城、光山一带毗连，所以流行的是东路子。戏又分正剧、闹剧、喜剧和悲剧，内容多取材于黄安县农村生活和民间传说故事，也有部分取材于历史事件，语言质朴、通俗易懂，具有浓郁的乡土气息。

这天戏班子请来，从下午到晚上，共唱了两场。一场是《葛麻》，还有一场是《赶会》，戏班的人唱功很好，演员们非常卖力。

李非凡被人抬着坐在观众正中间，黄道吉也被邀请坐在族长身边。他们边听边看，脸上洋溢着笑容。

本来，老一点的本吴庄人还想听他们唱熟悉的《荞麦馍赶寿》《送友》和《五美缘》，但负责活动的李和觉得一是时间太晚，父亲的身体吃不消；二是觉得这天办的是喜事，《荞麦馍赶寿》这样的戏不适合此时演出。于是戏唱到夜里十一点半，就让大家散了。

第二天，本来安排的架子戏，但是架子戏需要三个人，也就是说必须三个人组成一班，一人操鼓、板，一个兼操锣、钹，一个操小锣，三人围着架子边操打击乐，边扮演各类角色演唱，一人多角，也不化妆，有说有唱有表情，打击乐接腔或伴奏，演唱内容包罗戏曲、民间小调、即兴创作，其气势爽朗、豪放、雅俗共赏，演变之后加进了连体二胡，一人兼顾全部表演，形成了绝技，有别于其他的任何曲艺形式。由于这种表演灵活，适应舞台、广场、庭院、家庭，所以在黄安县广受欢迎。

但是，到早晨才知道，本吴庄请的是黄安县最有名的架子戏班子。可这三个人中间，有一个人居然是吴家田的，他原来不知道是到本吴庄来演出，现在一听害怕了，怕自己的族人会给自己找事，便临时拒绝了。

李和知道后非常着急，这下怎么办呢？本吴庄人都在等着晚上再热闹一场呢，难道就这样散了吗？

族里平时负责内外联系的李泽，给李和出了个主意："要不来一场善书吧。这个容易，一个人讲就行了。"

所谓"善书"，就是鼓书，也叫打鼓说书。今天的人们称之为"湖北大鼓"。

李和一想，对呀，这样不需要其他的资源，只要能找到说书人就行。

于是，李和让李泽赶紧去找人。

李泽骑上快马，来到觅儿镇，找到最有名的说书人余子山。

余子山是黄安鼓书的创始人，一听说是给本吴庄演出，马上答应了。

余子山老先生说："正想报答一下你们李氏宗族呢。"

见李泽一脸茫然，余老先生说："有次我在黄安城说书，几个人来捣蛋，要砸我的场子，幸亏听书人中，就有县府的李逢春大人，他立即起来干预，不然当时就被打了。后来才知，他是你们本吴庄人。这份恩，至今未报呢。"

李泽听了，连忙堆起笑脸。

于是，这一晚，余子山老先生跑到本吴庄说了一晚上的鼓书，讲的是瓦岗寨英雄的故事。余老先生果然是说书大家，一言一词，一字一句，一鼓一惊堂木，把历史人物讲得活灵活现，听得本吴庄人如醉如痴。特别是到本吴庄来讲，余子山讲得格外卖力。

夜里十二点，说书完毕，李非凡非要亲自陪着余老先生和黄道吉共进夜餐，本吴庄把这叫作"过夜"。三人谈兴甚浓。

此后，无论世道怎么变化，外面怎么兵荒马乱，余子山的五位弟子胡明朗、叶自清、夏子山、高厚鹏、阮景和等，都曾到过本吴庄来一展身手，让本吴庄人记住了这份恩情。

到了第三天，本吴庄的重头戏开始了。

说是重头戏，其实唱的是皮影戏。

皮影戏在本吴庄过去叫社戏，因为旧时以各社庙为演出点，传说是演给土地菩萨看的，以之祈求消灾免疫。恰逢黄道吉要进本吴庄新盖的寺庙，所以李非凡便选了这个戏。

黄道吉是外地人，虽然以往也在外地云游时看过这类戏，不过，这次是实打实的在黄安县本吴庄过了一把瘾。

他看到，所谓皮影戏，就是用驴皮加工，雕刻出各种人物、道具，在灯光下将其明暗清晰的阴影，投射到一块方形的布帐子上，然后加上配音、伴奏，由一人操持皮影来表演各种故事。这种戏，还是前朝光绪年间传入黄安的，常为求财、求子、求雨、祝寿和谢神之用，很快就成为黄安人非常喜爱的一种民间戏剧艺术。

当时，黄安唱皮影最有名的人叫李三舍，他是丰岗人，也是本吴庄派人去请的。李三舍说："天下李姓是一家，本家请唱当然去！"

所以，这曲戏唱得热闹紧张。因为李三舍表演的这曲戏是李世民斩杀单雄信。

皮影戏开始前，先要祭明台。李和让人将各种祭祀用品摆满香案，唱皮影的全体人员，先是各自祈祷神仙鬼怪勿来纠缠，同时祈祷本吴庄人口太平、六畜兴旺、财源茂盛、五谷丰登。

黄道吉听到，这个皮影戏班，几乎将天上地下、大小神灵一并都请到了，黄道吉边听边笑了。他高兴啊，本吴庄人为了他，竟然如此厚待！

开场前，李三舍对李非凡说："前几年吴家田的宗祠扩建，也请我们去唱了一曲。但由于诸神没有请完，小鬼闹家，导致祠堂有一角突然倒塌，砸伤好几个人，差点儿闹起纠纷。"

李非凡说："是的是的，我听说了。当时突降大雨，电闪雷鸣，让人害怕。"

演出开始时，黄道吉发现李十九总是走神。但他听得津津有味。特别是有一句唱腔台词，黄道吉记得格外清楚。因为这句台词反复出现，每当李世民与其他人交战，出现一个高潮，故事便会戛然而止。一阵锣鼓响后，唱师与后台的演员一齐高唱：

啊嗬嗬，啊嗬嗬，啊嗬咿呀哈啊哟嗬嗬……

这一句韵味悠长，抑扬顿挫，听得人丝丝入耳。

特别是快到尾声，李世民决定立斩单雄信，秦琼等跪地求情时，李三舍大师惊堂木一拍，鼓点一击，随着喤的一声，他便唱道："送烛台也……"

这是与皮影本身无关的程序，就是戏到结尾，李和与李泽举着蜡烛，让人放鞭炮，抬着食品和香烟向台上送去，这时皮影戏的全体人员都站了起来，吹吹打打，由班主李三舍领着大家向观众鞠躬，并接下礼品，然后接着演出。

黄道吉发现，当戏班唱到单雄信即将被斩时，本吴庄人竟然有人哭出了声。

到了这曲戏的最后，就是"接经"这个动作，一时鼓乐大作，操作皮影的李三舍将所有的皮影提到幕上跪着，本吴庄的人们自觉地开始烧香纸、放鞭炮，大家跪在地上接经，台上台下形成一片高潮……

本吴庄的善男信女顿时沉浸在对神的崇拜里。

演出结束，黄道吉便带着李十九搬进了庙里。庙里面的油漆味道虽然没有彻底散尽，但师徒二人还是很兴奋。

黄道吉说："十九啊，我没想到自己一生，还能老来有居，安稳度日。这是托你们李氏之福。"

李十九恭敬地说："这是师父的修为所致。"

黄道吉说："过去为了糊口，也有为人看风水时胡乱说的，然老天不怪，已是大幸了。"

他们一夜都在谈论着李非凡的伟绩与宅心仁厚。

然而，李十九不知道，在他也跟着住进寺庙时，她母亲特别不高兴。老人嘴里一直唠叨："进了寺庙，意味着我们老李家要绝后了吗？"

李十九的父亲不这么看，因为自从十九跟着师父学艺，自己在本吴庄的地位也提高了，还能吃香的喝辣的。他说："人活一世，就得有点特点，过别人不一样的生活才对。如果大家都一样，还有什么意思？"

李十九的父亲一边喝酒，一边训自己的老婆。事已至此，加之十九的母亲一心向佛，慢慢地也就不再说什么了。她常常一边念经，一边叹息："人啊，命啊。"

这句话，曾经成为本吴庄人茶余饭后最流行的一句话，至今在本吴庄人嘴中还常常听到。每当有人不如意或不满足时，都会说："人啊，命啊。"有自谑，也有讽刺。

李十九并不这样想。他和师父黄道吉一起搬进了庙里后，新鲜劲一直存在。但没有了云游，天天和师父两个人一起，虽然庙堂也很宽敞，但还是有些孤单。加上这个新庙，前来拜佛的人很少，让李十九总觉得怪怪的。因为在本吴庄的人眼里，他师父黄道吉是个风水先生、阴阳先生，并不是和尚，也非儒道佛，所以大家来庙烧香并不是很积极。

李十九于是问黄道吉："师父，我们既不是佛教，也不是道教，同时也不是儒教。有人问起来，那我们算什么呢？"

黄道吉笑着说："十九啊，我们什么都不是。我们只是本吴庄的看庙人，烧香人，庙里也只等有缘人。"

这句话充满禅意，让李十九想了半天。他还没完全想明白，但感受到了师父的力量。他于是点点头，开始为师父洗菜做饭。

日子在一天一天中慢慢过去。在冗长的平凡生活中，李十九每天都要为师父煮上一壶茶，黄道吉总是坐在阳光里慢慢地喝。有时，师徒两个坐在庙前的高处，天天看码头上的人来人往，看本吴庄的晨起晚睡，看村庄下面的流水由西向东无声流过，看太阳在本吴庄的那边东升西落，生活安宁而又平静。

有一天，不知从哪里云游来一个和尚化缘，敲着木鱼来到庙上。黄道吉问："从哪里来？"

和尚说："从江西三清山来。"

一听是江西的，与本吴庄算得上是老表，因此黄道吉便让他在此歇了几天脚。

每天，那个和尚与黄道吉探讨经书，竟然聊得十分投机，有时甚至聊到三更夜半还不入睡。

于是，黄道吉亲自前去请示李非凡，想把这个和尚收留在庙里。

黄道吉说："族长啊，有了真和尚，这庙才叫庙。我不过只是个为了糊口的风水先生，不敢担此大任啊。"

李非凡毫不犹豫地同意了。他说："道长谦虚，你说什么，就是什么。"

于是，本吴庄的香火庙，由于有了真和尚，居然渐渐兴隆起来。来往经过渡口码头的人，往往为讨个吉利，便常常来烧香拜佛，一来二去，这座建在半山腰的庙，竟然慢慢在外面有了影响。

黄道吉看到香客来来往往，也觉得十分满足。

时令，就这样慢慢到了公元一八九一年夏季。

这个夏季在黄安县变得很不自在，在《黄安县志》的大事记载中，只有寥寥数字：春、夏旱。

的确，在黄安县，本来春还未尽，天气却变得炎热难熬，让人受不了。到了酷暑，一场罕见的大旱席卷而来。虽然我们李氏准备好了足够的粮食，但是由于降水太少，河流的水位下降，田地里干得冒烟。为了灌溉田地，本吴庄人不得不到倒水河里去挑水或用水车车水用。

族长李非凡认为，这一定是上天对他的惩罚。在熬过了一个漫长的冬天后，他的身体慢慢好了一些。看到渡口因水流不足而歇业，看到村庄的人都被晒得无精打采，看到田地里的庄稼开始大片大片地死亡，他决定亲自带着族人求雨。

这事，他也没与黄道吉商量，就带着本吴庄的人们，让有的人跪在祠堂前，有的跪在新建的庙堂前，全部顶着烈日求雨。虽然李氏从江西来到黄安的时间并不很长，但本吴庄人像黄安县其他的村庄的人们一样，在没法对付天灾的时刻，大家总是觉得这是上天的处罚，因此跪求神仙下雨保佑成为所有村庄的通例。

一大早，李十九起床就看到，整个村庄的人，不分男女老少，不分老幼尊卑，都整整齐齐地跪在祠堂与庙堂前，顶着炎炎烈日的灼烤求雨。

族里的办事人李泽也跪在人堆里。他想，本吴庄的求雨，与隔壁吴家田吴姓人的求雨是多么相似啊！

接着黄道吉起床来，他看到后前去劝李非凡："族长啊，即使是求雨，亦可由其他人进行，您身体刚刚康复，不必亲自跪拜。"

李非凡说："道长啊，心诚则灵，心诚则灵呀。"

庄子里的人们，很快就嗅出了不平常的气息。这些天本吴庄里的狗，在夜里叫得特别厉害，而散养的鸡，则大量莫名其妙地死去。

黄道吉夜里观天，对李十九说："十九啊，我看这雨，一时半会儿也难下起来。只是族长虔诚，非要亲自跪求。我担心他的身体受不了啊。"

李十九说："族长个性坚定，常人也劝不了。"他一边叹息，一边也像大家一样，跪在庙前的空地上。

次日，李十九抬眼仰望苍穹，火辣的太阳似乎一点儿都不给面子，一大早就勤劳上岗，空气中干燥得没有一点水汽。远远望去，本吴庄的渡口由于水位严重下降，既不能水面行船，河里仅有的水也引不进沟渠，这让本吴庄的贸易生意一落千丈。

本吴庄这一跪，为了显得虔诚，便是三天三夜。

到第四天太阳出来时，族长李非凡觉得坚持不住了。太阳刚照在他的脸上，他便觉得汗水似乎像开了的闸门一样，从全身奔涌而出。经太阳一射，像针一般扎得刺痛。

李非凡想抬起头来，但他腰身刚直，忽然两眼一黑，猛地倒下了。

这一倒，他基本上再也没有起来。

李和连忙让人把他抬回了家，并请来郎中把脉开药。郎中摸脉良久，开始摇头。

李和眼睛红了。

就在这时，族人来报："吴姓人突然在边界上挑起了战争！"

李和连忙示意，让人小声，别让族长听见，以免加重族长的病情。

原来，是吴家田的吴姓人认为，由于本吴庄在这边设立码头，惹来了天怒人怨，使倒水河的水位急剧下降，导致了他们吴家田那边也是干旱！由于有了几年前干旱饿死不少人的教训，吴姓的人在这个节骨眼上再次提出："李氏必须再次为曾经的土地付出代价，再加二十根金条！"

二十根金条，对于此时的本吴庄来说，小事一桩，不算什么。但前来谈判的人口气很硬，话说得很大，特别不讲理："如果不从，族人将炸掉码头！"

本来，如果只有一点金条，族长李非凡是准备和解的，但听了吴姓使者这样硬气的话，让他非常生气，他坚决予以回绝："不行！一分钱也不给！"

李非凡说这话时，脸上青筋暴起，一口鲜血喷涌而出！

许多年后，从一代又一代老人们口口相传中，我们知道李氏家族从来就不是好战分子。而且严格地说，李氏家族还算得上是和平使者——虽然是外地搬迁而来，但与周围的其他各族都保持着友好关系。即使与吴氏发生嫌隙，但也有着能够与吴氏家族和好的愿望。毕竟在两族的通婚过程中，产生了血脉相连之缘。即使两族有段时间不相往来，但两姓中仍然有许多人存续着亲戚关系。而在楚地，亲戚关系便是血脉相牵的关系，是牵不清扯不断的。

起初，李氏有心与吴姓和好，但吴氏家族却始终耿耿于怀，一直没有改变过对李姓的怨恨。他们一直想通过打倒我们本吴庄，来换取他们村庄的重新崛起。

这一切，还是与买地、墓地和风俗相关。

看到李氏在短短时间的发达兴旺与声名鹊起，吴氏家族听信了他们请来的巫师的鬼话，看到从形势上压不倒本吴庄，便决定利用墓地来遏制我们李氏的发展。

吴家田请来了一位游走四方的巫师。这个巫师整天披头散发，双目无神，却在享受了吴姓人的好处后说："你们阳的斗不过李姓，就只有动用阴之力了。"

吴姓的人像打了鸡血似的，马上请教良方。

巫师说："你们吴姓人在此地居住的时间长，死的人自然也多，那么在阴间，吴姓是人多势众，而李氏来自外地，外地的鬼魂恋家，不会跟着活人过来，这样，你们吴姓阴间的力量远远胜过了李氏的亡灵。"

巫师还说："既然吴姓的人在现实的日子不如李氏，那么要通过阴间的阴谋，来破坏李氏的风水，影响李氏的发展。"

吴上人一听眉开眼笑："妙，妙！望先生依此行之！"

于是，在两族边界公共的地方，他们开始策划另一场阴谋：招幡引魂。

不久，我们李氏的人巡边发现，吴姓的人在边界属于他们的那一边，不知什么时候悄悄地筑起了一座高台，高台上摆满各色草人，并供着各种祭品。

李非凡当即派人去看。

去的人是护卫队的李英豪。他悄悄潜伏在草丛中，看到高台上的巫师正在手持木剑，吞云吐雾般地作法。

这一段，刚好是本吴庄人求雨过后，天气突然变了。一到晚上，整个山林周围大雾突起，天阴风劲，三米之内都看不到对面的人影。两个村庄，仿佛都沉浸在雾霭中，令人背脊发凉。

由于距离较远，李英豪也没听到巫师讲什么。只好回来报告看到的情形。

李非凡召集本族核心人员，商量对策。

黄道吉说："如此区区小技，不必请外来力量。你们李氏已后继有人，我的徒儿李十九，便可担当。"

李非凡似信非信，问："当用何法？"

李十九冷冷一笑："族长，对方乃雕虫小技，何足道哉！"

众人问计。李十九笑而不语。只是走上前去，对着族长耳语数句。族长听后也不说话，挥了挥手："一切听你师徒二人安排。"

本吴庄的人便散了。

到了入夜，风大雾重，天黑星微。按照李十九的吩咐，本吴庄的几位练武高手，在护卫队长李英豪的带领下，皆黑衣装束，潜伏在吴家田对面的密林中。

李英豪朝对面望去，只见吴氏的人正在巫师的带领下，念经转幡，吟诵声如锐如歌，如诉如泣，引得寒鸦乱啼，杂鸟腾空而起，令人悚然。

李英豪按捺不住，就要冲出去。李十九扯了扯他的衣袖。他才平伏下来。

对面吴氏的人群热闹一番，不觉已是子夜。这时，吴姓大部分人走了，只有少数人留下看守。两族的边界上顿时陷入寂静，除了风声掠过，虫鸣不已，没有任何其他动静。

燥热的天，也渐渐凉了下来。

李英豪看到，对方负责招魂的巫师走下高台，带领留守的人们来到几处临时搭建的草房里。不一会儿，草房里的马灯也熄灭了。整个山野，陷入了沉沉的黑夜。但天气依然燠热，人伏在地上，像是困在蒸笼里。

恰在此时，随着一阵微风掠过，两族的边界竟然慢慢又升腾起雾。雾越来越大，仿佛有影子在雾里集结，而且影子越来越多。埋伏在对面树林的本吴庄武林高手，虽然早已按捺不住，但看到雾起，加上树林被风吹拂，叶声连连，一叶碰过一叶，有婆娑之音，仿佛叶与叶相连而又摩擦执手，_丝丝缕缕_，隔而不绝。本吴庄埋伏的人们，都觉得是不是吴姓的阴魂来了，不免感到有些惊诧，甚至有点害怕。

李英豪作为带头大哥，虽然是李氏天不怕地不怕的角色，平时不信神也不怕鬼，此时却也有些心惊。作为族长李非凡的侄儿，过去本吴庄凡是打架的、斗殴的，或者渡口的码头上出了纠纷的，都是派他前去解决。他也逐渐在本吴庄成为狠角儿，树立了威信。饶是如此，他也觉得身子在抖。

这时，李十九牵了牵他的衣服，并轻轻地咳嗽了一下。李英豪才惊醒过来，他像所有的武士那样，拿出一张纸条，念念有词后，将纸条塞入头上缠着的黑帽里。其实纸条上写着的，也就是"太上老君急急如律令"几个字，还盖有鲜红的印章。

这是李十九教他们的办法。

随着纸条入帽，武士们的心突然静了下来。那些黑雾幢幢的人影，似乎也在他们面前转眼消失了。于是，这些大胆的武士们便伏地爬行，一直潜入到离吴姓高台近两百米的地方突然停下。在观察了对方没有岗哨之后，随着李英豪一声唿哨般的鸟叫，只见武士们开弓拉箭，用尽全力，将手中的东西朝着高台的方向射去。虽然雾浓看不清高台，但武士们在白天观察良久，选好了位置。

随着几处锐利之声从空中响过，四处仍然寂静无声，浓雾依旧升腾郁结。

李英豪又是一声鸟叫，武士们迅速全部撤退到密林地带。

奇怪的一幕出现了：这些箭射到高台之后，最初悄然无声。约莫过了十分钟之久，高台上突然蹿出火苗，并迅速燃烧了起来！

虽然雾大，但高台上的火却十分迅猛。火借风势，一会儿将高台上四周所有的经幡都引燃了。

正在高台边草房休息的巫师和吴姓人，听到外面噼啪直响，突然大叫："失火了，失火了！"一个个赶紧爬出草屋。他们想去救火，但不到几分钟，一场大火便将高台上的台案和所有祭祀物品全部化为灰烬。说来也怪，雾中的大火只烧毁了高台，几间茅草房却安然无恙。而且烧完高台之后，突然风停雾歇。

巫师站在那里，目瞪口呆。

他们搜寻了一周，也没有发现周围有什么异样。于是灰溜溜地跑回吴家田的村庄复命去了。

巫师怕拿不到报酬，只好对吴姓人说："李氏命大福大，天不灭也。这是唐太宗后裔，皇帝在阴间保护，还是忍让为上。"

吴姓的人听了，心下骇然。吴上人心头暴怒，却不知对谁发，一脚踢翻了香案。他说："再想办法，不灭李氏，我心不甘！"

于是，一波未平，一波又起。

巫师又给吴氏的人出坏主意："毁人去根，根灭人不存。如去毁其祖坟，方能去心病。"

吴氏又相信了。他们一路追溯，打听到我们李氏祖先的祖坟其实远在江西，并非唐太宗的后裔。他们便通过种种途径得知，我们李氏一脉，其实是从江西燕子巷迁过来的，来楚地的时间其实并不太长。

吴姓的人觉得，"要绝李氏，必绝其源"。因此，他们派人专门寻到江西的祖墓，想去掘墓毁之。没想到，派去的人在江西那边潜伏多日，可江西李氏人家属大户人家，家族里有专门的守墓之人，对整个李氏的总祖坟看得很紧，让吴氏的人无从下手，最后只是绕着那里转圈，念了一段咒语回来。

吴氏的人无计可施，便下死命令：凡是曾与李氏通婚的，不管以什么办法，要尽可能找到李氏的族谱！

在我们那里，族谱是一个宗族的命根子，能不能上谱，就像死后自己的尸体能不能葬在祖坟山一样重要。

而李氏的每个分支，族谱只有一本，那是看得相当紧的。一般放在机密处，还锁上加锁。

吴氏固执地认为，他们一定有办法找到。因此，他们先是派自己族里与我们李氏通婚的那一拨中的人，悄悄潜伏回来刺探消息。消息的结果都是一样："族谱只有一本，还被重重锁在祠堂里，哪里能够轻易得见？"

此路不通，吴氏家族便花了大价钱，派人到我们总族开始，一支又一支地寻找，经过七弯八拐的辛勤寻找，他们终于找到了我们本吴庄这一支的来龙去脉。虽然我们李氏上支离本吴庄已相当遥远，但吴氏的人还是千里迢迢，以李氏后代的名义，终于找到了本吴庄上支的支脉。在献上不薄的礼金后，他们骗到了族谱的抄谱，并又以李氏后人的名义认祖，公然跑到李氏上支的祖坟上烧香拜祭。

那时我们李氏都不知道，去寻找上支的这拨人是假的。因为他们所做的这一切，看上去有模有样。以至于李氏上支的人们，认为他们真的是李氏的后裔，因此并未提防。

在摸清我们李氏上支的祖坟所在地并进行公开拜祭后，吴氏的人假装告别，其实隐藏在不远处。几天后，他们乘人不备，悄悄地带上巫师所画的封印，夜里跑到李氏上支的坟上盖封。封印上的内容，就是想让李氏倒霉绝后。

这种办法，在黄安一带属于重咒。

吴姓的人认为，这是整治我们李氏的有效办法。由于盖封是在夜里进行，他们怕自己的行动被我们李氏上支发现，便在上支脉的祖坟头上，暗中挖了一个小坑，把那条咒李氏的封印，埋在了墓地里。他们的巫师曾告诉他们：在埋了封印之后，还要在李氏的祖坟上拉泡屎并撒泡尿！

待一切做完，他们最后要做的一项事情，就是将咒语埋在我们上游一支的祖坟上。但令他们特别吃惊的是，当他们用小铲子挖开我们的祖坟时，不知道为什么，从土里突然钻出一条蛇来，由于是黑夜，他们没有看见，那条蛇竟然调过头来，在挖坑者的手上狠狠地咬了一口！

这一口，让所有吴氏派去的人大骇！一阵剧烈的疼痛从手上传来，只听到挖坟人大叫一声，整个人往后倒去。黑夜中听到惨叫，吴氏的人赶紧拉起他撒腿就跑，甚至来不及在挖下的坑中填土！

等他们跌跌撞撞地跑到自己所住的旅馆时，这才发现，那个被蛇咬了一口的挖坑人，手臂已肿得像大腿一般粗大。他们求助于旅馆老板，老板生怕这个人死在自己的店里，赶紧让人去找郎中来治。

郎中看了后说："这是中了土里蛇的剧毒了！"

一听说是土里蛇，挖坑人的脸都白了。在黄安县，大家都知道土里蛇是什么意思，那是一种长得非常粗短、丑陋而又含有剧毒的蛇。

吴氏的人紧张地问："怎么办好呢？"

郎中说："要保命，先断手。不然毒气往上走，又攻心来又烂手，再弄不好把命丢。"

吴氏的几个人商量了半天，为了保全性命，最后只得应允。

郎中在得到他们的许可之后，对挖坑者进行一番刀刮、火疗之后，果断地取出钢锯，锯断了挖坑人的胳膊。在一阵惨叫声中，郎中又为他敷上一些不知名的草药。他的命暂时是保住了。只不过，在回去的路上，他已由一个胳膊双全的人，变成一个独臂人了。

在旅馆躺了三天后，有一天挖坑人下床时，突然摔了一跤。大家进来发现，他已变得鼻斜嘴歪，走路也摇摇晃晃，像中风似的症状。

吴氏人生怕我们李氏上支里的人，知晓他们做的这些事，便连忙结了账，匆匆地逃回本土，报告族里。

吴上人听说了前因后果，虽然嘴上让别人别怕，但心中也是大骇。

后来，这事在吴氏族人中传开，大家得知情况并看到归来的吴氏子弟连说话从此都结结巴巴的，便再也不敢在李氏的墓地上打主意了。

引水、毁墓、扎草人、画符、念咒、做道场、行法事……吴氏几乎用尽了所有下三滥的招数，结果都失败了。他们只好辞退了巫师，自认倒霉，开始静观事态。

而李十九，虽然在我们族里尚属年轻人，但由于在挫败吴氏一族上的功劳，开始在本吴庄也慢慢有了说话的权威。

这事过去后，吴姓的人心里依然很不爽，他们还在寻找别的报复方式。

半个月后，吴氏想出一招，他们开始在与我们本吴庄交界的地方，开垦荒地。李氏通过其内部的联姻人员，很快打探到了其主要目的——想利用开垦的荒地，向县府申请我们本吴庄积蓄的水源。

在大夏天的干旱季节，他们的开荒开得非常艰难。才仅仅挖了两天，便有几人接连中暑倒下。

族长李非凡听说后，心里被搅得心慌意乱。如果换在过去，他也许会心高气傲，不屑一顾地让下面的人前去解决，一般不是派自己的儿子李和，就是派族中能办事的李泽去应对。但是，这次老族长听说是土地上的事，却偏偏心血来潮，非要跑到边界上去看看本吴庄的田地。

"爹，那个地方有什么好看的呢。"他的儿子李和说。

"你懂个屁。"李非凡吐出了一句粗话。他咳嗽着说完这句话时，脸已涨得通红。

李和自然不敢再说什么。事实上，从他父亲李非凡带着本族人们跑到这块地盘上扎根时起，任何人都不敢在他父亲面前说些什么。加之他父亲在族中办事还算公道，因此威信也自然无可动摇。不像时光一晃后来到了我们这个时代，即使同祖同宗，现在的村长办起事来，还得分个三六九等，远近亲疏，搞得人心四散，互相不服。

于是，族中的人扶着老族长从床上起来，穿好衣服，用一挺滑竿抬着他，慢慢地向边界走去。那天李非凡的脾气看起来特别大，一大早就向好几个人发过火了。李和示意大家说话小心。

一行人默不作声地开始向前走去。早晨的阳光一出来就显得挺烈，晒得抬轿的几个李氏年轻人脸上滚下了汗珠，才走几步衣服就湿透了。

命中注定那天他们非常不顺。在走过本吴庄出村口处，一个汉子一脚踩在了一大堆牛屎上，骂了声晦气；另一个汉子也不利索，脚崴了一下，好像有些损伤。但是他们都没说话，在族长想发脾气的时候，整个本吴庄的人后来都变得不敢说话。虽然族长是民主的、公道的，代表着正义与公平，但是对一个有着绝对权威的人，特别是在他不高兴的时候，谁又敢忠言逆耳呢？在本吴庄，说一不二的年代，也仅是李非凡当族长时才出现过。

他们走着，走出了村口，便是坟地，再走，还是坟地。本吴庄周围那些从不集中又不连片的坟地，总是零零散散的，看上去一点规则也没有。这些人中，除自然的生老病死，天灾人祸，带走了本吴庄多少人啊。这些死去的人们，被按照族规严格处理，最后埋在不同的山坡上。特别是由于吴李两族交恶，有些死后本应集中埋在一起的人，现在却依然各自分离。

在死亡这一点上，谁也不敢破规矩。不然，换李非凡的话说，"规矩破了，大家就没有王法了"。他言一出，谁也没有在墓葬上破例过。

此刻，阳光依然很烈，李非凡坐在滑竿上，看到四处零星的坟地，越走他心里便越烦。他知道有些人也因此对他生有怨气，但有什么办法呢，规矩不是从他开始订的。迁到这块土地之前，李氏的许多习俗与规矩，就早已有了。

想到这一点，他的脸色开始越来越难看。

翻了一道山梁，两个抬滑竿的后生已经累得不行。而族长没有让他们停下来休息的意思，他们也不敢张嘴。族长的儿子李和，还与另外一个本家，轮换着抬了一段路程。

再往前走，是一个山坡。上了山坡，便是与吴姓的交界地。

族长开始剧烈咳嗽起来，气喘得非常厉害。他仿佛觉得，有一个肉块堵在胸中与喉头，气不顺，喘不开，吐不出。

太阳此时已爬上了山顶，一轮红日彤彤，当空直射，每个人的脸上都汗淋淋的。两个抬他的后生，更是两眼难开。救命的水，装在一个壶里，不时让每个人抿上一口。其中一个后生因为渴得厉害，不小心把头磕在了竿上；而另外一个后生，则更是倒霉，他穿着草鞋不小心崴了一下，踩在了一堆草里。这一踩不打紧，活该那天要出事，他竟然踩在了一条土里蛇身上。这条被太阳烤得奄奄一息的蛇，就是我们黄安地界里最厉害的蛇，它的毒完全可以置人于死地。按以往的习惯，如果谁在黑夜里走夜路或者在上山下地劳动时，不小心被咬，一定要用嘴及时吸出黑色的血，再用根绳子或块布条，把下端的部位紧紧地捆扎起来，迅速用上我们庄子里祖传的治蛇药才行，不然只有等死。

可是这天，也许因为这条蛇被太阳晒疲了，或者是因为它饿急了。这一口咬得这个可怜的后生心惊胆战，还没反应过来，他的一条腿便直接跪了下去。这一跪引起的连锁反应就是，用大圆椅做成的简易滑竿突然倾斜，把我们的族长从滑竿上甩了出去，重重地摔在地上。

一行人突然惊呆了！

等大家惊醒时，李和才发现自己的父亲已沿着山坡滚了下去。他们连忙跑过去扶起他时，我们的族长脸上气色已变得惨白。那个被蛇咬的后生顾不上痛，连滚带爬地来到他的跟前，把他抱了起来。

族长推开他，什么也没说。但那一摔，似乎让他心头积郁的气畅了也顺了。

他还惊讶地看到，他滚落的地方，正好面对着一关坟地。

而那关坟地，又恰好是没有收入我们李氏墓地的吴天顺岳父岳母的坟头。

李非凡心头一凉。一刹那，他仿佛觉得某种宿命的东西开始降落在他的头上了。他没有责怪任何人，只是忍住了痛，对着那关坟竟然跪了下去！

在众人惊讶的目光中，族长再也不想看边界了。他只是轻轻地挥了挥手说："回吧。"

他们便又匆匆地往回赶。

黄道吉带着李十九在村头迎接他。由于李非凡不让人告诉他们，他们也是在族长走后才知道他出去，去干什么也不知道。

黄道吉看到李非凡时，用手握了一下他的手。他的手绵而又软，不再像往日那样有力。

黄道吉回头对李十九与李和轻轻地耳语："准备后事吧。"

这一句，李和与李十九的眼泪便都流出来了。

果然，在那天夜里，我们李氏的伟大族长李非凡，在咽下了一口浓痰后，猛然便断了气。

在断气之前，他最后说出了那句令我们本吴庄都感到特别震惊的遗言："和为贵，和为贵啊……"

本吴庄当晚陷入了一片哭声之中。大家仿佛觉得天塌了下来。

第十一章　殡葬

后来，我们从族谱上知道，族长李非凡只活了七十三岁。这正好应了本吴庄那句老话："七十三，八十四，阎王不叫自己去。"

古稀之年去世，在我们本吴庄乃至黄安县，都是喜丧。那时的黄安县，人们的平均寿命超过六十的并不多。

在确定李非凡断气后，李和开始为父亲"洗汗"。

这是本吴庄的习俗。

李和把父亲僵硬的手指扳松，梳理好头发，便开始洗汗，也称之为"抹汗"。一般都是洗三下，前身两手巾，后身一手巾，洗时从脚往上抹。洗汗的水，用的是不见天日的井水，虽是天干大旱，但幸亏老井的底子里还有一点，储罐里的水也有一些救急。这些都是李非凡让人提前准备的。

李和去取水时，先在井边烧了香纸，意思是买来的水。他把水装在一个新的火笼钵内。至于用的手巾，都是棉白布做的。李和在给父亲洗完后，又给李非凡穿上新的衣服鞋帽。由于之前早有准备，老人用的衣服被褥也都是提前暗暗做好了的。棺材也一样，都是提前打好的。本吴庄人有个习惯，有的刚过五十便为自己准备棺材，并且就放在自己的家里，人们对此并不忌讳。

给父亲穿好衣服后，李和亲自把父亲从床上背到堂屋前的那张大木椅上。这是族长生前最喜欢坐的地方。以往，他经常坐在这里决定本吴庄的大事，与本吴庄的人谈话。几乎每个成年的本吴庄人，都在这里被召见过。

李和让人从两侧扶着父亲，自己跪在椅子跟前烧落气袋。落气袋用一根麻秆挑着两头的褡裢，麻秆让死去的父亲手里握着，面前放着洗过汗的火笼钵。落气袋里的纸，李和用老秤称了九斤八两，意为最大数字的钱。烧完之后，李和让人把烧落气纸的灰装进火笼钵里——这个以后要倒进死人的棺材坑中，而火笼钵则在死者下葬后，要倒立在坟后。

烧完落气纸后，李和让人把父亲抬到准备好的棺木盖上停放，停在搁有两条板凳的木盖上。李和又让人在板子底下点了个油灯，这是长明灯。接着，他又让人把秤放在死人边上，叮嘱守夜的人留心别让猫子过去。在本吴庄里，传说猫子属虎，如果爬过去了，死人会兀地突起，见什么抱什么，且不容易分开，会吓死活人。因此，本吴庄在死了人时，特别注意这个细节。

这一切办停当之后，本吴庄的人们，便开始一边哭泣，一边唱起哀歌：

> 赤条条的来啊，
> 光溜溜地去。
> 愿你逢山有路啊，见河有桥。
> 愿你走的是幸福路，进的是安乐窝。
> 你狠心留下我们，还在受苦受累。
> 大人啊，你无论走到哪里，
> 千万别忘了回家的路啊，
> 还有亲人在这里等着……

这哀歌轻轻悠悠，悲切动人，让本吴庄的大人抹泪，让本吴庄的小孩害怕，让黄道吉哭了又哭，让李十九双目涟涟。也让平时不易表达感情的李和，泪眼模糊；让平时跟着李非凡办事的族中人李泽，放声大哭。

本吴庄的一个时代，就这样去了。

几乎整个本吴庄的人，都围坐在祠堂内外，为李非凡守夜。

夜里，开头是出奇的静。空气热得可以挤出水来。人们挤在屋子内外，不敢稍越雷池。然而，到了下半夜，奇怪的事情发生了：随着一声惊雷响过，几道闪电登场，闪电在空中撕扯一番之后，天空忽明忽暗，乌云见不到影子，夜却出奇的漆黑。接着，又是笨重的几次雷声，突然在天空中炸裂开来，接着，久旱的本吴庄，竟然下起了瓢泼的大雨！

这场雨，下得所有的人都目瞪口呆！

不到几分钟，这场大雨便下得整个村庄湿漉漉的。有一个小孩最先大声欢呼，接着整个村子的人，不分大人小孩，都拿着盛水的器具，倾巢而出，站在雨水中承接天上最宝贵的恩赐。此时的人们，忘了族长还在灵枢上躺着，他们害怕这场雨只是暂时的阵雨，便纷纷离开祠堂，跑回各自的家里，拿出了能够盛水的一切物事，站在雨中尖叫。小孩们甚至忘记了刚丧族长的悲痛，在雨中欢呼起来。而一些老人，在惊喜之后，又突然对着天空大哭。

"好人的族长啊，你以自己的死，换来了本吴庄的大雨啊！"

"好人带雨，你走了也要为大家谋福，你这是功德无量啊！"

大人们便在雨中哭泣，一边感谢李非凡以自己的死，给村庄带来了重生。

这场大雨，下了整整一天一夜。这一天一夜，河水便迅速暴涨起来了。

村子里的人在高兴之后，又迅速沉浸于巨大的悲痛之中。他们相信，是族长李非凡的灵魂归天，带来了这场救命之雨和家族的幸运。于是，他们在歌颂族长的贤德时，又增加了一份对他的尊敬。

这场大雨，使得村子里的庄稼开始又抬起了头来，使得晒蔫的人们又挺起了胸来，使得牛羊又开始叫起来，使得蜜蜂又开始嗡嗡起来，使得河流的渡口又繁忙了起来……整个村庄里人欢马叫，好不热闹。

雨后，青山如洗，四野如黛。

只有族长的棺材，孤单单地停在李氏的祠堂中间。

本吴庄的人都说族长是个贤人，让大热的夏天求也求不来的雨，突然给了人们一个得以喘气的机会。

"好人真的带雨啊……"村子的老人们说。

他们没有说的下一句，就是"恶人带风"。

好在，没有风，但一场大雨之后，天也变得凉快起来。

残酷的吃水问题随着这场大雨，在本吴庄迅速解决了。接下来，治丧，便成为本吴庄人的头等大事。

黄道吉哭得死去活来，李十九劝他："师父保重身体啊。"

黄道吉说："这么多年来，我走村串户，做的好事也可谓无数，但仅有你们本吴庄，仅有李非凡族长，给了我晚年的安定生活。我焉能不伤心呢？"

本吴庄人的心情与他一样。在这个地方扎根发展，都是族长李非凡带领他们远道而来决定的。是族长李非凡带给了今天幸福的一切。

为此，所有的本吴庄人，都决定要给族长选个好墓。

这个重任，便交到了黄道吉的身上。

李和来对黄道吉讲这件事时，黄道吉发现他有些心不在焉。

他猜对了。因为李和一边说，一边在心里惦记的，却是另外两件事：一是谁当新族长；二是怎么与吴姓的人和解。父亲在临终的时刻对整个族人发出的，正是要与其他家族特别是吴姓家族和平共处的绝音："和为贵，和为贵啊……"

但首先，他还得先把葬礼办完。在办葬礼之前，他先请黄道吉给父亲选一个好的去处。黄道吉答应了。他说："死者为大，入土为安。你们先办事，我会带着十九去选址。"

李和回来便张罗送葬的事。

按我们当地的习俗，一般人死了，都要在家里整整停棺七天。这七天里，所有的成人，必须到祠堂里来坐夜守灵。所谓坐夜，就是整夜守在棺材前陪故去的人一起熬夜到天亮。过去，遇上炎热的夏季死人，尸体停放时就会发出一种特别的异味。因此，如果有人选择在夏天的时候与大家告别，一定会被认为是不合时宜；而要是在不冷不热的季节，人们会认为这个人死得其所，生前一定是做了好事。所以，为了避免尸体发臭，有时庄子里的人，不得不在停棺三天后，就把人给埋了。

按说，这正是李姓与吴姓又面临纷争，需要一个像族长这样的强人给大家支撑打气的关键时刻，而族长李非凡偏偏在这个季节里离去，给庄子里办丧事的人提出了一个大大的难题。

好在一场大雨后，人们安静下来了。虽然本吴庄哭声不断，但去给各路亲戚报丧的人，还是一拨接着一拨。各路亲戚接到报丧，都要赶来守灵。

此刻，作为族长的儿子，李和还有别的事要做。

首先，他还要给父亲收殓。

在我们本吴庄，给死者送终烧完落气纸后，接着就是收殓。收殓的过程，一般分为小殓、进材和大殓。

李和对此并不精通。过去父亲在时，都是派人完成的。他便去求助族中的兄弟李贯通。李贯通说："李和哥呀，这个要记住啊。以后老了人，要看他断气后的口与眼睛是张着还是闭着的。嘴是张着的，就表示死者没有吃饱饭，或是饿着肚子走的，不甘心；而眼睛是睁着的呢，要么死不瞑目，要么是想见的人还没有见到，亲人没有前来送终。所以，此时要紧的事，是趁着还有热气的时候，来抚死者的脸，将拳曲的手脚拉直，洗完汗后，还得给死者化点淡妆，梳好头发，让他安心地离去。"

李和默默地记在心里。

接着，李贯通又对李和说："报丧的人都去了吗？"

李和说去了。

李贯通说："可不能落一户啊。亲房叔伯或湾下的亲戚都可以派出去的。等亲戚来了，他们必要在你父亲面前跪拜，你也要陪着跪拜，算是还礼呢。"

接下来，亲戚们便一个接一个地到了，都是人一到，泪就下，跪在地上哭着不起来。其他的亲戚便上前拉，拉了一阵，哭声停止，大家便坐下喝茶，开始守夜。

李贯通说："哥啊，守夜必须三天。这三天，白天亲戚都可以回去，特别是本吴庄的自己人，白天回家干活，晚上有一个人代表来守夜就可以了。"

这点李和知道。因为守夜，一守就是一夜，大家坐在屋子里，还不能睡觉。如果是喜丧，大家可以聊天、打牌，谈天、说地；如果不是喜丧，这些娱乐活动就显得不合时宜。

那几天，亲戚们一拨拨地来到本吴庄，一拨拨地下跪。李和也一直陪着，他跪得双腿发麻，头昏脑涨。

到了第二天晚上，夜深人静的时候，李贯通又对李和说："给你父亲穿好衣服吧。上身一般穿五条领或九条领的衣服，裤子最好是三件或五件，要单数。你看还有什么想给你父亲的，一并装入带走吧。"

李和看了一下满堂屋的人，大家也看着他。他走入内屋，拿出一些准备好的新衣服，然后在怀中还掏了一些东西，趁人不备一并放入了棺材。

李泽无意中瞥了一眼，发现他放的是金银。但是，他装作什么也没有看见。

这事不能说。说出去了，就怕盗墓贼。

李和也装作若无其事。

这时，前来吊丧的人还是络绎不绝。就连黄安县府，也专门派人前来送挽幛。这个挽幛，是李逢春亲自送回的。

李逢春说："县府非常重视。本来老爷要亲自前来吊唁，但一是抗旱，接着又要抗洪，来不了。县太爷对族长的故去，表示沉痛的慰问。"

这几句话，让李和感到一丝欣慰，也让本吴庄人感到面上有光。而这事，对吴家田的吴姓人来说，却刺激巨大。

由于李逢春在县上还有事，不能等丧事全程办完，因此，他对李和做了安排，便打道回府。只留下了一个师爷，全权作为代表。

县府来的这个师爷，一进村就看到了黑压压的人群和一排又一排的花圈。的确，本吴庄中那些吹唢呐的、敲锣打鼓的、放鞭炮的、扎孝堂的人比比皆是，加之四面八方亲朋好友特别多，由此师爷便可以判定李非凡在当地的影响力。于是，他也让人放了鞭炮，只要鞭炮一响，里面的主人便知道有人前来吊丧了。

披麻戴孝的李和，连忙跑出来迎接。

进入灵堂，师爷看到了李非凡的灵位。用黄纸与白纸写的灵牌，在桌子上方特别显眼。桌子上还有一个香炉，里面燃着红蜡和两根长香，方桌上摆满了祭品，碗筷、酒水与茶水一应俱全，碗里还装着煮熟的大肉与油炸的豆腐——这些都是请李非凡吃的。在本吴庄，人们认为死人一般七天不出门，也得吃喝。所以这些供品，都是供死人吃的，同时也是给活人看的。

师爷看到，灵堂桌前的地面上，铺着一块毛毯。他连忙跪了下来，磕头作揖。李和赶紧也回拜谢礼。

师爷说："大人公务繁忙，不能前来拜揖，县丞李逢春也委托我，全权代表吊唁。你们有何要求，或者老人走前有什么不了的心愿，可以提出，能解决的回去禀报大人解决。"

李和说："无其他要求。只希望大人继续支持本吴庄的事业。家父生前，想把本吴庄的票号开起来，一直没有获得县府批准。如若可以，请大人关照通融，不胜感谢。"

师爷眨了一下眼睛，品了一口茶："此等大事，当从长计议。不可操之过急。"

李和说是。

于是坐了一会儿，整个灵堂除了外面热热闹闹，里面无一点儿声音。师爷坐了半天，也觉无聊，寒暄一阵，也不待吃午饭，便说："府中还有杂事，我先走了。你们节哀顺变。"

说完，也不等李和回答，就要迈腿出门。

李和使个眼色，只见李泽拿出一个大大的皮囊。

李和便说："大人来往辛苦，又不在这里用饭，一点辛苦费，请您收下。"

师爷回头望李泽。李泽连忙奉上。师爷用手捏了捏，说："何必客气。"却没有推送回来的意思。

李和说："我们一片诚心，大人收下就是给我面子。至于县府，我们另有准备。"

师爷脸上这才绽放笑容："好说好说。我回去便禀奏大人，早点儿批准你们成立票号。"

话还未说完，师爷的脚，早已迈出门槛了。

外面的人，看到师爷出来，一时又是唢呐齐鸣、锣鼓喧天、鞭炮声炸得空中开裂。

李和脸色阴沉，望着师爷的背影，直至登上轿子才回屋里。

是夜，大殓时间到后，李贯通又叮嘱李和："所有亲人已经到过，该封棺了。"

李和来到中堂，他看到大家已把一个耙子，在棺盖上横放着，意为邪气不会侵入。于是，李和爬上棺顶，趴在棺材盖上，开始按李贯通教的叫着"大啊大，不要怕，不要怕，吃好喝好便回家……"

村中的几个叔伯，开始在棺材上钉钉，钉子很长，这在本吴庄叫材钉，一般也是单数，钉上三口或五口。

这时，整个灵堂的人，又开始大哭起来。

在这个当口，黄道吉与李十九也没有闲着，他们负责请来一个道班，要为亡灵超度作法。

在大殓的流程走完之后，下一个环节就是唱道。李和出去小便了一泡回来，就看到灵堂之上，一个穿着黑色道袍的道士，绕着棺材开始做道场，只见他挥着手里的长苕，唱着抚慰灵魂的歌，一会儿是人世，一会儿是冥间：

> 野火吹不尽啊，
> 春风吹又生……
> 从兹挥手去，
> 来日再还人。

一边又唱起另一首词：

> 渭城朝雨浥轻尘，
> 客舍青青柳色新。
> 劝君更尽一杯酒，
> 西出阳关无故人。

李和也读过多年的私塾，觉得这词哪里有点不对，但又觉得恰如其分。正在揣摸着，道士的词又一变：

> 朝地秽来墓地愁，
> 愁的日子难过家计难得丢，
> 一朝截断了阳关路，
> 无常一不说自由。
> 去日子长来日短，
> 别时容易见时难。
> 音容如石虽然近，

　　从此人间不得见。

李十九也觉得起头几句完全不着调，但接着他们又听到了新词：

　　亡人一去不回程，
　　望六台上望亲人。
　　阳世及了容易混，
　　阴曹地狱冷清清……

　　听到这里，无论是黄道吉还是李和，眼泪忍不住一齐飞溅出来了。

　　哭声，再次在灵堂重重地响起。

　　李和思绪万千，特别是在漫长的守灵之夜，他除了想到族长李非凡后事的每一个步骤，最重要的，还是思考自己如何接班……

　　正在胡思乱想中，李贯通在他耳边低语："大哥啊，给族长送葬，最重要的就是选择墓地。"

　　选墓是本吴庄的要事。普通人如此，族人的墓更是如此。生前辛辛苦苦一辈子，死后稳稳当当躺春秋。死者为大，这个传统在本吴庄从来没有改变过。这一观念流传至今，根深蒂固。所以李和在考虑自己接班之前，必须直接面对眼前这些事。

　　选墓的事，早就交代给了黄道吉和李十九。他们这些天，又在本吴庄转来转去。大家也盯着他们：到底会把族长的墓，选在哪里呢？

　　人们常说，南有朱雀府，北有祖坟山。

　　本吴庄的老人们认为，人即使去了，但一样也有死者的信息。这些信息即使是深埋地下，也会通过各种途径传输到后人或亲人。在一个陌生的地方，一般人肯定会对墓地产生恐惧，但在熟悉的地方，因为祖坟山能给后人以信息，所以也就不会害怕了。老人们说："哪有祖人会害自己后代的？"所以，本吴庄人面对包围了村庄的遍地坟茔，根本就不知道什么是害怕。因此，本吴庄的墓地，一般都选在住宅的北面，人们说属性为山或砂，为阴性。阴性属阴人，阳性属活者。再者，由于我们本吴庄处于黄安县东部，多是丘陵和山地、深山老林，所幸一条河流从山下经过，因此风好水好。

即使如此，黄道吉对族人提出："山地有十不葬——一不葬童山，二不葬断山，三不葬石山，四不葬过山，五不葬独山，六不葬逼山，七不葬破山，八不葬侧山，九不葬陡山，十不葬秃山。"

这成为本吴庄墓地的选址原则。

李十九认为："风水有道，若不听之，多为不吉利之所。"

他还拿出本吴庄的事例为证。

说是在本吴庄，曾经有个一直想与李非凡竞争族长的老者李宏生。他与李非凡是叔伯弟兄。一生总以为自己是个人物，想与李非凡族长分权。但最终，他不仅没有染指半点权力，反而在村庄人的眼里，也没有什么地位。看到在人间斗不过李非凡，李宏生便表示："我死后，不想埋在靠祖坟近的地方，我偏偏要移出界外看看！"

结果呢，他人一走，家里人按他的意见，把他葬在靠近吴姓那边的山路边。那个地方由于是属于两姓的公共地带，常常是人来人往，热闹非凡。但热闹归热闹，可李宏生死后，他家里的人不是病的病，就是殃的殃，按村里人的说法是，"养羊常得病，养牛好勇斗，养猪猪不食，养鸡鸡不归"。

家里人想不明白，最后还是请黄道吉来把把脉。

黄道吉来到他后人家里，这里看看，那里瞧瞧，又到李宏生坟葬地一看，抛下一句话说："赶紧迁坟吧。"

他家里人不信，还是犹豫不决。毕竟，在本吴庄，人死后再迁坟也是一件大事。弄不好，会让人看笑话。不仅惊动了死者，而且影响生者。这一犹豫，又是几个月过去了，奇怪的事也发生了：他们家里的狗得病，死在门前；接着，鸡又发了瘟，遍地都是……

李宏生的家人害怕了，他们连忙跑到祠堂烧香。然后报请族长李非凡，重新申请块地，然后烧香取灵，决定把李宏生重葬一个地方。

李非凡也不计较，批准李宏生可以重葬。

说来也怪，自李宏生的墓地重葬之后，他家里出现了奇迹：羊也吃草了，牛也学乖了，猪也能叫了，鸡也会飞了。一家人也都恢复了精气神。

这事传开，再也没人敢随便斗气选墓地了。不仅黄道吉的威望上升，连李非凡的权威也增强了。

因此，到了给族长选墓地的时刻，本吴庄人都很重视，心里不说，眼睛都明镜似的盯着。

黄道吉决定把这个功劳让给徒儿李十九。

"十九啊，我已老了，天下终归是你们年轻人的。你已经出师了，该当大任了。"黄道吉说。

李十九说："师父，我才学了您一点皮毛，还得听您的啊。"

黄道吉说："十九呀，你没看出来吗？你们本吴庄在争族长呢。你只要立了功，不管谁当族长，以后我老了，他们还会尊重你的。"

李十九不再说话。

这天，黄道吉和李十九把李和及几个族中长老请到祠堂，说选墓地的事。李和刚开口，便被李十九打断了。李十九说："兄长少安毋躁，关于选地，老族长生前已有商议。"

大家听到这话，都半信半疑的。特别是李和，不知道父亲生前对李十九讲了什么。李十九也不说。

于是，本吴庄的几个长者和李和，在李十九的带领下，开始勘察地方。黄道吉这天以身体不适为由，请了个假。这还让李和很不舒服。他用怀疑的目光盯着黄道吉。

黄道吉把他叫到一边，低声地说："我相信，你不久会当李氏的族长，未来是你们的。所以你们的选择，就是族长的选择。你也要相信李十九，他天资聪颖，必如你爹所愿。"

李和一听，心里既惊又喜。他向黄道吉鞠了一躬，然后带着他们出发。

上路时，李十九数了数人数，发现跟在自己身后的共有七个人，加上自己是八个。他说："不对，你们得回去一个，因为单数最好。"

大家面面相觑，不明所以。李十九说："选墓须单数，好事才成双。"

李和听了，便点了其中年龄最小的一个叫李不二说："你回去吧。"

李不二极不情愿地走了。

剩下几人，沿着本吴庄周围的山脉，一会儿弯腰把土，一会儿观风听水，一会儿又叽叽喳喳。

此时，李十九恢复了自信，谈得头头是道。当大家请教到底要注意什么时，李十九说："各位叔啊哥啊，这墓穴选择吧，要说简单也简单，但有十忌呀。"

看到大家的目光投在他的身上，得到李和目光的默许，李十九才直了直身子，慢慢地说："就是一忌后头不来，二忌前面不开，三忌朝水反弓，四忌洼风扫穴，五忌龙虎直去，六忌直射横冲，七忌淋头割脚，八忌白虎回头，九忌龙虎相斗，十忌水口不关。"

看到大家听得凝神静气，不发一语。李十九又详细地向他们讲解每一忌的意思。大家听了，面面相觑。特别是李和，听了李十九的解说后，慢慢地说话就客气起来了，最后还变得相当虔诚："十九，你再讲详细些啊。"

李十九抿抿嘴唇，将手中的罗盘对着地面扫了一下，说："哥呀，看墓地风水，先要看方向，坐北朝南，是皇帝位；坐西向东，是富贵家。其次是要看地形，背靠高山，两面山丘，正是高椅，可为人也；面有流水，当可运财。所谓入山寻水口，登穴看名堂。我们既要看到水从何处来，又往何处去，还要注意看穴前明堂的水是什么情况，才可下结论。"

李和问："什么样的水口适葬？"

李十九说："水来之处较为豁达处为佳。"

李和又问："坚守什么原则？"

李十九双手在脸前比划了一下，轻轻道："墓要依山傍水，前朝后靠左右抱，屈曲蜿蜒，明堂开阔，回归自然，上风上水当为妙。"

一行人十分叹服，特别是李天时与李连道。李连道由于后来被选为族中长老，因此也一同前行。

李十九边走边继续解释："理想的风水宝地，是背靠主山，山环水绕。主山来龙深远，气贯隆盛，左右要有山脉环护，或者左右前后另有砂山护卫，这样才能藏风养气。前面要有水相绕，水不宜急，天门要开，地户要闭。这样才能得水存气，是理想的风水模式。"

他们在本吴庄周围的山边上走了一天，不果。最后，他们又连选两天。这样算来，次天就是族长的下葬日了，李和看到墓地还未最后定下来，便显得很着急。

到最后一天时，有个一起来寻找墓地的族人突然提出，他要请假。

李和不高兴地问："为何？"

他说："我家的牛突然不见。"

李和问："什么时候失踪的？"

他说："已经三天了。从我跟着大家寻找墓穴那天开始便不见了。"

李和心里有点不高兴，犹豫着要不要批准。

没想，李十九听了却心里一动。他说："你不用请假了，我们今天就一起去寻找你家的牛。"

李和听了，心里更不舒服。他想，父亲尸骨未寒，还没下葬，难道他的墓地在李十九眼里还不如一头牛重要吗？

李十九解释说："哥啊，你别误会。我昨天做了梦，梦见一条金牛高卧，有仙气出没，可能是一块宝地。莫非就是这头牛所在之地？"

李和与随行人听了大惊。

他们找了半天，终于在本吴庄一个小山洼里，找到那条耕牛。

只见那条耕牛，肚子胀得鼓鼓的，卧在地上睡觉。

这时，阳光高照，小山洼里却有风。他们走到牛卧之处，牛也不惊，看到主人还哞哞地叫。

奇怪的是，他们走到这里时，李和发现，唯独牛侧卧之处，没有一点风拂。

李十九看了看，说："就是这里了！"

他接着解释说："这头牛偏偏喜欢待在这里，是因为这里舒服。有时候呀，动物比人还灵敏，知道哪里舒服哪里去。在风水上，这块地叫'牛眠地'，牛喜欢在感觉舒服的地方待着，所以我们在日常中要留心牛所卧的地方，很可能就是风水宝地。"

说完，李十九拿出罗盘，左瞄瞄，右瞧瞧，终于肯定地说："此地自然合一、天人一体，靠山面水，藏风聚气，是极佳之所。"

这时，族长者李天时说："这块地吧，看上去平淡无奇。过去人们喜欢选在山前，选在山后倒是少见。但这就是老族长自己选的地方呀。有次我陪他在山后转，他曾经指过此处，我这些天想来想去，记不起来，眼前见到此处，便突然想起来了。"

李和本来心里有点疑虑，一听长者李天时也这样说，也就放下心了。因为，平时李天时与李非凡意气相投，私交甚笃。

李十九接着说："此地坐北朝南，阳光充裕，四周环山，墓前绕树，视界开阔，后背山挡风，前头望无边！"

但族里年轻一点的人，还是将信将疑。因为怎么看，这块地也不过如此。看上去，还不如祖坟那边的墓地开阔。

李十九说："你去拿锹，在此地挖一米余，必有水出。"

大家不信。因为这块地看上去山瘦水瘠，不可能有水。周围也没有见到水流。

但在李十九的坚持下，年轻人半信半疑地拿着铁锹，对着李十九指定的地方铲土，没想只几铲下去，便真的有水流出。

众人大惊。

李十九想趁机显示一下学问，他环视周围长者，又向大家普及墓地选向知识："各位叔呀伯呀爷啊哥啊，经书有云，选墓还有'十不向'——即一不向流水直去，二不向万丈高山，三不向荒岛怪石，四不向白虎过堂，五不向斜飞破碎，六不向外山无案，七不向面前逼宫，八不向山洼崩缺，九不向大山高压，十不向山飞水走……"

此时的李十九似乎变了一个人，早已不是少年时的模样。他说话滔滔不绝，如江水绵绵，声音亦是循循善诱，让众人开始深信不疑。大家对过去说话口吃的李十九，居然如此口若悬河，各在心里吃惊不已。

选好地址，就在大家准备连夜挖坑建坟时，意外又来了。吴姓的人不知从哪得知消息，认为此地是其水源上头，因此派人到本吴庄送信，要求会晤。

所谓会晤，就是两个村庄交恶后，在遇到大事时进行的谈判。自两庄不相往来、如视仇人之后，若遇到两姓边界有事，最后还是商定了一个原则，即可派出本庄有威望的长者，进行座谈，以避武力冲突。为了确保安全，两姓人家在边界建了一个茅棚，内设木桩木桌木椅，一般会谈时，大家围木桌而坐。

这次会晤在一个细雨天进行，外面有雾。两边人马进入边界，大家肃穆以待。

吴姓牵头者仍是吴是非。他开门见山地说："闻族长辞世，不胜哀之。只是贵村选择墓地，乃我水源上游，殊为不妥。"

李氏长者李天时毫不客气："水在其下固然，然墓地拒水近十里之遥，何妨之有？"

吴是非说："虽距十里地，但水土相通，还是请另移他处。"

李天时回答相当硬气："你我两庄，四周皆坟地，有的墓地离村庄房屋，比邻而建，如说水土相通，那周围早就污染。"

吴是非无言以对。

一个跟来的谈判者说:"各村各庄,埋的是各自亲人,故无禁忌。而水源之头,岂容他人染指?"

李天时说:"相差如此之远,即使长江之源头,亦有人居,亦有墓驻。如许说来,岂我华夏,皆饮污水乎?荒唐之言也。"

双方谈了半天,没有达成一致意见。

吴姓无功而返,回去报之吴上人。吴上人拐杖在地上重重一击:"是可忍,孰不可忍?君子报仇,十年不晚也。"

这件事,又加深了两姓的对立。

而本吴庄在漫长的一周守夜守灵中,眼看到了入殓的最后一天。好在突然下了一场大雨,让本吴庄变得相当凉爽。所以前来吊孝的人皆说:"李族长有德啊,连上天也感动了。不然停尸七日,死者早就臭不可闻矣。"

到老族长出殡日子这天,本吴庄的阵容相当强大。除了四乡八里有交情的氏族子弟,以及来自四面八方的本吴庄各家亲戚,李氏一脉相关人员,最后连县府都派人来参加了。那盛大、冗长的、华丽的、夸张的仪式,成为李氏家族族谱中灿烂的一笔。

追悼会是在李氏祠堂门口进行的。李和的家属站在前排,其他人站在后面。李和与媳妇站在最前面,后面是他的弟弟李平,再后便是侄孙辈的一代人。考虑到县府也派来了人,李和便让县里的人站在最前面,体现了对他们的尊重与敬意。

事前经过协商,李和请黄道吉担任司仪。到了正点时刻,他向李和看了看,以表请示是否开始,看到李和轻轻地点了点头,黄道吉便开口说:"各位官爷乡绅、各位亲朋好友、各位父老乡亲,衷心感谢你们光临老族长李非凡的追悼会,仪式现在开始。"

话音刚落,两边的乐队开始鸣炮,接着大家默哀,奏乐。这时,本吴庄挤满了黑压压的人群,花圈与挽幛从村口排到祠堂口,本村与周边十里八乡的人,不少人因为李非凡在缺粮时代曾接济过他们,因此都自发前来送葬。只听到不知谁一声长哭,本吴庄开始陷入一片哭泣与倾诉之声中……

黄道吉顿了顿说："下面，请族中长者李天时介绍逝者生平。"

李天时对着人群深鞠一躬后，接着便介绍了李非凡的出生年月、所作贡献、不凡业绩、高尚品德。他用较大的篇幅和赞誉之词，给了李非凡一个非常高的评价。特别是对他建村、垒渠、建渡口、立寺庙、兴学堂、救穷人等功劳，进行了全面的系统的深入的细致的总结，让每个认真聆听的人，都觉得李非凡的确是生的伟大，死的光荣。

于是，哭声又起来了。

在一片喧天动地的哭声中，李和仿佛也被感染了。他没想到父亲在人们的心目中，竟是如此高大，这种高大，甚至让他感到了一种庄严。就是自己如果能接班时，也一定要像父亲那样，做一个令大家尊重与尊敬的人……

这时，轮到他代表家属发言了。只见李和抹了一把眼泪，也是深鞠一躬后说："我代表全家人及逝去的家父，对所有前来参加老人追悼会的父老乡亲、官府领导、社会各界贤达表示诚挚的谢意！家父一生漂泊，走南闯北，在李氏分家、各自立业情况下，带领分支一脉人等，到此地艰苦创业，可谓含辛茹苦，沐风栉雨，在各位乡贤助力之下，创下今天这份家业，在此特别感谢大家的不离不弃、爱心诚意。同时，我亦如大家一样，对他的不幸逝世深为痛苦痛惜，睹物思人，亦无比怀念他的丰功伟绩！"

李和顿了顿说："家父走了，但我们一定要继承他的传统品德，发扬他的奉献精神，光大他的未竟事业，不断积极进取，争取把本吴庄建设成为黄安县的典范村庄，请大家继续帮助我们，请村庄里的各位父老乡亲与我一起努力！"

当他说到这里时，李天时听了心头一动，他抬头瞄了李和一眼。李和却装作没看到，不与他正面回应。

黄道吉见状，便赶紧进行下一道仪式，高声说："下面，请大家向死者鞠躬！"

于是，所有的人对着棺材，深深地鞠躬默哀。有的晚辈，甚至还双膝跪地，一边哭，一边磕头。只听到头与地面的石条相碰声。

这时，哀乐再次缓缓响起。这是乡间的锣鼓班子发出的。班子全是现成的，村民们都是自发的吹鼓手，特别是当唢呐声一起，一种悲凉扑面而来。大家一下子陷入悲恸欲绝之中，仿佛整个本吴庄的周围，皆是江河呜咽，山川低首……

这些仪式完成后，县里官府的人可以走了。李和又是鞠躬送别之后，黄道吉才说："起灵！"

于是，十多个青壮后生，有的往棺材上套麻绳，有的拿凳子。大家将抬棺的木杠用大麻绳固定好后，一边一杠，黄道吉说："起！"

后生们便将棺材抬了起来。此时特别关键，在本吴庄里，传说如果死者不愿走，不甘心，棺材就会抬不起来。这时，必须由亲人烧纸祷告，再多加几个抬棺人才行。

好在李非凡死得明白，后生们没费什么力气，便在李英豪的带领下，一下将棺材顺势抬了起来。

黄道吉一边撒纸钱，一边说："好人，走哩！"

李和便与媳妇披麻戴孝，手捧灵牌，头披齐脚的白布纱，腰系麻绳和白丝带，脚穿白布鞋，带着子女走在最前面。走在他们后面的是手提篾篮买路的亲人，将篮里的冥纸和白花随走随丢，意为死人过路留下买路钱。这样，抬棺的后生们在中间行走，侄儿侄女们披半边白孝布，脚穿白鞋，其余亲戚朋友臂缠黑纱或头戴白布，举着挽幛和花圈走在第四位；后面是本吴庄的老少乡亲，浩浩荡荡地跟在后面。走在最后面的，是鼓乐齐鸣的乐队。

说来也怪，李非凡的棺材一动，天便开始阴了，曲曲折折的山路上，队伍拉得很长，此起彼伏的哭声撒了一路……

黄道吉也是一把年纪，他抹了一下眼睛，发现自己竟然满是泪水！

棺材抬到下葬地，短短的一段路，走了快一个时辰。因为在本吴庄，抬棺不能走直线，还要弯弯曲曲地绕一下，让更多的人看到。如果送葬的人越多，举办得越隆重，说明死者越重要，越有地位——这既是死者的荣耀问题，也是生者的面子问题。李和决定将涉及面子问题的事做足。

棺材抬到下葬地时，有四个后生将两条长板凳平着放下，李英豪等将棺材搁在凳子上，大家将棺木上的麻绳解开，亲属们将棺木上的盖毯揭走，黄道吉便说："放炮！"

于是，空气中有鞭炮声炸裂开来，十分响亮，连绵不绝。

大家走近坟墓看到，本吴庄连夜施工给族长挖出的墓穴呈长方形结构，这在本吴庄称为"打井"。"井"挖好后还用石灰配灰配制，选择了沙土填底子，这是为了防治白蚁蛀蚀棺材。周围全用防虫防腐的白料涂抹，并用整齐的青石条砌就。李连道跑下井去烧冥纸，一般为单数——这算是宴请当地山神、土地神和过往的神仙，也表示请候左右壁已经下葬的死者，表示这块地自己买了，希望大家在一起平安和谐。

等一切安妥之后，黄道吉才吐出两个字："下葬！"

当这两个字从他嘴中一出，李非凡的亲属与亲戚们又开始大哭起来。因为大家知道，这是真正的生离死别了。人生的盖棺，象征着永别。在人们的哭声中，抬棺的后生们，已将棺木缓缓下放到墓穴里，等一切摆正之后，有人拿锹开始向棺木上挥土。此时，李和将在守灵日子里就已刻好的墓碑，一并竖在坟墓边，墓碑上的字，是请黄安最有名的书法家写好并请最好的刻石匠刻下的。当沙土将棺材掩盖得差不多的时候，李和又将给父亲洗汗的火笼钵放在坟头倒盖着。这意味着死者以后在地下不冷。而此时，棺材已完全被沙土与石灰所掩埋了，哭声更是高过前面一浪。

黄道吉见状，便带头高唱：

> 腊月三五叠凄凉，周天摇落满天霜。
>
> 露白人披单衣素，月明亲埋厚土黄。
>
> 庄生报讣能歌唱，陶令挽章托山阳。
>
> 我欲恸声悲风去，奈何新冢草将长。

黄道吉边唱边哭，情感真挚，把李和也感动得哭了。

周围，更是哭声一片。

送葬队伍修好坟后，将花圈一个挨一个插好，只见路两边的花圈，一直延续到大路边，说明死者极尽哀荣，尊严体面。

至此，一切仪式完毕，大家便准备下山回家。李天时不失时机地对着人群高喊："各位乡亲，如今丧事已毕，请大家到家'吃大肉'！"——也就是死了人的家庭请客吃饭。

话音刚落，人们纷纷将披麻戴孝的手巾、腰带解下来，准备将挽幛毛毯卷成一堆，带回挂在李和家的供灵处。在本吴庄，下山路上，孝布黑纱是万万戴不得的，一定要摘下来才行。倘若顶着回来，预示兆头不好，要被乡亲责骂。因此，就包括"吃大肉"这个词，也是不能随便说的。它表示只有死了人后，要去死人家里吊孝或帮忙，才用到这个词。故黄安县有句老话讲，"喜事不请不到，丧事不请自到"。因此，从死者去世的第一天开始，凡是前来吊孝的人，都要张罗着吃顿饭。

大家下得山来，看到本吴庄村庄里已设了好几个棚子。棚子里都架好了大锅大灶，有的锅甚至可以煮得下一整头猪。在大棚之外，已摆好了上百张桌子。这意味着来"吃大肉"的客人很多，而客人越多，说明主人家越有面子。因此，当厨师听到乐队的乐声已由丧变喜，便知葬礼已经结束，于是一声令下，几十台锅灶一齐煽风点火，不一会儿，便有一股股轻烟萦绕乡间，一片片人群你呼我叫，几百盆大鱼大肉已经上桌，大家开始划拳猜令，忘了刚才的悲伤，看上去好不热闹……

李十九站在人群里，忽然一阵悲哀。前脚才将老族长送走，后脚大家便开始欢歌笑语，好像对死者极不恭敬。但乡村文化就是这样，除了亲人，其他人并不觉得痛苦还未消除。

站在人群中的黄道吉也看到，桌桌宴席之上，都是数不尽的鸡鸭鱼肉，野味卤味。竹棚里的小脚女人们，个个忙得不可开交，切的切，剁的剁，擀的擀，扯的扯，拉的拉，洗的洗，做菜的大师傅指挥着一个又一个的年轻小工，蒸煮炒烹一应俱全。一盆又一盆的美食开始轮番上桌，人们吃得不亦乐乎……

这就是本吴庄多年延续下来的流水席。过去一般一次先开十二桌，但由于李和家里的客人多，这一开就是二十四桌。等这些人吃完了，抹嘴道别后，另一拨接着跟上，这样一个宴席从中午十二点吃到晚上十二点半。来客个个红光满面，满嘴流油，有的离开时甚至趁着酒意哼着小曲。

只有李和一个人，默默地将稻草编好的烟把，送到父亲的坟头烧着——在本吴庄，传说死人初到新居，如果害怕或不习惯，有烟把做伴就可以让灵魂得到安慰——这样的烟把，一共要送七天。

此时，夜深人散，繁星满天，众声皆息，李和一身疲惫。也唯有至此，父亲李非凡的丧事才算真正办理完毕。第二天，黄安县的四里八乡，由于为老族长举办的丧事场面宏大，整个黄安城便都在传说老族长的财富故事，把本吴庄说成富得流油。

本吴庄，也因此更加在黄安当地，声名鹊起。

这种传说传到吴姓人村里，他们对本吴庄李氏的仇恨更深一层。在老族长李非凡入殓那天，吴家田的族长吴上人规定："不许一个人前去送葬！"

此令一出，与本吴庄有亲戚关系的人噤若寒蝉。

怕有人违犯，吴上人还派人专门巡逻，在本吴庄的边界处把守多日。

本吴庄人看到后，担心吴姓的人会前来捣乱，也专门派人在老族长的坟前守了一段时间，主要是怕吴姓的人前来掘族长的墓地。

掘墓，在我们黄安县始终是天大的恶心事。掘人家的祖坟，不仅恶心死人，严重的时候，还是要拿活人的命来换的。过去，黄安县为此类事件有不少打打杀杀的案例。

我们李氏长者李天时，在葬礼完成后，也在族里召开的会上提出了这个担心。

没想在场的李十九，却非常有把握地说："不怕，我有办法。"

李和那时还不像他爸那样成熟果断，什么事都要问计于民，便连忙问李十九："有什么好办法？"

李十九说："天机不可泄露。"怕人听见，他便与李和低头耳语了一番。

于是当晚，在本吴庄安全大队长李英豪的带领下，伴着李和的几个心腹伙伴，他们在晚上偷偷行动，在老族长坟地的周围，布下了天罗地网。

李十九还在庙中设坛祈祷，那个云游来的和尚，整夜都敲着木鱼念经，让人听上去毛骨悚然。

果然，在族长下葬后的第一天夜晚，天空月淡无风，四周万籁俱寂。本吴庄设伏的人们看到，突然有两个高大的黑影，偷偷地潜入墓地。他们一起一伏，动作轻盈，像两个鬼影。抵达墓地后，他们拿出锹铲，正准备下手挖坟时，却突然看到，背后有几团火苗，一闪一闪地晃动。两人于是有些惊慌，背靠背站在一起，只见几个白衣的影子在周围来回不停地转动。他们刚一回头，白衣影子突然吐出了长长的舌头！

两个壮丁吓得惊叫起来。

他们拿着铁锹，想去抓住白衣人。但接连扑了好几下，白衣的影子忽然变成了好几个，他们怎么抓也抓不住。

一来二去，两个人心里有些怯了。

这时，他们发现，黑暗中似乎有几双明亮的眼睛盯着他们，像狼似狗，他们也看不清楚。正迟疑间，两人猛然感觉脸上被什么东西拂了一下，冰凉一片，用手一摸，天啊，竟然全是血！

两个人吓得扔下手中的工具，便迅速逃窜。

这一逃不打紧，只见几团鬼火，在远处不停地跳跃，好像紧紧跟着他们直到边界，似乎他们走到哪就跟到哪。

他们于是更加没命地狂奔，回到家中，都像中了邪似的，颤抖不已，一会儿发烧，一会儿叫冷，不停地打摆子。

吴姓的人不明所以，连忙请来郎中，草药下去多服，也不见好转。吴姓的便只有又去请来巫师，巫师左转右转，直把吴姓人的头转晕后才说："可能是中了蛊。"

于是，接连三个月，这两个壮丁都是躺在自家的床上度过的。他们一会儿说胡话，一会儿又说人话，一会儿又仿死去的先人说话，而且口音居然特别相似。这让吴姓的人听到并传开后，感到非常害怕。

吴姓的长者吴洪生说："说起来，李氏的老族长李非凡，除了买我们吴姓的地时让我们吃了点亏，他平时也没做过其他什么坏事呀，为啥要掘人家的坟呢？这是大恶！大恶必然不赦，报应啊！"

吴上人听说后，也不言语。

吴家田的吴姓人家，听说此事，从此再也不敢造次。于是，再也没人敢到老族长的坟头上找事。

而本吴庄的李十九，却因此在我们村庄的地位猛地高了起来。

第十二章　上位

老族长死后，李和又接着忙了一阵，主要是料理父亲去世的后事。本吴庄的丧葬，虽然太多繁文缛节，但每一个步骤，都半点不能轻慢。死者为大，谁能改变？

这天，李和要给族长李非凡烧"望乡台"——就是死者去世后，要将他的名字写在纸上，在火笼钵里拿三五张随身纸，将麻线和死人的名字一起用布扎住，放在门前的大树上系着，亲属们对着那个地方燃香、烧纸、叩拜。在黄安县，这表示死者去世三天后，还不知道自己已经死了，只有在烧"望乡台"时，才明白自己已经离开阳世。

在这之后，还要专门的祭奠。主要是做七、百日和祭日几种。

李连道一个个对李和进行讲解："所谓做七，就是在死者走后，一般还要供七七四十九天，七天为一个'七'，个个七都要闯关。从死者去世那天到第七天，为头七，依次类推。七七共四十九天。每个'七'时，儿女亲戚都又要再来一遍，燃香烧纸痛哭一场。只有等死者跋山涉水，过了奈何桥，喝了忘乡水，人就不知阳间之事时，才能真正算是到阎王那里报到。"

李连道强调，本吴庄人最重视最后一个"七"即"满七"。那天，除亲戚上门拜祭外，有钱的人还要请道士来做法事。

李和应了。到了满七这天，他让李泽从天台山请来了道士。这些道士摇着招魂幡，绕着供奉李非凡生辰八字的灵牌招魂，一边摇一边唱：

　　五方尊神之前曰，地府茫茫，莫辨东西南北；冥途杳
杳，焉知险阻康庄。今以吴运去世，伏冀尊神照鉴。觉路
宏开，息息相关……庶几得所归……

　　李和觉得很累，他甚至想："等自己当了族长，一定要废掉这些
规矩。"可在他没有当上族长之前，一切还得按照规矩来。

　　这一天，按照本吴庄的习俗，人们要为老族长"除灵"——就是
怕死去的人到了阴间受苦，便要在阳间给死者扎好房子，送金条，备
礼品，防止他过不了奈何桥。

　　这个刚刚弄完，李连道说："还有一个重要的时节，就是百
日。"——也即死者满一百天即"百日"时，以及死后次年的同一天，
还得请客上香，跪拜烧纸。

　　等这些事弄完，李和忽然觉得筋疲力尽。更让他忐忑不安的是，
父亲死了，新的族长还没有确定。这一想，让他有些神情恍惚。

　　本来，在本吴庄，按照传统，族长的人选是贤者上和能者上。
无论从哪个方面来说，李和除了是老族长的儿子，除了平时在族长身
边见识多一点外，其他的也都算不上是最强的。

　　在李非凡未死之前，李和就想让父亲促成此事。但李非凡迟迟
不开金口，不作许诺。甚至到临终走时，也没有任何交代。

　　族中到底谁来继承族长的位置呢？李非凡走时留下了一个豁口。

　　在族中，老一点的有李天时、李连道，年轻一点有李泽、李和、
李贯通，甚至更年轻的李十九，都有可能是族长的人选。

　　这些人中，李天时是族中长老，德高望重；李连道上下勾联，拥
有爱戴；李泽办事利索，能决善谋；而李十九虽然年轻，却已崭露头
角，势不可挡……

　　李和唯一拥有的优势，就是父亲给他打下的基础。但父亲生前
没将此事解决，这便让他为难。

而族中不可一日无人主事，本吴庄的大事小事，总得有人来决断，来拍板。

李和在想着怎么才能上位。本吴庄其他的人，也在考虑此事。

在李非凡百日满了之后，酒过三巡，李天时曾问李和："你觉得谁能当此大任？"

李和装作谦虚地说："我认为你可以担当。"

李天时听了，心里一喜，但却再也不说一语。李和同样也不接话，不过心里暗自惶惶。

酒醒之后，李和请与自己关系还不错的李贯通前来喝酒，并装作醉后无意，同样问起这个问题。

李贯通读的书不多，也无意为自己的伯父李连道说话。因此，他说："我看你亦可也。"

李和不说话。

过了几天，他又问李泽。

李泽虽然严谨细致，但比较胆小。从本吴庄建庄以来，他就一直跟着李非凡做事，相当于族长的私人秘书和本吴庄的秘书长。李泽这个人，平时为人厚道，对李非凡向来也是忠心耿耿。李非凡死后，村里也有人向他提过此事，认为他来当这个族长比较合适。李泽却不以为然，特别是每当看到李英豪坐在李和身边，总是双目炯炯地盯着他说话时，他便吓出一身冷汗，总是摆手摇头说自己不行。而当李和问他时，他即表态说："如果推荐，我当然举荐你啊。"

李泽忽然明白，李和是想利用少壮派李英豪等人，来要挟他们。

摸清了这几个人的想法后，有一天，李和又来盘问李十九。他借口向李十九请教风水上的事，对李十九说："十九老弟呀，家父走前，听说曾有交代，想立你为新的族长呢。"

李十九心里一惊。他想起今天出门前，黄道吉早已有过交代："十九啊，李和请你，一定是问谁可当族长的问题，你只需回答，'准备出家之人，不问红尘之事'。否则，会有杀身之祸。"

现在李十九听李和这样问话，便以师父的话应对。

李和望着李十九，李十九十分淡定，脸上没有任何惊慌之色。李和一直盯了他几分钟，看不到任何别的表情，他的一颗心才放下了。他想，怪不得父亲要建一座庙，真的是压住了黄道吉与李十九啊。族里原来就有人说，李非凡倡导建庙，就是逼着黄道吉与李十九出家，不干涉本吴庄族中之事。

李和原来不信，现在慢慢信了。

过了几天，李和准备了丰厚礼品，前去拜访黄道吉。

"道长啊，家父生前有托，让我有要事，一定与您商量。现在就遇到了，大家都要推选一个新的族长，您是我们庄的恩人，在这里可谓一言九鼎，不知道长有何见教？"

黄道吉先是闭目一会儿，接着缓缓睁开眼说："鄙人蒙老族长关爱，始有今日之安稳生活。余生不长，当然要报答老族长的关怀关爱。我已知你意矣！其实你不问，老族长也有交代。"

李和急问："家父有何交代？"

黄道吉说："你可召集全庄集会，我宜当众宣布之。"

李和心里没底，再三问黄道吉，黄道吉就是不语。

李和心里便有些恨意，但还是装作没事似的走了。

他一走，黄道吉便对李十九说："十九啊，按目前态势，只有李和当任，对本吴庄最安稳。其他人当任，本吴庄则有大难啊。"

李十九问："师父有何妙法？"

黄道吉说："我当然会做个顺水人情。李和虽不十分合适，但为了本吴庄的前途，目前也没有比他更为合适的人选。我送个人情给他，既为了村庄安宁，也为了你日后在村庄立足啊。"

李十九不解地看着师父，黄道吉闭目养神，不再言语。

于是，在做足准备工作之后，李和按照黄道吉的说法，半信半疑地召集了本吴庄十六岁以上男子，到祠堂边的空地上商议新族长的事。与此同时，他怕临时会上生变，还特地奖了李英豪不少金银，让他带领护卫队的人在周围做好准备，以防万一。

李和对李英豪说："实在不行，即强夺之。"

李英豪点头称是。他还做了一个抹脖子的手势，但李和说："这个……万万不可吧？"

很快，全村满了十六岁的男子，无论老少，都集聚在祠堂门口的空地上。

李和主持了会议。先是说了其他种植庄稼上的事，再转到新立族长这个问题上来。

他的话音刚落，李天时就说："选一个新族长，势在必行！国中不可一日无君，庄中不可一日无主。"

李和便问："由谁合适？"

李天时不敢推荐自己，便沉吟着。他望了望李泽，李泽低头，装作啥也没有看见。

他又望了望李连道。李连道走南闯北，见识较多，向来比较中庸，也不愿意挑头，于是低头抽烟，并装作咳嗽。

李和把目光扫到李贯通身上。李贯通倒是大方，他说："村庄建之如此，是黄道长的功劳。大事面前，问黄道长比较靠谱。"

李天时说："黄道长固然值得尊敬，但本吴庄内部之事，何问外人？"

李贯通说："长老此言差矣。黄道长在本吴庄人心中，已然一体，岂是外人？再说，即便他是外人，也唯有外人最中立，最公正。"

此时黄道吉坐在礼堂外面，还未听到他们的发言。

李和只好站起来直接问："请问黄道长来否？"

李十九站起来说："我师父来了。"

李和说："请黄道长到前面说话。"

有人搬来一把太师椅。黄道吉进了祠堂，先是坐下，并不说话。

李贯通说："请道长发言。"

黄道吉这才站起来说："这个问题，老夫作为外人，本不愿插手。

但夜观天象，接连几天，皆有星落于老族长的宅子。这说明，新族长已有人选。"

他一说，整个祠堂前，鸦雀无声。

因为对于黄道长，本吴庄的人是既爱又怕，所以大家又不敢问其所以。

黄道吉站起来说："老族长去世前，最后说的一句话是什么？"

这下李天时反应倒很快，他马上站起来说："我听到了，他说'和为贵，和为贵啊'。"

黄道吉说："这就对了。老族长说的'和为贵'，就包括一个'和'字。"

他这一说，有几个人竟然同时站了起来。

有一个人喊道："莫非是李和？"

黄道吉不直接回答，他说："我今天就来和大家说说这个'和'字。"

他顿了一下，看到大家都不吱声，便接着说：

"我们不要小看这个'和'字！其一，'和'是天地自然、社会人生发生的规律，存在的常态，功能的佳境。古人云，'和实生物'，是以五味调口。道家云：'道生一，一生二，二生三，三生万物。'万物负阴而抱阳，冲气以为和也。和，乃阴阳二气之统一，是生成万物的内在依据或存在状态也。《庄子·天道篇》称'与人和者，谓之人乐；与天和者，谓之天乐'，是以有'天和、人和'。"

黄道长才开口，本吴庄人中有文化的进入了思考，没有读过书的被这听不懂的知识所镇住，还有一部分人心中暗自羡慕他的远见卓识。会场上的人们，仿佛都变成了哑巴，没有任何一人出声。黄道吉便继续开讲：

"其二，《国语·周语下》云：'单穆公曰：……夫耳目，心之枢机也，故必听和而视正。听和则聪，视正则明。'《文心雕龙·养气篇》云：'吐纳文艺，务在节宣，清和其心，调畅其气，烦而即舍，勿使雍滞。'说明和，乃和谐之本。创业兴业，无和不安；

经商持家，无和不富。"

见无人说话，黄道吉对着天空，似乎是自言自语：

"其三，孔子云：《关雎》乐而不淫，哀而不伤。乐不至淫，哀不全伤，言其和也。'此说明春秋时期孔夫子就认为'和'是自然的最高境界也。'发乎情，止乎礼义'，则其所谓'和'矣。"

一阵风过，李和感觉到眼睛一热。他也凝神静气，生怕漏掉了黄道长说的任何一个字：

"其四，《左传·昭公二十年》云：'声亦如味，清浊、大小、短长、疾徐、哀乐、刚柔、迟速、高下、出人、周疏，以相济也。君子听之，以平其心，心平德和。'说明'和'何其重要也！是以《荀子·乐论》所称，君臣上下一同听乐而'莫不和敬'，强调'乐者审一以定和'，说明自古以来，'和'乃要义，所谓'君子和而不同，小人则同而不和'也……"

黄道吉讲得洋洋洒洒，讲得本吴庄多数耕作者不知所云，又不得不服。最后，他话锋一转："如延老族长之意，必选和者。今日之本吴庄，最缺和；今天本吴庄人心，最思和。而今何为和者？即李和矣！"

看到大家不说话，黄道吉又说："和者，左禾右口者。口要吃饭，必须有禾。禾壮则口满，唯有和者，方为大德。"

这一说完，李贯通首先响应："道长一席话，胜读十年书。我同意李和当族长，大家同意否？"

他的话刚说完，李英豪便举手回应："我们选李和当族长！"

这一说，人群开始骚动起来，大家喊"我选李和当族长"的呼声，便高涨起来了。多数人因为李非凡当族长时，虽然说一不二，但毕竟比较公正，为本吴庄干了不少好事，加之其余威仍在，因此大家还是欢迎李和当任。

李天时看到大势已去，不得已只好表态宣布："从今日起，我们都推举李和为本吴庄的新族长！"

于是，会场上响起了一片欢呼声。

在这片欢呼声中，李和顺利走马上任，开始主管本吴庄的大小事务。说是事务，其实除了农事、水道上的事和村里的婚丧嫁娶与生老病死，大事并不是很多。因为本吴庄人的多数日子，都是平凡的，从早到晚，从里到外，不外乎春耕夏播，秋收冬藏，收租收税……除此之外，所有的习俗，基本上都是从江西带来的旧习，凡是生老病死、男娶女嫁、衣食住行，都沿袭旧制，还加入了黄安不少本地人的习俗。老人不许改，小的改不了。

时光流逝，河水奔腾，日子过得飞快。李和当了族长后，好在本吴庄也没有发生过什么大事。初期，李和的行事，比过去更加谨慎，说话比过去更加低调。因此，本吴庄看上去安全平顺，本吴庄人看上去也幸福无比，这正是老族长李非凡希望的境界。

选族长的事过去后，黄道吉在村庄的地位，比李非凡在时还要重要。事实上，对于本吴庄这样一个佛教流传比较深入的村庄，人们对风水先生黄道吉多数是友爱的、尊敬的。大家还时不时到族中兴建的庙堂朝拜烧香，虽然庙里只供奉了观音佛像，但本吴庄的人拜起来还是特别的虔诚，跪地磕头从不马虎。

往往，在拜完佛之后，人们还要顺便拜访一下黄道吉。

"道长啊，您要保重身体哩。"来的人往往这样说。看上去，本吴庄的多数人对黄道吉还是感恩与友善的。

在这部分人中，有一个人尤其特别。他就是庄子里公认的好老头李洪福。

李洪福虽然名字吉祥，但却一生一穷二白，一无所有，一贫如洗。从外在上看，本吴庄虽是搬迁户，铁板一块，团结较紧。但从内部看，一样也分为三六九等。李洪福名字叫得好听，也念过几年私塾，稍有点文化，但总是酸不拉叽，动不动张口就是子曰诗云，文文绉绉的，让人发笑，而种田又不是特别在行，总是丢三落四，因此在本吴庄中并不受人待见。

即使如此，李洪福身无斗米，却有一个特别的坚守，就是让孙子李光祖拼命读书。他毫不掩饰，为孙子取名"光祖"，就是要其"光宗耀祖"之意。

在李洪福眼里，无论别人怎样笑他，对于孙子李光祖的学习教育和投资，那是雷打不动的。没有钱，就贷；没有米，就借。他的投资理念，就是花再大的力气，也要把本赚回来。这一来，他反倒得到了本吴庄人的尊重。在本吴庄，无论是乱世还是盛世，读书人永远受到敬重。大人们即使不识字，也动不动可以来一句"书中自有黄金屋，书中自有颜如玉"。李洪福对孙子的学习如此重视，曾让李非凡与黄道吉都十分佩服。李非凡甚至让人给李洪福家送过好几袋大米，以资鼓励。

李非凡死后，李和没有延续父亲的做法。倒是李洪福自己，虽然家贫，但他总是想方设法，隔三差五地买点酒，来庙里送给黄道吉表示敬意，每次的态度又都十二万分地虔诚。

黄道吉的眼光是敏锐的。随着时间加长，他自然知道本吴庄里的人，还有不少对他是半信半疑，有一小部分人甚至对他心怀嫉恨，甚至有人还觉得他在本吴庄是骗吃骗喝的。黄道吉的心，也是热一阵，凉一阵。他甚至想过离开，但到了这样一把年纪，加上身体又多病痛，自己能到哪里去呢？

黄道吉有时便暗暗叹息。

他发现，这个李洪福与别人不一样。每次，黄道吉都能从李洪福眼里，看到真诚。无论是到李洪福家里去，还是李洪福跑到庙里来，黄道吉总要喝点酒。特别是李非凡死后，黄道吉似乎越来越喜欢喝酒。每次在酒足饭饱之后，他觉得自己也没有什么报答的，就对李洪福老两口说："好人啊，你们放心吧，我一定会报答你们的。"

老两口连忙站起身来表示感谢。

李十九看了觉得奇怪。他不明白师父为什么越来越喜欢喝酒了。一喝，还经常大醉而归，归来即卧。

李洪福的孙子李光祖，当时正在上私学。黄道长有时到他家里来，每次看到他，常常都要摸一摸他的脑袋，然后笑而不语。

李洪福觉察到了他的这个动作，但是道长不说出来，李洪福也就不问，每次对黄先生还是一样的恭恭敬敬。时间一长，黄道吉再到他家里，就好像进了自家的门一样。李洪福一家虽然较穷，但黄道吉与他们一样，有啥吃啥，毫不介意。而那些条件好的人家请他，黄道吉总是找理由不去赴宴。唯独对李洪福家，向来不拒。

"真是好人啊。"黄道吉每次喝得大醉而归时，就对李十九这样讲。

李十九甚至不明白师父为什么要这样。

有一天，酒饱之后，黄道吉对李洪福说："老兄啊，我可能不久于人世。生前，必须帮你解决一个大事啊。"

李洪福一听，大惊，连忙站起来施礼。

黄道吉说："我别的不能做什么，只对你家的一阴一阳，有个交代吧。"

说着，他说："先说阳宅。你家阳宅位置很好，前面有条小河，后面有个土山。常言说，背靠山好升官，前临水好生财。这是最好的阳宅了，只是离如厕之处太近。凡有腥臭之味，闻风入屋，破了好的风水。另外，厕所之水，又浸入小河，让河得以污染，有碍风水流畅。所以，你只需将宅子重盖，同时将如厕之地移到百步开外，阳宅自然胜意。"

李洪福点头称谢。一边谢，他一边说："说得是好。我们也久闻其臭，然哪里有钱修屋盖厕呢。"

黄道吉对此并不接话。他接着又说："你家阴宅，我看就选在南岭的那片地吧。那里的北斜坡南依三角山，北傍温凉河，应该是村里最好的风水宝地。人都有死，如您过世，就葬在那里吧，以后保你子孙荣华富贵，官运亨通。"

李洪福连忙拜谢。

自黄道吉这一说，李洪福巴不得自己早死，好给儿孙带来福分。

没想，在李洪福还没有升天、新房未盖厕所未移之时，黄道吉却在一个冬天离奇地先走了。

黄道吉走的那夜，本吴庄的狗叫得很厉害。

那一夜，黄道吉与过去没有两样，平静地喝了一点黄酒，看上去满面红光。

饭后，他说："十九啊，今天我们多聊一会儿。我再给你讲点看风水的原则吧。以后你记住就是了。不过，在讲原则之前，我还得给你讲点故事，是我与师父的故事。"

李十九好奇地看着黄道吉。

黄道吉说："自古到今，无论别人称我们是阴阳先生也好，风水师也罢，虽然历来受人尊重，并被尊称为'看地仙'，但多数人心里还是惧怕的。风水有道吗？有道。道在千年来人们的科学探索，经验积累。风水无行？有些风水师的确是无行，比如装神弄鬼，满口胡诌，瞎说八道，故意谈玄，不过只是为了求一口饭而已。因此，一个好的看地仙，名声能传颂方圆百里，邀请看风水的人可谓络绎不绝；但一个恶的看地仙，却能坏人坏事，最后自己也遭报应。我的师父曾告诉我，他曾主动拒绝为一个老百姓看风水的故事，此事决定了我下半辈子的人生走向。我对你讲讲，你就知道他为什么这样了。"

李十九弯身恭听。

黄道吉说，事情是这样的。有一天，一个老汉去世了。他的儿子也是一个老实巴交的农民，四十多岁。他家原本是一个大门宗，祖上的坟茔也大，他就有心想给父亲找一个好点的坟地，称为"拔新茔"。

他们请来我师父，你的师祖。客客气气地让进屋里，敬上好烟好茶水。他说："老人家操劳了一辈子，也没有享上福，心里实在过意不去。老人过世了，怎么着也得给老人找一个好点的坟地，让老人家在阴间好好地享享福，也是孩子的一点心意吧。"

那时，你的师祖已经七十多岁，还很精神。他听主人这样一说，心里也一热。他给人家看阴宅大半辈子以来，第一次听人说，只求让老人在阴间享福，不求后辈在阳间沾光的。因为多数人请他看阴宅，求的都是老人死后对家里有个照应，让儿孙们福禄满堂，升官发财。时运不济的，也想求得个时来运转。那些仍走时运的，求的却是辈辈高升。几代单传的，求的是儿孙满堂。这个庄稼汉不为儿孙求福禄，却求的是为父阴间心安享福，这便令你师祖不由得对这个庄稼汉高看一眼。

于是，我师父把惯常的矜持和严肃略略收起，对他说："风水好坏是一个方面，老祖宗传下来的东西，肯定有它的道理。最主要的还是要家庭和睦，为人善良。"庄稼汉连声应是。

酒足饭饱，庄稼汉便跟随师父去为他父亲选阴宅。他们走过一片玉米地，前面是一块豆地，豆地那边还是一片玉米地。玉米都一人多高了，老远看到一个人在掰玉米。庄稼汉扯了一把你师祖，自己却先弯腰退避到玉米地里来。我师父进来问他有啥事。他低声说："我们等一会儿吧，等人家掰完了玉米我们再过去也不迟。"

我师父满脸狐疑地看着他，不解。庄稼汉说："是这样的，那块地是俺的，那个掰玉米的也是俺村的，咱这一过去，他怎么能躲开啊？以后他咋有脸和我见面啊？"你师祖说："那他不是在偷你的玉米吗？你咋反倒躲起他来？"庄稼汉说："啥偷不偷的，都是一个村的，他家穷得很，平常咱也接济不了人家，他掰几穗玉米，算咱接济他了吧。"

你师祖听后怔了一下说："兄弟，你家的阴宅我不看了。就你这胸怀，这善良，这么好的一个人，老爷子埋到哪都是一块风水宝地。"

你师祖仿佛还意犹未尽，又对庄稼汉说："风水讲究地势的走向，以及地形的平稳和宽厚，但是再好的风水宝地，也得有德之家居之方能配之。奸邪小人之家，即使有好的风水宝地，最终地气也会流失。你这宅心如此宽厚，自然能够带来好的风水。其实风水是这样的，真正好的人，风水是不用看的。你是我见过的最好的人，你家的风水不用看。我以后做人都得向你学习。"说完，便头也不回地走了。

后来，你师祖曾对我讲了此事。我还曾专门到这户人家去看过，那是儿孙满堂，其乐融融啊。从此，我对风水便有了另外一重认识。所谓，"知恩图报君子心，过河拆桥是小人。善恶到头终有报，顶上三尺有神灵"。

李十九连连点头。

黄道吉说："平时你学书很多，但实践还有待加强。在这里，我再教你几条关于阴阳两宅一些从你师祖那里学到的东西，供你在以后的实践中参考吧。"

也不待李十九说话，黄道吉便自己讲开了——

黄道吉说："一个是依山傍水。山主人丁水主财，择山可以令后世人丁兴旺，择水可以令财源滚滚。石为山之骨，水为山之血脉，山有了水才有关生命，没有水的山就仿佛没有灵魂，所以前人云，'有山无水休寻地，来看山时先看水'。

"第二是前朝朱雀、后靠玄武、左右抱穴。'左青龙右白虎，前朱雀后玄武'，此乃择地首选。这是风水对墓地的周边地形的总结，实际上就是四面环山，中间是一个宽敞的盆地，风水所讲之'穴'，即在这个盆地里，四面的山峰水源就叫峰峦也。

"第三，屈曲蜿蜒。所谓直则冲，曲则顺也。道路要屈曲，山水要蜿蜒，就是弯弯曲曲，曲径通幽就是好格局。

"第四，明堂开阔。登山看水口，入穴看明堂。明堂开阔，生机勃勃，才能前途无量。反之，墓地不宜设在窄小局限的山谷。

"第五，回归自然。阴宅的风水与阳宅恰恰相反。都是主张人事合一，人与天合一，所以自然第一，天人合一也。

"第六呢，即上风上水。这是墓地之要。唯有风可带水，唯有水可以成风。上风上水，则宜室宜家矣。"

李十九一边听，一边在心头暗记。

黄道吉说："十九啊，你如此好学，为师心里甚慰。但为师其实也是一知半解，参得不深，悟得不透，知之不多。今天一并说与你吧。"

李十九说："师父过谦了……"

黄道吉也不待他说完，便又讲开了："十九啊，为师曾赠你《易经》之书，《易经》乃一门最古老、最神秘、最深奥、最权威的经典之作。由于涉及学术过于宽广，乃至上到帝王将相，中到文人雅士，下到平民百姓，对此既好奇又感叹！其中之风水术，亦最能拨动人们的好奇神经。但千百年来，只有极少数人悟出其中的奥妙玄机。所以多数父传于子，爷传于孙，师传于徒，大多口耳相传，好多都视之为金饭碗也。如今，为师也赐你我师父曾教我的耳授之传。"

无论李十九信与不信，黄道吉便讲开了。他讲了许多许多，似乎要把自己的心得体会一下子全倒出来，但李十九不知为什么心慌意乱，只记了个大概。比如：

——儿媳不孝顺法，取猪肝四两和土泥灶即可。

——阳宅催财法，在宅内埋大象两只，古钱一枚即财旺。

——家里不顺总出事惹官司破解法，取青砖一块上书"天安"，埋宅中即可。

——欲求大富法，取天土一斗，与鹿骨埋自家之宅，来年大富。

——抗牌坊、神庙附近居民人丁不旺多出绝户之法，在屋山做一"泰山石敢当"，对神位即破之。

——阴宅催官法，取龙亭土一升，安息香两钱，乾坤髓两钱，海龙一条，天龙地虎各六钱，埋阴宅官位即可。此法家里有人做官可升官，家里无官，生子必为官。

——阳宅旺丁法，取柏子仁九十九粒，心红六钱调和，埋子孙位。

——阴阳宅被歹人破龙脉补救法，破邪消灾符一张，新汲水桃枝洒即安……

黄道吉那晚似乎兴致很高，说了很多很多，让平素过目不忘的李十九，却一时昏昏沉沉的。李十九甚至觉得，这些与师父过去讲的传授的，有些旁门左道之说，有些不以为然。

在讲了许多法后，黄道吉说："十九啊，风水风水，有风才有水，有水才助风。到底信不信？看你善不善。善，是风水之王，是风水之祖，是风水之初，也是风水之始。善的人，无论在哪儿风水都会好；不善之人，有再好的风水最终也是白搭。我再给你讲一个故事吧，是关于一个傻子上坟的事，希望对你有所启迪。"

李十九又给师父续了一杯茶水，静静地坐着，听师父继续讲。

黄道吉便讲开了。

——话说有个财主叫白得财。他的小儿子是个傻瓜。平时，让他去打醋，他可能会打回酱油；让他去买凉粉，他八成给买成豆腐。

然而就是这样一个傻子，在一年的清明节却担负起了为白家上坟的重任。

所谓上坟，就是清明节那天，家家派出男丁，携带铁锹镐头、香表供品到自家坟茔，把一年来被雨水冲走的泥土重新添补在坟上，然后摆上供品，点燃香表纸钱。这样，坟头上有新土，有青烟缭绕、纸灰飞扬，就证明这一家后辈有人，有香火相传。

而白得财一家对上坟尤其重视，因为白家的祖坟占了一块风水宝地，才有了白得财如今人旺财也旺。最初谁也没有把那块地看在眼里，那块地原属周家，是个水洼，早先还可以栽几枝莲藕。后来周围岗上石不断冲积，水洼几乎被填平了，裸露的礓石湿漉漉的，种什么都不长，就成了荒地。有一年白得财的父亲带着一家老小逃荒到这里，不想祖父病故了。白得财的父亲用一根扁担换取了二分之一的水洼地，埋葬了祖父；又倾其所有买了一亩菜园，就在这里安家落户了。后来白得财的父亲去世，也葬在了洼地，洼地就正儿八经成了白家的祖坟茔地。白得财当家以后，祖坟的风水开始发威，让他心想事成，干什么都顺手。老婆一口气生了三个儿子，打破了白家八代单传的局面；那一亩菜园四季常青，种什么菜都疯长，养活一家吃喝穿戴还有盈余，白得财就拿盈余置买土地，不知不觉竟有了百亩良田，成了村里数一数二的富户。稍稍遗憾的是小儿子有些傻，但再傻也是个男丁。白得财认为，白家先人一挑两担来到这里，不出三代就如此发达，凭的就是祖坟的风水！

既然祖坟风水如此眷顾后辈，白得财对祖宗的祭祀也就格外重视，四时八节都要送些纸钱。清明节则是重头戏，白得财再忙也要亲自出马，培土添坟，上香烧纸，磕头谢恩，祈福祈财。

然而今年的清明节，白得财却不能亲自上坟了，就连他那两个大儿子也不能到祖坟上添一把土燃一炷香了，因为他们父子三人都在县衙的大牢里关着呢。而他们之所以蹲班房，也是因为祖坟。

说起这场官司，得提到马家。马家是本村人，祖上以磨豆腐为生。到了马大头这一代，继承了祖上的旧业。后来因为不断地添丁进口，磨豆腐之外，又添了泡豆芽，都是水中求财的事业，图个"财如流水滚滚来"的吉利。尽管愿望不错，年复一年不过混个温饱，总也发不起来。也是求财心切，马大头找了邻村一个阴阳先生指点迷津。这个阴阳先生，正好是我的师父，你的师祖。他吃饱喝足之后，说是马家祖坟风水不好。马家便花了一些钱，请我师父给找块风水宝地。我师父揣了银子在村外勘察，竟指着埋葬白家先人的那块洼地对马家说："那是块好地！"

说完，我师父便走了。马家还有些将信将疑：这个一年四季都湿漉漉的洼地竟然藏着风水？可又一想这些年白家发得如火如荼，可见风水之说不虚。一年四季湿漉漉，说明这里有水。风生水起，有风有水，合起来可不就是风水！白家当年穷，只买了这洼地的一半。马家虽然怀疑，却还是找到周家，买下了另一半，然后选一个吉日，迁葬了祖坟，并鼓励全家说从今以后咱们家有祖坟的风水罩着，只要父子同心、兄弟合力，发家致富指日可待！

说来也怪，马家自从迁了祖坟，那日子就渐渐有了起色。马大头在家领着妻子女儿没黑没明地磨豆腐、泡豆芽，两个儿子则走村串乡销售豆制品，甚至把豆腐、豆芽卖到了城里。生意顺风顺水，如日中天，很快就积累了不少银钱，也成了村里的殷实人家。

祖坟的风水带来如此财运，马家自然对祖坟倍加崇敬珍爱。

料不到的是，正是对祖坟风水的珍爱，给两家招来了一场官司。

这一年的夏天下了一场大暴雨，祖坟上的泥土流失不少。天刚放晴，马大头就带着儿子们整修祖坟，铲起四周的浮土，添加在坟头上，使祖坟比原先还要高大。

马家的人正忙活，白家也来整修祖坟。一到洼地，白得财就瞪大了眼睛："你家填坟铲的浮土，怎么铲过了地界？"

原来，两家的坟地中间立有界石。马家人只顾添坟，没提防真是铲过了界。不过也不多，顶多越界几指宽。马家人抱抱拳表示歉意："对不住了，白大哥。多铲了两筐土，我让娃子们去那边岗上抬几筐还你。"

白得财说："别处的土，再多我也不要，我只要我家坟地的土！我这边的土，是从祖坟上流下来的，沾了风水灵气，一筐也不能少！"

马家人说："白大哥，我这边的坟已培好了，再拆土也不宜啊。这不是难为人嘛！"

白得财说："不难为你，让我的娃子们从你家坟上挖两筐土就行了——刚才你说顶多两筐土！"

这地方的习俗，最恼人的事情莫过于挖祖坟上的土了。马家父子一字排开，护着祖坟："谁敢动手！"

白家自以为正义在手，举着家伙硬往上冲："取回自己的土，有什么不敢？"

于是，两家都是父子兵，狭路相逢，战斗一场。顷刻间血肉横飞，都是伤痕累累，血染红了风水宝地。

接下来，两家先各自用药养伤，然后花钱请讼师写状纸再摆酒席请客贿赂师爷向县老爷告状。县老爷是个吃了原告吃被告的刁官，得了白家的银子，判马家败诉：你添补祖坟无可非议，怎么可以越界取土？先打后罚，让马家吃了不少苦头。吃了马家的贿赂又改判白家无理：不就是两筐土嘛，人家又不是不还你，怎么就可以动手打人？

先罚后打，同样让白家苦不堪言。两家自然不服，脚跟脚去府衙喊冤。知府见是小事一桩，不予受理，发回县衙重审。县老爷大喜，正要把原告、被告再吃一遍，不料噩耗传来，老爹去世，按规矩他回籍丁忧，只好把这块肥肉留给后任。

新老爷却与前任不同。先分头传唤了两家的当事人，又去村里做了调查，弄清了纠纷的来龙去脉，这才升堂判决。新老爷把两家行贿的银子摆在大堂上，语重心长地说："纵观这起纠纷，真如芥豆之微，可你们两家却打得头破血流，缠讼将近一年，浪费了许多大好时光，实在不值！我也不收你们的贿赂，只要你们即刻息讼，握手言和，回去种地经商，把日子过好！"

白家占理，不肯就此罢休，表示定要向官府讨个说法：至少让马家当堂道歉，并赔偿这一年的损失。

马家也不认为自己理亏，是你白家先动手打人，才造成流血负伤，才造成这将近一年的损失。既然你白家要上诉，我姓马的奉陪到底！

新老爷哦了一声说："你们两家都有理，倒是本官判决轻率了。来人，将白、马两家暂行收押，待我重新调查取证，然后精研律条，细细对照，再行判决！"

新老爷命人把两家人关进班房，一关就是月余，以至到了清明节也不放人，让他们心里惦着风水宝地却不能亲自上坟祭祖。

这就轮到傻子上场了。这地方的风俗，女人是不能上坟的。如果女人上坟，那就说明这一家已经绝后，是一件很伤人的事情。白得财和两个大儿子都在蹲班房，那就只能傻子去了。傻子跟着父亲兄长上过坟，程序还是记得的，先给坟上添土，然后摆上供品，点燃香表纸钱，跪下磕头祈祷。至于祈祷些什么，恐怕连他自己也不知道。

这一天，正好是"清明时节雨纷纷，路上行人欲断魂"。可是路上的行人看见傻子的举动！人们围着那片洼地像看猴戏一样看傻子，傻子却浑然不觉，添了马家的坟，再添自己的祖坟，同样的培土，一丝不苟；同样的摆供品烧纸钱，一视同仁。做完这一切，才抬头给围观的人们打招呼："哥哥也来磕头呀？"

傻子不懂辈分，大家也不跟他计较，只在心里好笑，白得财为两筐土与马家打得头破血流，他的傻儿子却给仇家上坟！白得财知道了还不得气死？

倒是马家人先知道了傻子上坟的事。清明节不能祭祀祖宗，马当家的在牢狱里寝食难安，就用重金买通了看守，趁着夜色溜了回来。老婆说白家的傻子早把坟上了，马大头还不相信，跑到洼地一看，祖坟焕然一新，一堆纸钱尚未燃尽，些许青烟还在缭绕。马大头思忖片刻，连夜回了班房，天色微明就催狱卒速去通报新老爷，即刻撤诉息讼，愿意向白家赔礼道歉，愿意赔偿白家的损失！

新老爷升堂，问马大头怎么想通了？马大头通报了傻子上坟的事情，情绪激动地说："不管傻子是有意还是无意的，我都从心里感激他。我们这些人，自以为精明强干，其实连个傻子都不如！老爷啊，不就是两筐土吗？何必伤人伤财。回去我就从坟上取土，还给白家！"

白得财也早坐够了班房，连声叹息着说："那两筐土，我是不要了。傻儿子为我解了班房之苦，我也感谢他！"

新老爷是个清官，他原想把两家的能干男丁长时间羁押，就是为了熬他们的性子，让他们饱尝缠讼之苦，然后自行撤诉。现在冒出个傻子无意间配合，这个目的已经达到了，便说："看在傻子的分上，我就准了你们撤诉息讼。不过我要告诫你们，风水之说，纯属无稽之谈。这一年你们为了官司，家里耽搁了买卖，外边还要花钱打点衙门官差，各自损失不小，祖坟风水怎么不予保佑呢？今后都学学傻子，多一点宽厚，少一些计较，安心营生，才是生财发家的根本！"因此，傻子上坟，两家息讼，成为一时的美谈。

黄道吉说："十九啊，这个事，首先其实错在我师父，他要是不去出这个主意，就不会有这场诉讼，惹来这场官场。而这两家人，虽然各有私心，但幸亏存有公德，否则最后的下场，必定是牢底坐穿，妻离子散，家破人亡啊。"

黄道吉为此语重心长地告诫李十九说："十九啊，每个人都想升官发财，但一要看命，二要看运，三要靠手，四还要看个人的行为。行修不好，即使得到，也是德不配位，薄德不能载物。凡事都有因果。当你种下一个因，就要有准备承受那个果，至于那个果是不是你能承受的，这完全不是你能控制的，取决于对方的修养和修为。所以，我师父死前说，'想占风水升官富，善事全靠爷奶积。待人处事眼莫短，帮人就是帮自己'。你要记住啊。"

李十九点头称是。

黄道吉说："十九啊，风水能救人也能害人，但是你要谨记，不管出于什么原因，永远不能行风水害人之事，如有违背，必遭天谴呀。"

李十九双膝跪了下来，向师父保证。

黄道吉笑了笑，不再说话。

看到茶即将没了，李十九决定到井里打回一桶水来，继续烧给师父喝。但当他将一桶水打回，倒入水缸，又用铜铫盛满挂到火上后，再回到师父的屋子里时，发现师父好像是自己上床睡着了。

李十九叫了几声师父，师父都没有吱声。李十九想，师父今晚没有喝酒呀，是不是他一口气讲了这么多，太累了？李十九便上前给师父盖好被子，自己也回房休息了。

第二天一大早，李十九便像往常那样来给师父请安，到了床前，却听不到声音。李十九上前一看，只见师父脸上挂着笑意，一试鼻息，发现师父已经逝去多时了。师父的脸上，还是红光满面，笑意满怀。

眼泪顿时从李十九眼里夺眶而出："师父啊，师父啊……"

他在床前跪拜，连磕了三个头后，立马跑到李和的家里，边哭边喊："族长，族长，我师父……他……他老人家升天了！"

李和虽然吃了一惊，脸上却没有表现出来，只是说："怎么死的？赶紧准备后事。"

李和又叫来李泽："黄道长是本吴庄有功之人，一切按照本吴庄的礼数殡葬！"

于是，黄道吉的死，就像族长李非凡的死一样，葬得体体面面，风风光光，一道程序也没有少。

他的坟，也是李十九给他选的。

经族长李和同意，全族一致通过，将黄道吉的尸体，葬在了本吴庄李氏的坟山上。

这是本吴庄的祖坟山里，葬下的第一个外来人。

这份荣誉，让不少死后都没有葬在本吴庄祖坟山的人的亲属都羡慕不已。

黄道吉的坟，与老族长的坟相隔不远，虽然没有李非凡的大，但也圈了一块地。看上去，这两块地，都显得宁静安详。

李十九想，这样也好，两个曾经惺惺相惜的老人，也正好可以在一起谈古论今、观天察地与喝酒品茶了。

慢慢长大并独立的李十九，便经常去给黄道吉扫墓。每次站在墓前，他都会这样想："师父您这一生，虽然生前也曾漂泊无靠，受苦受难，但自从与本吴庄结缘，便衣食无忧，心情舒畅，一生也算是功德圆满了。"

李十九还给李洪福家送去了两根金条与一堆碎银。

原来，他在整理师父的遗物时，发现了一个布袋子。袋子上贴着一张纸条，上面写道：赠洪福老弟。

李十九想，原来师父已经断定自己要升天，把准备工作都做好了呀。

李洪福收到金条碎银，一家人放声大哭。

哭后，他家开始造屋，移厕。一切都顺顺当当。搬进新居的那一天，整个家里，都阳光高照，光线射进窗棂，整个新屋，看上去金玉满堂。

李洪福忍不住哭了。

第十三章　中举

随着老族长李非凡与风水师黄道吉先后过世，又是几年过去了。几年来，本吴庄的老年人又多了几道皱纹，年轻人又增加与长高了不少，花草树木都疯狂生长，不断膨胀。

这时的本吴庄，在新族长李和的带领下，由于没有战乱，发展平稳顺利。

李和很想在父亲的余威下有所作为，因此在李十九和李贯通的建议下，将本吴庄的渡口重新修整扩大，还在渡口附近建立了集市。这样一来，南来北往经过倒水河的船只，可以直接就近在此进行贸易，而不用再跑到几公里外的两道桥老镇上去。这样不仅节省了运费人力，而且更加便利方便，同时也给本吴庄带来了收入。随着本吴庄给县府交的税赋越多，本吴庄的实力与名声，也一传十、十传百，变得越来越大。

这一天，李和正坐在祠堂中议事，闲聊时，李天时说到儿子李逢春的媳妇吴鲜花快生子了。

李和高兴地说："好呀，本吴庄就是要多生些儿子，壮大李氏宗族。让李逢春在家伺候好媳妇的月子。"

李天时说："快生了，一切准备就绪。逢春太忙，回不来啊。"

李和说："好事！你当爷爷的多担当点。到时孩子生了，我们按族中规矩，你要好好准备宴请宾客啊。"

他这一说，大家都笑了。

生儿育女，添人进口，在本吴庄是一件大事。意味着后继有人，属于大喜，大喜就要大庆。特别是生儿子的，马上就会母凭子贵，身价骤涨。因此，在黄安，无论贫富贵贱，生子之家都要邀请诸亲六眷、左邻右舍，欢聚一堂，大吃一餐。而被邀请的亲朋好友或乡里乡亲，还得准备礼物作为贺礼，才可如期赴宴。黄安人称之为"赶月礼"。赶月礼的日期，一般由喜得贵子的人家确定，但多半在婴儿出生的第三天进行，叫作"喜三朝"；也有定在婴儿出生第九天进行的，叫作"做九朝"。

这事说来就来。本来，李逢春坚持要媳妇在县城里生孩子的，县里毕竟条件好。但李天时夫妻认为，在县城也没有家人照顾好，回到本吴庄来总有人服侍。于是，吴鲜花与李逢春便请了假返乡来了。

吴鲜花生的这天，李天时听到里面孩子的哇哇叫，既喜悦，又担心。喜悦的是要做爷爷了，担心的是，头一个就是女孩。本吴庄人都有重男轻女的思想，都想早点有个男丁，可以传宗接代。

随着接生婆一声"老爷，恭喜，生了个带把的"声音传来，李天时与李逢春坐在客厅，皆是大喜。父子立即举起酒杯，喝了个满杯。李逢春高兴地跳了起来。

李天时说："赶紧去报喜啊。"

本吴庄的"报喜"，就是在孩子生下当天，婴儿的父亲要将这一喜讯上门告知所有的亲戚朋友。

李逢春的高兴劲还没有落，出门时却止步了。他似乎一下掉进了冰窟。因为，在黄安，要去报喜的第一家人，就是自己的岳父家啊。而此时，李吴两姓，已好久不曾来往了。

这并不妨碍李天时家的喜悦。他们连忙去村庄各家各户报喜。村里首个报的，便是李和。李和得知他生的是个儿子，马上让人取了一把银锁，交给李逢春说："好啊。你们李家有后，我们李氏光荣。"

本吴庄的一些年轻嫂子知道后，都相约在一起，到李天时家来道喜，同时祝贺他们家"走红运"。所谓的"走红运"，就是为了增加喜庆气氛，她们在手里藏着事先准备好的浸透了红水的棉球，乘李逢春不备时，冷不防地全涂抹在他的脸上，叫作"打红"，大家看到李逢春脸上一脸的红色，就前仰后合地笑。李逢春高高兴兴地将"满脸通红"带回家中。

这时，李天时就要准备迎接"三朝客"了。这项礼节一般都在中午进行。各路亲朋开始张罗着去"赶月礼"，有抬"扛儿"的，有挑"挑儿"的，有提"篓子"的，上面都盖着红包袱，里面装的礼物，除了摇篮里是棉被和枕头，其他大都是老米酒、油挂面、炸麻花，也有活鸡、鲜鱼、猪蹄等食物，还有童衣、童鞋、童袜和布料。

李天时恭手请大家就座，喝茶、散烟，最后就是上桌喝酒。

此时，李逢春与母亲，就在"月母子"房中，和媳妇吴鲜花商量哪家的礼收多少，退多少。在本吴庄，一般都是"礼无全收"，要根据客人送礼多少和主客关系亲疏来退礼，礼多就多退，礼少就少退。疏者多退，亲者少退。除了外婆家送的礼可以照单全收外，其他人的，李逢春还得在每个客人的柜、篮、篓中另外加上回礼。

吴鲜花看到娘家没有人来送礼，眼泪顿时掉了下来。

李逢春安慰她说："等合适机会能去吴家田，再让娃的家家（指外公）补回来。"

他一说，吴鲜花的眼泪更多了。想到吴李两家关系还是这样，眼泪便越涌越多。

这时，外面的客人都已吃完酒席，开始"下席"了。

一群孩子开始在外面唱着歌谣：

> 张姑子牌，李姑子牌。
>
> 张大姐，送茶来。李大姐，送酒来。
>
> 茶也香，酒也香，十二个大姐排过江。
>
> 前头大姐骑白马，后头大姐骑水牛。
>
> 水牛过沟，过到泥丘。泥丘告状，告到和尚。

和尚念经，念到观音。观音射箭，射到老鹞。

老鹞扒墙，扒到舅娘。舅娘炒豆，炒到细舅。

细舅过河，捡个鸣锣。鸣锣一敲，捡个弯刀。

弯刀一拍，捡个湖鸭。

湖鸭散蛋，散一千，散一万，

散给爹爹奶奶宴口饭……

吴鲜花在屋子里听到了歌谣，忍不住又想笑了。这时，接生婆将房帘一掀，进了"月子房"说："大小姐，准备洗三啦。"

在本吴庄，"洗三"的仪式最有情趣，它将整个"喜三朝"的大典推向高潮。

接生婆对外面看热闹的人说："各位，穿皮鞋的、带皮带的、着皮物的，不能进月子房。"

她一说，许多客人便止住了步。因为在本吴庄，在妇女坐月子期间，除了自身要禁风、禁水与禁食外，无论是男人女人，只要身上有带皮子的，不能进入产房，害怕这样的人走时，会带走产妇的乳汁。如果哪个产妇没有了奶喂孩子，一般就归罪于带皮子进入产房的人。这个人就必须选择在没人的早上，烧香请愿之后，还得到产妇家送奶喝。

接生婆说完这个后，便将一盆用艾蒿浸过的温水端进产妇的房间，再将光溜溜的婴儿抱到盆中，用艾蒿水轻轻擦洗，以消除婴儿身上的胎毒与"晦气"。擦洗干净后，接生婆又用几个煮熟的鸡蛋，在婴儿的全身轻轻滚动。只见她一边滚动着鸡蛋，一边还唱了起来：

一滚头，万事不愁；

二滚手，手提金斗；

三滚腰，骑马挂刀；

四滚臀，人上之人；

五滚脚，鞋袜不脱。

她唱完之后，把滚过的鸡蛋切成瓣子，分发给在场看热闹的小孩子们吃。在本吴庄，这叫"吃合食"，又叫吃"滚屁股蛋"，据说吃了这种"合食"之后，以后在一起玩的孩子，就不打架、不惹祸。

当孩子们在笑笑呵呵中吃合食时，接生婆就给婴儿穿衣服。她把婴儿要穿的衣服在狗背上披一下，又把婴儿对着狗拜一下，边拜边替小宝贝说："狗大哥，狗大哥，跟你一块狗长狗长。"意味着娃是狗命，百病不侵，万物不惹。接着，她又给婴儿穿上衣服，才将婴儿抱出房门来拜天地。边拜边又替小宝贝说："拜天接天缘，拜地接人缘。"

这一切做完，接生婆才将婴儿交给李天时，让他对客人们展示。李天时笑得合不拢嘴。大家便纷纷上前，一睹小娃儿的风采。

没想到，小宝贝看到人多，突然哭了起来。一边哭，他还突然撒了一泡尿，正好李天时将他举得老高，那泡尿便直接淋在了李天时的脸上。来贺喜的人们哈哈大笑。李天时也哈哈大笑。

接生婆看了，又笑着将孩子接了过来，抱入房中拜床。接生婆念道："拜床拜床，不吵老子不吵娘。"意思是孩子很乖，不会吵闹父母。

孩子见到吴鲜花，连忙吃上了奶，一下子便安静下来了。

外面的客人便陆续告辞。

到满月时，李天时家又是一番热闹，要"做满月"。做满月有两项重要的仪式，一是"剃胎头"，二是"送头尾"。

剃胎头时，头一天约好的剃头匠，先将李天时准备好的一撮青葱（寓意聪明）、几粒石子（寓意坚硬）、一枚铜钱（寓意财运）放入水中煎煮至沸点，再让水凉至适宜温度后倒入浴盆中，让婴儿的奶奶端到房中去给婴儿沐浴。此时，剃头匠在堂屋里，将捣碎的青葱放入鸡蛋清中搅拌均匀，然后涂抹在沐浴后的婴儿头发上，然后再将婴儿的头发洗净。接着，他又将染红的鸡蛋（寓意红顶），放在婴儿的头上，轻轻地来回滚动三次，才开始给婴儿剃头发。这些头发，他将其小心翼翼地置于一张红纸之上，待全部剃光之后，再与在沸水中煎煮过的青葱、石子、铜钱一起包好，放置于李天时家的屋顶之上。如此一番，是希望婴儿以后长大，能聪明伶俐，头壳快快长硬，身体如同石子般结实，长大后财运、官运亨通，大富大贵。

剃完胎头，各路亲戚前来"送头尾"了。他们将婴儿所需的穿戴，包括手环金饰、帽子鞋袜都送来了，一应俱全。

当客人走后，吴鲜花清点礼物时，突然发现，礼物中居然出现了一只布老虎和一双虎头鞋！

在本吴庄，只有外婆家才送布老虎与虎头鞋，祝愿孩子长大后像老虎一般雄健有力，有王者的风度与气派，能够成就一番大事业。

吴鲜花眼泪顿时就流下来了。

原来，自己的父母吴洪生等虽然没有前来参加孩子的满月礼，但说明孩子出生的消息传到了他们的耳朵里！不然，哪里来的布老虎与虎头鞋呢？

吴鲜花问李逢春："他们是怎么送来的？"

李逢春说："一大早在村头出现了一个篾提篮，里面放着这个，还有一把长命锁。"

吴鲜花立即将长命锁挂在了儿子的脖子上。

夫妻俩喜极而泣。

再后，到孩子一周岁时，他们又举办了"抓周"礼。

那天大宴宾客后，一大堆客人围在桌子前，看孩子抓周。

桌子上搁着一个大簸箕，里面摆放着笔墨纸砚、刀枪弓箭、算盘镰刀、糖果铜钱、金银升斗、道释经卷、彩绸花朵、应用物件、儿戏之物……东西琳琅满目，应有尽有。

在本吴庄，抓周有个说法，就是孩子抓到什么，以后就会从事什么。比如抓到算盘，以后就是做账的；抓到金银，以后就是有钱的；抓到诗书笔墨，以后就是读书的……它象征着对小孩长大后的前途与性格的预测。

当大家的目光都投射在一岁的孩子身上时，李天时、李逢春和吴鲜花等人，心都吊到了嗓子眼，李天时不时把手往金银上指，不料孩子不听他的。小孩像个大人似的，将目光徐徐转视一周，突然从簸箕里抓起了一条枪，本来笑着的人们，笑容突然凝止了。

小孩不仅如此，还把枪拿到手上，对着人群做了一个刺杀的姿势！

李逢春与吴鲜花的笑脸冰冻了。

这是当兵打仗的命啊！

突然，只听李连道大声说："抓枪好呀，抓枪是要当武官！这以后还得了啊！"

他这一圆场，大家才惊叫起来："是啊，是啊，本吴庄人就缺武官了！"

李天时这时脸上才有了暖意。

人们这才开怀大笑起来。

这天，刚好族长李和也在场。他看到小家伙抓起一条枪，禁不住也笑了："好好好！练成一身武艺，将来好保卫我们本吴庄！"

李贯通说："岂止保卫本吴庄，还应该保卫黄安县与大中华！"

他这一说，更是笑声满屋。

李和也就在笑声中，开心地离开了人群。

此时，让李和感到唯一遗憾的，就是随着本吴庄的后代不断出生，特别是本吴庄的老弱病残相继离世，村庄在一天天变得更加美好、繁华与热闹的同时，周围的坟地越来越多，土地严重不够用了。在一个死人的重要性超过活人的年代，本吴庄人建的坟地坟墓，不再像过去那样狭小，稍微一奢侈一放手山地便显得少起来。别说李和，就是普通人也有死人挤占活人之地的感觉。

李和觉得这样下去不是办法。本吴庄的土地毕竟有限，良田不能被挤占，山上的坟地是一层套一层，墓碑一个接一个，这样下去，对本吴庄发展不利。

他便让李泽找来李十九商量。

此时的李十九，已在村庄中取代了黄道吉的位置。

李十九说："族长啊，我们本吴庄背靠的鹅公寨，本是我们李氏想一起购买的土地，但吴氏不卖给我们，还偏偏在那么远的地方建造坟地，压住了我们李氏的气啊。"

李和这才想起，当年李氏进驻此地时，鹅公寨上的那块土地，当年仅有吴氏少数几个人葬在那里，父亲觉得不吉利，便没有购买，后来想买，吴上人又不同意，所以那块宝地仍归吴氏所有。

说来，那块地当时并不被李氏看好，因为处在高处，海拔两千多米，除了杂枝生树，杂草丛生，又无水源，因此没有在李氏的考虑范围之内。但在去鹅公寨的路途上的半山腰，凹进去的地方，却还有一块边界地，越过了森林之后便豁然开朗。那一块地，大大小小，林林总总，加起来也约有上百亩，是个坟葬的好去处。

因此李十九提出："我们不如在那里再开一块坟地。这样，一是离村庄较远，不与活人争抢，二是还可以拓展李氏的生存空间。"

李十九的说法得到了新族长与李泽的赞同。特别是李泽，自从李和当选族长后，他更听命于李和。

于是，李氏几个老字辈包括李天时，在一起商量后，便想去开垦那块新的坟地了。

那块地界于本吴庄与吴姓人家土地之间，由于两族依然好久没有来往，因此当我们族里人进行开垦时，起初吴姓的人没有发现。但锯掉一些树木，砍断一些杂草，填平一些土地，在拓坟工程进行到三分之一时，一位上山砍柴的吴姓人发现了，他赶紧回族里报告。

这一报告，迅速引来了吴姓大批人的包围。他们拿着鸟铳、铁锹、冲担、矛头、砍刀，将我们本吴庄开地的人围了起来。

这是两个村庄历史上最大的一场械斗，声势浩大，群情汹涌。两族的人迅速集结，针尖对麦芒，形势一触即发。大人小孩、男人女人，皆如临大敌。

吴姓的人做得决绝，他们直接把与李氏有通婚经历的亲人们，喊到最前面抵挡。这些亲人，都是亲上加亲，血肉相连，有的几年不见，如今刀戈相向，一时便泪眼婆娑。举刀之手，顿感无力。有的女人小孩，不少人突然看到了自己的亲人，一下子便变得哭哭啼啼！

眼看一场大战在即，吴姓是个大族，而我们李姓虽然来到此地亦有时日，但毕竟从人数上讲，力量还比较悬殊。

新族长李和，转身寻李十九。

李十九只是席地而坐，双目紧闭，口中念念有词，谁也不知道他在念什么。但看上去，千军万马之中，李十九显得非常淡定。

两边的人都喊往前冲，但族与族、家与家都有亲戚，一时谁也下不了手，就这样刀枪对峙。

新族长李和终是善人，想起父亲临终前"和为贵"的遗言，心肠一软，两脚一跺，双手一挥："撤吧。听候官府裁决。"

他说撤，本吴庄的好战分子李英豪等，本都磨刀霍霍，皆迟疑良久。

但是，在本吴庄，谁也不能违背族长之命。于是，本吴庄人在李英豪的护卫下，一哄而散。在本吴庄，有这样一个传统，凡事冲在前面的是壮丁，遇撤退走在后面的也是壮汉。所以有几个武艺高强的后生殿后，吴姓的人最终也没有把我们李氏咋样。

两族之间因坟地的事，不仅又结下梁子，而且还惹上官司。

这场官司直接打到县署，我们李氏请在县府工作的县丞李逢春出面斡旋，但最终官司还是输了。黄安县府满头白发的知县摸着三根胡须，只讲了一句话："此乃旧制，不可议之。地是三分熟，树是十年成。你们本吴庄人，新迁至此，当寻别处安之。"

一场轰轰烈烈准备械斗的事件，最终被知县三言两语裁决，李氏以失败而告终。官府还认为此事系李氏挑起，处以相应重罚。

此事系李氏自迁家以来，遭受的第一次重大打击。

李氏族人，由此有些抱怨于李十九。认为关键时刻，他发挥的作用不大。

李十九晃晃悠悠，不以为然："官司虽输，输不在理。而是输在朝中没人。"

族长李和问其何意。

李十九说："据我打听，吴氏虽然衰败，但毕竟是黄安当地大户，且其族中，有人在黄州府为官。官官相卫，因此得尔。而我们虽有李逢春，但其官小，官大一级压死人。故所败耳。"

李十九自学风水易学后，有时变得文绉绉，满口皆是言辞锦绣。族人由此不敢小视其人。

见大家不信，李十九又说："自古所谓，'贫不与富斗，富莫与官争'，老族长尝有言，'八字衙门朝南开，有理无钱莫进来'。李姓发展再好，朝中也得有人做官，有官当然人家会高看。否则，你再富再强，官府一张嘴，一纸文，便可倾家荡产，付之东流。"

他一说完，我们李氏立即泄气了。

无论李十九说得正确与否，但理是这个理，这便击中了我们李氏的命脉。

李氏虽然富有，但是，族中无人在朝为官，偶尔考中几个秀才，也仅是被各村庄聘去任个私塾先生。李逢春好歹做了个官，却只是县府的小官，小事可以给个面子，大事却还是说不上话。

有了这个软肋，李氏突然发现硬不起来。

从此，吴李两族之间，一切恢复原状：两族之人，见面如视之无物。那些曾嫁给吴姓的女人老死后，吴姓墓地不收；而我们李氏家族，对于嫁出的人，自己的墓地也不准进入。她们只有被埋在各自的祖坟山之外，成了本吴庄附近的孤魂野鬼。

小孩如不听话，便有大人以话吓之："再不听，把你丢在孤山，让那些鬼把你带走。"

小孩子的啼哭声，于是戛然而止。

　　虽然我们李氏的发展迅猛旺盛，特别是随着经济上的大大改善，黄麻两地乡绅，争与李氏交好，既互通有无，又互通婚姻。然而，无论李氏怎样富足，并慢慢地根深叶茂，但从坟地官司输了之后，大家开始意识到本族的确有一个致命弱点：朝中没人。

　　吃了这个暗亏，我们李氏的新坟山不得不开垦到更遥远的乱石岗。那地方除了远不说，李十九还认为，此地只能葬一般非命之人。

　　所谓非命之人，就是因各种意外死的。比如儿童夭折、比如自残自杀，比如虎狼咬死，比如失足淹死，比如上吊自杀，等等。

　　李十九这样一说，本吴庄的人都害怕进不了祖坟。因为进不了祖坟的人，在过去族人眼里，来世便有可能变猪变狗，成牛成马，永世不得超生！

　　于是，人们对李十九开始敬畏起来。

　　死了能不能入祖坟，成为一道罩在人们头上新的咒语。

　　大家开始达成共识：一个宗族，一个家庭，光有钱还不行，还必须出官，特别是有人如果在朝中为官，才能保证李氏一脉安然无恙！

　　在李十九的建议下，新族长李和决定要用尽一切力量，培养一位李氏的读书人，好到朝廷去当官，必要时能够给家族提供可靠的保护。

　　他们的目标选在了本吴庄的穷人李洪福的孙子李光祖身上。

　　自黄道吉去世后，说来也怪，李洪福家盖好新房、移迁新厕后，在大家的祝贺声中，他一时高兴过度，喝多了酒，在迁房的当夜，突然死了！

　　喜事变成了丧事。喜事便与丧事一同举办。

　　他被葬在黄道吉为他选的墓地里。

　　他死了，族里人并不为怪。因为村庄一大，过不了半年数月甚至几天，总会有人因各种意外死去。死去的人，得把面子做足。等活着的人把丧事办完，还得做活着的事，想活着的理。思来寻去，本吴庄的长老们经过考察，终于发现：只有李洪福的孙子李光祖，才是真正读书的种子，可能当官的苗子。因此，当族里树立远大目标之后，决定将他培养成一个当官的人才。有了这个计划，族里人便倾力相助之。

得到李氏宗族资助的李光祖，当时正在本吴庄跟着秀才私塾学，这时便又送到黄安县上跟着名塾先贤学。特别是大家有钱出钱、有力出力的情况下，李光祖又被送到黄安县的七大书院就读，轮流接受名师的指导。不光是他，此时的本吴庄，凡有点闲钱的人们，都把儿子送到各个书院学习。因为李和规定，到什么样的学校，受到什么样的奖励！这大大激发了本吴庄后代们的读书热情。

这个李光祖，的确天生是个读书的苗子。他学什么会什么，会什么通什么。不到十五岁，参加院试，中了秀才；十八岁参加乡试，中了解元；再后参加会试，居然中了贡士；到了殿试时，竟然得了第一名，进士及第，披红戴花，游乡数月！

消息传到本吴庄，李氏家族突然红火起来了，腰杆子一下子硬起来了。

李和说："要是老族长知道，他必定睡着了，笑醒了。"

的确，一位进士对今天的本吴庄人说来，已经太遥远了。说这个可能土得掉渣，但事实并非如此，如今到了我们这一代，村子里的人还都以出了这个进士为骄傲。遇到外面的人来本吴庄参观，我们李氏的人动不动就骄傲地说：我们李姓出过进士啊。

李姓的人们在向外来者介绍这个时，一般都会说这个。

也是。一个外地的搬迁户，一个从原来只有两百来户人家的本吴庄，居然在不到三十年的时间内，就培养出了一个进士，这事不仅震动了吴家田，还震惊了整个黄安县！

李氏，因此突然身价倍增。

随着李光祖进士及第，各种好消息不断传来，李氏家族越来越风光。各路官员，纷纷起轿，前来李氏拜会。

这些官员的轿子，五花八门，络绎不绝。

偏偏，这些轿子，因为要走陆路，还必须要从吴氏的地界边经过！

仿佛一块巨大的云彩突然从空中飘过，太阳转过去后，阴影很快罩在了吴氏的土地上。吴氏一脉算来算去，建村三百年来，自己家族中也仅有那个叫吴光辉的，在黄州城当个师爷，原来也算是辉煌无比。但现在与李氏出了进士一比，如何较得过呢？

面对这样严酷的现实，吴氏下一步究竟是想与李氏和解，还是继续对抗下去，他们都在暗中揣摸。而吴氏的头面人物吴上人，在劣势之下，他顺便往上摸了摸底，发现与吴氏大动干戈，不外乎集中在这样一个焦点上：两家的纷争，说来说去，完全不在于土地上，而全在于墓地上与风水上！

吴上人虽然人品一般，但在比活得谁更长久这件事上，他超过了李氏的族长李非凡。这正好印证了本吴庄一直以来关于"好人命不长"的传说。现在，吴上人慢慢老了，他的心态也慢慢在变。看到本吴庄一直的兴旺发达，吴姓人内心流露出对他的失望，他心里在羡慕嫉妒恨之余，也开始从内心稍有反省。

"死人给活人设置路障，这是什么事啊。"吴氏的长者吴洪生常常在酒后对天兴叹。

"这关乎尊严和面子问题，怎可小视呢？"吴上人马上装出训斥的样子。

"万事和为贵，我们葬自地，他们埋他乡，两无干涉，多好。"吴洪生说。

因为吴洪生知道，在吴氏内部，那些曾与李姓通婚的家庭，普遍希望两家和好，特别是看到李姓有人中了进士，更是暗中高兴。

吴上人正是担心这一点。他怕李光祖到本省为官，掣肘自己，为此暗中嘀咕。

然而，正当我们李氏高兴不已而吴氏倍感忐忑之际，朝廷却突然下令，官员必须回避，不许进士在本地当官！

此时，武汉地区已有消息传来，说有大批逆反分子，准备阴谋颠覆朝廷。

于是，在此情况下，李光祖被朝廷外放，一下子派至甘肃为官。甘肃天遥地远，鞭长莫及，让李氏的人很失落，令吴氏人心中的石头暂时落地。

李和与本吴庄都感慨高兴过早，现在远水救不了近火。毕竟远亲不如近邻啊，本吴庄只有望天兴叹。

但好个李光祖，虽然入官场的时间不长，却是心有七窍，智力超群，情商十分！他入仕虽短，居然很快在官场上混得八面玲珑，左右逢源，上下圆通，把一个官做得风生水起！不到一年时间，李光祖不仅在当地为官政声突出，甚至连北京城的皇帝也知道了他！特别是他主动作为，治边管边突出，组织力量抗击边乱，功勋卓著。圣上正想得人，因而让他进京面圣。皇帝见李光祖不仅三分清秀，十分威武，而且言谈之间，文武具备，龙心大悦，于是官升一级，调守河南，赏金赐银，好不风光。

顿时，朝廷上下，左右巴结，比比皆是。李光祖皆从容应对，不卑不亢，不群不党，颇得政声。

这样一来，圣上准许李光祖去河南走马上任之前，可回乡省亲。于是李光祖衣锦还乡，本地官贤纷纷登门拜访，一时风头无两，传为美谈。

利用这个机会，众族人围着李光祖，想让他管管李吴两氏坟地之争的事。

李光祖说："现官不如现管，等县令来了再言不迟。"

偏偏那时的黄安县令，也是本地人，出自耿氏大族。耿氏二兄弟耿定理与耿定向，曾是黄安县最为赫赫有名的人物。他们的后代，多是读书耕读之家。刚好传到这一脉，有人当了黄安县令，也是一介书生，性格狂狷，为人正直，即使省里的官员来访，兀自不陪，更别说登门拜望了。想当年，黄安建县，若非耿氏两兄弟，焉有黄安城在？况且耿氏人家，清白为官，政声突出，黄安上下，无不称道。耿氏跺一脚，黄安县就要抖几抖——谁敢与其争锋？

话虽如此，李光祖却犹觉面子上过不去，李和等建议其黜参乡官，但李光祖听说此县令文武双全，爱民如子，摇头作罢。最后，他终究拗不过本吴庄长老们的说辞，念及往日大家助其读书之恩，思来想去，便修书一封，派人送到县衙，言说两氏坟地之事，盼其有个两全之策，予以调解。

县令接到李光祖的书信，竟然大为感动，笑称："小事一桩，何必挂齿？"

不日，等李光祖启程去河南赴任之后，县令才大张旗鼓来到本吴庄，召集李吴两姓头面族人开会。

县令笑言："为死人讨公道，须活人明事理。两族通婚和好，本是天理，何故为死人之地，塞活人之障？"

两族俱述其理。

县令说："死生大事，固然重要，但人死后，万事皆空，一切皆虚。而人生在世，得福才是王道。对活人不好，就是对死人不敬。活着之人，竟然令有通婚之两族不能自由来往，父母老而不得见其女，子孙大而不知其亲，闭眼死而不能入其殓，何其怪哉？哪点符合人伦、人情、人理？若人伦、人情、人理不在，则为死人争地，又有何益？"

县令一说，两族人虽茅塞顿开，但仍俱是低头不语。

县令桌子一拍："着吴氏家族，仍葬其地；而李氏家族，另选其址。二者相安无事，若再起事端，本官严责不贷！"

两族头人，知耿氏县令厉害，俱不敢再有言语。

断案完毕，县令还专门又接见了本吴庄的族长李和。

李和受宠若惊，自然称服从判决。

县令道："进士还乡，本应来拜。但担心有碍公正，故不曾前来。你们李氏，名声在外，有官有商，当顾及声誉，不可造次。完全可以新辟地一块，黄安山多林密，哪里不是葬身之地？"

李和听了，连连点头。

自此，李氏因为有了新开坟地的授权，而两家官司，也至此画上一个暂时的句号。

但坟地到底选在哪里？新县令未说。李和等也不敢问。

李和便与李泽商议："不如选在靠麻城这一边吧。反正这边山多，人烟稀少。"

李泽立即表示同意，经商议，他们便派李十九前去选址。

李十九说："不必了。此地山川地理，山河地貌，已尽在我脑中。我已选好位置，只等族长同意。"

他们便一同去考察新地。

新地选在本吴庄东的地方，越过层层山峦，在靠近麻城那边的大山荒地上。那块地，曾经因为水流漫灌，因此被废弃。看上去，该地无论从哪个方面来说，好像波澜不惊。

李十九对李和讲道："族长，墓地有几看。一是看砂。这砂，即指穴地附近的山，穴地的前面及左右两旁有山环抱，可凝聚在该处的生气不致被风吹散，经曰：气，乘风则散。故此穴地必须藏风不受大风吹刮。而砂环正是藏风的首要条件，此地之砂形，以尖、圆、方、正为吉，以歪、斜、破、碎为凶。星体五行以金、木、水、火、土位居生旺之垣为吉，居克泄之地为凶。"

李和问："此地之砂是何等之砂？"

李十九说："此地看若文砂。文砂大致有进士砂、五角金星、五凤楼台、进士笔、狮象把门、二童攻书、进士马、进士帽等。"

李和似懂非懂地点头。

李十九又说："二是看水。水，即是指穴地附近的溪涧、河流甚至海洋，穴地前面若曲水流过，或是有水聚之处，可使地凝聚的生气不会外散，经曰：气，乘风则散，界为则止。意思是说生气遇水即结集不产，故此穴前有水环抱是聚气首要条件。风水学重视砂环水抱，因为水抱可使穴地的生气凝聚结集，而砂环则可使穴地凝聚的生气不至被风吹散，两者将为吉穴的条件，故此《葬经》说：风水之法，得水为上。藏风次之。"

李泽在旁，问道："家父给我取名为泽。泽即带水，水何为贵？"

李十九说："水贵之处，乃九曲水、之玄水、交牙水、大江朝局、江河湖海停聚储蓄、水缠水抱、水缠玄武、无极水、太极水、纽扣水、文曲水、金城水等等。'泽'者，泽润大地，亦为贵证。"

李泽心头震动，窃喜。

李十九接着说："其三是看穴。即找到生气凝聚的落脉之处后，仍要用罗盘来决定墓穴的正确所在的，此即点穴之功夫，所谓差之毫厘，谬以千里，故点穴不可不慎，否则很可能前功尽废。能在广阔的山野中得真穴，这犹如射箭能一矢中的一样，难能可贵也。所以点穴之处，可谓画龙点睛，整个过程的成败得失全系于此。"

李泽接话道："何为贵穴？"

李十九答道："凡遇石山宜寻土穴，那里的土色如显红黄色，就表示那里的气脉冲和。在石山上若找不到土穴就不要扦，如所见穴土的颜色为红黄色，这就表示穴中的气脉冲和。而在土山上却宜寻找石穴，如石色为紫白色，表示其质地温润。但若在石山上只有石穴，则必须穴石柔脆可锄才为吉。所谓柔脆也意味着穴石的质地温润。如若在土山上只找到土穴，则必须土质精强才是好的。这时土质不宜太润净。如找到土穴，则要求土质纹理紧密，似土而非土，即上文所说土穴精强之意。如找到石穴，则要求石质颜色鲜明，似石而非石，即上文所说的石穴柔脆之意。在土山上找石穴，即是柔里钻坚的意思。在石山上找土穴，即是韧中点脆之意。如在支龙上发现有很多石头，剖开来看必须要有异纹。所谓支龙即是土山上的石穴，以石质显示异纹为贵。特别是在垄穴里的穴口，锄下去要不起烟尘。所谓垄穴，指的是石山上的土穴。那里的土质必须细嫩可锄，如间杂有顽粗的石块，以致锄下去飞烟进火的，则主凶，所谓平尖，即是葬口。"

李十九滔滔不绝，口若悬河，把李和与李泽听呆了。

李十九接着讲："墓穴的土质顽硬的，则不能收蓄生气，土质松散的，则真阳不居。墓穴内的泥土以冲和为贵，既不要顽硬，又不要松散。所谓真阳，也就是生气。在龙舌尖的部位开穴可以稍下，但不要伤着龙唇。伤着龙唇部位，则墓穴太卑下反而失穴。在龙齿部位可以扦穴，但不要太近骨，扦穴近骨则位置太高，反会伤龙。墓地有逼近的矮山为案主吉，如案山太高，以至压为障眼，则主凶。墓穴有近案，即是吉穴。但如案山太高太压，以至压为障眼，则反为害。"

李和问道："所选此地，究竟何吉？"

李十九答："启禀族长，此地虽为石山，独此地长草，说明底下有水，必为净水；而此之石，摸来冰凉，质地湿润，必为好石。而此地背靠鹅山，面临倒水，与本吴庄只是方位不同，但面向俱佳境也。"

李泽问："为何过去不提此地？以至于弄得与吴姓大打出手？"

李十九说："过去此地夹在黄安与麻城之间，为黄麻两地公共之所。过去我庄没买麻城王姓之地时，共同缓冲之可，按法不可堪用。后来我们买了王姓之地，此地应为我所有，故当选此处。"

李和点头道："家父曾对我讲，好之墓地风水，能够荫益后人，发达富贵，人丁两旺。你认为好，那就此地吧。"

然而墓地选好之初，本吴庄中遇到人们去世，一般人却都想进原有的祖坟山，不愿意葬到这个新的坟地。究其原因，是新坟地离村庄较远。

有的老人说："葬那么远的地方，见不到后代子孙，多孤单啊。"

李十九便上门做宣传工作："多好的一片地啊，依山傍水，青山绿水，群山环抱，绿树成荫，是真正的上风上水之处。"

李十九还对家里人讲："他日吾死，当葬此地。"

李十九这样一说，大家便慢慢信了。随着李连道的哥哥去世，在李连道的支持下，第一个将他葬在此地。本吴庄的人们见了，便开始稀稀拉拉地决定把坟迁至此处。

直到今天，从本吴庄翻山过去大约三里地，便能看到这片新墓地。虽然只有几山之隔，数里之遥，但风光大异。只见此墓地，三面环山，开阔雄奇，远处层林，近处水声。若不是当年本吴庄盖屋造房，在此炸山取石，那必定也是个阳宅的风水绝佳之处。

李十九甚至还慨叹："如果不买吴氏现在之地，而新开埠于此，李氏则更旺矣。"

如此一来，本吴庄有了新的坟地，大家便越发感激黄安县令。

当然，也有本吴庄的年轻人，对李十九口出狂言表示怀疑。

但让所有人奇怪的是，自新坟迁此后，本吴庄在李光祖之后，又接连出了好些人才，所经营的票号，在鄂豫皖三地交界处均通行无阻。只要提起本吴庄仁义和票庄，用仁义和的票子，三省交界，都可通用。这大大壮大了本吴庄的经济资本。

此时的本吴庄，宗族的发展看上去愈来愈旺，村庄也是一片欣欣向荣的景象。李氏的新族长李和，走过山谷河边，看到川林麦地，茂盛生长；漕运码头，人来人往；村边庙宇，香烟萦绕；庄中私塾，书声琅琅。他站在山头，不禁总是为无尽的稻谷芳香、麦浪滚滚、良田美景而陶醉。

李氏大好的形势，逼得吴氏开始重新思考问题。特别是在这一年的秋天，吴上人突然因吸食鸦片过量过世，由于吴上人无子，因此长者吴洪生被高票推选为代理族长，他开始重新审视吴姓与李氏的关系。

于是，吴洪生召集族中长者及年轻代表，商议如何与李氏共享繁华，分得财富的一杯羹。

吴是非首先反对："李氏，世敌也，不可与之和好。"

族中新人代表吴有为道："世之潮流，浩浩荡荡。顺之则昌，逆之则亡。世上无永远的敌人，也无永远的朋友，当以利益至上。如今李氏蒸蒸日上，除却买地耍滑之外，皆是勤劳与智慧致富，对吴氏并无绝对的抵触和破坏。不如先自和好，暗里再争。"

吴洪生点头称是。其他族中长者与代表亦为赞同。

于是，吴洪生亲自备礼，登门向李和示好。

由于吴洪生是李逢春的岳父，吴鲜花是本吴庄的媳妇，李和见之，也便顺手拐弯，答应与吴氏恢复全面的关系。

这一来，两族又迅速开始融合。那些吴李两姓曾有过婚姻之实的家庭，最先互登门庭。其他的人，特别是年轻人，开始又慢慢地你来我往了。

随着各自族长的态度慢慢改变，两个姓氏的人们，开始对外面世界不停融入延伸，两族之间出现了可喜的现象：外孙找到姥爷，媳妇找到老公，年轻人开始恋爱……大家渐渐地又像从前一样，慢慢地变得一团和气。

于是，在李氏的渡口，首次出现了吴姓的船只。

同时，李氏建的庙宇，亦有吴姓人前来拜祭。

两族的年轻人，更是开始在暗中来往，拟定再行通婚。

为此，两族的人遇到生老病死，又开始批准可以进入各自的祖坟。

当然，在形势一片大好之中，也出现了一些不和谐的音符。特别是两族在各自的贸易中，因为利益出现争执。

于是，两族经过商量，设了一个由第三方参加的仲裁机构，遇到问题，可不通过官府，而由三方协商解决。

这是李吴两族新的族长上任后，最美好的时光再现。

由于吴李两族，渐渐抛弃仇恨，慢慢也就变得和谐起来。特别是对李氏怀有敌对的长者吴是非，在一天夜里因酒食过多而突然暴毙后，两族之中反对的声音渐渐消失，人们变得更加文明安定。

吴是非死后，在吴洪生的主导下，吴姓也举行了一场盛大的葬礼，大抵与李氏的环节程序相当。只是，县府没有派人，而我们李氏，在李十九的建议下，专门派人前去吊唁！

如此一来，吴氏人一边觉得惭愧的同时，对我们李氏的好感又大大增加。

　　吴上人与吴是非一死，吴李之间便少了阻碍与障碍，两族开始你来我往，看上去似乎慢慢和谐了。其实呢，两边的族长吴洪生与李和，一直睁大着眼睛，互相在暗地里打量着对方。

第十四章　变天

就在本吴庄一切看起来越来越好的时刻，变故突生。

1911 年 10 月，湖北爆发了起义。各地纷纷跟进革命。朝廷军队围剿武昌，皇帝告急，下令陆军大臣荫昌率陆军第二、四镇各一部，星夜驰援湖北。同时命海军提督萨镇冰率海军及长江水武开赴武汉，向革命军反攻。

此时，已调到河南为官的进士李光祖，亦接到命令，向湖北进发。不料，在黄河乘船换舟时，突然遭遇大风大浪，竟然翻船落水而死！

消息传来，这对李氏是个重大的打击。

李光祖死后，朝廷为表彰听令者，专门发布诏书，令将其回乡厚葬，以示恩抚，同时想借以在湖北境内，以示天恩。

因此，即使革命在武昌如火如荼，到处谣言四起，而李光祖的葬礼，却仍然办得非常隆重。既然朝廷都来人了，还未被革命军波及的黄州与黄安，便都有官员参加。这场葬礼，也因此在本吴庄的族谱上记载得轰轰烈烈、浓墨重彩。

李光祖的墓地，同样是由李十九选址和负责督造的。由于李光祖是本吴庄建庄以来的最大官员，因此，他就葬在与李非凡族长对岸的半山腰上，占了几乎半座山峰。与李非凡的墓地仅隔了一道河流，两山相对，似是亲人相会时对望之状。

但遗憾的是，李光祖由于是在黄河边翻船失事，当时连尸体也没有找到。滚滚黄河水，滔滔不绝，打捞不到他的尸体。因此本吴庄只好给他建了一座衣冠冢。

对此，本吴庄在好长时间里，对外一直讳莫如深——大家都明白，一个人如若真的"死无葬身之地"，那不是喜丧而是恶丧。

这也是本吴庄觉得面上无光和愈加悲伤的原因之一。

不管怎样，即使是危机之中，本吴庄还是将李光祖的坟墓修得非常豪华。与老族长李非凡的墓地相比，一是占地较大，围了半个山腰；二是各色条形巨石拥簇，犹如宫殿；三是墓前栽的松柏，其冠如盖，尽是珍奇。

这个墓地，由于本吴庄人的重视，建造花了三个多月的时间，比李非凡的墓地还要奢华。站在建成后的墓园望去，对面的本吴庄尽收眼底，村庄后的山峰直入云霄。墓地曲水流云，视野开阔，山做靠背，虎踞龙盘，大气宽敞，令人望而生畏，同时又令人眼羡。

入殓之日，依然好不排场！其气势与李非凡相比，有过之而无不及。本吴庄也有意把它做大，就是为了面上风光。

李泽甚至劝过李和："节度即好，不必太过。"

李和说："借机扬我李氏脸面，焉能不奢华？"

李泽说："外面动荡，兵来匪去，战争频频，求安即好。"

李和不屑一顾："外面再乱，我庄亦有章法。何须惧之？"

然而预感不幸言中，树大果然招风。好花不常开，好景不长在，李光祖的进士墓在建成仅半年之久，便在有天夜里被盗了！

本吴庄人发现墓地被盗时，墓基已经被破坏。好在墓地周围尽是巨形条石，盗墓贼挖不动，仅是破坏其表面，但看上去也弄得七零八落，狼狈不堪。

在黄安县，盗人之墓，犹如杀父之仇，本吴庄的人都气得咬牙切齿。

有人说："这是不是吴姓人见不得李姓旺盛，故意派人为之？"

也有人说："肯定是盗墓者以为里面有金银财宝，所以如此。"

李十九也曾这样想，但李氏的人抓不到证据。毕竟只是一个衣冠冢，更多的只是形式上的内容，况且在墓里，并没有多少值钱的东西。当时下葬之日，李泽请示李和，李和说："表现尽其奢华，陪葬极其简陋。面子做足，投入最小。"

饶是如此，李和知道墓地被盗，还是非常生气，他派出李英豪等好几拨人四下打探，最后也查无实据，不了了之。

李和便将情况通过李逢春报到官府。官府里说："遇上盗墓贼，除非当场抓住，否则亦无他法。"

李氏为此暗中咒骂可恨的盗墓贼。同时，李和又派出力量，重新修整进士墓。修整之后的进士墓，看上去焕然一新，比过去还好。为了避免再次被盗，李和还派专人把守。

李泽又建议："此时国事纷杂，派人守墓，劳而无功。无须劳民伤财。"

李和训斥他说："你不懂！名义是守墓，实则是守村庄。墓室之处，易躲易察，在村庄对面，当下看大清朝廷将不复在矣！如若兵乱，对面有人值守，本庄不易被袭呀。"

李泽一想，点头称是。

本吴庄人此时略感欣慰的，是那些盗墓贼即使掘墓成功，也必定悔青肠子——因为进士墓里，除一般私葬品之外，并无他们想要的贵重之物。一个连尸首都没有的墓，也不会埋下过多的殉葬品。何况李和只是想做足面子上的事！他还想以此证明，李氏的进士李光祖在外当差，是个清白之官！

仅此一点，不得不令李氏后人与吴姓人叹服。当然吴姓还是有不少人表示怀疑："李氏的进士墓，肯定另有其地，故意摆出假墓骗人！"

他们怀疑李光祖的进士墓肯定还有暗室。不然，一个堂堂的朝廷大员，怎么墓里没有一点儿宝物？然而，此时无论墓里有没有金银财宝，人们不再像过去那样关心了。新的事物与烦恼在等着人们，更大的事开始冲击着黄安县。本吴庄虽然闭塞，但自从有了码头，各种各样的消息不断地从武昌城那边传来。

有一天，渡口边的船只突然出现了骚乱。

原来，一艘从武汉方向来的船只，真的把骇人的消息带回来了：黄安县西边两百里开外的武昌，突然爆发了起义，居然推翻了皇帝！

这个消息从码头传来，连族长李和都吓得浑身颤抖："天哪，没有了皇帝，以后国家怎么办、大家怎么活呢？"

吴洪生也是惊讶："什么人不要命了？连皇帝也废了？这是大逆不道啊。"

不仅本吴庄，整个黄安县的人都惶惶不可终日。

"这是杀头的死罪呀，什么人做的？"

本吴庄的人一边议论，一边从早到晚都做着噩梦。

李和于是下令让码头那边的李英豪加强巡逻，但大家满是疑惑。

"你知道吗？朝廷没了。一个叫孙中山的矮个子要当皇帝了。"

"不对吧？听说是在天津练兵的袁世凯要当总统啊。"

"也不知道，一会儿是革命军，一会儿又是清军……"

本吴庄的人在码头上，听到各种各样的传言。开头有些不信，后来便信了。民国初年，全县的行政机构分为县、区、会、甲，整个黄安县有十区五十会。

"他们就会欺侮人民啊，什么都要钱！"

"黄安县成立了咨议局呢，全县最大的地主、原五十会总会首李介仁任议长了。"

"哟嗬，还与我们是一个李呢。"

"一个李有什么用？议员们名为社会贤达，实则是土豪劣绅、流氓地痞。县署与咨议局是沆瀣一气的，虽然他们明争暗斗，争权夺利，但在压迫与剥削我们这个事上是一致的！"

李和请回了李逢春，问他县上情况。

李逢春说："乱成一锅粥了。他们打着为民的幌子，横征暴敛，鱼肉百姓。"

的确，黄安县府摊派到本吴庄的赋税，越来越重了。每个本吴庄人和吴家田人，都像其他乡村一样，开始为沉重的赋税贡献力量。这便大家感觉到有了生活上的压力。

李和说："有什么办法能度过去啊？"

李逢春说："难啊。世上无净土，四处尽是草莽英雄。谁也不知道日头落时，自己的头还在不在颈上。"

李逢春说完，大家都沉默了。李逢春叹息着回了县城，走时让大家注意安全。

李和与李泽特别为难，因为，他们不得不按照上面的要求，天天纳银两、征粮食、出人丁……而这一切，渐渐地变得没完没了。虽然本吴庄因为有了集市、码头与票号，几十年来攒足了家底，不像吴姓那样狼狈，但在出人丁这件事上，本吴庄还是陷入了极大的困惑——为各路人马派出去的壮丁，没有一个能活着回来！

这便引起了李和等人的焦虑。

这也是本吴庄人普遍的焦虑。

在焦虑的人群中，负责给族里办事的李泽最为典型。

李泽有两个儿子，按照当地的摊丁法，独苗可以不去，两人必去一个的话，今年怎么也得轮到他家了。

李泽的确不想让儿子去。他的大儿子李有荣，身体有病，一年四季总是病恹恹的，从早到晚不停地咳嗽，越咳后背越驼，最后竟然佝偻了下去。而二儿子李有誉呢，属于他们老来得子，刚刚定亲，如果送出去，将来像其他人一样，不知会是死是活。

于是，李泽求助于李十九。

"十九啊，帮叔一把呀。如果让李有誉去，家里就完了啊，谁会来传宗接代呢？"

李十九对一切看得很清。他毫不犹豫地说："叔啊，要不让他到庙里来吧。这里正好缺人。对村庄也说得过去。"

作为本吴庄越来越德高望重的人，李泽自然要带头示范——如果他不派自家的人丁去服役，全庄的人怎么办呢？大家都盯着他呢。在强大的压力之下，就连族长李和，也把第三个未结婚的儿子，送到外面顶数当兵，李泽又怎么能抗得过呢？

李泽犹豫地说："十九啊，你看得到，有荣有病，家里全靠二儿子有誉传宗接代呢。"

李十九说："叔，来庙里躲避一阵又不是让他来当和尚，以后再还俗结婚吧。"

李泽说："现在这个节骨眼上啊。怎么办呢？如果有誉一来，其他人是不是都会这样呢？我担心这个呢。"

李十九愣住了。他还没有想到这个呢。

没想，第二天夜里，李泽的儿子李有誉却捂着眼睛哭着跑到庙上来了。这次，还不是李泽让他来的，是他自己愿意来的。

李十九开门时，吓了一跳，只见李有誉双手捂着眼，有血不停地从他眼睛里流出来。

李有誉那时才十七岁。他对着李十九大哭："哥，我爹心狠，他把我的眼睛刺瞎了！"

李十九大吃一惊："不会吧？怎能如此？"

"我爹说，要想逃避征丁，只有刺瞎一只眼，不能打枪，这样队伍上就不要我了！他们好狠心啊。"

李十九怔住了。他仿佛感觉是自己的眼睛被刺痛了一般，全身抽搐了一下。于是，他连忙将李有誉扶进了门，为他清创。这些年来，李十九在拜黄道吉为师时，遇上闲来无事，便自学了《本草纲目》与《金略库要》，一些小病小痛头疼脑热的，他都能应付。因此，本吴庄找他看病的人，便多了起来。而且李十九为人看病基本上都是免费。

李有誉痛加恐惧，一直哭个不休。等清创完后，半天才慢慢安定下来。

他说:"哥,我不回家了。我要出家。我坚决要出家!我跟着你学吧。你是本吴庄最有学问的人了。"

李十九说:"你得回家去呀。你爹太爱你了,肯定是不小心才这样的。"

李有誉又哭了:"我再也不回去了。他们有这个狠心,我再也不当他们的儿子了,我要与他们一刀两断。"

李十九说:"这事我做不了主,还得你爹定夺。"

第二天,李泽果然找上门了。

"十九啊,也不是我心狠呀。这是有誉他娘出了个坏主意,我不得已,为了保他不当壮丁,只好照办了。与其让孩子出去死在外面,还不如让他残废待在家里呀。"

李十九说:"叔,这招也太狠了。"

李泽说:"没有办法之法呀。你千万别对本吴庄的其他人讲。不然,我以后怎能在此地立足啊!再说,大家若是知道我为了让孩子逃避抓丁而这样,更没法在族里见人了。"

李十九沉默了。

他只有叫李有誉和李泽一起回家。但李有誉在庙里关着门不出来。

李泽在外面好说歹说半天,李有誉说:"如果你让我回去,我就去死。我要出家,从此就待在庙上。"

李泽一听,眼泪流出来了。

李十九也是泪流满面。

李泽在庙里熬了一天,见无结果,只好独自怏怏地回去了。

从此,李有誉真的出了家。跟着庙里原来收留的那个和尚一起,在庙上一心地念经拜佛。

从此,每当本吴庄的上空飘荡着庙里的钟声时,本吴庄人的心,总是听一阵紧一阵。

这事过去后不久,码头那边晚上又遭遇了一次袭击。枪声响起来时，本吴庄人都睡着了。好在没有受到什么损失。李英豪带领的队伍迅速出击，把蒙面者赶走了。

李英豪在码头那边盖有房子，平时吃住都在那，对来来往往的人盯得很紧。

关于李英豪的这幢房子，本吴庄中人有多种说法。最集中的，都说李英豪在那边玩女人。

李和不信。他说："女人从哪来的呢？"

有人报告说，女人都是船家从别的地方载来的，供李英豪等人玩耍。而凡是被他玩过女人的船只，从此少收甚至不收过路费。

李和想让人去调查一下，但没人敢去，包括李泽。过去，李非凡在时，李英豪对李泽也是尊敬的，但老族长去世后，他便有些膨胀了。李英豪常常带领手下那帮人，一边在为本吴庄保驾护航的同时，一边又成长为本吴庄的新一霸，很长时间没人敢惹。

李和便想亲自去过问一下，但临时又止住了。他明白，自己在本吴庄中做的许多事情，都是由于李英豪支持才做成的。即使把他调查清楚了，又怎么处理李英豪呢？

李和心里明白，自从父亲李非凡去世后，李英豪逐渐成为本吴庄的另外一股势力。他本来早就想解决之，但暗中思忖：虽然李英豪有各种毛病，但执行自己的决定非常坚决，而且上交给本吴庄的银两，一点不比过去少。更重要的是，在与吴姓长期的对抗中，李英豪与他的自卫队起了很关键的作用，让吴姓的人一直不敢轻举妄动！

李和对此犹豫再三，还征求了李泽的意见。

此时的李泽，已是人到中年，早把本吴庄的事看得比谁都明白。

李泽说："你的顾虑是对的。只要他对本吴庄不形成威胁，在外又不过于张扬，还是忍字为先。别在兵荒马乱的年代，闹了内讧，自乱阵脚。"

李和黯然。他明白，随着外面社会的深刻变化，本吴庄已不会再像往日那样平静了。

还没想好怎么来处理李英豪，没想这一天，李英豪前来报告："族长，一队人马乘船经过码头时，我们发现了他们身上与船上都装有枪支！"

"枪支？这可是个大事！"

面对这个新现象，李和立即命令李英豪迅速带队上前察看，以免有人袭击码头。

没想对方一下船，便坦率地告诉他们："我们是参加革命军被打散的队伍。我们只想推翻皇帝和军阀，让'三民主义'深入老百姓的心。国家是大家的国家，不是皇帝一家的天下，我们都是穷人家的子女，天下的穷人不打穷人。"

这话，很符合李英豪的心意。平时，虽然李英豪的毛病很多，但他爱憎分明，喜交朋友。于是，李英豪决定设宴宴请他们，进一步打探虚实。

一场酒肉穿肠，推杯换盏过后，李英豪终于明白对方说的属实。于是他灵机一动，心中暗忖："现在外面大乱，有枪有钱才好使，不如选买一批武器，反正有枪就是爷。"

于是，李英豪在没向李和报告的情况下，先是好说歹说，终于高价从对方手里购买了一批枪支。他们提出的附加条件，就是本吴庄允许他们从此可以在码头顺利通过。

李英豪同意了。他一次性购买了三十支枪。

这是本吴庄拥有的第一批枪支。其中手枪八支，长枪二十二支。

在付足对方酬金并允许对方暂时在黄麻交界之地落脚后，对方觉得李英豪为人侠气，还主动派了一个教官，来教授李英豪等人射击技术。

这不练不知道，一练，李英豪才知道在自己的武力与砍刀之外，世间还有更为厉害的武器。

于是，他主动向李和报告了买枪的事。

李和心头大震，但在李英豪的劝说下，他还是同意李英豪再次通过那批人，又购买了三十支枪。这次，对方开出的条件是："只要我们革命党人进入本吴庄地域，双方不能互相残杀。"

这个本吴庄能够保证。因为从建庄时起到现在，本吴庄人的骨子里还是"和为贵"，不愿与人争斗。

对方的领头人姓黄，都是湖北人。他们说，他们都是被同一个地方一个叫黄兴的人，带着出去参加革命的。黄兴在革命胜利果实被劫取后，便去广州找孙中山大元帅了。而他们留在湖北的队伍，很快又被新军阀打散，只好先选择到我们黄麻这样有山有林的地带以求生存。

本吴庄在李和的默许下，暗中给了对方大量的粮食支援。

李英豪又对李和讲："族长大哥，这批人原来是想等待时机，回去继续革命，但他们中派出的探子回来说，革命的果实被一个叫袁世凯的窃取了，他们只好又上山做了土匪。"

李和说："做土匪？那我们要小心，一是土匪不讲规矩，二是与他们打交道会影响我们的名声……"

李英豪说："这个您放心，盗亦有道。"

果然，这些土匪为了生活在外出抢劫时，一直遵照与本吴庄之间的约定，从来没有抢过本吴庄的人和黄麻地带离自己最近的人。主要是他们在此立足，需要麻城与黄安界的支持。即使是去抢，也是到远离本吴庄落脚点外的大户人家去抢。

两地乡民被土匪骚扰，便将此事报给官府。但当时的官府全都是乱糟糟的，也不知怎么应对眼下的局面，只好作罢。

相反，新的官府诞生后，突然派来官员，宣布说要剪大家的辫子了。这事在武汉周边，早就发生了。但对于山区与丘陵地带的黄安，却迟缓了两年。无论怎么说，这在黄安县却是个大事。

本吴庄和吴家田的人接到任务，分别都召开了动员大会。会上也是都按照上面传达的要求精神如实开讲："只有一种选择，要么掉头，要么掉头发！"

于是，两族的大会上，都是一片哭声。

这样的哭声，其实在整个黄安县都有。不过，不如其他县城那么反应强烈。人们忽然发现，过去皇帝不好，大家都只能暗暗骂皇帝，明骂是要掉脑袋的；而现在突然没有了皇帝，还要剪辫子，大家一下子不知该怎么活！

"几千年的皇帝，说没就没了？"

"可能是一个新皇帝要诞生吧，还不是换汤不换药！"

人们这样认为。

无论怎么想，大家为了保命，只得选择剪头发。这其中包括李和，他在一边剃发时一边感到，掉落在地上的，不是头发，而像是自己的头。

一种严重的不安全感，在黄麻两地漫溢开来。

吴家田有位长老，由于不愿剪辫子，被上面派来的人抓去暴打，回家便吊死了。

本吴庄的长老李天时，听说儿子李逢春由于执行这项工作不力，被新的县府开除！这让他心痛得无以复加。特别是当县府还派了一个工作组来到本吴庄，监督所有的人剪辫子的时候，李天时气不过，在一天晚上干脆自己跳了河！

关于李天时跳倒水河自杀这件事，曾在本吴庄的历史上传得沸沸扬扬。有人说，他是被李和逼死的，因为李和当了族长以后，一点权力也不分给他。也有人说，他是守节死的，想为王朝殉道。本吴庄的人们，觉得这对父子俩性格相像，都坚守旧制，遵守旧规，恪循旧法，因此与新世界水火不容，才导致如此。

无论怎么说，本吴庄的人还是感到十分悲伤。大家一致认为，作为族里的长老，李天时没有功劳也有苦劳，毕竟他为人正派，行事公正，有着良好的口碑。而李逢春呢，当年在县里为吏，也为本吴庄人做了不少事，现在被迫居家赋闲，每天只读子曰诗云，也不回乡。

大家知道了，都深为叹息。

叹息归叹息，在李泽的建议下，本吴庄还是隆重地埋葬了李天时。并把他安葬在离进士墓不远的地方。

这个墓地，也是李十九选的。李逢春回来看了，非常满意。

虽然外面开始兵荒马乱，但李天时的葬礼同样很隆重，让本吴庄人觉得李和办事，顾全大局，心胸开阔。不少人为此还改变了对李和不太好的印象："原来这个新族长，看上去很威严，还是很讲人情的。"

只有李逢春和他的弟弟李适春，知道李和的真正用意。

在葬礼完后，李逢春就回县上去了。李和本来想请他回到乡下，共同襄议主持村中大事，但李逢春却表示自己野鹤闲云，一心只读圣贤之书，不愿再理本吴庄的尘世俗务，李和只得作罢。毕竟，此时的李逢春，已是三个孩子的父亲，他与吴鲜花前后共生了两男一女，一直在黄安县城里生活，开头依旧在政府做事。后来，感到生活日益艰难，便在外雇人又开了一家杂货铺，把本吴庄的农产品运到县上卖，勉强过得去。

李和见李逢春不愿返乡，就让李天时的二儿子、李逢春的弟弟李适春，到族中任理事。李适春也是饱读诗书，同样不想理会族中之事，婉拒了几次。他越是婉拒，李和越是坚持，后来李适春见拗不过，也就不再拒绝了。

李逢春暗地里对李适春说："你去吧，可以掌握一下乡情。以后我们有事时可以找你。"

李适春问哥哥："你在忙什么大事啊？"

他之所以这样问，是因为嫂子吴鲜花曾告诉他说，也不知道李逢春整天在外忙什么，比过去似乎更忙了。接触的人，也多数是些陌生人。她不放心，每次问他，他都不说。她也就暗中担心。

这让李适春也好奇。难道哥哥也变了？不会呀。

可李逢春说："我们要掌握全面的情况，你不要问。将来我们的社会，会有很大的变化。要为将来做准备。"

至于其他的，李逢春一句也不说，也不让弟弟问，同时还不让弟弟回村庄里说这些。

李适春自幼听哥哥的话，他也就不问了，把问号吞到了肚子里。

现在到了族中做事，李适春也不想管太多，他便对李和与李泽提出："我只到族中投票，不过问族中大小事项。"

这正中李和下怀。他心中所想的，也并不想分给李适春实权，不过仅是照顾一下李天时的面子罢了。

在重葬李天时不久，外面的世界越来越乱，一个接一个不好的消息不时传到本吴庄来。这让本吴庄的人，开始变得心神不安，家家户户不到天黑便关门闭户。就连码头也是这样，为防止有人大规模的偷袭，李和就让李英豪每天都早早地停了渡口，关了漕运，收拢船只。

大家都不知道，没有了皇帝与军阀混战的日子，到底何去何从。

李和甚至为此非常着急，放下身段去讨教于李十九："十九啊，国家没了皇上，军队又在混战，我们该怎么办呢？"

李十九说："族长呀，过去有皇帝的时候，皇帝也是派个官员前来收税要钱，颁布法律，我们只有执行；现在没有了皇帝，我们本吴庄除了交钱交税，又有什么可怕的呢？"

李和听了不解。

李十九笑了说："族长呀，没了皇帝，大家该怎么过还是怎么过呀。只要本吴庄能保证粮食充足，钱财安稳，外面的世界谁当权，老百姓的日子不还得过吗？"

李和先是一惊，接着笑了。他想，也是啊，不管上面怎么样，下面的平头百姓，日子可不是该怎么过还得怎么过吗？

这样一想，李和便心下释然，不再杞人忧天了。他从此产生了过一天算一天，做一天和尚撞一天钟的想法。

但在有一天夜里，不知什么人突然潜入李和的家里，打了他一顿，还抢走了不少钱财。第二天，李和召开全庄大会，在猛批本吴庄的安保措施不到位的同时，发动大家去找肇事者。但他发现，本吴庄人仿佛人人自危，除了李英豪，其他的没人敢站出来去深山老林里搜山。

李和突然变得暴怒。

但暴怒之后，他悲哀地发现，本吴庄人也变了。他们晚上宁可待在家里，也不敢像往日那样去巡逻了。

李和为此惩罚了不少人。但这样的结果，是他发现人们渐渐离他远了。

李和开始经常借酒浇愁，喝得酩酊大醉。

此时，本吴庄经济上重要依赖的码头，税收被加重了。过去运出去的花生、棉花、油饼、皮油、药材等土特产品，越来越变得不值钱了。而从码头外进来的食盐、红白糖、煤油、蜡烛、瓷器、纸张与肥皂等工业用品，却变得越来越贵。本吴庄的收入开始大幅下滑。

负责族中事务的李泽为此经常叹气："这世道，怎么一天不如一天呢？"

他向李和报告："税收越来越多了。一个月挣的钱，还抵不上交出的钱呢。"

接着，他也不等李和点头，便向李和报告："这些税收，越来越多。一是土地税，包括契约税、田亩捐等，一年分春秋两季交纳，每亩田纳税约 5 至 15 元；契约税每年一次。二是人头税，按人来征，每人每年交纳 2 角至 1 元，本吴庄这些年人丁猛增，一年下来不是小数。三是杂税，包括烟税、酒税、糖税、屠宰税、行商税、厘金税等。比如说，每制一槽丝烟、煮一甑酒、熬一桌糖、宰一头猪，都要纳 30% 到 40% 的税金。四是杂捐，这些名目就更多了，有月捐、门牌捐、灶头捐、纺车捐、壮丁捐、枪捐、草鞋捐等，均由区董、会首、保正随时随地摊派……"

李泽在说，李和却不想听。李泽没有说完，李和仿佛却睡着了。

李泽发现，族长李和在不知不觉中慢慢变了，既不像以往那样勤勉，每天到祠堂去理事，也不像往日那样四处巡游抓风气，整天垂头丧气、无精打采的。甚至，每到了晚上，他便应李英豪的邀请，偷偷地跑到码头上李英豪的房子里，一起大碗喝酒，大口吃肉。

本吴庄人说，学好很难，学坏容易。不久，李英豪有的坏习惯，李和渐渐便也沾染上了。

最早发现李和变了的，是他自己的媳妇。媳妇发现，李和慢慢的夜不归宿了，接着开始抽大烟，这在李非凡的年代，是绝对禁止的！但她发现了也没有什么办法，只有以泪洗面，不敢吱声。因为她知道，如果一旦吱声，不仅自己颜面尽失，而且有可能被李和一纸休书，将她休回娘家生活。看到四个孩子都在慢慢长大，一个跟着一个，李和的媳妇也只能经常在青灯之下，念经拜佛。偶尔，她还到庙里向李十九请教修行之事。

李十九看在眼里，心头明白，但他从来不去点破。除了自己陪着李和的夫人说话，还经常让庙里收留的和尚给她讲经说法。

李十九还发现，庙里李泽的二儿子李有誉，只要见到李和的夫人来了，便躲在屋子里面不出来。

李十九常常一声叹息。

李十九便想，原来的本吴庄，不是这个样子啊。他不禁怀念老族长李非凡与师父黄道吉在时的时光，觉得那些时光，美丽短暂，令人向往。

自黄道吉走后，住在庙里的李十九常常感到孤单。有一天，他突然开悟，便真的剃光头发，入了佛门，从此一心地吃斋念佛。至于本吴庄族中的事情，他在向李和提过几次建议而没有被采纳后，便越发不再关心了。

时间一天天过去，日子一天天难熬。

李十九便带着李有誉去云游了全县有名的龙潭寺、永安寺和介灵寺，他悲哀地发现，这些寺里的人，换了好几茬，不再像往日那样念经拜佛了，而是用来欺侮百姓、强抢民女的魔窟。而税收、高利贷、地租……开始成为黄安县人民头上的紧箍咒。整个黄安县的老百姓都在传言：

"无事莫进三个堂（公堂、祠堂、庙堂），进了三堂就遭殃！"

"穷人莫信富人夸，如今借钱利上加。月借一块加一块，还未到期就来拿！"

许多村庄，还传唱着这样的歌谣：

> 冷天无衣裳，
> 热天一身光。
> 吃的苦菜饭，
> 喝的苦根汤。
> 麦黄望接谷，
> 谷黄望插秧。
> 一年忙四季，
> 都为别人忙！

李贯通在外面做生意时，回来对李十九讲："道长啊，外面的农民，不少都缺衣少食呀。有的人饥饿无粮，就采野菜、树叶、野果充饥；有的天冷无衣，就偎稻草、打柴生火以御寒，过着原始人的生活。许多农民乞讨无门，便被饿死冻死啊。"

李十九听到摇头叹息。

李贯通又说："我到七里区一个也叫吴家湾的村里，该村 42 户人家，180 多口人，除一户富农和一户中农外，余皆为佃农。每年收割完毕，农民将租债一交，绝大部分人家便无粮度日，借贷无门。全村有 37 户讨饭，12 户因饿死绝！剩下 25 家，家家无被子，男女老少衣不遮体。有个叫吴朝刚的，一家 6 口人，除两个大人有点破衣遮身外，4 个孩子都赤身裸体。还有一个叫吴敬香的，一家仅两人，但一个去讨饭冻死在外，一个饿晕了倒在火堆里被烧死……"

李十九听了，心情越发沉重。他说："在我们本吴庄，目前还算好啊。这些情况，要报告给族长知道才行。"

李贯通说："道长啊，你也知道，他现在虽然权力在手，但不太管事了。这如何是好呢？"

李十九看了李贯通一眼。李贯通马上将头低下。李十九明白，李贯通一直盯着李和族长的位置呢。于是，他便什么也不说。李贯通坐了一会儿，觉得没趣，独自走了。

这一天，李十九正在庙里烧香，突然听到外面人声鼎沸，不少人急着高喊："救火呀，救火呀！"

李十九跑到庙的高处一看，只见整个本吴庄的人，都拿着水桶铁盆，往码头方向跑去了。再往码头一看，又见冲天的火光，在那边烧起。

"码头着火了！"

"码头着火了！"

这天，刚好有大风吹起，码头那边，叫声与哭声，被风传送过来。李十九心里一紧，他担心的事发生了。

他连忙也跟着去救火。但火势太猛，加之大风，这把火最后烧了整整一天一夜才被扑灭，但本吴庄整个码头，却被烧得精光！

李和这下坐不住了。

他在祠堂中，对着族中长者们，逼问李英豪："火是怎么起来的？"

李英豪心里一惊，脸上带怯。但他装作若无其事，弯腰答道："族长大哥，凌晨火起，经查是从河面上的船上引起来的。据我们侦查判断，应该是有人故意纵火！"

李和问："可曾查明是谁纵火？"

李英豪欲言又止，最后低头不语。

李和问："当时你在哪里？"

李英豪说："在码头屋子里。"

李和问："在干何事？"

李英豪脸一红，又不说话。原来，他其时酒醉，正搂着女人睡觉。如果不是手下人紧急进来抢救，他也会被大火烧死。结果，他跑出来了，而他带回的女人却烧死了。

这些情况，李和已有人前来告知，心里明镜似的。

祠堂气氛，一时凝重。

李泽见状，连忙接话说："救火之后，我也前去察看。的确是从船上引到岸上的。如果不是有人故意为之，为何四处皆有硫黄之味？"

李和盯着李泽。李泽低头不再说话。

后来，李和也弄清楚了事情的起因，问题就出在李英豪身上。

原来，李英豪有次外出办事，回来时从一个周姓的村庄经过，正好天黑，他决定在当地客栈过夜。刚好那天晚上，有个戏班在当地唱戏，被李英豪撞见，那个戏班的头牌，不仅戏唱得好，而且也长得好看。李英豪为了讨好李和，便设计在夜里将那个头牌抢了回来。但当晚，李英豪饮了不少酒，偶然路过关押头牌的地方，忽然被她哭哭啼啼的样子吸引，一时兴起便先行自己睡了她。这一睡，就是几天几夜，也不知为什么，那个头牌居然从哭哭啼啼到兴高采烈地顺从了李英豪！

这下事情来了。一个戏班，少了头牌，便让一个班子不能再唱戏了，这是事关大家有没有饭吃的大事。戏班的人打听来打听去，终于打听到，头牌是被掳到了我们的本吴庄。他们便埋下了仇恨，要抢回头牌报仇。

事也凑巧，这戏班有一个武艺高强的年轻人，与头牌暗中相好。现在眼见自己的爱人被人掳去，他义愤填膺，决心自己报仇。于是，他悄悄地雇了一条船，载了杂物，沿河而下，径直来到了本吴庄。在初步探明情况后，这个年轻人决定放火，并趁火乱之机，抢走自己的相好。可没想到，那天正好遇上大风，他从一只船上点燃硫黄，引发的火灾，竟然烧掉了整个渡口。最后，他不仅未找到自己的心上人，还把本吴庄最大财富的来源地烧了个精光！

李和知道后，气得七窍生烟。他想，必须拿下李英豪，否则以后不知还会给本吴庄惹出什么乱子。

他于是让李十九帮忙布置，并让李泽牵头办理此事。

李和强调："必须万无一失！"

李泽便来找李十九商量，李十九知悉后特别惊讶。

他本来不想再管这事，但看到本吴庄人辛辛苦苦建成的码头，被烧成一片灰烬，气自不打一处来。

李泽与李十九于是决定，让人在李氏祠堂设下刀斧手，准备请李英豪前来开会，再趁机解决之。

怕李英豪怀疑，他们派李泽亲自前去召唤李英豪。

没想，李泽一会儿就慌慌张张地跑回来禀报："族长，李英豪不见了！"

李和原本面无表情地坐在祠堂的正中，一听李泽报告，感觉天塌了。

李泽说："不知他从哪得到消息，居然带领他的护卫队的全部人马，一起跑了！"

李和气得说不出话。缓过劲来，他一激灵，立马吩咐："赶紧清查库中银两！"

本吴庄的银两库就在祠堂旁边。他们来后，将暗门打开，推开厚重的库门看到，一个守库的中年人早已身中多刀，死去多时。

进入库内，李和看到，本吴庄的金银财宝，已经多半被劫，只剩下一点散银四处皆是！

李和忽然觉得头一眩晕，两眼发黑，身体晃了几晃。

平时主事的李泽看到，可能由于走得匆忙，银库的地上四处散落着碎银闪闪发亮。而刚刚发行与兴起的孙中山与袁大头等硬通货，也失去了不少。

李和缓了缓神，喝退周围的人，带着李泽进入银库的内室一看，所幸，里面还有一道暗门，暗门中藏的金条与珠宝，一件未失。

李和于是装作特别生气的样子，出来喝令大家："搜查，全庄搜查。活要见人，死要见尸！"

但他们掘地三尺，又哪里能见到李英豪等人的影子？

李英豪早就远走高飞了。

这是本吴庄建庄近百年来，第一拨离家出走的人。他们从此被称为本吴庄的叛徒！

关于这事，本吴庄人有各种各样的说法。

有人说，李英豪被武汉的革命党洗脑，可能一起上山，准备再次革命去了。也有人说，他们跑到武汉那个大地方享清福去了。还有人说，李英豪上山当了土匪……

无论怎么说，李英豪好像鱼儿溜进倒水河里，谜一般地消失了，再也没有在本吴庄出现过。

本吴庄人从此时开始怀疑："当初本吴庄码头的一场大火，是不是李英豪自己放的？"

李和听说后，心里暗暗生气，但也不便表态。同时，他命令大家不许乱传，害怕这事传到吴家田，会被吴姓人抓住辫子，产生新的误会。

但这件事，曾在本吴庄还是私下传扬了好长时间。好在李英豪与他的骨干队伍走时，并没有带自己的家人，这一点还能证明他们没有预谋。他们的亲人，也因此在本吴庄受到大家的严重鄙视。本吴庄的人们，还害怕李英豪回来报复，因此家家户户一到天黑，都很早关门闭户。

李十九说："这事倒不会。毕竟他的家人也在村里嘛。不看僧面看佛面。"

不过，李英豪出走这件事，让李和受到很大打击。他开始经常莫名其妙地叹息，也因此变得更加放纵。

在这种情况下，在李和的默许与同意下，李泽勇敢地站了出来，决定重新修建渡口。

这时的吴氏，由于刚刚从本吴庄的码头合作贸易中尝到了甜头，眼看着码头在黑夜被大火烧毁，他们也非常痛心。而且在关键时刻，本吴庄人全体救火，没有任何人怀疑甚至于指责过他们，所以吴氏在重修码头中表现出了很大的诚意，积极参与了码头的重建，并表示愿意平摊建设费，但条件是利润平分。考虑到当时动荡的局势和本吴庄的银两欠缺，李和与大家商量了一下，见大家没有表示异议，便通过了。两族简单地签了个协议，便迅速准备物资，开始重修渡口。

终过日夜地艰辛努力，半年之后，一个新的渡口，又重新在本吴庄的南边立了起来。这个渡口，比原来更宽敞更气派。

不同的是，这次渡口空地上方，开始挂了两面旗帜——一个"李"字与一个"吴"字，随着山风飘扬。

吴姓的人，终于参加到了这一改变历史的行列。两家人从此共同把守漕运，赚的银两平分。

这是两族族长吴上人与李非凡，谁也没有想到过的。

李十九有时欣慰地坐在庙前，从老远的高处看着码头飘扬的旗帜，心里百感交集。他想，不知吴上人与李非凡他们的在天之灵，看到了这两面高高随风飞舞的旗帜，会作何感想？

不知道。因为两边的墓地，像本吴庄周围的大山一样，永远都沉默不语。

第十五章　布道

就在李吴两家和好，特别是李和重振精神，正想大干一场的时候，不知哪一天，本吴庄突然来了洋人。

洋人比日本人进入黄安还要早二十多年。洋人来到本吴庄时，本吴庄还是黄安县乡间建得最漂亮的村庄之一，它与八里湾的古村落吴氏祠，一起享誉黄安。

本来，本吴庄的地势，是易守难攻，三面环山，一面临水。但洋人到本吴庄，却没有走需要经过吴家田那段便捷之路，也没有走更为便捷的水上之路，他硬是从背后遥远的弯弯的山道，费尽周折爬过来了。

而且，来到本吴庄的洋人只有一个。

进入本吴庄时，本吴庄的人见到洋人后纷纷躲闪，又特别好奇："快来看呀，好奇怪呀，他竟然长得像鬼一样！眼睛居然是蓝的，头发居然是白的！"

更让本吴庄人吃惊的是：这个洋人居然还会说中国话！

洋人是骑着一头驴子、拉着一匹骡子来到本吴庄的。两匹动物身上，都挂满了货物，有书，还有不明物种。

洋人来到本吴庄后，非常谦虚谦逊。令人惊诧的是，他还特别懂得中国的传统文化与平常礼仪。进了村庄，他打听到族长李和就住在村庄正中，便立即跑到李和家中拜访，送了一些植物的种子与漂亮的法器。

李和见到洋人，起初也是吓得不轻："哎呀，这是哪里人啊！眼睛蓝得像头顶的天！"

但李和接着听到洋人会说中国话，提着的心吊着的胆也就慢慢地放下来了。

李和心里害怕，面子上却保持着一个族长应有的矜持，问："所来何事？"

洋人回答："传道上帝，教化子民。"

洋人一边说，一边在胸口画了个十字。

李和问："何为上帝？"

洋人说："上帝是耶和华，为解救全人类而死的。所以信上帝的人，灵魂也都可以得到解救。"

李和不懂上帝，他说："那不是我们的菩萨吗？"

洋人说："上帝是万能的。你们的菩萨是传说的。"

李和有点不悦："我们的菩萨是传说，难道你们的上帝有人见过吗？"

洋人答不上来，见状马上转换了话题，夸奖本吴庄建得特别漂亮。李和觉得这个洋人还算懂事，又是初次见面，因此没有过多的表态。

洋人刚来，可能是走得太累了，他喝了几口黄安县流传了几百年的名茶——老君眉绿茶，连连伸出大拇指点赞："这茶叶好啊，不仅清香扑鼻，而且味道清冽，爽心爽脑。"

李和听了高兴了。他与洋人唠了半天嗑，听到洋人说外面世界的事，觉得好奇，因此并无反对与厌恶。

最后，李和问了洋人一个问题："你叫什么名字？"

洋人站起来说："我叫汤约翰，你也可以简称约翰。"

李和笑了："汤？喝汤的汤？还是个中国姓啊。约翰是什么意思？"

洋人说："约翰之意是说，上帝是仁慈的。"

李和又有点不高兴："难道说你们的上帝是仁慈的，我们的菩萨就不是仁慈的了？我们的观音菩萨还叫救苦救难的观世音菩萨呢。"

洋人汤约翰说："我不是这个意思，我只是说字面上理解的意思。"他一边说一边着急地比划着，脸上还有点红，把李和又逗笑了。

李和又问："你到底来本吴庄干啥啊？"

洋人说："就是传播知识，无他。请放心吧。"

李和想，来个洋人，也好提高一下本吴庄的地位，你看连洋人都跑到本吴庄来了，说明本吴庄名声在外啊。这样一想，他的心也就释然了。

拜访完李和出来，洋人约翰又到其他人家探访。接连三天，他才把本吴庄的家家户户走完。每进一家，他都要先发几粒糖果。每发一次，他就在胸口郑重地画一个十字。

我们本吴庄人不知道他为什么画十字，怕是被莫名其妙的诅咒，不少人便跑到庙上去问李十九。

此时的李十九，已经身材发胖，看上去肥头大耳，满面红光，说话犹如洪钟作响。举手投足之间，一股天然的气场扑面。此时，他在本吴庄的地位，除了李和外，已是牢不可摧，随处可见。本吴庄不少人私下甚至认为，李十九的影响力超过了李和。

在拜会李和之后，洋人约翰便去庙上见过了李十九。因为洋人知道，在中国凡是有庙宇的地方，就是宗教信仰场所之所在。因此，他在拜会李十九时，还给他送了几张西洋画。

这几张画，居然全是裸体。

这让李十九也很不悦。因为他自拜师学艺以来，从来没有接触过女人，更谈不上像本吴庄其他人那样娶妻生子了。

李十九捂脸说："此伤风化，不宜观之。"

洋人大笑："修道在于悟道，凡悟道高僧者，懂得放下。放下即高悟。何故如此。"

李十九一听，洋人好像有看不起自己的意思，心中便有了不快，脸色随之沉了下来。

洋人又说："在我西洋，此乃大悟之道也。对尊敬之人，才可予之。中国亦有背女人过河之故事，放不下的和尚才追究背了过河女人的和尚，其实背者已放下，不背者在心中。请放下执念，收下此礼。"

李十九脸上又一红。他觉得洋人对中国文化还有如此深的研究，便有了几分好奇。从心底下说，自长大之后，李十九从来就未见过真正的女人，心中的好奇便加重了，他于是便悄悄地收下了。

李十九问："道长到此，为了何故？"

洋人约翰道："我们不叫道长，而是称为神父。"

李十九心中一顿，脸上再度一热。他又问："神父？在我们此地，神是最高的，如果比神还高，才叫神父。汝此称呼，实乃无知也。"

约翰说："称呼不同，不必为意。"

李十九又问洋人："你本万里之外人士，却到我中土，所来何为？"

约翰说："此时中华，兵荒马乱，世人心困，灵魂迷惘，吾送西方上帝之教，以度大家享天堂之福。"

李十九也曾听师父黄道吉偶尔讲起过上帝，不以为然。看到洋人约翰一脸虔诚，觉得既是同道之人，大不了就是相信另一个菩萨，所以就不便阻拦。

因此，当大家来李十九处问洋人约翰送糖果是何居心时，李十九开口说："洋人这是表示问好。就是友好之意。我堂堂本吴庄，还怕一个外来者乎？"

李十九一言九鼎。

大家听李十九说洋人这是表示友好，便纷纷接受了糖果。本吴庄有的小孩子，甚至在吃了洋人的糖果后，还跟在他屁股后，希望他再发一些。但洋人带来的东西有限，只是不停地笑着耸肩，表示遗憾。

作为好客的本吴庄人，看到洋人来本吴庄后，没有居住的地方，李和便主动让人腾出了死去的李罕家，将没人住的一间屋子给洋人约翰住。原来，自李罕死后，由于无后，这房子一直空着。李泽让人简单地打扫了一下，收拾了一番，约翰看后很是喜欢。

　　为了表示本吴庄的友好，本吴庄人还给洋人约翰送来了基本的生活物品。锅碗瓢盆，葱头蒜脑，辣椒蔬菜，油面米粉……应有尽有。

　　年轻人都对洋人感到惊奇，只有老一点人在心里嘀咕：洋人到底来本吴庄干什么呢？

　　很快，本吴庄的人便明白，洋人原来是来传教的。

　　每天，洋人约翰对着一本叫作《圣经》的书，天天念，天天画十字。

　　约翰还经常来庙里，与李十九聊天。

　　李十九由于父母已经双亡，天天住在庙里，他觉得道已修成，常常感到一种寂寞在空中飘来。所以他乐于与洋人交流思想，对约翰并不排斥。

　　李十九说："洋人的确是来传递文化的。他传播的是西方的文化。"

　　文化一词，从李十九的嘴里说出来。本吴庄人便感到了压力。因为读书人在本吴庄一直受到尊重。

　　有人问："什么是西方文化？"

　　李十九说："就是大洋彼岸的文化。"

　　李十九便向大家描述，洋人约翰如何越过了山川海洋，从无限遥远的地方而来，西方文化中上帝统治一切、上帝受苦受难，为了人们在十字架上死去，因此人们都得膜拜云云。实际上，这些东西，也是约翰对他讲的，他不过转述一下罢了。但他这一转述，本吴庄不少没有读过书的和读书少的人，在觉得李十九文化水平很高的同时，私下里也觉得很惭愧，毕竟读书的人不多。

　　是啊，在本吴庄，还有谁，比李十九更有文化呢？因此村子里的老老小小，都对洋人有了好感，见了约翰还主动施礼。

　　约翰很温和，他的脸上满是笑意。对每个人，他弯腰、鞠躬，主动握手，然后不停地画十字。就是到家家户户吃饭，也要画十字。

　　本吴庄的人慢慢便与洋人约翰熟悉了，也不怕约翰的蓝眼睛、白皮肤，以及手臂与胸口上的毛发了。他们慢慢与约翰聊天。到后来，不少本吴庄人，甚至觉得把洋人约翰请到家里来吃饭，是一种荣誉。

这让李十九略感不快。

但这种不快是短暂的。

很快，李十九与约翰能通上话了。

洋人约翰拿出一本爬满了蚂蚁一样字的书来，与李十九交流。

李十九很快明白，自己信的是太上老君和观音菩萨等各路神仙，而约翰信的是上帝。上帝叫耶稣，被钉死在十字架上。

约翰动不动就来一句："啊，My God！上帝啊，原谅我吧。"

李十九很好奇："你们的上帝，到底是什么？"

约翰便用不太流利的中国话与李十九讲解："上帝是宇宙万物的主宰，是永恒的存在。他创造和治理世界。上帝爱世人。"

李十九说："那就是我们的天帝、天神一样啊。"

约翰说："我说的，不是你们的玉皇大帝，我们说的与你说的不是一个神。"

李十九说："我们的神存在五千年了。你们的神存在多少年？"

约翰一时语塞。他说不过李十九，便绕开说别的，开始谈论天气和农民的收成。

这可是李十九的强项。在黄安，人们对天气有自己的各种各样的谚语。李十九对此随便一说就是一套。比如他对约翰说——

> 雷打惊蛰前，山冈垄上好种田。
>
> 惊蛰不动风，冷到五月中。
>
> 清明要明，谷雨要淋。
>
> 二月清明不用慌，三月清明早下秋。
>
> 立夏不下，无水洗耙。
>
> 立夏三日楗杖响，小满三日麦耙香。
>
> 麦到小满谷到秋，迟迟早早一路收。

芒种火烧天，夏至雨绵绵。

春南（风）夏北，等不到天黑（下雨）……

　　这一说，约翰感兴趣了。他掏出一个小本子，开始在本子上记。一边记，还一边说："这个很有意思，也很有道理，您再讲几个。"

　　李十九平时有研究，张口就来：

五月初五下一阵，家家添个黄谷囤。

五月南风招大雨，六月北风贵如金。

有钱难买五月旱，六月连阴吃饱饭。

六月发南风，十潼干九潼。

交秋打雷，谷烂成泥。

白露无雨，百日无霜。

寒露不低头（稻垂穗），割回喂老牛。

日落一片红，明朝定有风。

日晕三更雨，月晕午时风。

月亮长了毛，有雨在明朝。

天上鲤鱼斑，晒谷不用翻。

云往南，长水潭；云往北，好晒麦……

　　约翰一边记，一边还问李十九其中的道理。李十九饱读诗书，经常云游四方，因此讲起来，既有故事，又有内容。洋人约翰觉得李十九很有文化，常常对他伸出大拇指。

　　除了谈天气，李十九也教给约翰一些关于黄安人生活类的民谚与社会类的经验总结。比如：

人是树桩，全靠衣裳。

一层麻布抵层风，十层麻布过个冬。

笑破不笑补。

出门走路看风向，穿衣吃饭看家当。

大火熬粥，小火炖肉。

肉越吃越馋，火越摩越寒。

姜辣嘴，蒜辣心，大椒辣了做不得声。

多吃一园菜，少吃一仓谷。

不吃烟，少喝酒，活到九十九。

买得便宜柴，烧了夹底锅。

在家千日好，出外一时难。

修桥补路，增福添寿。

不动扫帚地不光，不动锅铲饭不香。

看到约翰伸长了脖子，李十九便越说越来劲：

隔山一里，柴在屋的；隔山一丈，柴在山上。

人勤地出宝，人懒地长草。

节约好比燕衔泥，浪费好比河决堤。

晴带雨伞，饱带饥粮。

当家始知柴米贵，养儿方知父母恩。

生前不把父母敬，死后何必哭亡灵。

儿不嫌母丑，狗不怨家贫。

好儿不要爷田地，好女不要嫁时衣。

儿孙自有儿孙福，莫替儿孙操远心。

儿是根，女是叶，堂前有女不为绝。

姑娘是个菜籽命，撒到哪得哪得生。

亲戚满州县，比不上自身健。

家教非儿戏，宠爱害后人。

背时的医生诊病头，走运的医生诊病尾。

冬吃萝卜夏吃姜，不劳医生开药方。

吃饭八成饱，到老肠胃好。

饥不暴食，渴不狂饮。

一夜不宿，十夜不足。

一天洗遍脚，胜似吃补药。

捡漏趁天晴，读书趁年轻。

吃药不通方，哪怕用船装。

这些民谚，是黄安民间多年来摸索与形成的经验，也是一代又一代人流传下来的人生智慧与宝贵财富。

李十九越讲越多，约翰的本子越记越厚。

后来，李十九发现，约翰在给本吴庄人布道时，经常引用到本子上的这些东西，大段大段地抄袭引用黄安本地的一些说法，他讲得通俗易懂，这让本吴庄周围的农民也很感兴趣，增加了布道时的感染力与吸引力。

约翰发现这个规律后，心中暗喜。比如讲到如何为人处世时，约翰开口就是这样的一些句子打头：

宁与千人好，不与一人仇。

一时好话不可信，百年朋友见真心。

露水夫妻过不长，酒肉朋友好不久。

街上到乡里杀鸡杀鸭，乡里到街上自谈自夸。

无求到处人情好，不饮任他酒价高。

不怕虎长三层皮，只怕人有两条心。

天整人犹还可，人整人无处躲。

柴多火好，人多计巧。

明人不用细说，响鼓不用重锤。

花香要风传，人好要人传。

本吴庄的老百姓听了，觉得洋人约翰很有学问，殊不知他都是从李十九那里得来的。约翰便在本吴庄人表示不信上帝时，套用本吴庄的话来诱导他们：

> 这山望到那山高，到了那山无柴烧。
> 一句好话三分暖，半句恶语伤人心。
> 害人之心不可有，防人之心不可无。
> 莫学灯笼千只眼，要学蜡烛一条心。
> 劝人一句终有益，唆人一句两头空。
> 穷莫忧愁富莫夸，有得长穷久富家。
> 借债要忍，还债要狠。
> 一日名誉千日修，千日名誉一日丢。
> 有理走遍天下，无理寸步难行。
> 牛无力拉横耙，人无理说横话。
> 教子成人传千古，纵子作恶落骂名。
> 不怕生得拙，只要听人说。
> 失意莫灰心，得意莫忘形……

本吴庄的人听了这些话，觉得约翰离上帝真的很近。因为约翰对他们讲，这些都是上帝的话，只有信了上帝，这样的话才会在生活中灵验。

于是，听洋人约翰布道的人，渐渐地便越来越多。

在布道的同时，约翰甚至开始把本吴庄的小孩们聚起来，教他们文字。既有中文，又不时进出一些英文单词，比如"威锐古得"，就是表示很好的意思；比如说再见，就是"古得拜"……这让一些本吴庄的大人也感到好奇，不时有一些庄稼汉，在晚上无事之际，也跑来坐在场外听约翰讲经论道……特别是当约翰用黄安的方言说出黄安的民谚时，那些庄稼汉听得津津有味。

越是这样，约翰越是去向李十九学习请教。唯一让他感到苦恼的是，李十九在讲这些时，经常用到我们黄安本地的方言，让约翰既听不懂又很感兴趣，比如李十九告诉他——

在黄安，把妈妈叫代；把爸爸叫伯；把恶心叫好刺人；把郁闷叫冇得整；把结婚叫接媳妇；把离婚叫打脱离；把婚外情叫搞皮绊；把打架叫杠祸；把厉害叫扎实；把出风头叫发抛；把开始叫尬式；把开玩笑叫闹眼子；把小鱼叫麻姑弄；把下午叫哈轴；把明天叫门找；把嘴馋叫哈相；把不小心叫冇招到；把不讲卫生叫月胯；把脏叫赖塞；把喝醉酒叫记鸟；把踝关节叫螺丝骨；把怀孕叫驮肚子／害毛毛；把骂人叫担人；把偷叫强头；把混混叫二流子；把全裸叫打眺咔；把聪明叫伶心；把傻瓜叫苕；把混叫穴气；把上面叫高头；把站着叫企倒；把趴着叫铺倒；把蹲着叫窟倒；把藏着叫炕倒；把很没意思叫败味；把水平高叫好奥；把算了叫业裸；把大事不好叫裸鸟；把表示惊叹叫喝裸行……

这些话，逗得会说汉语的洋人约翰总是哈哈大笑。

特别是那些霸气的黄安话，比如"跟老子过点细"，就是说在老子面前你小心点；"好板人"就是指拿对方没法子，令人郁闷；再比如，"苕得不看净走"，就是说傻得看不到路走；"莫阴倒拐"，就是别暗中使坏；还比如，"跟老子玩邪了"，就是在老子面前你还玩邪门的一套，小心点；"真是把你冇得整"，就是对你一点儿办法也没有；又如说一个人"苕里苕气"，就是傻里傻气的意思；说一个人"好刺人"，就是好气人之意；说一个人真是"掉得大"，就是你摊上大事了；……

黄安方言，是伴着黄安人的性格产生的。这些方言，流传到今天也是这样。但当时，在洋人约翰面前表达出来，约翰觉得这些话很有个性。他为此下功夫学习。而蒙在鼓里的李十九，常常倾囊教授，从无保留。他们便也在这样互相交流与学习中慢慢熟悉起来。

李十九也时不时听约翰讲他们西方的文化，比如讲起他们的上帝，讲起上帝的苦难，讲起承受苦难就会救助大众的观点。李十九对有些东西似懂非懂，对有些东西也不能接受。不过，他明显地感到，约翰信仰的上帝耶稣，比自己信奉的太上老君与菩萨更为执着。因为约翰不仅吃饭时要感谢上帝，睡觉前也要祷告上帝，还要把自己内心的秘密告诉他，遇到自己的不好的念头，还要跪着对着那个见不到的上帝忏悔……

李十九想，如果自己也像洋人那样，把内心的秘密告诉信仰的菩萨，菩萨可能早就对自己生气了。这样想一想，李十九便觉得心里有些慌张了。

有一天晚上，李十九装作散步，路过约翰所住的屋子时，他听到屋子里有声音，便伏在窗外偷听。

原来，约翰在洗完澡后，跪在那个巨大的十字架前，开始忏悔："主啊，请原谅我的贪心。原谅我为了服侍你从远道而来，却思念家人。原谅我看到当地美女，心里涌起不洁之念。原谅我贪图食物之味，暴殄天物。原谅我万里迢迢，总欲归去……"

李十九越听越觉得这话让自己惭愧：金钱美女，不正是多少人想过的生活吗？酒色财气，不曾也正是自己想追求的吗？只是自己身在庙里，选择了修行，压抑住自己而已。

李十九想起自己在没人时，不时偷看约翰送他的西洋女人的裸体画时，不禁脸上一热，心生愧意。

约翰还在里面念念有词："主啊，这里的人民善良好客，这里的土地五谷丰登，这里的田野开阔秀美，这里的山川青翠美丽。但这里的人民，惶惶没有信仰，灵魂在空中漂泊，他们信仰菩萨，是希望菩萨能保佑他们，并不是精神追求上的渴望。万能的主啊，请赐我力量，让我给予他们心灵的抚慰吧。"

李十九这下听明白了，突然吓出一身冷汗：如果照此下去，约翰是不是会改造本吴庄人的思想与灵魂呢？

李十九这晚睡得特别不踏实。

事实证明了他的担忧担心不是多余的。不仅是他，就是李和也发现了，本吴庄人到约翰屋子的越来越多了，次数也越来越频繁了。这些有田与没田的农民，这些自由人与雇用者，在繁重的劳作之余，喜欢常来听约翰讲述十二圣徒的故事，讲西天圣人耶和华对众生的爱与牺牲……

"主啊，您的仁慈宽厚，让我们境由心生，身随意动，达到了天人合一的境界。您所到之处，荒漠化作甘泉；您说的话，无不醍醐灌顶；您所行之事，莫不普度众生……

"万能的主啊，您的话在我心，使我的脚步不偏移，领我走上这苦难的人生路；您的爱在我心，您必与我同行，牵着我的手走下去……

"全能的主啊，我要跟随着您，将我的一切献给您。求您用我做您的器皿，将您的爱分散出去……"

每当约翰虔诚地坐在地上，这样念念有词时，本吴庄的人，既恐惧，又尊敬；既害怕，又想听。

因为，那是本吴庄之外，完全另外一个陌生的世界。人们对新世界里的故事，听得如醉如痴。

就是李泽，偶尔听了一次之后，也渐渐听得津津有味，成为约翰家里的常客，经常在李和面前说洋人的好话。

约翰将此叫作"布道"。这种布道，还包括了教本吴庄人识字、读书、科学种田的内容。这一点，让本吴庄上学有困难、种田效益低的人很感兴趣。

但约翰的布道，让庙里的李十九感到很失落。

因为平素，在本吴庄人眼里，李十九住在庙里，总是神神秘秘的，奇奇怪怪的，行术作法，看上去很神秘，常常让本吴庄人也感到莫名的害怕。但约翰不同，约翰总是平等而又温和地坐在地上，平易近人地对围着的本吴庄的村民们，讲起耶稣受苦受难救赎心灵的故事，讲起基督发展的本源与内在的精神。

约翰的话，好像总是娓娓动听；约翰的神态，好像总是安详自在；约翰的微笑，好像总是深入人心；约翰的动作，好像总是引人向往；……仿佛一片片白云被拉住了脚，要在空中多停一会儿；又像是一个极乐的世界在人们眼里和脑里訇然打开，让人忍不住想跳进去探寻一番。

李十九虽然后来依然与约翰相约交谈，但每次谈完之后，他心里就有一个强烈的想法：此人虽是知音，但不可久留！

李十九为此下定决心：绝不能让外来人的宗教，打败自己土地上人们的信仰！

他得寻找机会。

不久，机会来了。在村庄生活了近两个月的约翰，有天拿出金条，对族长李和提出要求，想在我们本吴庄上靠近吴姓的坟山高山处盖一座木屋。

李和问："先生已有居屋，盖屋有何之用？"

约翰说："我想在此地传教。因为黄麻两地的人，文化较高，悟性较好。"

那时的本吴庄，虽然不再像往日那样五谷丰登，六畜兴旺，但也容不得外人来盖屋。特别是李十九，心中杂念很多，面对精神的大权旁落，更是向族长李和进言："如果让外端邪教在本地生根，族里便会无大无小，当年李贽等狂徒的思想，又会回来了。"

族长李和自李英豪事件发生后，总是疑神疑鬼地害怕本吴庄的人会团结起来反对他。另外，他发现本吴庄的年轻人，也有不少越来越不服从管理了。

于是，李和也坚决拒绝约翰在此造屋。

约翰请求再三，无果。

约翰为此怏怏不乐。

虽然如此，本吴庄人还是特别惊讶于约翰的谦和。即使本吴庄不允许他在此造屋，他还是在借居的小屋里，天天念那本经书，画十字，照样对大家十分友好。

而且，李泽发现，不仅是他，本吴庄的不少人，都开始对约翰传道的内容上瘾。

这样一来，到李十九那里求神拜佛的人就越来越少了。

李十九在失落的同时，决心采取行动。

经族长同意，李十九装作漫不经心地与约翰聊天。

"先生啊，你在此居久啦。该回自己的家去看看啦。"

约翰没有听懂李十九话中的意思。他笑着回答："我已决心献身于上帝，都是上帝的子民，上帝无处不在，子民在哪，上帝也就在哪啦。"

"你是洋人，当然应该回到自己的土地，落叶要归根的。"

"我们是上帝的孩子，上帝掌管一切，上帝无处不在，上帝在哪，我们就在哪。我们在哪，上帝也在哪。"

一问一答，一来一去，约翰根本没有走的意思。

在这种情况下，本吴庄只有对约翰下驱逐令了。

李和说："当年黄道长来时，是对本吴庄有恩，一心一意为了本吴庄好。而约翰来，只为他们的上帝。本吴庄不欢迎这样的人。"

话虽如此，但李十九还是觉得，本吴庄是当地大户，礼仪之邦，即使驱逐人家，也要先礼后兵。慢慢地，本吴庄人接到族里通知：不准许再给约翰免费提供食物！即使约翰有钱，也不能把东西卖给他！

这让本吴庄的老百姓感到很诧异。

族里的规矩，大家都懂，也都害怕。但本吴庄总觉得约翰不是坏人，特别是经常去听他讲座的人，觉得人人生而平等，就应该自由博爱，怎么能这样对约翰呢？明里不敢，暗地里，不少本吴庄人还是经常在夜里，偷偷地将食物放在约翰的家门口或塞进他的院子里——约翰从早到晚，随便人进人出，从来就没有关门闭户！

李十九便对村庄里的人说："这个约翰，他惦记着本吴庄里的女人们呢！"

说着，他把约翰送给他的女人裸体图展现给他们看。

本吴庄的男人们看了图，先是好奇，接着脸红了。在男人们的世界里，其他的事都好说，听说约翰惦记着他们的女人，这下切中了本吴庄人的要害，他们不干了。

"原来如此，他是淫邪之徒，装出正人君子之样！"

"不会吧，看不出他有什么不当之处……"

本吴庄人这样议论。他们在暗中观察着约翰。

也怪约翰疏忽，有一天，他在晚间忏悔时，多次提到自己见到本吴庄美丽的女人们动了心——这已经让好几个夜间去撒尿的本吴庄人听到了。

"是可忍，孰不可忍？"

于是，本吴庄的男人，无论大与小，无论爱与不爱，在这个问题上空前达成一致，票决之后，都选择了让约翰离开！

约翰撑了一周，后来在食物断绝的情况下，终于自己提出要与本吴庄人告别。

临走前，约翰甚至还给本吴庄人留下一根金条，感谢本吴庄人的热情招待。本吴庄人坚决不要，约翰只好又装入包里。

这场告别，是在友好的前提下进行的。

全体本吴庄人，都到祠堂前与约翰道别。

约翰亲吻本吴庄人的每一个孩子，祝福每一个本吴庄人幸福。

约翰说："主啊，原谅你的孩子们吧。他们生在苦难的世界，不知道你为他们忍受的苦难。他们生活在物质的世界，不知你给予了他们物质；他们生活在空灵的世界，不知道精神上你指出的方向……请赐给我时间，让人们在你宽敞的世界中慢慢醒悟……"

约翰一边不停地画着十字，一边与大家拥抱作别。

许多人，将约翰送到了我们与吴氏的边界，并依依惜别。

从那以后，虽然本吴庄不少人还会想起约翰来，但很快被繁重的乡间劳作替代了。随着时光的渐渐拉长，不少人便慢慢地把约翰给淡忘了。

此时，本吴庄人要面对的，是外面世界传来的各种各样爆炸般的消息：军阀混战呀，张勋复辟呀，学生闹事呀，革命的枪声不断呀，国民党呀，等等等等。

"你们听说了吗？原来县城里的董秀才，一个叫董必武的，要带着大家革命了。"

"一个秀才，怎么能去干这种事呢？不可能吧。"

"秀才遇到兵，有理说不清。秀才闹事，三年不成。真是乱弹琴啊。"

这些消息，从码头上传回本吴庄时，让本吴庄人很郁闷。

李十九也是一样。特别是有一天夜里，他所在的寺庙中，突然来了一个负伤的人。

人是李有誉夜里出门解手时发现的。李有誉看到庙门口有一个人躺在地下，血流不止。他吓得大叫，便喊来师父李十九。

李十九一试鼻息说："还有救！"

他们又翻过此人，李十九一看，说："是枪伤。"

李有誉说："师父赶紧救他吧。"

李十九说："救肯定是要救的，但他是枪伤，会不会惹来麻烦？"

李有誉说："师父，我们不说出去就是了。"

李十九点点头，并对李有誉投过一丝复杂的目光，示意他赶紧把伤者扶进去。

他们望了望四周，四周夜深人静，万籁俱寂。他们匆匆忙忙地把伤者抬进了庙里。

李十九关上门，示意李有誉把伤者抬到里间的厢房里。那间房子是放杂物的，一般人都不进去。李有誉给伤员褪下衣服，发现伤者的血流得厉害。

李十九连忙给伤员消毒，治伤。这些，都是他云游时，从师父黄道吉那里学来的。

第二天，村庄里没有任何人发现这个伤者。李十九也没有听到任何与伤员有关的消息。

于是，这个伤员便在本吴庄的寺庙里，待了整整四十九天。

这四十九天里，李十九除了参加外面的活动，每天晚上回来的第一件事，就是给伤员察看情况，提出治疗方案。这些工作，包括吃喝拉撒，都是李有誉的帮助完成的。李十九很少问伤员什么，但李有誉不一样。他在庙里待得时间长了，虽然不愿与村庄里的人打交道，但对外面来的人，还是充满了好奇。

起初，李有誉也有些害怕，但他很快就习惯了。因为那个伤员在第七天醒来时，一声痛也没有喊。他低低地问李有誉："我这是在哪里？"

李有誉害怕地说："你在庙里。"

"我躺了多久了？"

"整整七天了。"

"啊？！"对方有些吃惊，想坐起来，但身体动不了。李有誉帮他坐起来，又给他倒了一杯水。他喝了一口，说："感谢您呀，救了我的命。"

李有誉说："是我师父救的。"

"你师父是谁？"

"他是一个道长。我们这里叫风水先生，也有人叫他阴阳先生。"

"啊，这个有意思。你们是信道教吗？"

李有誉有点蒙了，他不知道什么教不教的，只好支吾着说："我们信菩萨。"

对方笑了："庙里应该是有菩萨，但你师父是风水先生，又称道长，那应该是道教呀。"

李有誉不懂，他也不敢接话。但好不容易见到一个外面来人，李有誉服务得非常到位。

不久，李十九回来了，一见对方醒来，非常高兴地说："阿弥陀佛，你可总算是醒来了。"

对方欠身道谢。他与李十九谈了好长时间。

李有誉一直站在旁边听。从他们的谈话中，李有誉知道，那个人叫董常理，是一个什么青年联合会组织里的。他们组织里有许多人，目的想建立一个党。这个党，想打倒侵入中国的列强和各地混战的军阀，他们的党，都不惜用自己的生命，牺牲一切代价，要打烂一个旧世界，建设一个新世界，救黎民百姓于水火之中……

这一谈，李十九与对方似乎聊得很投机。

李十九说："现在外面的世界，人心不古，乱糟糟的，受苦的都是平头百姓啊。"

董常理说："我们组织的目的，就是要建立一个让人民有饭吃有衣穿有尊严的国家。"

李十九说："那多好啊。过去我们总是挨别人的打。"

董常理说："这样的日子将来不会有了。我们的组织必定会胜利。"

李十九沉吟不语。

李有誉在旁边听着，虽然有很多东西听不懂，但对方谈到要打倒世界上的一切不平等、不公正，准备建立一个完全自由平等的世界时，他忽然就来兴趣了。

李有誉想，我心中想要的，不就是这样的一个世界吗？

因此，只要师父不在，李有誉便缠着董常理问有关外面世界的许多问题。

这一问不打紧，没想到董常理打开了话匣子，非常健谈。

"天下是老百姓的，穷人们应该起来革命，创造一个新的世界……

"我们应该团结起来，与那些贪官污吏斗，与那些所谓的列强斗，与那些剥削穷人的人斗。

"我们要建立一个公平的政府，让人民可以一起参与治理。这个政府也归人民所有。"

等等，等等。

这些道理，让李有誉对他讲述的世界，充满了憧憬与向往。

没事时，他便缠着董常理，听他讲山外新鲜的故事。然后，他也对董常理讲了自己的故事，说当年为了逃避兵役，家人把自己的眼睛用针刺瞎了。讲着讲着，他的泪先掉了下来。

董常理用手摸着他的头，说："这都是不对的，极端的。但如果这个军队是为人民的，为大多数的，那这个兵还是应该去当的。"

看到李有誉不理解，他又说："一个人应该走出去奋斗。何况你那么年轻呢？不能在一个小庙里过一生。外面的世界很广阔，只要你觉得什么样的生活有意义，有价值，就应该大胆去实践，去闯一闯。"

李有誉听了，眼里放着光芒。董常理的话，好像一道光，照亮了他在庙里不敢见人的黑暗；又好似一条路，虽然漫长但能看到希望。于是，他在给董常理服务时，特别用心。甚至冒着被李十九责骂的危险，晚上偷偷地跑回家，抓了两只自己家里的鸡，拿回庙里炖着给董常理吃。让他感到奇怪的是，李十九明明闻见了鸡肉的香味，却装作不知道似的，不进来。

董常理拉着李有誉的手说："感谢啊。将来我们胜利了，我一定要来感谢你。"

李有誉说："我不让你感谢。我想跟着你们一起闹事。"

董常理说："现在还不行，一是你还年轻，二是我们的组织还处在初级阶段，也不成熟。等将来有一天，需要你的时候，自然会让你出来做贡献。"

李有誉听了有些难过。但让他更伤心的是，在经过了七七四十九天亲密接触之后，这个叫董常理的伤员的病彻底好了，他要与李十九和李有誉道谢，准备告别离开。

董常理从来到本吴庄一直到离开，都是在黑夜里进行的。除李十九师徒二人及庙里的另外一个云游和尚知道外，本吴庄没有其他任何一个人知晓。

这让李十九感到欣慰。

但很快，让李十九与本吴庄人都吃惊的是：这个董常理走后不久的一天夜里，李有誉也突然失踪了！

那天晚上，李十九对李有誉说，自己要去族长李和家吃饭，不在庙里吃了。

结果李十九晚上十点多回来，喊了李有誉几次，都没听到回答。过去，他一回来，李有誉便给他打洗脚水，这让李十九觉得有些奇怪。他到李有誉的屋子里一看，没有人。他点了油灯，看到桌上有一封信。

信是李有誉留下的。在庙里这几年，李十九教他认识了不少字。李有誉学得认真，悟性极高，很快就能学习新的内容。

李十九打开一看，信上只有简单的几句话：师父，感谢您收留了我。您教给了我许多东西，我都记着了。请您原谅我不辞而别，是因为我也要到外面寻找我的理想去了……

李十九看着信，手在不停地颤抖，泪水顿时夺眶而出：可怜的李有誉啊，自从来到庙上，由于瞎了一只眼，你非常自卑，与外面的人包括本吴庄的人，向来谁也不见。这下见了一个外来人，仅仅只有四十九天，你怎么就受到影响，竟然突然失踪了呢？你是跟着他走了吗？还是遇到了其他什么问题？

师徒一场，天天相处，李十九快把李有誉当成自己的孩子了。拿着信，他的手在颤抖，心在流血。他为什么会走呢？一只眼睛，他又能走到哪里去呢？李十九甚至怀疑，是那个叫董常理的伤员诱骗走了李有誉。但想来想去，那个人应该不会啊，他讲的道理，都是很正确的啊。

李十九坐在黑暗中流泪，胡思乱想。想来想去，他便觉得这个世道，真是知人知面不知心……

当天夜里，李泽得知儿子李有誉失踪的消息，连忙跑到庙里。当他看了儿子留下的信，突然也是老泪纵横："唉，是我们害了可怜的娃啊……"

李泽与李十九拉着手，一起痛哭起来。但哭有什么用呢？从码头上传来的消息，让人觉得外面的整个世界，似乎都是乱糟糟的，谁也不知道自己明天会怎么样，更别说小小的本吴庄了……

第十六章　斗法

约翰离开本吴庄后，本吴庄暂时又恢复了往日的平静。这也是黄安县少有的宁静。外面的世界传来的消息虽然乱糟糟的，但黄安县是山区县，四处都是山地丘陵，除了本地人的事一件接着一件发生，外面的世界各种坏消息传来很多，但对山区的世界，影响并不大。土地还是归大地主所有，富的人越富，穷的人越穷。人们涌动着情绪，但找不到突破口。

大约半年过去后，有天本吴庄一个上山砍柴的农民，突然发现一个新的现象：在吴姓坟地的鹅公寨顶上，不知什么时候盖了一座圆顶形的房屋！

本来，在山顶上盖着房子，不是件奇怪的事。因为那块土地，原本就属于吴家田的吴氏宗族的。但让本吴庄人觉得怪的是：那座房屋的风格，一点儿也不像本地的呢？

远远望去，那座比较矮小但却上圆下方的房子离远了看若隐若现，但沿着本吴庄的背后上山，慢慢爬上山顶，距离一近，那房子突兀地立在地势最高的地方，特别抢眼！

本吴庄人感到特别好奇：吴姓的人突然在山顶造屋，又想弄什么鬼呢？两族不是在共享码头，关系有了缓和吗？

有人连忙将这个情况报给族里。李和听说后，心里也是奇怪：虽然那块地是吴姓的，但他们什么时候建的房子？为何本吴庄的人一点也没有察觉？吴姓人在此盖房目的为了什么？

他决定派人前去一探究竟。

首选人还是李泽。但李泽这时也慢慢老了，鹅公寨他要爬上去还挺费劲。即使上得去，他们又害怕吴姓的人会有什么埋伏，不敢贸然进入。

李和便又叫来李十九。

"道长呀，你听说盖房的事了吧。我们还得上去看看，以防不测呀。那个吴天君老想找我们的事情。"

李十九也是刚听说了这件事，他也好奇，于是便答应了。李十九想：吴姓的人已开始与李氏合作，为什么突然在那里建房呢？从风水上看，那里也并不是宜居之所呀。

于是，他们商量了一下，决定让几个年轻力壮的本吴庄练武后生，沿着本吴庄的后山往上爬。这条路比较狭窄，而且陡坡较多，爬上去还真不容易。

李十九决定亲自带队上去。他们选择了一个黑夜里，费了半天工夫，连攀带爬，到半山腰时，不少人的手脚，在黑夜中由于两边的荆棘，被拉伤流血。最后，费了九牛二虎之力，他们终于爬上了顶峰。

他们悄悄靠近那座房屋。

虽然夜已很深，但屋子里还点着烛火。李十九等人伏在外面，吃了一惊。这房屋看上去虽小，但走近了竟然如此开阔：几间新屋，圆顶方座，屋里有几排新椅新凳，四周全是白色的墙壁。特别让他们感到不解的是，每一间屋顶都呈椭圆形，这与黄安城的建筑风格大相径庭！黄安的房屋全是金字塔结构的，而且每家每户，基本上都是明三暗五型。

他们正用怀疑的目光，透过窗户看到房子中间那巨大的十字架的时候，门吱呀一声，竟然开了。一个身材高大，举着烛火的人推开门说：万能的主啊，我代表你欢迎深夜来临的虔诚子民！

李十九一看，说话的竟然是汤约翰！

他大吃一惊，连忙让大家扯上围巾盖住脸部。由于惊慌，李十九甚至一口还吹灭了蜡烛。

在火光一现之隙，李十九发现，汤约翰的脸上没有任何仇恨，相反还是一脸灿烂的笑容。

约翰并没有看清李十九他们。他以为自己深夜遇上了土匪上山来打劫，因此马上说："善良的主啊，原谅他们吧。他们不过是因为饥饿前来讨食的孩子！"

李十九捏起嗓子问："我们并非打劫，只是看到山顶有灯火，上来看看，为什么在此盖屋？"

约翰说："这不是房屋，这是教堂！"

李十九拉长嗓子问："你建教堂何为？"

约翰说："遵我主之命，传上帝福音，前来点化众生。"

李十九一时竟然无言以对。

约翰不但不怕，还要上前走近。

李十九便向后挥挥手，说："我等擅自闯入，请勿怪，既无他事，先行告退。"

于是一众人等，悄然撤退。

远处，还传来汤约翰送行的声音："愿我主饶恕这些不幸迷失的羔羊……"

回来的路上，族里有人问李十九："看来我们李氏不允许他在本吴庄传教，而吴家田吴姓的人却容纳了他，这还是想与我们斗呀。"

李十九心乱如麻地说："等回去，与族长从长计议。"

回来向李和一报告，李和也是大惊。

李和想，吴天君这是干什么呢？他问李十九，李十九也说不出来。

很快，这个消息便迅速在本吴庄和周围的村庄传开了。甚至连漕渡码头上的工人，也知道了约翰在鹅公寨的山顶上建了一所教堂。

李和再三思忖，决定派人到吴姓去问。没想吴氏大方承认说，汤约翰请求他们给块地，还付了黄金，于是他们想到鹅公寨那里四处都是坟墓，也不值钱，便答应了。还说，他们以为约翰会嫌那里太高，不会去的。没想，他却高兴地去了，并且很快花钱盖了一座房子。

本吴庄的人继续追问吴氏，吴氏的人却没有多余的话。

回来一报告，李和听了不信。他想，吴姓是不是口头与李氏交好，暗里又想整什么事呢？

还没有解开这个疙瘩，那些四乡八里曾见过约翰的人，都十分怀念他的好，听说约翰在吴姓的山顶建了教堂，便怀念起他来了。于是不久，本吴庄周围就逐渐出现了这样的一种现象：许多普通的庄稼人，开始以打柴、挖药草和放牧之名，悄悄上山去看汤约翰了。

族长李和知道后说："这是什么事呢？本吴庄的人不允许去。"

李十九也感慨："难道我们有千年的菩萨，几千年的礼仪文化与文明，还斗不过约翰的基督与上帝？我就不信。"

李和以期待的目光对他说："你们多想办法，一定要斗上一斗。这个斗，一是暗中与吴家田吴姓的人斗，这个还不能在面子上表现出来；二是坚决与洋人斗，他们胆敢跑到中华大地上来撒野，还有没有王法？"

他这一说，鼓励了李十九与村里的年轻一代要与汤约翰斗争的决心。

于是，新的一轮斗争又开始了。

族中的老者们认为："洋人来到我们的土地，一定不会是好东西。"老人们都深以为然。

话虽如此，但人家占用的毕竟是吴家田的山地——虽然那块地处于本吴庄的头顶，却终究是别人的。

不久，让本吴庄人又感到特别奇怪的是，几个月中，原来的山顶上只有一个约翰，现在又多了一个人——吴氏族中又派了一个帮约翰做饭的哑巴！

这让本吴庄人感到更奇怪了。派人一侦察，回来的人说，约翰与哑巴两个人，每天都是在山顶看日出日落，没有什么异动。

李和让李泽到黄安城里，把这个事对县政府的李逢春讲了。李逢春说："最近，有一大帮的洋人，不知怎么的就跑到中国来传教。不止黄安城这样，整个湖北省，这样的传教士不少，但政府就是不阻止他们。也不知上面是怎么想的。"

李逢春又说："等待吧，整个中华大地，将来一定会变天的。"

李泽听了，心里大骇，想问李逢春，但看到他脸上庄重的表情，便沉默了。

他在李逢春家吃了一顿饭回来一说，让本吴庄人放心了不少。

但李和还是担心：这里既然来了一个约翰，会不会还来下一个呢？

事实证明，他的担心是多余的，因为这种现象并没有出现。

相反，让族中长者们担心的，是另一件事——他们发现，山顶上出现去看洋人最多的，反倒还是吴姓的人士，以及后来我们李氏的自己人！

那时的吴氏家族，虽然与本吴庄开始因为有了码头的合作，经济上慢慢有所好转，但由于历史欠账太多，加之贫富不均，不像我们本吴庄那样差距还没有完全拉大，因此村庄建设总体上还是处于下风。不少吴姓人由于经常忍饥挨饿，开始慢慢便信奉那个外来的基督了，他们盼望来世，能像约翰说的那样，进入天国。于是，不少贫苦百姓，甚至饿着肚子翻山越岭，也要爬上鹅公寨去做弥撒。而且，从那些不识字的农民嘴里，动不动就会来一句"不至灭亡，反得永生""爱人也爱神，爱人即爱神"，动不动还会在胸前画个十字表示友好。

李和派人夹杂在他们中间，前去观察了一次。只见那些人，一大早天还未亮，便跑到山顶上去，跪在约翰用几根木头竖立的十字架前，高念：

　　我信上帝的全能的父，创造天地的主，我信我主耶稣
基督，上帝的独生子……我信圣灵，我信圣而大公之教会，
我信圣徒相通，我信罪得赦免，我信身体复活，我信永生。
阿门！
　　更多的人深信这样的人生理念：
　　出于对世人的大爱，我完全顺服上帝的旨意，愿意承
受莫须有的罪名，忍受一切灾难，换得来世的永生。

　　这让李和与李十九大骇。
　　在我们黄安县，老百姓最早都是信佛的，偶尔也有信道教的。
一般的百姓，在生活上有不如意之事，或是身体不健康，或是家庭不
和谐，或是情感受挫折，或是事业摔跟头……总是东求西拜，逢庙必
烧香，见佛便磕头，希望能满足自己的愿望，并许诺以后还愿，或
者修寺庙，或是塑金身……换李十九的话说，"他们求的都是现世报，
只要自己这辈子或眼前儿孙这一辈子过好就行了"。
　　现在，突然外面来了汤约翰，提出让他们信基督，说是"求得
来世永生"，这不是与本地的信仰唱对台戏吗？听说，吴家田及附近
比较穷苦的村庄，不少人就改变了主张，不信本地的神而信仰外来的
神了。
　　李十九于是感到很奇怪："为什么我们拜了多年的神，还有人会
信外来的教？"
　　他先找来与本吴庄有亲戚关系的几个吴家田的人询问。
　　吴家田的人便议论开了：
　　"我拜了多年的神，但神从来没有改变我们什么。现在约翰说，
我们这辈子修行，就是为了下辈子得到幸福和解脱，所以只有奔着下
辈子去了。"
　　"是啊，约翰说，既然今生看不到希望，不如把来生的缘先修好。"
　　"约翰说，基督告诉我们，今生的苦难，一切的忍耐，都是为了

修行，上帝知道了我今生的苦，就会在来生给我无限的福！"

他们的说法，让李十九也很迷惑。

在本吴庄，多数人求神拜佛，只求现世报，但现世的希望在哪里呢？而约翰的神，是让他们接受来世报。原来，这才是两者之间的大不同啊。

李十九恍然明白。

他想，这样下去不得了。人们都信外来的东西，会让本土搞乱的。于是，在李和的同意下，他又去吴家田拜访也同样在族中管事的吴鲜花的弟弟吴有德。

自吴上人去世后，族中大小事务由吴上人的侄子吴天君负责。而吴有德则在族中帮助吴天君管理一些具体事情。

吴有德告诉李十九说："这事不是我能做主的，而是新族长吴天君同意这样做的。我听说，约翰答应我们，若是将来外敌入侵，他们会为我们提供保护，所以我们便给了他这块都看不上的地方，以为约翰会知难而退，没想到他却坚忍不拔，真的在上面盖了房，扎下了根。"

李十九有些疑惑地问："外敌入侵，是指哪里来的外敌？"

吴有德说："不知道。他说有可能是我们中国内部的自己人，也有可能是洋人。"

李十九听了更加迷惑。

吴有德还告诉李十九："你们要当心吴天君啊，他像吴上人一样，从骨子里对本吴庄人怀有仇恨。一直在暗中扬言，将来一定要报复你们。"

李十九感到很吃惊。他问吴有德："你姐你姐夫知道这件事吗？"

吴有德说："我姐夫知道呢。他也反对过，但没有用。他还悄悄对我们讲，有一天会把所有的洋人赶出去。"

说完这个，吴有德还对李十九说："我感觉到我姐夫也变了。他天天很神秘，也不知道在干什么。问我姐，我姐说，他做自然有做的道理，也不管他。"

李十九说："他做了些什么呢？"

吴有德说："别的我不知道，但回到吴家田，他常扎在穷人之间，宣传另外一套理论。就是穷人要打倒富人才有未来，让我们听到都害怕。当然，我们也不敢对族里讲，怕他们报复什么的。"

李十九想，这些不是与董常理讲的那些一样吗？

他心里慌乱起来。外面的世界都变了吗？

带着这种心情，他回到村庄，把一些情况对李和讲了，不过没有讲李逢春的事。

李和听了说："不怕。我们现今在码头上有共同的利益，况且他们也斗不过我们本吴庄。"

事实也的确是这样，大家在担忧与害怕中又磨磨蹭蹭地过去了一年。在这一年中，李十九发现一个奇怪的现象：自从吴氏的人加入教会的人员增多，两边的人员偶然到外面的集市上相遇，好像性格再也不像当年那样急躁了，再也不像往日那样怒目相向了。即使是在吴氏的内部，人们也已经淡化了日常生活中苦难的意义，认为众生皆苦，苦是修行，是通往耶稣上帝建立天堂的必由之路。

李泽说，因为汤约翰的到来，关于本吴庄两个姓氏之间的冲突，除了在码头的共同利益，突然间又变得更加平和起来。

的确，无论吴天君怎么想惹事，总要想到码头上既得的利益，不得不选择放弃。

当初，吴氏新族长吴天君以为给约翰一块地，将来可以暗中凭借外来神的力量，盖过李氏的辉煌。虽然在帮助约翰盖教堂时，并未对约翰提出任何要求，但盖好后，有一点却让他们非常失望：约翰居然不偏不倚，并不谋害李氏之人。

当然，同样，约翰也不谋害他们吴姓。

每当吴族有人暗中怂恿约翰作法折腾李氏时，约翰总是摇头，并在胸前画十字说："大家都是上帝的子民，只要一心向着上帝，上帝就可以原谅你们的罪孽与苦难，在来世的天堂给你们找到合适的位置与理想的生活。"

约翰这样说，让吴姓的长者有些失望。

他们看到，李吴两个大姓的人，无论是集市、码头还是在黄安县城相见，虽然有些过去发生过冲突，彼此嘴上都不说话，但他们常常会弯下腰来，不由自主地在胸前画一个十字。

这个十字，拉近了两族普通人特别是穷人们之间的距离。

吴天君觉得这样下去不行，便亲自上阵，对汤约翰发号施令："赶紧行功作法，怎么也要让李姓的人倒倒霉。"

约翰画了一个十字，回答道："众生平等，都是上帝的子民，岂可违逆上帝？"

吴天君听了气得跳了起来。他像吴上人一样脾气火暴。自小，他便听伯父讲李氏欺侮吴氏的故事，让他埋下了仇恨的种子。此刻，他虽然心中有气，但还是暂时忍耐下了。因为，此时的吴李二姓，毕竟共同开发漕运，不能在面子上过不去，而私下里，吴天君还是想斗一斗、挫一挫李氏的锐气。他曾对吴氏的年轻人说："在黄安县，吴氏是个大族，历史上从来就没有怕过谁。我们是地头蛇，还斗不过一个外来户吗？"

吴天君对心腹们讲："斗争一定要把握时机，正如好的菜肴，一定要掌握好火候。"

这一天，吴天君坏主意又来了。他坐上轿，带人爬到约翰的住地。由于是突然来访，进了约翰的教堂后，吴天君惊讶地看到，约翰居然与吴姓的哑巴同坐在一个桌子上吃饭！饭菜虽然简单，但约翰吃啥，哑巴就能吃啥。

这让吴族长大为惊异。要知道，在吴氏族中，平时哑巴连上桌的权利都没有。而当初，哑巴也是从见到了约翰后，自愿搬到山上来的。

哑巴见到吴天君，吃了一惊，连忙从桌子边跑了过来迎接。

吴天君看也不看哑巴，却直问约翰："岂可与下人同坐？"

约翰说："一切生灵，都是上帝的孩子。上帝不薄彼此。四海之内，都是兄弟。"

哑巴听到新的族长这样一说，连忙慌张逃遁。

吴天君心里认为，汤约翰不仅破了本地的规矩，而且还不听话。他开始后悔当初支持约翰在此传教的决定。想起过去，族中长者曾一再这样劝告他："如果本地的神仙打不过本吴庄的风水，还不如让外来的洋文化试一试。"而现在看来，洋文化也没有打败过本吴庄的人们。本吴庄还是安然无恙啊。同时让他担忧的，是吴氏家族内部信仰约翰宗教的，相反越来越多了。那些对他不满的人，虽然不表现在面上，但软抵抗的却越来越多了。有一次，有个信了基督教的村民，甚至不愿再到吴氏的祠堂开会，居然当众顶撞了他！

为此，吴天君很生气。新族长一生气，后果便很严重。

吴天君让人把那个吴氏的基督教徒捆了起来，绑在树上批斗。可无论怎么打他，那个人嘴里总是念念有词："万能的主啊，原谅他们吧。他们是迷途的妖魔，他们是误入歧途的孩子……"

面对吴天君亲自甩来的皮鞭，这个村民对着他说："你是可怜的人，上帝已为你准备好了地狱。回头吧，回到上帝的怀抱……"

他越是这样说，吴天君越是生气。他一直把这个村民打得奄奄一息。但这个虔诚的基督教徒，直到不能说话也没有半点妥协。

这事让吴天君意识到，与李氏的斗争目前还不是重要的。重要的是必须先要整肃宗族的内部，防止出现叛徒！所以，还没等到与我们李氏再次交手，吴天君首先想到的，是怎样先赶走山上的传教士！

要赶走约翰，也必须讲究策略。吴天君先是派人与汤约翰谈判，开出的条件只有一个："如果你能打压住李氏，让李氏在吴姓面前臣服，就保留你继续在此传教的权利。"

约翰耸肩一笑："我不参与你们的斗争，我只听从上帝的召唤和内心的旨意。"

吴氏族人一听大怒，便要求约翰立即离开，否则，将不允许约翰在此蛊惑村民。

约翰也懂当地的政治，于是又下了一趟山，跑到县府找了一个老学究。就是这个老学究协调，居然让县府最后默许约翰在此地传教的权利！

此时，黄安县的县府开始由一个叫作国民党的党派统领着。老学究的儿子在国民军中任职，曾是新任黄安县府县长的上司。老学究向县长进言："约翰文化，老佛爷原来就喜欢。现在老佛爷不在了，大清完了，皇帝也没了，但新政府新党派也提出兼容并包，推行新学，洋文化即是新学之一部分也！不能让约翰小看我们，觉得黄安无人与不容人。"

黄安县长本来就曾受恩于老学究的儿子，听说后大笔一挥，表示同意。

老学究喜滋滋地前来告诉约翰。

吴天君得知消息，连忙让人去打探老学究的底细。原来，老学究在大武汉去投奔儿子时，曾患上了猩红热，差点儿要了命，最后还是被儿子送到武汉的教堂里，正好碰到来此地传教的汤约翰，他出手相救，保住了他的命！

从此，他对约翰便非常尊敬。所以，约翰找到他时，他便竭力促成。有了县政府的支持，吴氏便再也不敢随便造次。因为国民党的兵，就驻扎在黄安城啊。

吴天君想来想去，咽不下这口恶气。他对族里的人讲："地也给他了，教堂也给他建了，现在这点事也不办，要他何为？"

他们决定给约翰找点事。

首先，他们派人上山，要哑巴回来。但哑巴却坚决反对，怎么也劝不回来。他比比划划，就是不回去，这让族里人很生气。但生气归生气，他们也没有办法。如果爬那么高的山去抓哑巴，让县政府知道，就可能会惹出别的事。

吴有德私下同情哑巴，怕他回来受罚，便对吴天君说："哑巴终究是个孤儿，让他下来又能做什么？不如随他。"

吴天君想想，也是，就说："多个人多张嘴吃饭，那放过他吧。"

看到这招不灵，吴天君又让人去收约翰的地租。这个总可以了吧？自古以来，用地交租，租地交税，天理如此。整个黄安县的人，百分之九十以上的人都是租种别人的地，都得按地主与富农的要求来交租交税的。不仅外面，后来的本吴庄也出现了这种现象。老族长李非凡在时，家家户户都有田地，无论大小，都有自家的田，所以大家种田的积极性很高。但到了李和手里，由于县府赋税日益加重，不少人家道开始败落，最后没法只好卖地。没了地，又没有别的出处，为了生存只好租种别人的地交租了。弄到最后，就剩下李和家的地越来越多，而村子里不少人的地越来越少。李和算了一下，本吴庄开始有一半以上的人，都是给他家当长工或雇农了。

族中的李泽，虽然还有余田，但他也悲哀地发现，这种现象，不仅本吴庄如此，吴家田如此，而且整个黄安县也是如此！收租，已成为黄安县的一种普遍现象。

而吴天君为了报复约翰，把地价开得很高。

"有地便是娘，老子说多少就是多少！"吴天君说。

没想到，约翰在高地租面前，却顺利地把租金给交了。

手下人拿回钱来向吴天君禀告时，吴天君一下觉得没办法了。

一计不成，另生一计。这次，吴天君决定用损招阴招。

有天晚上，他派出几个壮丁假装成土匪，悄悄地爬到我们本吴庄后面的鹅公寨山顶，突然把约翰捆了起来，倒吊在教堂的边上。

"交出钱来！"

"主啊，我们是布道之士，没有金钱。"

"不交钱，就要你的命。"

"我的命属于上帝。你要我命，上帝会报应你的。"

约翰人虽然被吊在半空，却不停祷告，没有屈服的意思。吴姓人听了他叽里咕噜的，有点害怕。他们将约翰一直吊了好几个小时，但约翰还是不停地对着天空喊着"耶和华，主啊"，只是声音慢慢小了下去。

吴氏来执行吴天君决定的人，都感到很奇怪："难道约翰不怕死？"

他们不信，便又在地上燃烧起一堆火，说如果不给钱便要烧死他，以此想吓吓约翰。

约翰以虚弱的声音说："你们烧死我，就是上帝考验我。烧吧，我会进入天堂，在另一个世界得到永生，而你们将会进入地狱，永世不得超生！"

"超生"这个两个字，在黄安县佛教的内容里也有，吴氏的人一听，害怕了。

"他与驻扎黄安县的国民党兵有联系，可不能真烧死。"

"是啊，烧死他，国民党党部肯定会派兵来收拾咱们。我们就是吓吓他得了。"

"族长也没有让我们把他弄死啊。"

"是的，是的。杀人要偿命，我们犯不着。"

吴氏的几个人小议了一阵，最后只好灭了火，给约翰松了绑。

这时，夜已经很深了。吴氏的人一路爬上山来，又在山顶折磨了约翰好几个小时，大家感到又累又饿。

约翰被松开后，躺在地上，要求他们放出哑巴。

哑巴被放后，从里屋跑出来，抱着约翰号啕大哭。

没想到，约翰却以微弱的声音说："他们累了，也是上帝的子民，去给他们弄点吃的吧。"

哑巴被关在里屋时，将外面的一切都看在眼里，他表示不愿意做。约翰说了几次，哑巴就是不答应。于是，约翰便自己拖着疲惫的身体，往屋子里爬，准备为吴氏的人烧茶做饭。

哑巴看到如此，只好拦住约翰，自己跑到里面生火做饭。

一会儿，吴氏的人看到哑巴端出吃的，怕哑巴认出了他们，便又把哑巴关在另一个屋里，才解了头套，连忙抢着就吃。他们的确饿坏了。

这时，约翰挣扎着站了起来。他拿了一块熟土豆，在胸前画了个十字，在放进嘴里之前，连声感谢上帝："万能的主啊，感谢你赐给我们食物，感谢你赐给我们的一切……"

吴氏的人听了，突然感到特别心虚。大家你看我，我看你，与约翰相比较，忽然觉得惭愧。于是，吴氏的人匆忙地吃了一点，便连夜下山报告。

吴天君听了报告，也是很吃惊。他想："莫非他真的是上帝派来的？世间在我们的菩萨之外，莫非真的存在另外一个上帝？"

这样一想，吴天君出了一身冷汗，再也不敢打这个主意了。

这事在吴家田传开后，再也没有人想上山去害约翰了。相反，越来越多的吴氏族人，还被约翰视死如归感动，纷纷加入到信基督的行列。

我们族长李和听说这些事后，开始也有些担忧。他叫来李十九商量："他们都信基督，那是外来教。我们有佛教，有自己的太上老君，还有观音菩萨，有天地君亲师位在，不能让本吴庄的李氏也跟着他们信啊。"

李十九说："是的，我们一定要反对外来的宗教，他们表面上说得好，说不定是借着传教为名，以后想派军队来占领我们的土地来的。"

李和说："那怎么办呢？听说我们李氏也有不少人，同样向往约翰描述的基督世界，开始不信菩萨信上帝了。"

李十九说："洋人坏得很，我们要想办法，彻底打倒他才行。"

李和说："你多想想办法，把你师父黄道吉教给你的办法都使出来。"

李十九想，自己虽然不是族长，但往深里讲，他也算得上是本吴庄实际主人。从这点上，他也必须想出办法赶走约翰。李十九于是应诺了。他自己非常明白，要赶走约翰不是出于公心。说实话，早在听说吴氏想赶走约翰时，李十九觉得约翰还能与吴氏作对，也不是什么坏事。特别是从内心深处讲，每当在庙里面对青灯枯火，天长日久，李十九也觉得十分寂寞，便想起与约翰之前的对话与交流，心里还有着十分向往的意思。特别是每次听到本吴庄的钟声响起，他觉得曾经追求的世外桃源，似乎并不是他自己想要的生活。他现在的生活，就是活在本吴庄人羡慕的目光中，活在他们钦佩的眼神里，但多少孤单难熬的长夜，多少心灵顿悟的光芒，多少对着星空刹那的顿悟，完全没有一个人来与自己交流。他倒是挺希望能像以前那样，与那个有思想的约翰一起坐而论道，至少证明自己还有一个外来的知音。特别是想起过去约翰初进本吴庄时，他俩在一起讨论宗教与信仰，虽然两个人观点不同，但还能互相启发。而现在呢，他长期围于庙里，与本吴庄的世人隔绝，就像庙里的泥菩萨像一样，被本吴庄和周围的人束之高阁，看上去风光无比，行动上却不能有半点的轻浮。

李十九为此常常为命运叹息。特别是进入老年，看到本吴庄的年轻人一拨又一拨如竹子般拔节生长，一代代的老人逐渐老去逝去，他便常常有命运无常的叹息。

这种叹息，只飘荡在本吴庄深夜的风中，无人得见。加之李有誉走了之后，这种叹息声更长更悠远……

从某种意义上说，李十九内心还羡慕汤约翰。汤约翰虽然也是传教，但他想怎样便怎样，不像本吴庄的宗教那样神秘。比如说吧，约翰无论做错了什么，之后总能在上帝像前忏悔一下，就把一切放下了。而自己呢，许多的想法，别说去做，只要产生了念头，便会令人羞愧不已，还得赶紧刹车！

李十九想起当初与自己一起论道的约翰，不仅见多识广，而且还懂科学，动不动发点药，在村庄里治病救人——说来也怪，约翰那些小药丸，竟然发挥了巨大作用。本吴庄人的头痛脑热，过去要靠熬煎中药喝几天甚至几十天，但约翰的药效很快，有时一天或者几天患者便会迅速康复。

本吴庄的人也有说道："过去，在约翰未来之前，我们本吴庄的人生病，不是请郎中煎服又黑又苦的草药，就是请李十九作法。治得既慢，又让人心里害怕。"

对方就回答说："是呀是呀，有的人甚至治死了，也就认命了。"

还有人接着说："还是约翰好啊。他来后总是给我们发药，还不要钱。"

不要钱这件事，让许多本吴庄人对约翰就有了另外一种看法。多数人哪里治得起病啊。

李十九与约翰讨论宗教时，约翰甚至认为，李十九行法所为，"可以列为邪教"！

"邪教"——这两个字，第一次让李十九特别愤怒。

他甚至关起门来，生怕窗外有人听到。

"我们祖宗传下来的，怎么会是邪教？"

因为这句话，李十九迅速改变了对约翰的看法。而后来，他之所以顺应李和的意思，将约翰赶走，是他尤其不能容忍的是：约翰在本吴庄周边的影响，随着时间的加长，竟然慢慢超过了他本人！

因此，即使到了现在，赶走约翰也成了李十九的心头大事。但夜深人静，李十九静坐时，想起师父曾对他说过的"十九啊，人这一辈子，一定要多存善念，多行善事，否则天理不容"，一下子又十分迷惘。

但现在，看到那么多原是上庙里来烧香的本吴庄村民，现在却宁愿爬那么高的山去拜谒约翰，李十九便心绪不宁了。一刹那，他被仇恨所蒙蔽，满脑子里想的，都是怎么样才能赶走约翰！

为了赶走约翰，他甚至找到了支撑自己行动的理由：这块土地是我们的，不是约翰的！在我们土地上，要有我们自己的信仰！

但信仰到底在哪里呢？曾经在庙里被救治的董常理说过，"信仰在青年，在未来，在中国人自己身上"。李十九虽然觉得董常理说得有道理，但董常理却一直不肯表明自己的身份。他只是说："我们即将建立一个新的组织，一个新的政党。我们这个组织，要成为世界上最干净、最纯洁和最纯粹的组织；我们将来的政党，要成为老百姓们信得过的强大力量，改造遍体鳞伤的中国。"

董常理每次说这个时，眼里闪动着自信的光芒。在黑夜里，在黑暗中，有时让李十九也很感动。但董常理说的"大同世界"，又有谁看到过呢？李十九又常常陷入迷茫，他觉得董常理不过像所有的热血青年一样，只是凭空画了一张大饼。至于这张饼，吃不吃得上，谁会在意呢？

而现在，当李十九想起约翰的影响时，他觉得必须让约翰知道，在我们自己的土地上，必须种出我们自己的瓜果。李十九甚至为这个想法感到了伟大在自己身上附体的存在。

那几天，他想啊想啊。怎么办好呢？

李十九突然想起了作法。师父不是教自己在万不得已时，要学会作法吗？

李十九于是悄悄地迅速付诸实践。

比如，他捏了一个泥人，绘成约翰模样，然后用针扎满全身，不停地念经念咒。但七七四十九天之后，他让人上山一看，约翰精神着呢！

李十九感觉很失败。同时也为自己的行为感到非常惭愧——这是下三滥的手法啊，自己怎么变成这个样子呢？事实上，随着年龄越来越增长，李十九惭愧的心情也越来越重。许多过去在本吴庄与黄安县流传的民间损人方法，他觉得是恶毒的、不道德的与恶心的。

但在没有别的办法之前，人们不是都如此吗？

于是，李十九只好又按照师父曾说的办法，画了一道符，将约翰的像画在纸上，再盖上符印，嘴里念念有词，说是要压死约翰。每次念经时，李十九还累得不行，但过了不久，本吴庄的人发现，约翰下山上山，如履平地，哪里能看到被人诅咒过的样子？

李十九感到很迷惘：到底，师父曾教过的旁门左道，起不起作用呢？

这时，本吴庄跟随李十九比较紧的人，就是李逢春的弟弟李适春。

李逢春后来很少回到乡下来，对家里人常说他有事。到底什么事，本吴庄的人不知道，李适春也一样。即使知道，他也不十分了解，只是哥哥要他一起参与族中管理一些事，锻炼锻炼自己，他才答应哥哥的。

现在，看到李十九与族长李和闷闷不乐，李适春便给他们出主意说："我们是不是可以半夜摸上去把约翰的教堂给烧了？"

这个主意迅速被李十九斥责："李氏是礼仪之地，文明之邦，岂可如此妄为？"

族长李和也认为："反制约翰可以，但不能有过分的动作。"

李连道说："约翰的教堂并不是建立在李氏的土地上，去烧吴姓土地上的东西，可能会引发冲突。"

这样一来，大家便沉默了。

直到有一天，族长李和的思想忽然转过弯来，他问李十九："我们为何要赶走约翰？"

这一问，把李十九问倒了，也把族长本人给问清醒了。

"是啊，他在吴氏的土地上传教，与我们李氏何干？"

"可李氏里也有人偏偏跑去拜这个洋教啊。"李十九说。

事实上，李氏的人也逐渐明白，随着码头漕运的发展，外来的新鲜事物越来越多，各种各样的人都会经过本吴庄，带来了新鲜的空气。人们发现，过去李十九的那一套，好像渐渐不太灵了。不说别的，单论要赶走洋人这件事，无论李十九怎么作法，不仅没有将约翰咒倒，相反，约翰还越来越精神，越来越有影响呢。而且，最近本吴庄有不少人，怕族长李和知道受罚，竟然偷偷地跑上山去，宣称也要去信奉约翰的洋教了。

这让族里的老者们感到很奇怪。

李十九暗忖："为什么自己的法术，就打不败约翰的宗教呢？到底师父黄道吉教授的一些东西，有没有用呢？"李十九有些怀疑自己当初地选择了。如果没用，为什么有些事又会灵验呢？

这天，大家在一起商议事情时，族长李和突然说："现在社会动荡，国民政府接管了，又听说产生了共产党，而且，共产党闹得最凶的地方，居然是我们黄安县！你们听说了吗？"

李泽说："听说了。共产党在黄安县的两个领头人中，一个是我们黄安县的清末秀才，叫董必武；另一个是走村串户的木匠，叫李先念。"

李和又问李适春："你知道不知道呢？你哥还在县政府。清朝没了，但他还在国民党的新政府里兼职呢。"

李适春也没多想，接上话说："听我哥说了。他说这下好了，穷人有主心骨了。"

李和生气地看了李适春一眼，说："这是什么话？什么叫穷人有主心骨？我们是富一点，但我们的财富，也是我们自己干出来的。穷人不肯干、不愿干，天天去拜什么子虚乌有的上帝，当然只有受穷了。"

李适春说："多数穷人还是努力的，也是不信什么上帝的，但还是穷啊。"

李和横了李适春一眼，然后叹息了一声说："听说共产党闹得挺凶的，不少人跟着他们走了——他们要共产共妻，这是什么乌七八糟的可怕想法啊！再说，我们这黄安的山头上，如今还有不少土匪，四处都不得安宁。我们必须把本吴庄的安全守住，没有必要再去惹是生非，非要打败约翰不可了。我们只要管好李氏的人就行了。"

族长李和这样一说，李氏的祠堂便安静了。

李泽最后报告说："最近码头上也出现一些奇怪的人，好像有许多人在串联。不知道又会有什么事。"

李和说:"不管是谁,我们都要加强戒备。"他又说,"自从有了这个码头,我们经济上是活了,但也带来了许多弊端啊。你们看,本庄的年轻人,不听话与自作主张的越来越多了。"

族中人都坐在一起,皆在感慨世风日下。

只有李适春脸上,露出不可捉摸的微笑。李和注意到了,但他也没多想。李十九也看到了,只是在心里嘀咕,嘴上没有说出来。

其实,在李和的心里,他自己也没有说出来的,还有另一个深层次的问题。比如,随着李十九在本吴庄利用自己所谓的阴阳风水和佛教之名,不仅弄得让李氏的人害怕,而且还在相当长的一段时间里,把李十九的地位弄得很高,以至于自己作为族长有时说的话,只要李十九不点头,还落实不了。

想起这个,李和便动了心思:让李氏的人信一点别的教也好,正好可以让李十九说话的权威在本吴庄里降一降。

李氏的人不知道新族长的想法,就是李十九自己也没有想到这一层。

于是族长李和在暗中冷笑:"该让李十九收敛收敛、降降温了。"

但事实并非他想象的那样。失落的李十九在本吴庄不但没有收敛,反而变本加厉。

李十九个人觉得:如果与约翰的信仰开展战争,自己如果能够获胜的话,那么,不只是本吴庄,就是整个黄安县东边的这一块,就又都会像原来一样,对他俯首帖耳了!

这样一想,李十九便十分兴奋。他开始密切地关注着汤约翰的行动。

他发现,约翰住在山顶,必须吃水。但这水的问题,到底是怎么解决的呢?

鹅公寨山顶,就那么方圆一里来路的地方,原来并没有见到水。但约翰来后,也不知怎么回事,他在山顶东找找,西瞅瞅,居然在山顶中央的位置,找到了一口古井!

说来也怪，那口古水井，就掩盖在一堆石条之下，原来不知什么时候早已有之。约翰与哑巴大喜过望，他们经过几天的繁重劳动，最终掀开那些粗重的乱石块时，发现一口方方正正的水井，就掩藏在大石板的下面。看上去，井里水清波静，毫无尘污。约翰喝了一口，格外清冽，爽到心里！

约翰于是也让哑巴尝了一口，这一口下去，哑巴便手舞足蹈。因为在此之前，吃水是他们最大的问题，每次都要靠哑巴下山去背！

这下，哑巴哇哇地叫起来。

他们热烈地拥抱在一起。这井到底是什么时候建的呢？没有人知道。

这还不是奇事。

更为奇特的是，过了一段时间，一个消息在本吴庄与吴家田炸响开来：这个天生不会说话的哑巴，在饮了一段时间山顶井里的水后，竟然会说话了！

哑巴第一次说话时，他自己也不相信这是真的。于是，他连打了自己几个耳光，确信自己能说话后，抱着十字架上的耶稣哭了！

"主啊，感谢您给了我第二次生命！"哑巴说。

他这一说，可把约翰给吓坏了。怎么沉默多年的哑巴，一下子会说话了？他左想右想，后来终于想明白，这个井里的水，居然还是能治病的！

这令他们高兴不已。

特别是哑巴有一天，他下山去买物资时，专门跑到了自己的村庄吴家田，给本族的人报信说自己的病治好时，所有的吴姓人氏，看到已经哑了四十多年的哑巴，居然能说话，全都惊动了！

吴家田的人由此认为：这是约翰的上帝起了作用！

这事一传十，十传百……从此，信基督教的人便变得更多起来。

这个事，也给了李十九很大的打击。

一个四十多岁的哑巴，信了约翰的教，喝了约翰的水，竟然能说话，这不是天大的怪事吗？而这个怪事，人们都认为是约翰的"上帝"赐福的。

哑巴自己也不知道，是不是喝了那个井的水治好的。但在他心里，他开始认为这是为约翰嘴里的"上帝"服务，从而感动了上帝，让上帝施恩于己。

就是约翰自己，也觉得那口井非常神奇，决心保护好它。他与哑巴一起，用周围的条石，将整个井围了起来，只留一个打水的地方，还在外面设立了一扇门，每次打完水便将门上锁。

但关于这个神井神水的消息，还是借吴家田人的嘴，很快就传了出去。

事情急剧发酵——从此，在通往我们本吴庄屋后山顶去往鹅公寨的山路上，便出现了这样一道奇景：吴氏的人，只要能上山走得动的，都会背着一个木桶，前去山顶约翰的教堂拜上帝，再顺便讨回一些神水！

说来也怪，凡是喝了山寨顶部带回的神水的人，身体都觉得很好。后来吴氏的人便传出：取水得亲自去，这样才能体现心诚。

因此，那些七老八十的吴氏老人，也开始挂个棍，上山去讨水喝。

而且这样的事，渐渐开始成为常态。

这个消息传到本吴庄，本吴庄的人白天不敢上山，但夜里有人偷偷地爬上去，在呈上各自对上帝的礼物之后，约翰也给他们分一些水吃。

约翰似乎对前来取水的人，毫不吝啬。他发现，这个山顶的水井，虽然看上去不大，但井里的水竟然是取之不竭！而约翰之所以将水井围起来并上锁的原因，是怕有人往里投毒。

看到上山取水的人越来越多，约翰甚至还听了哑巴的建议，又从吴家田专门请了两个人上山来看护水井，同时，他开始收受那些信徒自愿带来的礼物。

所谓礼物，不过是当地的土特产品而已。

正是这些土特产品，养活了山上的约翰与哑巴们。这让约翰不再像往日那样一大早就在山顶上辛劳。在往日里，他还得带着哑巴，在山顶上下雨时积些水，种点菜，除此之外，他们还得下山买粮食。现在好了，自从有了神井里的神水，有了教徒们的供奉，教堂里的物品很快就能够自给自足了。

仅仅因为这个，吴氏家族也跟着开始红火起来。因为吴氏家族也要分一杯羹。约翰对此双肩一耸，无可奈何。山顶有神水的消息传出后，不仅吴家田和本吴庄，即使是黄安县周边的十里八乡，人们一传十，十传百，来这里取水上香的人，越来越多了。

约翰于是既高兴又焦虑。

他高兴的是，有了这些群众，发展信徒很容易，但越来越多的人来，他们接待不了。而且，吴氏里的人又动了歪脑筋，开始有些把来朝供的人当作生意做，在通往山寨的路上设卡，要收买路钱！

这让许多香客信徒很生气，同时也让我们李氏的人很生气。因为此时，我们李氏家族不少人，竟然也加入到求水的行列中去了！

本吴庄李氏的老人们，对此感到很没面子。就是族长李和与族中权威李十九，也都有些焦虑。

"怎么办呢？你还不能制止约翰啊。眼看吴氏的影响就要超过我们了。"

李十九说："物极必衰，静观其变。一时半会儿，想赶超我们并不容易。"

其实李十九自己非常焦虑。虽然在墓地这一事上，吴氏不再与李氏斗争。但本吴庄内部，随着赋税的加重，有不少人对还要供应庙上李十九等人的吃喝感到不满。他们对啥事不干却吃最好穿最暖的李十九与云游和尚等，涌动着愤怒的情绪，甚至有个别人，因为曾经请不到李十九心生暗恨，巴不得挖墓活埋了他呢。

李十九慢慢觉得，他在本吴庄树立威信的那一套，不知从什么时候起，变得不那么灵了。

因为约翰的到来，本吴庄的人开始知道，治病是可以通过吃药治好的，不用再靠李十九"请法""跳大神""做法事""请菩萨"了。

这就是约翰在当地越来越受欢迎的原因。

怎么办呢？

李十九在家冥思苦想，绞尽脑汁。

不行！必须打败约翰，赶走外来人！

李十九便说服族长李和："在沿本吴庄李吴二姓交界之地，全部埋的是我们本吴庄后来死去的人，可以在这里做点文章。"

的确，这条路上，远远看上去，都是些高高矮矮的座座坟茔，全立在吴姓及约翰信徒们必经之路边，有点恐怖，也有点寂寞。这让那些上山去求约翰之水的人，路过这里时，总是感到几分害怕。特别是远道而来的人，不敢选择在晚上上山。

这期间，还发生过一件特别奇怪的事。

有一天夜里，几个胆大的外乡客来拜上帝取水，不愿在昂贵的吴姓客栈留宿，便决定徒步夜上山寨。但在路过我们本吴庄与吴姓交界的坟时，居然看到鬼火一闪一闪的，从这边走到那边。接着，又看到一个巨大的火球闪烁，最后越滚越大，直至滚至山脚……

几个人吓得屁滚尿流，慌忙下山。

他们这一说，便再也没有人在黑夜里上山去鹅公寨了。即使在白天，去山寨求水拜上帝的人，也得抱团走才行。因为上山路上，不时冒出从别的山头上绕道而来抢劫的土匪！他们心狠手辣，不是要钱，就是要命！

这事发生过一两次后，引起了吴氏的警觉。吴姓的人觉得，这是不是李氏捣的鬼要破坏他们的财路呢？

吴天君说："兵来将挡，水来土掩，我就不信一直干不过他们。我倒一定要瞧瞧他们的本事！"

经商议，他们决定在夜间"捉鬼"。

　　有天夜里，吴氏精心挑选，委派了十几个特别身强力壮、平时喜欢习武的人，带着钢刀，在半夜时沿着小道，向山顶出发。

　　这十几个人，悄无声息地围着圈，一个挨着一个，全是黑夜打扮，围上黑色的面罩。

　　夜半三更，当他们来到坟地附近时，果然看到了李氏坟地的鬼火，先是一团，接着两团，再后三团……越来越多的火焰在坟地之间跳跃。不时，还传出一种特殊的鸟叫。当地人们把这种鸟叫多多鸟，它一叫，便意味着附近的村庄要死人。本吴庄人叫它"哆哆鹊"。

　　这些壮丁，开始不信这个。他们不出声，身体贴在一起，弯腰伏在坟地边上。他们似乎在等待着什么，因为有人说这些鬼是李氏装神弄鬼搞出来的。如果是李氏所为，他们奉族长之命，准备将手中的利刃毫不犹豫地投掷出去。

　　但是，那些闪烁的火焰突然靠近他们身边了。他们来不及用刀砍，也没有阴风声，那些跳跃着的火焰，就突然烧到了他们的脚下。他们中间有人开始惊慌起来，往后退。有个人胆子小一些，发出一声尖叫。这声尖叫，在黑夜里变得异常尖锐，仿佛身上被人划过一刀。其他的人听后，都觉得有些心虚起来，仿佛脚上踩到了棉花，软软的，汗就在背上暗自流了。由于恐惧，他们不停地后退。这时，还有一个壮丁感觉自己的脚被什么东西钩了一下，仰面倒在了地上。他在倒下时顺势拉了一下同伙，同伙惊叫一声，向山下滑去。其他的人见了，都惊慌失措，不知所以。这时，不知从哪里钻出一种东西，像火箭一样射在他们中间。他们正惶然之间，突然有一只狼嗥声非常凄厉，啸声很长，给黑夜增添了恐惧。

　　一个壮丁心怯，连忙转身逃窜。由于逃得匆忙，他甚至把手里的钢刀掉在了地上，只见一道光从空中闪过，那刀熠熠生辉，让人不寒而栗。

　　其他的人见状，也一个跟着一个，慌张逃遁。

　　在这无边的黑夜里，只有一个人在暗笑与冷笑。那就是李十九。

他伏在一个假坟中，收起一切用具，慢慢悠悠地回本吴庄去了。

第二天，村庄里的人们，有人一边高兴一边又吃惊地传说着李十九作法成功的事。

李十九装作什么也没发生似的。无论是谁问他，他都闭口不言。于是本吴庄的人，似乎又对李十九恢复了往日的敬畏。而吴氏家族，也对李十九充满了害怕与怨恨。

第十七章　革命

时光飞逝，白驹过隙。万物轮回，人事更迭。本吴庄的年轻人，像拔节似的，一拨接着一拨成长。本吴庄建庄时种下的树木，有的也慢慢成林了。而此时，外面的世界，革命是风起云涌；黄安县的斗争，也开始一浪高过一浪。

李十九也在时光中逐渐老去。年龄一大，他开始觉得，有些事早上能记住的，到了晚上便有些恍惚。

光阴真是快啊。李十九想。

也是，光是本吴庄附近发生的事情，就像当时的整个中国一样，发生的都非常奇特。这一年，黄安又大旱数月，禾物受损，人心动荡。人们在天灾中，又都在传说，与本吴庄很近的七里坪一带，农民起义军打过来了。接着，与本吴庄更近的紫云区笪儿会的农民，有两个分别叫罗福太与能润生的，秘密组织什么"哥老会"，提出了"劫富济贫"的口号！

本吴庄的人听到这个口号，觉得天要变了。

不久，这两个人被人告发，被捉到县城杀害了。

人们更是惶恐。

不祥的消息接踵而至：在仙居乡杨家冲，有两个叫杨世达与杨世运的农民，竟然打开大地主杨云山家的粮仓，放粮救济灾民，动静闹得很大。结果，杨云山去县署告状，知县将二人缉拿下狱。这一下老百姓可不干了，几百名老百姓齐聚县城营救，拿着锄头冲担，县署一看，怕事闹大，只好把二人释放。

本吴庄人听说后很害怕。族长李和尤其如此："如此下去，如何得了？"

李泽劝慰他说："本吴庄不会有这样的事发生。因为本吴庄与外面不一样。"

本吴庄为什么与外面不一样？是因为本吴庄大多数人还是有田地的。李泽帮他分析了剩下没田地的人，原因不外乎几种：一是懒惰，田地荒芜造成不愿意种，把田卖了，愿意帮别人种，糊个嘴就行了；二是好赌，把自家的田地输在牌桌上，只好忍痛割爱；三是到县城或两道桥集镇那边经商，又不愿被田地所累，干脆就卖掉了；四是个别做了小官的，像李逢春家当初那样，把分到的田地给自家兄弟种了。最不赖的，是个别人家由于没有生出带把的男娃，最后女婿又不愿来上门，干脆随女儿去，把田地卖给了本吴庄。

他这一说，李和有底了。本吴庄从老族长李非凡带领人们来此建村时起，就有明确的规矩：必须实现耕者有其田，居者有其屋！后来，本吴庄之所以革命进程比黄安县其他村庄缓慢一些，就是因为这个原因。至于因为好赌，把田地搭进去这件事，李和也没有细问。他也不想问，因为过去这在本吴庄是不可能发生的。但父亲走后，大家由于有钱，多少赌一点，似乎也没什么。他本人就经常跑到集镇上去赌嘛。

但在有田地恒产这一点上，隔壁的吴家田及整个黄安县其他乡村，与本吴庄一比，就显示出了差别——正是多数人有田这种差别，保证了我们本吴庄内部的安定稳定与团结和谐。李非凡曾经讲过："有恒产者，必有恒心。有田地者，必守其正。"

李十九说得对："有田有地有饭吃，谁还愿意去革命？"

隔壁的吴家田却不是这样。吴家田没有土地的人变得越来越多，矛盾与仇恨也因此不断增多。拿本吴庄码头上的年终分红来说，在我们李氏，是人人有份；而吴家田那边，却不是每家每户都可以享受到！

这慢慢也成了本吴庄与吴家田的区别。

这引起了吴氏不少人的不满。吴家田的人不服气。但吴氏不得不服，不敢反抗。吴天君发起狠来，可以把人随便捆在树上吊打，或者将头按在水中闷灌。更有甚者，遇到抵抗时，把一家老小都关在黑屋子里，不给吃不给喝，饿上几天直到服软求情才放出来！吴氏里的人，不少暗中咬牙切齿，但表面上，一个个像是绵羊。

在他们内部矛盾发展得越来越深之时，吴氏招惹我们本吴庄的概率，也就变得越来越小了。

两个村庄，出现了历史上少有的守恒与和谐宁静。

然而，世界并不太平，两族之间没事，其他的事却接踵而至。

先是本吴庄有五家人突然消失了。连家带口，在一个黑夜里走得无声无息。有人怀疑是被吴天君灭了口，但吴天君带人去看，发现这五家人，什么东西也没有留下。

吴氏的人感到害怕。有人说，他们是跑到七里坪那里革命去了。但有人不信："家里还有几岁的小孩子呢，小孩子懂什么革命不革命的。"

吴天君对这几户人家平时爱理不理的，有时甚至因为摊派发生小冲突。他害怕这几家人会引来报复，便派人出去寻找。但找来找去，哪里能见到他们的影子？

再后不久，有消息传来，说他们真的参加革命去了。

这让吴天君在一段时间内充满恐惧。他老是做梦，梦见自己被人用枪顶在头上，醒来大汗淋漓。

一波未平，一波又起。就在这年的冬天，那个我们两族都赶不走的汤约翰，突然死了！

这个消息传到山下，附近每个村庄去朝拜过的人都感到非常惊诧："约翰的身体看上去那么健康，是怎么死的？"

有些人怀疑是本吴庄或吴家田的人所为。但一番调查发现，事实并非如此。

约翰之死，是哑巴最先发现的。

那天一大早，哑巴起床，发现一夜的纷纷扬扬的大雪，已将鹅公寨的整个山头染白。从寨中俯视四野，周围的四里八乡尽收眼底，大地白茫茫的真干净。哑巴吸了一口寒气，他搓了搓手，先给炉中续上炭火。然后，又把教堂里的水缸挑满。哑巴回过头，发现水井没有上锁，便又回头去把井给锁上，还不小心跌了一跤。

拍了拍身上的积雪，哑巴又回到厨房做饭。等饭好后，他才像往日那样去约翰的房间喊他起床吃饭。但哑巴敲了半天门，发现里边一点儿声息也没有。

哑巴便大声地高喊约翰的名字："费里斯，费里斯，开门啊，你在哪里呀？"平时，只有哑巴一个人叫汤约翰为"费里斯"，这是约翰告诉他的。

哑巴的声音很大，加上一大早教堂里本来就没有什么人，因此哑巴的声音像是天空中的炸雷，又像是个大喇叭从山顶迅速扩大到山谷。山谷马上变成了哑巴的扩音器：费里斯，费里斯……

声音传得很远很远。但哑巴没有听到约翰的回复。

于是，哑巴推门走进了约翰的房间，首先，让他感到非常吃惊的是：约翰的床边竟然躺着一个没穿衣服的女人！

哑巴想，这个女人是什么时候上山的？怎么进来的呢？昨天下了一天的雪，晚上别说上山，就是走个平路也会不小心跌倒。

哑巴突然感到一阵害怕，因为眼前这一切，他事先一点儿也不知道。女人仰面朝天，一丝不挂，看上去没有任何动静。哑巴连忙捂住了眼睛，他折了回来。

过了一会儿，还是没有约翰的动静，哑巴害怕了。他蹑手蹑脚，再次打开门，发现床上的女人好像保持着不变的姿势。

哑巴壮起胆来，拿了一根棍子，上前推了推女人。女人没有一点反应。看上去，她像是个死人一样，没有任何气息。

　　哑巴踮起脚，这才看到约翰侧着身子睡在里面。他的屁股朝着外面，也是光光的。哑巴便用手推了推约翰。让他吃惊的是，光着身子的约翰也一动不动，没有一点儿反应！

　　哑巴的汗都出来了。屋子里很暖和，虽然开着门，但味道还是很呛。

　　哑巴便又用手探了一下约翰的鼻息，这一下，让他自己的心差点儿蹦了出来：约翰一点儿呼吸都没有！

　　哑巴这才意识到：约翰死了，约翰床上的女人也死了！

　　哑巴于是大声地哭了起来。很悲伤，哭得撕心裂肺。

　　这一哭，便哭到上午十点多，陆陆续续才有爬山上来做早祷的人，三三两两地出现在教堂外面。原来是快过年了，虔诚的人们又来教堂做弥撒了——本吴庄周围的人，在约翰的鼓励下，开始隔三差五地来到教堂做弥撒，已是见怪不怪的事。因为约翰说过，"这是基督考验你们的时候"。所以，经常有不怕山高路远的忠实教徒，定期上山来做弥撒。这一天由于雪大，他们上山爬了好长时间，有几个人还因为路滑，从山坡上打了好几个滚。

　　等他们来到山顶时，这些教徒都听到了哑巴对天号哭的声音！这声音，一下子让大家有些惊慌失措。

　　于是，人们一拥而入，当他们看到眼前的景象，一个个都惊呆了。

　　约翰死亡的消息迅速传下山去。

　　本吴庄与吴家田的人都觉得万分诧异：约翰怎么会死呢？谁敢杀约翰呢？约翰不是刀枪不入、万物不侵吗？约翰不是从天上派来的吗？

　　由于这块地是属于吴家田的，于是，吴家田的人赶紧让人报官。

　　听说涉及洋人约翰，新政府非常重视，当即派人前来调查。来的人还背着枪，里里外外搜索了一遍。然后什么也没有说就走了。

　　附近的人们都在嘀咕："怎么没有一个结论呢？"

经过漫长的几天等待后，在人们沸沸扬扬的传说与猜测中，官府的结果出来了——他们最终认定：约翰为了取暖，夜中烧炭，关窗过紧，由于不通风而中毒死的！

这个死因，起初大家不信。因为在我们本吴庄和整个黄安县，一到冬天，不像北方有炕那样总是烧得暖融融的。在我们黄安县冬天，由于房屋都是土坯造的，四处漏风，屋里和屋外一样寒冷，有时屋内甚至比屋外还冷，一到深夜大家便经常冻得直打哆嗦。因此，黄安的人们在冬天，基本上都在屋子里用砍来的树烧火取暖。一家人甚至几家人围火而坐，拉拉家常，天南海北地侃到深夜睡觉，饿了就在火上烤几块黄安苕——这东西在从秋天起便都在山洞里放着，坏不了。这种生活，是我们本吴庄的常态。没想到洋人汤约翰来后，却扛不住南方冬天的天气，他于是自己设计图纸，按照北方的做法，将屋子里弄了一个夹墙，建造了一个完全可以密封的土火炉，通过在外面烧柴火来传递热量取暖！

这在当时是非常先进的做法。本吴庄人虽然羡慕，却不能实践。因为附近的山林都各自有主，不能随意砍伐。而约翰有钱，可以买来干柴或者依靠信徒提供的柴火取暖。

而且，约翰还不亲自动手。烧暖都是由哑巴一个人按照约翰的交代来完成的，每天半夜，都得往里面加柴火，不然火就熄了。由于他们在山顶，冬天风大，比山下更冷一些。因此哑巴非常认真，总是定时加柴，保证冬天不冷。

约翰曾特别叮嘱哑巴："烧柴取暖时，一定要把窗户打开。"

哑巴虽然不知道为什么要打开窗户，但总是按约翰说的办。眼看漫长的冬天就快要过去了，但谁能想到，约翰会出事了呢？

政府的结论是——约翰属于一氧化碳中毒！

那时，我们本吴庄人包括黄安县官府的人，除了跑到大武汉读书的人外，一般人都不知道什么叫一氧化碳，也不明白一氧化碳为什么会使人中毒。等大家弄清楚了，也是二十世纪三十年代后的事。但政府的人断定，约翰是死于中毒！

官府的认定就是最后的结果。官府说什么就是什么，质疑也没有什么用。但嘴巴长在人身上，人们对于这件事，还是沸沸扬扬地传了好长时间。这其中，也包括哑巴自己：约翰是什么时候弄来这个女人的？这个女人是做什么的？约翰为什么会关窗户？怕让自己看到吗？

哑巴不解。大家也不解。

大家觉得这件事至少有两个疑点：一是约翰死得蹊跷，他身强力壮的，即使中毒，怎么会立即就死？本吴庄和黄安县那么多年，不也是家家户户到了冬天便烧柴火与树木来取暖吗？怎么没有听说人烤火会烤死人呢？

更让大家关心的是第二点：约翰死时，身边为什么还有一个一丝不挂的女人？！

这个女人，加大了附近村庄人们的想象与猜测。

因为，官府查来查去，发现这个女人既不是我们李氏的，也非附近吴氏的。大家压根儿就没有见过她！

有人说，是不是约翰一直在这里金屋藏娇呢？可官府说了，他们审问了哑巴，哑巴说从来没有见过她。

还有人说，这女人一定是个教徒，由于学教信教，最后被约翰骗上床的。可哑巴还是说，自己以往从来没有见过她！

到底是从哪里来的女人呢？

本吴庄有人说，一定是城里的娼妓。而吴家田的人认为，一定是约翰过去的相好，偷偷找到这里的。

无论怎么说，最后当地的人们都骇出一身大汗：约翰号召大家信教，就是为了方便搞女人！

这话从本吴庄传出的，虽然是一方面的说法，但慢慢就变成了大家共有的认识。两大姓氏，在对待约翰问题上高度一致。李和与吴天君都认为："绝不能让外地的邪教在本地生根！"

李十九明白，他们不过是担心自己的地位受到影响罢了。

于是，关于约翰之死，在人们口里常说常新。各种稀奇古怪的说法都有。这便加大了黄安县特别是本吴庄附近村庄的疑虑。

但有些虔诚的教徒还是表示不信。因为，约翰的品行，经过了在当地几年的生活见证，大家觉得他还是可以的。比如，约翰来后，教大家信仰上帝，让大家变得有文化；他自制草药，为大家治病，让大家不再怕鬼神；他按时开门，给大家发井水，有的人吃了红光满面；……这一切，看上去都是行善的事啊。至于吴李两氏曾经为赶跑约翰，编造的"约翰来此是为了要睡大家的女人"这种说法，生活中从来没有发生过。

于是有人自圆其说地讲："一定是一个信教的女人，因为信仰上帝信得不可开交，转而把约翰当成了上帝的化身，就献身于约翰了。"

这个说法从理论上讲，应该比较科学。毕竟，约翰也是人，不像我们黄安县其他的宗教，无论是信儒道佛，还是信阴阳八卦或太上老君教，教徒平时尽皆吃斋食素，且都排斥女人。有的甚至是"满嘴仁义道德，一肚子男盗女娼"，让人害怕。

而约翰来了呢，他不仅大口吃肉，大口喝酒，而且对小孩和女人，向来是彬彬有礼，尊敬有加。

从约翰出事后，各种谣言漫天飞。好事不出门，坏事传千里。人们四下都在传说："那个洋人约翰多可怕啊，他跑到中国，说是传教，却吃荤吃肉，而且还玩弄女人。"又有说法是："约翰所谓的传教布道，就是为了得到更多女人！"

这样一说，黄安县东边一带的许多人，特别是那些生活在贫困线上的女人，以及本来对未来就迷惘一片的男人，都不敢再公开宣称自己信奉上帝教了。如果你说自己是教徒，马上有人开始怀疑："是不是为了玩女人找的借口？"人们便默默地躲开他们。

这便又出现了一种奇怪的现象：许多曾信过约翰教派的人，开始默默地转念原来的《金刚经》《道德经》。

这个事，正好给了李十九等人当作打击约翰的口实。

李十九趁机教导人们说："信洋教是不行的。洋教只适合于约翰。约翰的神，连自己的人都关照不过来，怎么会翻山越海，来关照我们华夏人民呢？"

李十九一说，本吴庄的许多人听了害怕，不少人便又开始转信佛教了。

约翰之死，这事便成为悬案。

约翰死了，教堂怎么办呢？吴家田附近的人们，都非常相信那口神井和井水中饱含的神秘。他们肥水不流外人田，决定还是让哑巴一个人守在山顶上。恰好哑巴在山顶上待习惯了，也不想再回山下，便一个人在山顶种菜度日。好在过去信徒不少，加之来取水的人曾经也是络绎不绝，所以教堂里还有不少余粮与积蓄。哪怕约翰死了，附近仍然有不少人偷偷地跑上来求水。哑巴便在这种半饥半饿中坚持了下来。

风雪过后，教堂又恢复了往日的宁静。虽然再也没有人敢大张旗鼓地上山去拜教，但相信圣水的人还是不少。每次来人，哑巴不管他们带没带礼物，总是开了锁，让他们自由取水。

不仅如此，哑巴还在山上给约翰盖了一座坟。

这座坟，就埋在吴姓人的坟地周边。吴姓的人开始有些反对，但整个黄安县开始了兵荒马乱，各种流派的军队与地方武装以及土匪的红枪会互相干仗，吴姓的人也顾不上，便默许了。

约翰的坟茔，是吴姓族人的墓地中出现的第一座外人的坟墓。这在过去是不可想象的。为了死后能入祖坟这件事，人世间经历了多少争争斗斗与生生死死！然而，世事有时就是这样幽默和奇怪：人们对于埋在此地的约翰，连他是从哪个国家来的都不知道！

一时，整个本吴庄地区乃至黄安县东部和麻城西南部，关于宗教纷争的事便偃旗息鼓，大家都在准备应对外面的复杂的形势，内部似乎又变得宁静起来。

但这事在我们本吴庄内部，余波还未平息。

有一天，族长李和请来李十九吃饭。饭菜相当丰盛，李和不停地给李十九夹菜。李十九不好意思，这时，李和好像特别无意地问了一句："约翰之死，和你有关乎？"

李十九伸出夹菜的双手猛地一抖，双筷落在桌上。

但李十九毕竟见过世面，他自然地捡起双箸，笑了一声，脸上无波无浪，无风无雨，以非常淡定的口气说："我说过，洋教就是邪教，约翰来传教的目的，就是为了玩女人，焉能不亡？幸亏当年我们没有给他地盘传教，不然遭殃的是我们这里的亲人。他的死，与我等毫无干系。"

族长又说："既无干系，为何掉箸？"

李十九说："年老力衰，经常手抖，平常之事耳。"

说罢，李十九淡定吃饭，从容自若。

李和只有用十二万分的怀疑，把后半截话连同嘴里的食物一起咽了下去。

他们默默地吃完了饭。告别时，李十九双手合十，径自去了。

就在这时，有人跑到本吴庄来串联。来串联的也都是农民，看上去似乎想搞暴动。李和对此高度警惕，让人严格盘查，不让外人进来。

就在这时，李逢春回了一次家乡，与李和有了一段对话。

李和说："外面的世界纷忧，你在外见多识广，有何高见？"

李逢春说："一个不平等的世界，必然会被新的世界取代，只是早晚而已。"

李和心里暗惊，又不明所以，便求其详。

李逢春说："看当今之世界，列强虎视眈眈，军阀轮番混战，四处山头林立，各种强人起伏，民不聊生，社会极其危险，必将有大乱后达到大治。但没有一个政党，能统起当今之局面。孙大总统之后，又是袁大总统，不到几天，全国讨伐，哀声遍野，如今是有枪就是爷的年代。不过多数军阀作恶多端，必不长久。"

李和黯然。他问："我们应该注意什么？如何提前防备？"

李逢春说："说句不当的话，你别生气。当休养生息，还利于民。特别是对本族之人，必须仁治。勿以善小而不为，勿以恶小而为之。否则将来变天，悔之晚矣！"

李和听了很不舒服，不过也没再多言。

到了春天，说来也怪，自约翰死后不久，本吴庄这一年的春天比过去来得更早一些。泡桐、槐树、枣树、梨树、桃树……各种各样的树花一下子依次绽放。不久之后，本吴庄这一块，居然又下起了暴雨。这场暴雨，后来还记在了我们黄安县志上，因为它足足下了三天三夜，下得人几乎不能出户。下得惊涛骇浪，浩浩汤汤，以至于本吴庄附近的许多坟地，都被尽数冲毁。而本吴庄的后山处，已有不少地方开始塌方。特别是李吴两族共建的倒水河码头，由大河里的水涨到岸边上，造成船舟停顿，一时没有人再敢行船和坐船！

这对本吴庄是个影响。如果照此下去，新建的码头又可能被水冲毁！

大家眼睁睁地看到暴雨如注，都坐在家里担心房屋垮塌，事实上本吴庄已经出现这种现象。李和让人把没有住处的人，接到自己闲置的屋子里。只有他家的屋子，都是青砖结构，非常结实。

在暴雨下到第三天深夜时，本吴庄出了一件大事。这件大事，后来也记在了我们本吴庄的族谱上。那天半夜三更，天空突然响起了炸雷，一打就是整整一夜！

春天打雷，在本吴庄历史上少见，因为打雷下雨，一般都是在夏天的时候。但这年的春雷，震得本吴庄人都睡不着。

族长李和自上次与李逢春谈话后，心里总不踏实。他便找来李十九，两个人在祠堂里商议："赶紧求天吧，再不求天就塌了，本吴庄就要让雨水给冲毁了，你看房屋倒了几十间了，码头也浸在水中，有些河岸开始塌了。"

李十九欣然应诺。

由于外面雨大，李十九便在自己居住的庙里设了一个神坛。他净身之后，和衣坐在上面，手执拂尘，嘴中念念有词，慢慢作法。

这是李十九以往遇到大事需要求天时的一贯做法。

没想，才在坛上坐了几分钟，当他把拂尘往空中拂开之时，屋子外突然响起了一个巨大的惊雷，如同爆炸般，整个本吴庄的黑夜转瞬如同白昼，人与人看着几乎都是面白汗虚。

庙外，一棵大树轰然倒塌，枝杈就碰到庙宇的东北角上。李十九听到惊雷，兀自吓了一跳，当一道白光从庙宇闪过时，只见他一声惨叫，随着一口鲜血喷射而出！紧接着，他身子往后一仰，整个人神情恍惚，突然从神坛上倒仰，一个跟头栽了下来！

一声凄厉的惨叫摄人心魂！

在场求法守道场的老年人都吃惊不已。他们中胆小的拔起脚来往庙外跑，有胆大的围了过去想救李十九。但他们发现，此时李十九已没了任何气息。

他的头发全部被烧焦，他的眼里怀有恐惧，眼睛瞪得极大极大。

好久，庙里坐着来祈法的老人们，半天都没有谁敢动一下。

最后，还是族人李泽胆大，他上去抚平了李十九的双眼。

说来也怪，就在李十九的双眼合上的刹那，天空突然便风停雨歇，雷声消失。不久，阳光便照亮了天空。

本吴庄又恢复了平静。

李十九，这个在本吴庄历史上极有权威的人，被葬在了本吴庄山后的新墓地上。

那块墓地，也是他自己生前便选好的。

族长李和亲自主持了李十九的葬礼，给了他很高的评价。

本吴庄几乎所有的人，都出席了这场隆重的葬礼。

这场葬礼所用的物品，都如数记在本吴庄人的族谱中。那宏大的场面，让族长李和在回来的路上，还心生感慨："自己百年之后，还有谁会为自己举办这样奢华的葬礼呢？"

在一切仪式完成，李十九入土为安之后，族长李和想，一个时代，终于过去了。

不过，他和大多数本吴庄的老人都有这样的一个疑问：李十九一生献身宗教，没有结婚，既然无后，他选得再好的墓地，又有什么用呢？

这个疑问，只是藏在他们各自心中，没有一个人说出来……李十九选择的墓地，其实选在远离了本吴庄族人墓地很远的地方，走近一看，好像也没有什么不同之处。也就是说，如果按常人的眼光，那个墓地根本就不像是什么佳穴！

当初，李和是准备将他葬在父亲的墓边，好让父亲在那个世界还有一个人可以说话。但李十九生前说过，他是道上之人，葬在本族不好。好在最后李和还是满足了他这个愿望。

本吴庄有人说："他一定是因为一辈子没有过上婚嫁的生活，住在庙里，所以不愿意与本族人在一起。"

无论怎么说，随着时间一长，本吴庄的人们也不关心了。只是从此，在我们本吴庄的历史上，关于李十九，关于风水、阴阳和儒道佛，便成为一个永远的传说与传奇，间或被人提及。

而关于约翰那桩人命案，从此也成为历史深处的一个问号，从未拉直，却再也无人问津。

就在大家不知将来怎么办的时候，随着岁月的晃晃悠悠，伴着本吴庄的花开草枯，人去人来，整个中国大地的形势突然变了。

大革命与革命都先后涌来了。

据《黄安县志》记载，"大革命前，黄安人民深受帝国主义、军阀官僚、土豪劣绅的压迫和剥削"。特别是北洋军阀黎元洪继袁世凯总统后恢复国会，黄安成立了咨议局，由全县最大的地主、原五十会总会首李介仁任议长后，咨议局里的议员名为"社会贤达"，实为土豪劣绅与流氓地痞。于是，县署与咨议局一拍即合，知事与议员沆瀣一气，尽最大能力与本事吮吸民脂民膏，打着为民的幌子，横征暴敛，鱼肉百姓。而全县最有名的三大庙龙潭寺、永安寺、介灵寺，均被地主与假和尚占领。政权、族权与神权，把持了整个黄安县。

好在我们本吴庄与吴家田的李氏与吴姓，都已在漫长的岁月的变迁中改变了原来的诸多火暴的习性。随着约翰与李十九的故去，人们心头的恐惧慢慢平复下来。两族由于有了漕渡码头上的共同利益，加之还要共同对付从紫云寨到三角山中新出现的土匪，两大家族慢慢地也开始变得团结和谐、共同对外了。特别是吴天君在一次遭到土匪伏击，差点儿丢了命时，他由于害怕，不愿再管族中事务，而将一切委托给力量最弱小的吴鲜花弟弟吴有德负责。

吴有德受姐姐、姐夫影响，对族中的权力不是那样热衷。但他懂得吴天君的意思，自己之所以弱，不过是前台代表罢了。真正在背后主事的，还是吴天君。

因为有了姐姐与姐夫的这层关系，吴有德开始与本吴庄商议如何对付土匪。本吴庄人因为有了李逢春这层关系，所以谈起来特别顺利。大家决定，共同抗匪。

其实，在黄麻两地交界处出现土匪，并非偶然。由于此地处在三不管地带，剿匪既有风险，又要增加投入，因此黄麻与光山三个县府，总是互相推诿。而咨议局成立后，他们暗中还与土匪有利益关系，就更不存在剿匪了。即使去剿，也是做个过场，还得惹周围的百姓遭殃。人们都恨得牙痒痒的，所以各个村庄只求自保。

吃亏的普通老百姓从此对新的县府心怀怨恨。他们中间有知识的一个乡绅，为此还为县府写了一副对联：

　　一伙假名公，猪公、狗公、叫鸡公，公不言公，公理何存，公心何在，如此供公图势力
　　四门设立局，茶局、酒局、洋烟局，局中斗局，局内者生，局外者死，何时了局得清平

　　这副对联，被人夜里贴在了县署的大门上。县署很生气，派了警备队四处搜查。说是搜查，其实就是借机四处抢东西。此时的黄安县，占有75%人口的农民，只拥有25%的土地，其他的土地，都被地主、富农以及寺庙所占，人们渐渐又没有吃的。

　　土地，是黄安百姓的生存根本。而吃，更是一件大事。

　　在这样的形势面前，我们吴李两氏为了保住耕地与码头，开始联合组织两村青壮人员，购买更多的枪支来保护两族人员的安全。

　　但特别奇怪的是，我们靠近麻城这边山上的土匪，却经常去抢吴氏的东西，而从来不招惹我们李氏！

　　这让族长李和和吴氏族中的吴有德都感到特别奇怪。

　　很快，派出的探子便打听到了事情的来龙去脉——原来，在靠近我们黄安与麻城东边交界处，活跃在山上的土匪头目，就是李和曾经的好兄弟，我们本吴庄逃跑了的李英豪！

　　难怪他不敢回本吴庄闹事呢。

　　这一点，甚至让李和还很欣慰。他在族中规定："为了李氏的荣誉，村庄里的人，谁也不准传说李英豪上山做了土匪！"

　　但吴氏就不一样了，吴氏整天都在为土匪发愁。在吴氏听说是李英豪在山上当了土匪后，竟然不敢去告诉官府，而是派吴有德跑到本吴庄来拜谒李和，请李和从中斡旋。

　　李和说："不知他给不给我这个面子。想当年……唉，不说了，一言难尽。"

　　吴有德说："县府靠不住，还得靠亲戚。你派人试试看啊。"

　　李和沉吟很久，与满头白发的李泽商量："要不，我们试一试？一则是对他不骚扰村庄的回应，二则给吴有德一个答复。"

　　李泽说好。

　　于是，他们冒着生命危险，派人上山给李英豪送了一封信，其实是一道调解书："尽量不要骚扰吴姓人家，两族都是联姻家族。如今已经和平共处。"

李氏的人上山后，并没有见到李英豪。但土匪们承诺，他们可以不洗劫本吴庄与吴家田。但有一个条件，就是在山上特别困难时，希望两族给予一定的粮食支持。

这个协议怕官方知道，是暗中达成的。

李氏的人回来一说，李和说："别让吴家田给粮了，一则他们本身生存就很困难，二则传开我们通匪，将来怕政府拿捏我们。"

李泽觉得有理。于是派人通知吴有德，说山上已口头保证，但若与他们相遇，不可行之于武力。

吴氏的人听说后，开始松了一口气，欣然应诺。尽管如此，吴氏的人也暗中买了些枪支，生怕哪一天黄安县会发生大事。至于是什么样的大事，大家都隐隐约约地感受到了，却又说不出个所以然来。

的确，此时两族虽然与土匪的战争还未打响，但整个黄麻大地的形势开始变得复杂起来。此时，黄安县刚刚组建的共产党，由地下活动慢慢转入公开，传播一个俄国人的思想，而且信的人非常之多。

人们传说，共产党的人，都是会做思想工作的人，他们专门团结穷人。

李逢春的弟弟李适春也说："他们比李十九和约翰还会做工作，让人瞬间就能换思想。"

李和说："你见到共产党了？这么信？"

李适春说："我哥哥说的呀。"

刚说完，他便闭了嘴。好在李和只是看了他一眼，问："你哥哥怎么样了？听说他最近神秘得很。"

李适春说："也不知道具体的。但听我嫂子说，他比过去活跃，天天晚上出去串门。至于去了哪里，去做什么，他从来不说，我嫂子也不敢问。"

李和说："连你哥这样忠厚老实的人，也开始活跃起来，说明黄安县很复杂呀。不过，我想呢，无论在哪个方面，只要有我们李氏的人就好。"

李适春说："那是那是。这样可以保证我们的安全。"

的确，自从黄安县有了共产党，包括黄安县的大多数人，无论工农商学兵，竟然都认可共产党、参加了共产党。我们本吴庄有些人也不例外，曾经消失的那几家人，都跑去参加革命了！

本吴庄的人参加革命，这事在当时县政府还派人来调查过。但李和说："他们拖家带口，扶老携幼的，突然在一个深夜离开了本吴庄，我们哪里知道他们是去参加了革命呢？"

李和还为此伤心："在本吴庄，基本上日子还过得去吧，他们怎么会去参加革命呢？"

李和有一种严重的挫败感。

县府的人说："这不奇怪。奇怪的是，一个山区小县，为什么那么相信共产党？"

于是，调查的事不了了之。

不久，又有一个消息让本吴庄人感到吃惊与奇怪，谁也不会想到——我们本吴庄第一个参加共产党的，竟然是本族长老李泽的二儿子李有誉！

李泽与李和得知这个消息时，都不敢相信。自己的儿子，因为一只眼睛瞎了，一直自卑而懦弱，居然会去参加共产党？

县府来清乡时，李泽打死也不承认。李和花了些钱，保住了李泽。

不过，随着时光的流逝，后来他们不得不相信了——因为他们再次见到李有誉时，那个只有一只眼而不敢见人的李有誉，提着手枪，英姿勃发，正指挥一支队伍进行战斗！

本吴庄人这才发现，原来大家看不上眼的李有誉，好像变了一个人似的，不再是村庄里那个抬不起头的李有誉了。

也只有革命胜利后本吴庄人才知道，那个介绍李有誉入党的人，正是曾经在本吴庄寺庙里被救的伤员董常理！他在伤好后走前，告诉了李有誉一个秘密地址，说他想参加他们的组织的话，就去找他。李有誉为了理想，真的便投奔他去了。所以，等李有誉孤身一人再回黄安县时，他很快便带出了一支作战勇敢的队伍。

这支队伍，都是本吴庄和附近的穷人们。他们以打恶仗苦仗而闻名，国民党军听说"瞎子团长李有誉"时，经常是不战而溃！

李有誉带着这些人，逐渐发展壮大，他们先是参加了黄麻起义，后来又参加了红四方面军。在打下黄安县时，他们将黄安县改成红安县，直到第二次国共合作时，才又将红安县改为黄安县。

时势令人害怕。不管是参加革命与不参加革命的，经常有人头颅落地，弄得小孩子们晚上不敢独自入睡。

而吴氏呢？与我们李氏不同的是，吴氏的人竟然多数参加了国民党！究其原因，是当时在黄州城当师爷的吴光辉的儿子吴稚晖，在武汉参加了国民党。那时，国民党与共产党相比，国民党是高大上，要枪有枪，要粮有粮，而共产党在董必武、李先念的带领下，还只是囿于地下活动。所以等吴稚晖加入了国民党，后来又当了一个小头目后，遇上扩军与清党，他便回吴家田拉了一支队伍！

这两族的两支队伍，两个曾经因为墓地打得头破血流的大族，从此因为两党之争而又开始打得不可开交！什么码头、什么族人、什么坟地、什么山林，都不在他们的话下了，他们争来斗去的，就是本吴庄与吴家田多数庄稼汉还不懂的"主义"——一个叫"三民主义"，一个叫共产主义。

听老人们说，在那个年代，死人开始就像太阳上山下山一样稀松平常。无论是李氏还是吴氏，死的人都多得不可胜数。往往人一死，能收到尸体的，马上就地埋葬了。这样一来，不到几年搞得本吴庄与吴家田这两个村庄，周围全是坟地！黄安人讲究叶落归根，每个家族，只要是能找到死者尸体的人，不管他参加的是什么党，只要条件允许，最后他们都会被人花钱送回家乡安葬。

就这样，大革命前，黄安县共有 48 万之众，慢慢地因为战争，开始慢慢凋敝，十室九空。因此，坟地与墓地，便像家常便饭一样，只要人一死，不再有阴阳先生与风水先生来看地选址了，统统就近掩埋！甚至，许多人死后，还只是葬个衣冠冢！

我们李吴两姓也不例外，一会儿是国民党的来杀共产党的，一会儿是共产党的暗杀国民党或者土豪劣绅的，两个家族中不停地有人倒下，被葬。

这样时间稍长，便出现了一个奇怪的现象：由于死的人多，历经多代的人生活与风雨沧桑，不知从什么时候起，李吴两姓的坟地，从此不再画地为牢，而是几乎连在了一起！

那些高高低低的、有形无形的、大大小小的、豪华简朴的坟地，你望着我，我望着你，与无限苍白的土地主人们居住的房子、耕种的田地和圈养的牲畜们紧紧相依，仿佛构成了生活的一部分。

而此时，虽然坟地之间偶有争执，但人们活得艰难，革命的、逃荒的、要饭的、抢劫的、病死的……各色人等的生活，已让人没有精力去追寻精神上的归地。活命、苟活与凑合着活下去，已成为人们的头等事情。

与吴氏参加得势的国民党相比，我们本吴庄的人，竟然在县城的李逢春带领下，基本上心里都向着共产党，跟着共产党！

李逢春什么时候参加共产党，并在做地下党的工作时间之长，让本吴庄人同样感到惊讶！原来，李逢春才是本吴庄参加共产党的第一人！之后才有李有誉等。据后来红安县革命史上记载，李逢春是跟着董必武第一批入党的。

这让本吴庄人特别惊讶。他们万万想不到：一个前清政府的小官员，好歹是中过秀才的，一个在国民党政府里依然当官的，一个在县府里日子本来过得好好的李逢春，怎么会是个共产党？

后来，本吴庄的老人说，李逢春之所以参加共产党，是接受了董必武的教导。而董必武，也曾是秀才出身！他是黄安人革命的总头头，他利用夜校传播共产主义。而李逢春就是听了董必武的课，幡然醒悟，下决心要干革命，建立一个全新的自由的平等的与繁荣的新世界！

大家不明白，一些当过秀才的人怎么会去革命，一个弱不禁风的书生怎么会拿枪，而且还是参加共产党的革命？！要知道，当时的共产党，并不像国民党那样明目张胆、大张旗鼓与张牙舞爪，黄安县的共产党，最初还是处于地下秘密活动的！

本吴庄人与吴家田人都想不明白。

不明白归不明白，但李逢春的确参加了革命，并且还是黄安县的一个小头目。吴鲜花那时才知道，原来自己的丈夫每天早出晚归，是参加共产党去了。

直到解放后，大家才知道李逢春是怎么参加共产党的。

早在 1922 年，当董必武从武汉第三次回到家乡，在县城和高桥、八里湾农村，亲自向手工业工人、农民和青年学生宣讲革命道理时，本吴庄的李逢春，便成了这群人中非常坚定的一个。当董必武后来委派在汉读书的学生董贤珏等回乡，通过办夜校或串亲访友等形式，继续宣传革命思想时，按照上级要求，李逢春也开始回到本吴庄及吴家田附近的村庄，宣传革命理论和新文化、新思想，并散发传单，开展放足运动。由于他在县府里当过官，见多识广，因此农民们特别相信他。虽然是文弱书生，但振臂一呼，应者云集。特别是 1923 年，当黄安师范讲习所成立后，李逢春还经常去所里上课，影响很大。

1924 年 5 月 7 日，在李逢春等人的带领下，黄安师范讲习所、第一高等小学、女子小学、模范小学等师生，举行"五七国耻纪念日"活动，先在黄安县城环城游行，贴标语，散传单，唱《国耻歌》，首次高呼"打倒日本帝国主义""打倒军阀卖国贼""反对二十一条"等口号，后来又在县城的校场岗举行大会，轮流进行演说。

李逢春勇敢地站在台前演讲，讲述了县府种种不公与营私舞弊。

就是这一次演说后，李逢春由秘密转为公开，并被县府除名，成了一位职业的革命者。

到了 1925 年，黄安的青年协会在武汉创办《黄安青年》，后来在李逢春的建议下，迁至黄安县城出版。李逢春还让弟弟李适春搬到县城，参加了从苏联回来的董贤珏组织的中共黄安县特别支部。同时，他还以国民党湖北省党部特派员身份筹建国民党黄安县的各级组织。到了 11 月份，在桃花区的帅家畈村，农民协会秘密成立。到了第二年 4 月，汪家河、郭受九、曹门等 14 个村，都成立了农民协会，共有会员 1500 余人。

在我们本吴庄，李逢春也组织了农民协会。虽然他被县府开除，但在本吴庄，除李和外，他受到了大家的热烈欢迎。

看到迷信风水与洋教的人还有不少，李逢春便说："我们是现代人，五四运动提出了科学与民主，怎么还能信风水呢？我们又是中国人，中国人有几千年的文化传统，怎么能相信洋教呢？"

他津津有味地讲起了五四运动的由来，关于"德先生"和"赛先生"的区别，讲起了学生们曾经怎样反对"二十一条"时奋不顾身的情景，仿佛自己身临其境。

他的话，给大家描绘了本吴庄之外一个完全不同的世界，引发了大家的浓烈兴趣。每次讲完直到深夜，农民们都不愿意离开，还希望他继续讲。好在他博学多才，对历史过往与中外典故了然于胸，讲起来滔滔不绝。

趁着大家的热情高涨时，李逢春告诉他们："如果说要过小日子，那我在县府的小日子不可谓不好。但到了一把年纪，有人问我为什么要组织大家参加革命，一是我们见证的历任官府的腐败与不公，必须打倒和推翻这样的政府；二是前几年我们只能秘密串联，公开成立组织还不到时机，现在时机成熟了；三是我们参加革命，就是要让天下的穷苦老百姓，都过上与地主豪绅一样的好日子！"

他一说，那些穷得叮当响的庄稼汉，都听得津津有味。他们一个跟着一个，前来听李逢春的讲课。不少人在听了讲课之后，不再念经拜佛，也不再做弥撒，不再信基督，而是强烈地要求参加农民协会。就连已经白发的李贯通，也积极要求加入队伍。

李逢春说："革命是有可能杀头的，你们怕不怕？"

李贯通说："我一大把年纪，杀人不过头点地，怕个裸！"

他一说，原本有些犹豫的，就在李逢春的本子上按了手印。

李和听说后，本来想找李逢春谈谈。但他知道，即使谈，也是自讨没趣。随着围在自己身边的人越来越少，李和感觉本吴庄的天要变了。但此时，他也没有力气再去争夺什么了。

李和想起李十九曾经说过的话："有时候，你得认命。不管你多强硬，有时命就在路上等你。它是注定好的，只是让你来世完成一个轮回的过程。人再强，强不过天；人再能，能不过命。古今如此，千年如是。"

这样一想，李和便算了。"爱怎么样怎么样吧，过一天算一天。"

李泽在一边陪着他叹息。

刚好这一年，黄安县又遇上了大旱，农业严重歉收。李逢春一边说服本吴庄的人，将积存的粮食贡献出来，一边救济附近的灾民，一边还参加了县里中共工作组组织的截粮运动。

原来，当无数人没有饭吃时，黄安县里的地主豪强，竟然勾结奸商，将大批的粮食外运。而驻扎在湖北的督军肖耀南，也派人到七里坪收粮。为了与他们作斗争，黄安县的青年协进会发出"禁止粮食外运"的油印通告。一些学生在主要道路上巡逻，将七里坪外运的粮食扣留，同时高桥、八里的农民，也将倒水河中用竹排外运的粮食全部拦截了下来。

在本吴庄的码头边，李逢春号召大家说："考验我们的时候到了！我们决不让一粒粮食运出我们的地段。"

他一说，本吴庄与吴家田的革命者，迅速组成一个班子，拿着武器，在码头上巡逻。结果，所有经过本吴庄码头运的粮，都被没收了。这惹恼了不少人。

有天下午，黄安县的大地主李介仁带着一队人马，荷枪实弹，来找李逢春。

见了面，他先是假惺惺地寒暄。然后说："一笔写不出两个李字，本是一家人，何故事做绝？况且，你在县府工作时，我亦未找过你麻烦。"

李逢春说："并非我不答应，你得问问这身后的农民们。"

李介仁的人都带着枪，本来想威胁李逢春，但看到码头上拥着的黑压压的农民，手里拿着刀叉，不敢吭声了。

李逢春说："识时务者为俊杰。当今之势，革命潮流，勇不可挡。如若悔改，还来得及。只怕日久天一变，莫等无时想有时。"

李介仁哼了一声，坐轿离去。

看到这样的一个大地主，居然不敢动李逢春，农民们觉得，这下腰杆真硬了。因此，他们干革命的劲头更足了。

1927年1月，李逢春从城里开会回到本吴庄，高兴地向大家报告："你们知道吧，箭厂河的吴焕先，在家里创办革命红学了。"

到了3月份，李逢春又讲："黄安县成立农民自卫军了，统一指挥全县的武装力量。我们有人有枪了。"

此后，不断有新的消息传来：

——革命者王鉴，天不怕地不怕，起来斗地主了！

——那个牛烘烘的李介仁，在县校场岗被农民协会枪决了！

——你们知道那个知识分子王秀松吗？他父亲不肯退农民的田地，最后不知被谁杀死了！

——中共黄安县委会重组了，由大名鼎鼎的郑位三、吴焕先、戴克敏组成，郑位三是代理书记，准备对国民党动手了！

——国民党武汉政府派遣军政人员，来黄安县"清党"和"改组"，宣布解散农民协会，并下令通缉董必武等92名党员了！

……

大家兴奋的同时，却又为李逢春感到担忧。因为这92名党员中，就有他的名字。

为了避风头，上级命令李逢春暂时到武汉去隐藏起来。李逢春说："现在正是带着大家干得起劲的时候，怎么能离开呢？"但上级坚决命令他要保存力量，他最后只得服从。

在离开本吴庄的那天夜里，李逢春对农民协会送行的人说："请相信，我一定会回来。革命一定会成功。"

他说这话时，一点儿也没有害怕，眼睛在黑夜里闪闪发光。

李和悄悄地站在远处，看到李逢春从码头坐船消失在无边的黑夜里。从内心来说，他感到特别不解，这个李逢春，日子过得好好的，令人羡慕，为什么要去参加革命，参加共产党呢？

夜风习习，虽是夏天，李和却感到周身的寒冷。

令他不解的事还在后头。后来本吴庄的人都听说，李逢春离开后，他不仅动员自己的弟弟李适春参加革命，安插他在附近村庄做农民工作，还动员和带着全家人一起参加了革命！就连他的妻子，那个曾裹着小脚的吴鲜花，不仅带着孩子跟随李逢春参加了革命，后来居然还成为西路军中一位有名的女战将！可惜，她最后不幸牺牲在河西走廊的倪家营子！

本吴庄的人想，连李逢春这样的书生，都参加不怕掉头的共产党，这说明了共产党一定是一个好党。李逢春走了，李适春回来又接着做秘密工作。他讲的道理，也都与他哥哥讲的是一样的，"天下穷人是一家，穷人唯有帮助穷人，自救才有希望"！

于是，无论国民党怎么盘查，本吴庄的绝大多数庄稼汉，最后不是跟着李适春参加了共产党领导的队伍，就是后来在李有誉的带领下，参加了游击队。

李和发现，在本吴庄除了他本人之外，几乎所有人都一边倒地参加共产党了！

李和感到日暮西山，每天闷闷不乐。不过，他不敢表现出来，他虽然不参加，但为了自保，他为革命者提供粮食。只要革命需要，粮食就不是问题。不过，在李适春的要求下，他们不再给山上的土匪提供补给。这让李英豪的队伍很生气，但生气归生气，他们也不敢下山来，因为共产党在黄安县发展得太快了，快得让人猝不及防，共产党的队伍对于土匪，是毫不客气，抓到就地正法！这让各个山头的土匪，好久时间窝在山洞里，不敢出来半步！

李和甚至不想当这个族长，想让位于李泽。但李泽也老了，坚决不干。

李泽说："要不让李适春回来做？"

李和说："他们兄弟俩闹革命，闹得够闹心的了。不行。"

的确，到了9月，郑位三在七里坪文昌宫召开县委委员和各区党的活动分子会议，传达中央"八七会议"精神和省委指示时，李逢春参加了。在这个会上，他们拟订了在黄安暴动的计划。当两份《中共黄安县委关于传达贯彻党的"八七会议"精神和省委关于武装暴动的指示的报告》和《中共黄安县委关于武装暴动的计划》文件摆在李逢春的面前时，他激动得心跳不已！

从一个知识分子，就这样过渡到武装人员了？李逢春甚至自己都不相信。

然而，事实就是这样的。整个黄安县都被一个消息惊呆：一个叫程昭续的，率檀树乡程个畈一带的农民300余人，在熊家嘴发动了暴动，处决了大地主程瑞林！

一波未平，一波又起。另一个消息又传遍了黄安县：檀树乡农民义勇队500余人，在长冲举行了全乡暴动，处决了紫云寨的大土豪赵焕章！七里坪工会处决了商会会长李业阶！

这些，都是黄安县的头面人物啊。消息传出，整个黄安县的土豪劣绅都胆战心惊！

然而，这仅是个开始。李逢春又冒着生命危险，从武汉返回黄安，比以前更加活跃。他对农民协会的人讲："更大的斗争就要到来了！"

大家不知道更大的斗争是什么。有人便问，会不会是要处决族长李和呢？

但李逢春否定了他们："李和虽然是族长，但大的坏事也没有干过。在关键时刻，他也干过一些好事。我们要摧毁的，是整个黄安县的不公制度和衙门！"

本吴庄的人听了兴奋不已。

不久，他们便看到了黄安历史上的一件大事——黄麻起义了！

11 月 13 日晚 10 时，黄安县与麻城县两县的农民 2 万余人，在中共黄安县委和黄麻暴动总指挥部的带领下，向黄安城进发。

李逢春带着本吴庄不少人，参加了这次暴动。李逢春说："这一天终于到来了！我们的口令为'夺取黄安城'！我们的口号是'杀尽土豪劣绅！夺取政权，组成农民政府！实行土地革命！拥护中国共产党！打倒武汉政府，农民革命万岁'！"

他的话一出，本吴庄过去的庄稼汉们，拿着锄头、扁担、沙镰、冲担和尖枪，还有刀、矛、土铳等各种武器，与其他地方的农民集结于七里坪。在潘忠汝、戴克敏等领导人作了简短的动员后，开始整装出发。

潘忠汝说："同志们！我们已组织了 70 人的义勇队，作为攻城的突击队，由吴光浩带领化装进入县城了。"

大家听了一片欢呼。

到了晚上十点整，起义军人人胸佩红色赤化带、左臂系着白布条，在潘忠汝、戴克敏、曹学楷、戴季英、吴焕先、汪奠川、王志仁、王秀松、刘文蔚的率领下，浩浩荡荡向黄安城挺进。

起义军经打鼓岭、火连畈直到城北三里岗，沿途红旗遮天，刀枪林立，人山人海……

此时，一个又一个的好消息接踵而来：

——高桥区的千余武装农民，在李先念的带领下，分别从九龙冲、高桥河、詹店、杨二港出发直奔县城了！

——桃花、永河、二程、仙居和八里的农民群众，在周纯全、詹才芳、王建安、曾传六等人的带领下，也赶过来了！

——麻城方面的农民武装，在蔡济潢、王树声、许世友、陈再道的率领下，翻光宇山，渡倒水河，也向黄安城进发了！

——黄陂方面，正在外地执行任务的河口农民自卫军队长徐海东，带着枪正在火速向黄安城飞奔……

14日凌晨许，各路起义军共计3万余人，把整个黄安城围得水泄不通！

随着指挥部几声枪响，一波又一波的农民，奋不顾身地往城头上冲锋！

隐藏在农民心中的仇恨，像火山一样爆发了。到处都是"冲啊""杀啊""呵火火"的声音。杀声与喊声交织在一起，声撼山岳，响彻大地。有的架起云梯，不顾生死向城头爬去；有的抬树筒，撞击城门；有的挖城墙，有的烧城门……腾起的烈焰映红了黄安城的夜空，照亮了倒水河的河岸。很快，攻城的缺口打开了，紧闭的城门砸开了。起义军如潮水般地涌进城里，杀声震天！

起义军在李逢春的带领下，直扑县政府与警备军的驻地，一举全歼了城内反动武装，活捉了县长贺守忠、司法委员王治平等反动军政人员，以及盘驻在城里的15名土豪劣绅，缴枪100余支，子弹90箱，被子100床，军钞数百元，并砸开了监狱，释放了全部在押的共产党员和革命群众！

黄麻起义胜利了！农民革命武装暴动胜利了！

革命的红旗第一次插上了古老的黄安城头！

这一天，让整个黄安县的人都觉得：天变了！

在攻城过程中，李逢春的弟弟李适春被枪击中头部，不幸牺牲。起义军一起为牺牲的义军兄弟，集体举行了隆重的葬礼。他被运回本吴庄安葬。

本吴庄去参加了黄麻起义的人，一边在为李适春的死感到特别痛苦，一边又兴奋和骄傲地向未去参加革命的人谈起战斗——

"你知道不？一个大铁疙瘩，居然能飞上天！他们叫它飞机，是怎么飞上去的呢？把守军可吓坏了。"

"是的是的。那是陈昌浩缴获了国民党的，用枪顶在飞行员的头上，让他拉着去撒传单。他们把这个飞机，叫作'列宁号'。"

"你还知道吗？我们撤出后，成立了一个新的政府，叫苏维埃政府。后来怕我们不懂，又叫农民政府。"

"嚯，你不知道，18号在校场岗举行的万人大会，宣布黄安县农民政府正式成立时，会场上欢声雷动、鞭炮轰鸣的场景！那真是激动人心啊。"

"对的对的！大会上提出的'武装夺取政权''反对封建势力''取消一切剥削制度''耕者有其田''庙产公积归农会''打倒武汉政府''打倒蒋介石、汪精卫'的口号，一浪高过一浪，我们都背下来了！这多好的事啊……"

我们整个李氏，几乎都沉浸在无边的喜悦中。

而就在黄麻起义不久，我们的族长李和，却在日日夜夜的忧心忡忡中，于一天子夜，忽然从床上跌了下来，突然死了！

没有人去追究死因。因为此时死人非常平常了。再说，李和年龄也不小了。

于是，本吴庄人将他葬在了他父亲李非凡的坟边。

与他父亲逝去时喧嚣相比，李和死得非常寂寞。没有他曾经奢望的排场，连送葬的人也非常少。因为他死时，本吴庄的多数人们，都出去跟着李逢春与李有誉干革命去了。而他这样一个不参加革命的，被村庄里的人认为思想不先进，骨子里也被人瞧不起！

一个时代终于过去了。

李氏的人们觉得希望就在前头。因此干革命的人越来越多，离开本吴庄参加队伍的人也越来越多。有的十三四岁的放牛娃，甚至也赖在队伍里不走，非要跟着共产党干！

与李氏相反，附近吴家田吴姓的人，随着黄安县政权一会儿是共产党一会儿又被国民党抢走，他们在好长一段时间里，始终是左顾右盼：如果国民党占了上风，他们便对本吴庄的人说话和做事时牛气一些；而一旦共产党杀了回来，黄安县城被赤化一片，他们又变得老实起来，对李氏唯唯诺诺。

但无论怎样，我们李氏自选择了共产党后，意志非常坚定，从来就没有怕过。有时，共产党前脚刚走，国民党的部队就来了，一批批的人被抓去，不交出共产党的人，便拉到大坑边一通扫射……

就这样，黄安县的政权几经变换。被共产党夺来时，改叫红安县；后来等国共合作后，又改回称黄安县。

我们李氏与吴氏，也在县名被改来改去的大背景中，选择了各自的道路。后来，李姓参加的共产党，与吴氏参加的国民党，还在我们本吴庄身后的鹅公寨干过一场大仗。

那场仗，不仅让教堂彻底毁掉了，还让哑巴在乱枪中死了。

而那口在人们心中如圣水一般的水井，从此毁于兵燹之中，被压在了岁月的迷雾之下。

后来，共产党的红四方面军队伍转移阵地后，黄安县的国民党开始占上风了。我们本吴庄不少人被杀，开始大量减员。而本吴庄的坟地，却也在不停地扩大。

不过，此时，李吴两姓，无论是谁的气场大还是坟场大，人们慢慢不计较了。死人都埋不过来，活人哪里还想到进哪个坟地呢？

再后，到了 1948 年 2 月，刘邓大军重回大别山，黄安人民又看到了希望。

1949 年 4 月 5 日，中国人民解放军第四野战军第四十三军一二七师骑兵排组织的先遣队进入黄安县境，同黄安县大队胜利会合。当日，先遣队开进黄安城，黄安县委、县政府亦由附近的王亮村迁入城里。至此，黄安县全境获得解放。

黄安解放后，人们进行了不完全的统计发现：在长达二十余年的革命斗争中，黄安参加军队和地方工作的有 3 万余人，土地革命战争时期有团以上干部263人，抗日和解放战争时期有师以上干部125人；此时，黄安的民众，已由大革命前的48万人之多，减为34万人，有14万人跟着共产党干革命而牺牲！光登记在册的烈士就22000多人，其中县团级以上烈士就有500多人！据有关权威部门介绍，在红四方面军的战士中，每四个红军战士中，就有一个是黄安人；每牺牲的三个红军战士中，就有一个是黄安人……

革命胜利后，黄安600多位红军老干部中，出了董必武、李先念两位国家主席，有2人担任过全国人大常委会副委员长，有4人任过国务院副总理，有10人任过中央正副部长，有12人任过大军区司令员和政治委员，有17人任过大军区和军兵种的副司令员、副政治委员、顾问，有24位兵团级干部，130多名省军级干部……在中国人民解放军第一次授予军衔时，黄安上将军衔的有6人，中将军衔的有12人，少将军衔的有45人，后来据统计，有223人达到授予少将以上军衔。因此，黄安县被人誉为"天下第一将军县"！

1952年9月，经湖北省人民政府报请中南军政委员会转呈中央人民政府政务院核准，决定将黄安县正式改名为红安县。其原因，就在于黄安是红色赤土，红色革命的摇篮，红军重要的策源地，这块土地，由红色染就。因而将"黄"改为"红"，一字之别，命运却千差万别！一字之改，山河为之变色！

第十八章　幕落

革命胜利后，关于我们李、吴两个村庄的结局，情况也大不一样。

先是本吴庄李氏去参加革命的，都非常不幸。我们李氏跟着他们出去参加革命的所有人——后来在族谱上都有清楚记载，一共268人。但革命胜利后，他们之中无论男女老幼，最后竟然没有一个人能活着回来！

本吴庄的第一个参加革命的领头大哥李逢春，1931年冬天在河南白雀园肃反时，他因为有文化、又当过县府的公务员，而被张国焘点名当作叛徒、内奸，在河南被错杀！

即便如此，他的夫人吴鲜花强忍悲痛，仍然带着两个儿子，跟随着队伍前进。她的两个儿子，一个随红四方面军在第一次过雪山草地时牺牲，另一个在第二次随张国焘南下，攻打包座时中枪而死。只有吴鲜花自己，一直随部队征战到河西走廊，不幸被马匪包围，为防止受辱，她将最后一颗子弹留给了自己，英勇牺牲！

我们本吴庄的第二个革命者，人称"瞎子战神"的李有誉，后来成长为红军里的一名团级干部，同样在西路军失败时，经石窝分兵后，在祁连山打游击，因弹尽粮绝，最后冻死在山谷的风雪里。至于他的上级董常理，最后牺牲在抗日战场。

命运，是那样的不可捉摸，令人忧伤而又叹息。

最让我们本吴庄人不解的，却是后来在山上做了土匪的李英豪。他被国民党收编后，解放前夕，跟随蒋介石跑到台湾，后来当了一个少将旅长。

至于吴家田的人，由于多数参加了国民党，不是死的死，就是伤的伤。最后也没有谁能活着回到家乡。那些跟着国民党逃到台湾去的，也都不知所终，直到上个世纪八十年代，也鲜有人回来。

革命胜利后，由于黄安县的人口急剧下降，我们本吴庄的李氏，在彻底搞完土改后，最后与吴氏所在的村庄被编在一个大队，加上附近的九个小队，一起改称"红安县四道桥公社本吴庄大队"。当时的公社领导考虑到李氏多数人都参加了共产党，虽说没有活着回来的，但提议由李氏的后人一直当大队领导。

这让吴氏的人感到了压力。果然，不久运动开始，那些吴氏参加了国民党的，经常被拉上台接受人民群众没完没了的批斗。人民群众像当年参加革命时一样，积极性很高，许多人被打残了。

不少李氏的人认为，吴氏又开始占下风了。

但好景不长，随着没完没了的各种运动一场接着一场上演，所有的人都目不暇接。到后来"破四旧"时，无论是李氏还是吴姓，都坚决响应号召，把各自的祠堂给扒掉了。就是我们李姓曾以之为骄傲的进士墓，也被自己年轻的后生们给毁掉了。

当进士墓倒塌时，本吴庄一位曾当过私塾的教书先生不停地叹息："这是什么世道呀！"

他的话被人从窗外听到，当即被告发，接着拉出去接受了贫下中农的批斗。这一斗，就是死去活来。人们仿佛以此为乐，乐此不疲，口号比革命前都喊得震天响。

从此，无论是李氏还是吴氏，都自觉接受并参与了人民群众汪洋大海般的斗争，大家斗来斗去，再也不分什么高下了。反正现在大家都穷，斗来斗去就像是看热闹。而两族死了的人，从此都是随便找个地方，一埋了事，不再为坟地与墓地而争斗。此时，经过多年的整改，人们的观念也发生了很大变化，无论生前是什么样的身份，也无论人是怎样死的，人们开始将那些原本是亲戚或夫妻的人，都尽可能地埋在一起。随着时间的拉长，到了上个世纪七十年代，红安县响应国家号召，又将土葬改为火葬，不少人开始哭天喊地，在死前最后的遗愿，都是愿意用棺材土葬。结果，弄得本吴庄与吴氏不少人，在人死了之后，秘而不发丧事，悄悄地把死人给埋了。遇上被人告发，政府又派人把死人从棺材里挖出来，派拖拉机拉到县城的火葬场去给火化，结果，遇到火葬的，家里人哭得比过去还厉害。强势一点的，还发生械斗。比如本吴庄的李连道死时，在黑夜里被悄悄拉上山，葬在本吴庄一个不显眼的山头上。但有人发现后并告了密，于是政府派人来挖棺材，李连道的儿子拿着刀，不让人走近。有人在后面偷袭，给了他头上一锄头，他被击昏了倒在地上。利用这个时间，人们开棺取出了李连道的尸体，迅速送到县上火化。结果，当时红安县只有一个火葬场，李连道的尸体等了一周才焚，送进炉里时臭不可闻。他那个小小的骨灰盒送到本吴庄时，李连道的儿子已经疯了。他疯疯癫癫的，又说又笑。本吴庄人看了都非常失落。

　　但失落归失落，人们不管这些。太多的新鲜运动与事物都在等着他们。死的人已经死了，活着的还得继续活着。于是，我们本吴庄附近活着的人，又开始该通婚通婚，该叫骂的叫骂，既打打闹闹、你争我斗，又互通有无、亲上加亲了。

　　这个结局，是本吴庄与吴家田前面多少辈祖先也没有想到的。而本吴庄的庙里，再也没有人敲着木鱼念"阿弥陀佛"了。自从最后一个没有什么作为的云游和尚死掉后，庙宇一直空在那里，连个敲钟的人也没有。生产大队成立后，人们开大会时，生产队长将那口挂在半山腰的大钟，当作出工的钟，从此反复被那些组织上信任的贫下中农敲响。钟声响过，飘在本吴庄的周围，像是在祭奠一个时代的挽歌。

　　此时，周围的群山早已静默。本吴庄躺在深山里，就像是一个时代的弃儿，无比孤单与寂寞。

后来，又是许多年过去了。

时间一转就是一个世纪。

无论是这个世纪前还是二十世纪后，在本吴庄发生的事，比历史上任何一个时代都要复杂。

我母亲生于 1944 年，他们那一代人讲起自己时代的故事，总是要掉眼泪，语重心长。母亲为此哭了一辈子，卒于 2003 年非典流行，享年仅五十九岁。

母亲在眼泪中讲起往事时，生于 1942 年的父亲却总是要打断她："不提了，不提了，提那有吗用呢？"

父亲说完一脸的严肃。他不让母亲讲，是因为母亲的回忆都是带着痛苦。从黄安县到红安县的痛苦，本吴庄的痛苦，她的两个关联家族与我们家族的痛苦。

这些父亲不愿提及的家族旧事，后来被我花了整整八年时间，为母亲的两个家族与我的家族，写了一部长达四十万字的书。当时考虑到许多人都还活着，因此这部书冠以长篇小说，题为《穿越苍茫》发表在武汉文联主办的大型杂志《芳草》上。相中这个长篇的是著名作家刘醒龙老师，他是黄冈人，对黄冈地区的历史有着切肤之痛。该书的责任编辑郭海燕，也是一位来自黄冈市的年轻女孩，对当地的民间掌故、风俗人情非常了解，经常与我讨论书中的细节。文章发表后，著名作家、甘肃作协名誉主席马步升老师看到后，对兰州某刊物的主编任真老师说："这部作品厚重大气，将越来越发现它存在的价值。"还有一位素不相识的名叫张晓峰的博士评论家和一位年轻的南方硕士，偶然读到这部长篇后，专门写了评论予以肯定。后来该书在出版单行本时，我的责任编辑、一个同样著名的作家丁晓平先生，将题目改为《黄安红安》，认为这样更能代表作品的价值追求与社会意义。这一改，让本书有了雄浑的境界与光大的感觉，从而引起了人们的关注。

丁晓平先生说："如果不是有幸诞生了你这样的一位作家，黄安红安的故事，永远只停留在红色文化的表层里，底层里那么多人的生活，被时代遮蔽了。"

我深以为然。

因为那时，黄安已彻底被人叫作红安，年轻的一代已很少去追问从黄安到红安的来由了。那些从黄安走出的将军们，无论是过去的，还是后来的，都已成为红安的代名词与代言人。上个世纪因为一部《两百个将军同故乡》的报告文学，让这座建县仅有四百余年的山区小县，一下子蜚声海内外。至今，我还与该书的作者董滨先生有着密切的联系，常常探讨着曾经的红色文化、红色经典与红色旅游如何结合，以便让更多历史的沉睡与沉寂苏醒过来。

沉默的历史也是历史。

我所写《黄安红安》那部长篇，就是为了给母亲那样的红安小人物立传。因为我觉得，不论是那些名闻遐迩的开国将军，还是那些朴素平常的红安的小人物，他们的脑子里，常常蕴藏着时代的大思想。

我为自己生在红安这片热土上而幸运。当上个世纪七十年代初，我被父母随随便便的一高兴，就诞生在本吴庄这块多灾多难的土地上时，我不知道人生会有那么多的劫难。我在本吴庄度过了苦难的童年与清贫的少年，并用尽挤奶的力量在费了九牛二虎之力、花了近三十年的艰难奋斗，并在亲历和经历了本吴庄的种种故事与传说后，终于跻身一座名叫首都的城市生活。当我们在城市里安营扎寨，不再准备回到本吴庄生活，也绝不会再回本吴庄去抢那时人们曾多么重视的墓地时，历史的车轮滚滚而行，今天已顺利地进入了二十一世纪。

这个世纪，随着强大的现代化城市化建设开始，一切慢慢也发生变化了。

挣扎在城市里的我们这一代，以我老婆的话说，"一只脚还时常踏在乡村，一只耳朵还经常竖在乡村"，因此，关于本吴庄里的一切，不时有各种各样的消息传来。

这些消息中，差不多都是大家从报纸与电台上看到的消息，总之是形势一片大好，不是中好和小好，全国没有差别。一个城市与另一个城市的建设也没有差别。而且城乡之间巨大的变化，已经让足够固执的本吴人，开始摒弃过去坚守的传统。年轻的本吴庄人都离开了家乡，奔向了城市的灯红酒绿。有关乡间那些年轻人离经叛道的事，不时传入耳鼓，令人气愤与担忧。我父亲说，本吴庄的文化人——大家喊他五叔的老头在还没有死时，总是搬了一把椅子，坐在村头骂那些年轻人"娼妈养的"！

这句放到现在，与武汉的国骂"婊子养的"很相似。

原来，读了一辈子《孝经》的五叔，看到城市化后带来的世风日下、人心不古的乡村，总喜欢用这句本吴庄的国骂来骂人。但是很不幸，最后讲规矩与孝道的五叔，有一天突然死在他漆黑一团的屋子里时，甚至本吴庄的人都不知道。等守候在村庄的老人们闻到他的屋子里传出的臭味并撬开他的屋门时，才发现五叔早就死在床上，还被老鼠咬掉了半边脸。

五叔是本吴庄最后一个固守一切传统的人，他是李非凡与李十九的结合体。但有什么用呢？那时本吴庄里的年轻人，一拨又一拨前赴后继、甘愿背井离乡跑到遥远的大城市讨生活，即使没有立足之处也乐此不疲。只有那些老得掉渣的一些老年人，才守在村庄里，仍然日出而耕，日落而息，直到油尽灯枯。

而且，令人恐惧的事情来了。

为了把铁路引入仍然贫穷的红安县，红安籍将军的后代们付出了极大努力，先是让京九拐了一个弯，让铁路路过红安。后来，又再次通过种种途径申请申诉，让铁路想方设法在红安设一个真的站点。为了把这件事办好，红安县政府和驻京办（后来叫维稳办）也出来做了许多说服工作。总算，这事算是对老区的照顾而画了一个比较圆满的句号。

　　不巧的是，这条将来非常便捷与快速的铁路，刚好经过我们本吴庄与吴家田附近，要穿越两个村庄之间。为了铁路的配套建设，我们村庄必须大面积迁坟！

　　在过去，这是几乎不可想象的事。过去别说让所有的坟墓让道，就是有谁在谁家的坟上动一锹土，都会打架甚至群殴！但让人意想不到的是，我们本吴庄与吴家田的两个大家族，对原来看得无比神圣的墓地，对当年为能葬在此处而打得不可开交的坟地，都顺利选择了向现实妥协——为了得到巨额的补偿，没有人对搬迁坟地提出不同意见！

　　活人能享受到死人坟地带来的钱财补偿，从而找到通往幸福的道路，这是多好的事情啊——大多数中年人和年轻人都默认了政府的选择——虽然两个村庄有不少老人们表示反对，但国家说"要致富，先修路"；村庄里说"要发财，火车来"，年轻人说"千年大计，幸福万代"。最后，每个村庄都按照民主的办法进行投票表决，占绝大多数的中年人与年轻人，通过少数服从多数的票决，彻底否定了少数老年人的意见。甚至，有些老年人为了得到更多的补偿，还不惜带着年轻人与中年人一起在深夜里制造假坟，让政府掏钱买单。

　　"他们弄来几块狗骨，冒充死人埋在坟中，只等巨额的补偿费。"其最终结果，就像报纸上曝光的那样：那些安于本分的与有门路有关系的，最后顺利能够得到补偿。而那些没有关系一拥而上也去造假坟骗钱的人，不仅最终没有得到补偿，还被曝光落个笑谈。

　　铁路建成后，本吴庄周围的房价便迅速攀升了。特别是在铁路两旁，开发商看上了我们本吴庄进士墓那边的山地。因为那块地理位置比较好——后面环山，前面临水，又靠近森林。于是开发商向政府提出建议，要将此地买下盖商品房！

　　我们原本以为，以本吴庄人的性格，这是万万不可能答应的事。因为祖坟山大都在那儿，建房就要涉及拆迁墓地，特别是那座进士墓，曾是本吴庄几代人的骄傲所在啊。

但结果却出乎所有人的意料：一听说有补偿，本吴庄人通过投票，有百分之九十八以上的人，都答应出售地！

于是，那块风水宝地，就这样成了开发商的盘中餐。

而这个开发商，居然是从台湾来的。特别是这个公司的总经理，竟然就是李英豪的二儿子李思乡！

这在当地曾一度成为轰动性事件。

李思乡回来开发的理由是："为完成家父心愿，以报答乡梓乡情！"

这句话的确很打动人心。联想到上个世纪八十年代，李英豪作为友好人士，突然从台湾返乡寻根问祖时，红安县政府给予接待的规格很高。李英豪感动之下，还捐款修建了一条从本吴庄到两道桥的水泥路，并给本吴庄的家家户户，每家两百元钱！这在当时，对于本吴庄人来说，每家每户都属于一笔巨款啊！

后来，李英豪死在台湾。他的儿子居然又回来了！他不仅带回了父亲的骨灰盒，一边要把父亲埋在故里，一边还要把本吴庄周围的土地全部收购，用来建设商品房！

这真是让周围人大开眼界的事件。

只有此时，人们才不得不佩服李十九老先生的高明之处！他将自己埋葬在自己选择的那块土地，由于到处都是乱石堆，开发商始终没有人能看上眼，都认为那块地乱石穿空，杂石铺叠，既不吉利，又不好挖，最终选择了放弃。当本吴庄其他的墓地都要搬迁时，唯独李十九的墓地得以保存！

本吴庄的人为此感慨："莫学灯笼千只眼，要学蜡烛一条心。沙土枣树黄土柳，做人要学李十九。"

事实的确如此。虽然李十九一生未娶亦无后人，每到清明也没人专门前去上坟。但本吴庄的老人们在每年祭祖时，仍然象征性地去他的坟头上挂点纸，烧点钱，算是拜祭。不管年轻人信不信，但让本吴庄的老人们感到奇怪的是，李十九埋葬的那块墓地周围，底下虽然全是乱石，却到处长满了青草！再到后来，当干旱来临，周围的地块都干得冒烟出现龟裂的时候，独有李十九选的那块墓地前的低洼处，却仍有泉水汩汩涌出！

那泉水，清冽、透明，水不大，却常流不息。有人好奇，但也不敢去挖一挖地下一探究竟！由于这里毕竟还是块墓地，所以人们也不敢饮用这眼泉里冒出来的清水。这样一来，李十九的墓地，相反成为本吴庄几代人中保存得最完备与最安全的地方。死无葬身之地——这样的事在李十九的墓地从未出现过。

至于我们两族之间、本吴庄山后鹅公寨处，洋人曾盖教堂的那块高地，经吴家田人投票同意，最后也被开发商买去了。开发商在上面盖了二十多幢别墅，并在原址上重修了教堂，重新打造了水井，并将之开发成一个热门景点，后来人们称之为"网红打卡处"。虽然门票价格高得离谱，但上去参观的人和求水的人却相当之多！

为了方便，开发商还专门在我们两族交界的山坡上，修了一条弯弯曲曲的盘山公路，有车一族就可以直接把车开上去。这大大方便了人们的行程。

而那个教堂之所以被重新修建，是因为从二十世纪九十年代之后，我们黄安县不知为什么信基督教的人又突然从地下冒出，不少留守的老百姓特别是中老年妇女，死灰复燃般地又开始信上帝，并开始到教堂祷告——此时，他们把这项活动赋予了一个新的旧名字，叫作弥撒！

在我们本吴庄甚至于红安县，随便遇到一个信基督教的人，他们张口就可以说出这个词来。每每遇到我们在外地的人回去探亲，那些虔诚的信教亲戚，马上会热情地向你灌输基督教的教义，奉劝你信仰上帝。

我说："我是党员，共产党人不信这个。"

他们马上露出失望的表情。

更失望的，是我的父亲。

他叹息着说:"在过去,我们本吴庄的人,都以参加革命为荣,都相信共产党。只是他们现在后代中的一些人,为吗事就变了呢?"

我无法回答我父亲问的话。因为在红安县,随着青壮年几乎全都倾巢出去打工外,乡下剩下的妇女带着他们的孩子,甚至有些少年儿童,独自在村庄里生活。而且,这种现象,越来越普遍!

此时的父亲,他也逐渐老下去了。每次我回去,跟着走过本吴庄那些荒废荒芜的土地时,我看到失望笼罩在他的脸上。在我们小时,这些良田四处都是劳作的人们,无论种的田收的粮食有多少,无论给国家交多少,给生产队交多少,无论自己如何吃不饱,但丰富的喜悦过去一直呈现在他的脸上。然而,今天的本吴庄,一边是过度的开发,一边是陌生的事物席卷而来。我看着父亲,很少说话。因为我知道,从我们费了九牛二虎之力、跑到外地娶妻生子之后,本吴庄在我们心里也慢慢地淡下去了。终将有一天,她不再属于我们。

我最后一次回本吴庄是在一天早晨。此时的本吴庄,已改称本吴镇了。报纸上还加上一个美丽的前缀——美丽小镇,的确建得无比美丽和漂亮。

此时,本吴镇的熟人们已明显少下去了。倒水河原来属于漕渡的地方,已改造成乘船游览的一个景点,四处热热闹闹,外面来参观的人不少。其实说是小镇,修整一新的水泥大街上,早已被狂劲的歌声淹没,外地来的红男绿女,把镇上弄得一片陌生。我有时甚至怀疑自己走错了地方,或者还是生活在梦里。但一切,却如此真实地存在。

我是回去给母亲迁坟的。

因为无休无止地无限开发,本吴庄周围的地已卖得差不多了。

我走在村子里,人们都要投过几道好奇的目光——他们之中,已有大部分人认不出我了。其实我很想在这个生我养我的地方再多坐一会儿。因为我知道这一走,以后有可能就再也不回来了。我在本吴镇人的眼里已经陌生下去——就像她在我眼里已经陌生一样。

　　原来的本吴庄，经过几个波次的大改造，经济上有了很大的起色，外乡的人们潮水一般地迅速占领了这个市场。本吴庄和附近吴姓的土地的持续改造虽然还在进行，但都已渐成规模。一切看上去热热闹闹。据镇里的人介绍说，这里将建成一个全国最大的皮货市场，一股水的人们似乎闻到了商机，开始在路的两边摆满了货摊。其实我早已看出，他们卖的大都是一些伪劣假冒产品。而原来的码头，已被开发成一个水上乐园，什么样的项目都有。我于是明白，我童年时原本清纯无比的本吴庄，也已经在慢慢消失。或者说是迷失在现代的森林里。

　　我母亲在本吴庄附近的另一个村庄长大，她嫁到本吴庄后，劳作一生，悲苦一生，伤心一生。2003 年 8 月，母亲在五十九岁时，不幸因肝癌去世。她走后，我们将她埋在本吴庄后面的山腰上。这个坟地，是母亲生前自己选的，她没有像过去的人们那样，一定要选在本吴庄自己的墓地。她将墓地选在离本吴庄原来的墓地比较远的地方，与本吴庄看上去似乎有点隔断——母亲在本吴庄受尽了一生的气，这在《黄安红安》一书中都有表述。母亲的原意，是想了断与这个村庄的关系，期望死后能够无争无牵无挂。我对此特别能够理解，但也特别伤心叹息。

　　我原想，母亲就这样走了，我们也这样离开了这里，一切似乎就这样过下去了。但这种平静的日子并不太长。在母亲去世十年之后，老家的一个长途急电告诉我：母亲的墓地也在搬迁之列！

　　按他们的说法，无论我们同不同意，都必须迁坟。政府里的熟人告诉我说，如果告知了我们没有回来，他们就会动手搬迁！

　　我原本是有些抵触的。但我弟弟说，胳膊拧不过大腿，大家都这样，还是认了吧。

　　我于是便回了一趟本吴镇。可回来后，我心里还是有了大吃一惊的感觉：我们的本吴庄，曾经把祖人的坟山和能进祖人的坟山这件事，看得比命都重要的，怎么能容忍这些开发商在这里如此嚣张？

一个戴着安全帽的小伙子对我说："现在谁还管这个？活人们都得为经济忙活，哪里还管得了死人？"

我问："那……其他那些坟地呢？"

因为在我的记忆里，故乡的风俗很浓郁——如果人死了，一切以入土为安的。在坟地上动土，便是不吉、不尊和不敬。

那个小伙子说："镇上都已让人移走了。"

我大吃一惊。我不明白一向固执的本吴庄人，为什么在本吴庄改称本吴镇后，会同意他们这样干。曾经的本吴庄族谱上，记载的历史，全是因为坟地与吴姓的人干得不可开交！

那个小伙子嘟囔着说："盖楼的和将来要住楼的人都不怕，你还怕什么啊。"

我才明白，有人要在死人的坟地上盖楼，最后让活人来住。

我问是什么楼。

小伙子说："是办公楼。"

我更是一怔。小伙子再没理我，他一镐挖下去，我已看到了一个棺材角露了出来。

我连忙跑去找母亲的坟地。还好，那个立着碑文的，标着我母亲名字的墓地，还孤零零地立在那儿。

而其他的坟地，早已像我们本吴庄所有的先人们一样，消失得无影无踪。听人说，我母亲的坟地之所以没有被立即迁移，是因为地方政府个别认识我的官员有特别叮嘱，一定要等我回来再说。究其原因，是他在招商引资的任务遇到困难时，我曾帮助他们拉来了一个比较大的项目。因此他们便对我有点感恩的意思在内。而至于其他的坟地，管你同意不同意，在规定的期限内，没有移走的便一并用推土机推掉完事。

我听完后忽然心中一阵绞痛，感觉眼里有些潮湿。

这时，不知为什么故乡突然下起了小雨。

我悲伤地站在那儿，像一棵孤零零的树。

我猛然觉得，本吴庄的整个天空，似乎都在低声地哭泣。

2004 年 8 月第一稿

2018 年 5 月第二稿

2020 年 1—8 月第三稿

2020 年 9 月第四稿定稿

后记：在轰轰烈烈或沉寂已久的
故乡打捞历史珍珠

我写了一系列关于红安的作品。这些作品，有散文、小说、纪实甚至于诗歌。

我写关于红安的作品，因为我是红安人。

红安以将军总数第一、烈士全国第二而闻名于天下，大家都知道。而我过去写小说时，并未就此深耕细凿。直到 1998 年，天津作协与原总后勤部文化部联合在北京为我的小说《仰望苍穹》开了一个作品讨论会时，时任文化部部长卢江林对我说："其实，你写了那么多，你的故乡红安才是你写作的富矿。"

这句话如醍醐灌顶，让我茅塞顿开。

故乡，也因此成为我写作的一方"邮票"。

从那之后，我写了一系列关于红安革命与革命胜利后的小说。既有历史题材，也有现实生活；既有个人命运奋斗史，也有家族发展建设史。这些小说，比如革命系列与英雄系列，无论是中篇还是短长篇，不少都获了大大小小的奖项。再后，随着我母亲去世，我在悲伤中不可自抑了八年，终于以我母亲身边的三个家族的历史为观照，写出了长篇《穿越苍茫》，先是全文发表于《芳草》，后来被解放军文艺出版社出了单行本，并以《黄安红安》为书名，不仅提升了小说的高度，也拓展了我的思维宽度。而那些零零散散的小说，被解放军出版中心列入出版计划，在军改中等了几年，终于在今年也要以《红安往事》为名出版，可以说，红安已成为我的写作重镇。而关于我虚构的红安县一个叫作"本吴庄"的村落，也就成为我在创作中的一抹永远的乡愁。以此为据点，我在真实与虚构中，构筑了属于我的创作与精神领地。

这本《喧嚣的墓地》，就是这块领地中的产物。它把历史向前延伸了一百年，从清末到革命胜利这一段。本来，原来是个中篇小说，叫《最后的墓地》，从动笔开始，到最终完稿，中间间隔了至少十几年的时间。起初写了一万多字，放在电脑里，就没了动静。这是写作的常态，常常有小说起初动笔时特有感觉，但如果有他事打扰，或者存放一段时间，再写又没有那种强烈的感觉了。有次鼓捣电脑，突然翻出了这半截文章，重读一次后又觉得有写完的必要，便又认真重写了一遍。后来，小说发表在鲁院同学陈昌平兄主持的杂志《鸭绿江》上。他对我说，"你这其实是一个长篇的架构，建议你丰富充实，把它拓展成长篇。"昌平兄是个学者型的主编，一边在大学当教授，一边主导省刊。我觉得他说的很有道理，便思来想去，心想自己过去写的关于红安那块土地的故事，多是从大革命开始到目前的生活，因为这些生活有基础，有的是听人们口述的历史，有的是自己生活的经历，而关于红安的史前史，也就是黄安的历史，建县四百多年，我也不过只写了一个百年，于是，我便产生了再写个前一百的事的想法。而关于黄安红安这方面的资料，我收藏了几乎所有在市面上能够找到的正史与野史，无论是政治军事、经济文化，还是民情风俗、民间故事和乡间传说，凡是与故乡有关的，想尽一切办法占有资料。只要有空，我便经常翻阅，从而对过去的历史有了一个比较宏观的了解与微观的感知，也就有了这本书的由来。

本长篇以二十多万字的篇幅，以丧葬民俗、风水习俗、宗教传播、共产主义发萌为媒介，通过对从黄安县到红安县两大家族之间的争斗书写，描述了清末、民国到新中国成立后一个村庄关于信仰变迁的百年发展史。本吴庄人从信奉宗族宗教到信仰风水先生，发展到信奉洋人的外来宗教文化，至最终信仰共产党并紧跟共产党人奋斗的信仰改变之路，展现了清末、民国到新中国成立以来一个村庄的艰辛历程，同时也是黄安县历史发展的一个侧影。小说的主人公李氏家族的族长李非凡与吴氏家族族长吴上人，因为土地而争斗不休，致使两个家族在建设发展过程中一直蒙上阴影；而风水先生黄道吉与其徒弟李十九的介入，使得两个村庄的关系更加迷离复杂。及至后来洋人汤约翰带来的外部宗教对本土文化的影响，更是强化了民俗与习俗在乡村文化中潜移默化中渐渐变形，最终以参加共产党人的革命获得新生。作品在对人们普遍曾无比看重的墓地选择与处理上，更渲染出两大家族危机重重。死后进不了祖坟山的恐惧，始终笼罩在每个族人的心上。为了坚守各自墓地而发生的种种啼笑皆非的故事，最后却被时代经济发展所抛弃。从对墓地的无比重视到最后的集体忽视，不仅是时代发展使然，更是乡村与乡绅文化坍塌所致。与其说本长篇是写风水阴阳师的命运，不如说是对乡村地方风俗民俗文化发展进程的一次全面审视，从最初唯心的形而上到最终的唯物辩证观，通过一个个生动故事慢慢剥离开来，引人深思长叹。

小说写完后，我先发给我的高中同学李直看。他是中文系科班出身，曾当过老师、记者，现在《中国人力资源开发》杂志当社长兼副主编，对于红安的本土文化，有着很深的见解与鉴赏力。他看后认为，小说跌宕起伏，引人入胜；背景驳杂庞大，视角独特独家；风俗信手拈来，命运令人长嗟。于是，他提了一个很好的建议，就是让我重新修改小说，把原文中"文化的变迁"改为"以信仰的变迁为核心"，这样人物背景就有一个更为广阔的空间，也符合黄安当时的现实情景。因为一个小小的县城，为何在革命年代能出那么多的高级将领？究其原因，还是知识分子启发农民自觉并领导农民开展了一场史无前例的革命。而往历史更纵深的地方看，正是因为无数人在历史进程中的信仰发生变化，才使得本吴庄也即黄安这块土地上发生了翻天覆地的变革，这才是过去历史发展的本源，是后来红安革命之因。我听后茅塞顿开，也因此由"信仰"入手，让一根主线引导着人物的命运。无论是文化的选择还是信仰的选择，他们都是基于历史本来的规律而发展。这也就使得小说有了更为深厚的文化基因与文学使命。同时，创作这样的一部小说，也是我对红安文化进行归纳总结的野心展示与雄心征服。

长篇修写完后，我发给曾发表我长篇小说的《芳草》的编辑。他们看后，觉得小说很精彩，决定推给主编刘醒龙老师看。刘老师是原发我长篇《穿越苍茫》的恩师，之所以给他们，是因为刘主编也是黄冈人，对黄冈地域文化有着深入的了解，红安文化作为其中的一部分，有许多民情风俗都是相通的，这样容易沟通。果然，他们在三审后决定发表。但考虑到杂志发的字数有限，建议我将二十五万字的长篇压缩至十二万字左右。老实说，小说往长里写好写，但往短里压是一件难事。我删了整整两天，也仅删去六万多字。每删一段，觉得像是在自己身上割肉似的。于是，我又想起了给予肯定并提出中肯建议的同学李直，干脆让他代删。主要原因，就是看读者怎样来看待作家的小说，并且决定哪些重要和哪些次要，以及哪些完全可以不要。由于他本来是文字高手，过去也写了不少东西，现在又是杂志副主编，果然删起来时有股狠劲，完全不当回事地按照自己的意愿删，最后删得我心服口服，不仅保留了作品的思想性，还保留了作品的完整性。他最后将小说删到十一万字，还是基本体现了我想表达的中心与主题。对他的义务劳动，我在感动中佩服于他对文字驾驭的功力与功底。

后来，2022年《芳草》第一期，就正式推出了这部小说。在小说发表之初，我就想过，将来出单行本时，就要出全本，以完整地展现红安的文化。那些文化，随着时代的发展与变迁，有的民情风俗渐渐都没有了。那个时期的人物与生活，如果没有人写，以后也许没有人关心并且去撰写了。因此，对于在哪里出个单行本，我考虑了很久。有一天，收到鲁院同学柳岸的书，她写了自己故乡春秋人物四大部，都是由作家社出版的。我便说了自己的事。她说她的责任编辑特别好，特别认真负责，水平很高。我问她能否介绍我们认识一下。没想到同学柳岸特别重视，让我与她的责编宋辰辰取得了联系。在宋老师耐心细致的指导与帮助下，文章又几经修改，终于有了这个单行本面世的机会。此前，我已出了十六部书，今年这一年还有五部要集中出版，但我特别在乎作家出版社对于作家来说的重要性，因此主动选择了她。宋老师说社里选题通过时，我非常高兴——这不仅意味着对一个作家创作的肯定，同时也是对乡土文化的关心与重视。

这，就是这本书的由来。它原名叫《最后的墓地》，发表时改为《喧嚣的墓地》，我觉得改得很好，所以后来就沿用了这个称呼。墓地本来应该是沉默的，犹如沉默的历史；但黑暗中的墓地又并非沉默，因为墓地里埋着的每一个人，都有其独特的故事传奇与人生印记，我也便在浩瀚如烟的历史中找回曾经的珍珠，来构筑属于我的文学世界，作为对生我养我那块土地的回馈。因此墓地从某种意义上来说，它一直都是喧嚣的，许多先人们虽死去，但其精神的世界却始终存在于人间，奔涌在民间故事与口头传说里，留在子孙后代的心头之上。希望大家喜欢这部小说，并且对照自己的民俗，来寻找自己的灵魂之根与精神上的家园。

2022 年 6 月于北京

图书在版编目（CIP）数据

喧嚣的墓地/李骏著. -- 北京：作家出版社，2023.11
ISBN 978-7-5212-1915-9

Ⅰ.①喧…　Ⅱ.①李…　Ⅲ.①长篇小说 - 中国 - 当代
Ⅳ.①I247.5

中国版本图书馆CIP数据核字（2022）第082489号

喧嚣的墓地

作　　　者：李　骏
责任编辑：宋辰辰
装帧设计：意匠文化·丁奔亮
出版发行：作家出版社有限公司
社　　　址：北京农展馆南里10号　　邮　　编：100125
电话传真：86-10-65067186（发行中心及邮购部）
　　　　　　86-10-65004079（总编室）
E-mail:zuojia@zuojia.net.cn
http://www.zuojiachubanshe.com
印　　　刷：唐山嘉德印刷有限公司
成品尺寸：152×230
字　　　数：299千
印　　　张：21.75
版　　　次：2023年11月第1版
印　　　次：2023年11月第1次印刷
ISBN　978-7-5212-1915-9
定　　　价：52.00元